Philip Roth wurde 1933 in Newark, New Jersey, geboren. Für sein Werk wurde er mit allen bedeutenden amerikanischen Literaturpreisen ausgezeichnet, darunter dem Pulitzer-Preis für «Amerikanisches Idyll». Für «Der menschliche Makel» erhielt er seinen zweiten PEN/Faulkner Award sowie den britischen W. H. Smith Award als «bestes Buch des Jahres» und den französischen Prix Medici als «bestes ausländisches Buch des Jahres». Im Jahre 2001 wurde er mit der höchsten Auszeichnung der American Academy of Arts and Letters bedacht, der Goldmedaille für Belletristik, die alle sechs Jahre für das Gesamtwerk eines Autors verliehen wird.

Philip Roth

Portnoys Beschwerden

Roman

Rowohlt Taschenbuch Verlag

Die Originalausgabe erschien unter dem Titel «Portnoy's Complaint».
Ins Deutsche übertragen von Kai Molvig.
Das Gedicht «Leda und der Schwan» von W. B. Yeats wurde von Peter Gan
ins Deutsche übertragen. Der Abdruck der zitierten Zeilen erfolgt mit
freundlicher Genehmigung des Übersetzers.

22. Auflage August 2004

Veröffentlicht im Rowohlt Taschenbuch Verlag,
Reinbek bei Hamburg, Juni 1974
Copyright © 1970 by Rowohlt Verlag GmbH,
Reinbek bei Hamburg
Alle deutschen Rechte vorbehalten
Umschlaggestaltung any.way,
Cathrin Günther
(Abbildung: Paul Klee [1879–1940].
«Die Zwitscher-Maschine», 1922. akg-images)
Satz Minion PostScript PageMaker
bei Pinkuin Satz und Datentechnik, Berlin
Druck und Bindung Clausen & Bosse, Leck
Printed in Germany
ISBN 3 499 11731 2

Portnoy'sche Beschwerden (nach Alexander Portnoy, 1933 –), ein abnormer Zustand mentaler Verwirrung, in dem tief empfundene ethische und altruistische Impulse mit extremen sexuellen Begierden, oftmals perverser Natur, in ständigem Widerstreit liegen. Spielvogel schreibt: «Exhibitionismus, Voyeurtum, Fetischismus, Autoerotismus und Fellatio sind weit verbreitet, doch weder die Wunschvorstellung noch der ausgeführte Akt gewähren wirkliche sexuelle Befriedigung, bewirken vielmehr, bedingt durch die ‹Moral› des Patienten, ein überwältigendes Gefühl der Scham und der Angst vor Strafe, vornehmlich als Kastrationsphobie» (Spielvogel, O.: ‹*Penis perplexus*› in ‹*Internationale Zeitschrift für Psychoanalyse*› Bd. XXIV, S. 909). Spielvogel ist der Ansicht, dass eine große Anzahl der aufgeführten Symptome sich auf Bindungen zurückführen lassen, deren Basis die Mutter-Kind-Beziehung ist.

Der unvergesslichste Mensch
in meinem Leben

Sie war so unlösbar mit meinem Sein verbunden, dass ich im ersten Schuljahr geglaubt haben muss, alle meine Lehrerinnen seien eigentlich meine Mutter, in veränderter Gestalt. Sobald das letzte Klingelzeichen ertönte, rannte ich nach Hause und fragte mich unterwegs, ob ich unsere Wohnung wohl erreichen würde, bevor es ihr gelungen war, sich zurückzuverwandeln. Wenn ich zu Hause ankam, befand sie sich unweigerlich bereits in der Küche und stellte mir meine Milch und meine Kekse zurecht. Statt nun den Tatsachen ins Auge zu sehen, erhöhte diese vermeintliche Bravourleistung lediglich meinen Respekt vor ihren geheimen Kräften. Zudem atmete ich stets auf, sie nicht in einem Zwischenstadium überrascht zu haben – auch wenn ich es immer wieder darauf anlegte; ich wusste, dass mein Vater und meine Schwester die wahre Natur meiner Mutter nicht kannten, und die Last des Verrats, die, wie ich mir vorstellte, mein Teil sein würde, falls ich sie je überraschte, schien mir für meine fünf Jahre zu schwer zu tragen. Ich glaube, ich fürchtete sogar, es nicht zu überleben, wenn sie geradewegs von der Schule durchs Schlafzimmerfenster hereinflöge oder sich stückweise aus dem Nichts materialisierte, bis sie wieder in ihrer Küchenschürze dastand.

Wenn sie von mir verlangte, dass ich ihr alles über meinen Tag im Kindergarten berichtete, tat ich das natürlich aufs gewissenhafteste. Ich machte mir selbst nicht vor, sämtliche tieferen Bezüge ihrer Allgegenwart und deren Auswirkungen zu begreifen, doch dass diese etwas damit zu tun hatte, herauszukriegen, was für eine Art kleiner Junge ich war, sobald ich glaubte, sie sei nicht anwesend – so viel stand für mich fest. Eine Folge dieses Hirngespinsts, das sich (in dieser besonderen Form) bis in die erste

Grundschulklasse am Leben erhielt, war – da mir keine Wahl blieb – meine Aufrichtigkeit.

Dazu kam mein kluges Köpfchen. Von meiner blässlichen, dicklichen älteren Schwester pflegte meine Mutter (natürlich in Hannahs Gegenwart: Ehrlichkeit war auch ihre Taktik) zu sagen: «Das Kind ist kein Genie, aber wir wollen nichts Unmögliches verlangen. Gott segne sie, sie gibt sich alle Mühe, schickt sich in die ihr gesetzten Grenzen, und wir wollen damit zufrieden sein, was sie erreicht.» Über mich, den Erben ihrer langen ägyptischen Nase und ihres klugschwätzerischen Mundes, sagte meine Mutter bei jeder Gelegenheit mit der für sie bezeichnenden Zurückhaltung: «Dieser *bonditt*, der braucht ein Buch erst gar nicht aufzuschlagen – in allem die beste Note. Albert Einstein der Zweite!»

Und wie stand mein Vater zu alldem? Er trank – natürlich nicht Whisky wie ein *goj*, sondern Paraffinöl und Magnesium-Lactat, kaute Ex-Lax, aß morgens und abends Kleieflocken und verdrückte pfundweise gemischtes Trockenobst. Er litt – und wie er litt! – an Verstopfung. Ihre Allgegenwart und seine Hartleibigkeit, meine Mutter, die durchs Schlafzimmerfenster hereinfliegt, und mein Vater, der, ein Zäpfchen im Hintern, die Abendzeitung liest … das, Doktor, sind die frühesten Eindrücke, die ich von meinen Eltern habe – von den zu ihnen gehörenden Eigenschaften und Heimlichkeiten. Er machte sich in einer Kasserolle ein Gebräu aus getrockneten Sennesblättern – dieses und das unsichtbar in seinem Rektum schmelzende Suppositorium waren *seine* Zauberkünste: er überbrühte die geäderten grünen Blätter, rührte mit einem Löffel in dem übel riechenden Sud und seihte das Ganze sorgfältig durch, um es schließlich mit gespanntem, bedrücktem Gesichtsausdruck seinem blockierten Körper einzuverleiben. Anschließend kauert er vor dem leeren Glas, als lausche er weit entferntem Donnergrollen, und wartet auf das Wunder … Als kleiner Junge saß ich manchmal in der Küche und wartete mit ihm. Doch das Wunder kam nie, jedenfalls nicht so, wie wir es uns vorstellten und erflehten, nämlich als Aufhebung des Urteils, als völlige Erlösung von der Heimsuchung. Ich erinnere mich daran, dass er, bei der Radiomeldung von der Explosion der ersten Atombombe, laut sagte: «Vielleicht hätte die es geschafft.» Doch alle Abführmittel waren an dem Mann verschwendet: Empörung und Enttäuschung hielten seine *kischkas* mit eisernem Griff umklammert. Zu all seinem anderen Missgeschick war ich der Liebling seiner Frau.

Um sein Leben noch weiter zu erschweren, liebte auch er mich. Auch er sah in mir *die* Möglichkeit, sich und seine Familie «vor niemandem verstecken zu müssen», *die* Chance, uns Ehre und Respekt zu erwerben – obwohl sich, als ich klein war, meist alles um Geld drehte, wenn er zu mir von seinen Ambitionen sprach. «Sei nicht so dumm wie dein Vater», sagte er, wenn er mit dem kleinen Jungen auf seinen Knien spielte, «sieh beim Heiraten nicht auf Schönheit und nicht auf Liebe – heirate reich.» O nein, es passte ihm ganz und gar nicht, wenn man auf ihn herabsah. Er arbeitete wie ein Tier – für eine Zukunft, die ihm nicht beschieden war. Im Grunde erhielt er nie einen Gegenwert für das, was er uns bot – weder von meiner Mutter noch von mir, selbst von meiner liebevollen Schwester nicht, deren Mann er nach wie vor als Kommunisten betrachtet (obwohl er heute Teilhaber einer einträglichen Firma für alkoholfreie Getränke ist und ein Haus in West Orange besitzt). Und ganz gewiss auch nicht von jener Milliarden Dollar schweren protestantischen Gesellschaft (oder «Institution», wie sie sich selbst gern nennt), von der er bis zum Exzess ausgebeutet wurde. «Das menschenfreundlichste Finanzunternehmen Amerikas», höre ich meinen Vater noch sagen, als er mich zum ersten Mal mitnahm und mir innerhalb der riesigen Büroräume der Boston & Northeastern-Lebensversicherung sein winziges, quadratisches Reich mit dem Schreibtisch und dem Stuhl davor zeigte. Ja, vor seinem Sohn sprach er mit Stolz von der «Gesellschaft»; es wäre ja sinnlos gewesen, sich selbst dadurch zu erniedrigen, dass man sie «in der Öffentlichkeit» angriff – schließlich hatte sie ihm während der Wirtschaftskrise ein Gehalt gezahlt, sie stellte ihm Briefpapier, auf dem sein eigener Name unter einem Bild der *Mayflower* (dem Firmenzeichen der Gesellschaft und also gewissermaßen auch dem seinen, haha) gedruckt war, und um das Maß ihrer Menschenfreundlichkeit voll zu machen, durften er und meine Mutter jedes Frühjahr auf Kosten des Unternehmens ein formidables Wochenende in Atlantic City verbringen, immerhin in einem schicken *gojischen* Hotel, wo sie sich (im Verein mit den anderen Versicherungsvertretern aus New York, New Jersey und Pennsylvania, die ihr jährliches Soll an Abschlüssen erreicht hatten) vom Portier, den Kellnern und Hotelpagen einschüchtern ließen – von den befremdeten zahlenden Gästen ganz zu schweigen.

Dazu kam, dass er leidenschaftlich an das glaubte, was er verkaufte – eine weitere Quelle der Qual, die an seinen Kräften zehrte. Wenn er nach dem Mittagessen, in Hut und Mantel, erneut seiner Arbeit nachging, so dachte er dabei nicht nur an sich – nein, er dachte auch an irgendeinen armen Hund, der dabei war, seine Versicherungspolice verfallen zu lassen und damit «im Falle eines Regentages» die Sicherheit seiner Familie gefährdete. «Alex», erklärte er mir öfters, «der Mensch braucht einen Schirm, wenn es regnet. Man lässt Weib und Kind nicht ohne Schirm draußen im Regen stehen!» Und obwohl das, was er sagte, mir, mit meinen fünf oder sechs Jahren, völlig einleuchtete, um nicht zu sagen, mich tief beeindruckte, so war das offenbar keineswegs die übliche Reaktion, die seine «Regentag-Ansprache» hervorrief, jedenfalls nicht bei den stumpfen Polen, gewalttätigen Iren und analphabetischen Negern, welche die ärmlichen Viertel bevölkerten, die meinem Vater vom menschenfreundlichsten Finanzunternehmen Amerikas als Tätigkeitsfeld zugewiesen worden waren.

Sie lachten über ihn, dort in den Slums. Sie hörten ihm nicht zu. Sie hörten ihn klopfen, warfen leere Flaschen gegen die Tür und riefen: «Hau ab, niemand zu Hause.» Sie hetzten ihre Hunde auf ihn, die ihre Zähne in seinen hartnäckigen jüdischen Hintern schlugen. Und doch gelang es ihm im Laufe der Jahre, so viele Anstecknadeln, Anerkennungsschreiben und Medaillen der Versicherungsgesellschaft anzuhäufen – alles Auszeichnungen für seine geschäftliche Tüchtigkeit –, dass er eine ganze Wand des langen, fensterlosen Ganges damit bedecken konnte, in dem die Kartons mit unseren Passah-Vorräten, Matzen usw. lagerten und unsere «orientalischen» Teppiche, dick mit Ölpapier umhüllt, den Sommer überstanden. Konnte die Gesellschaft, wenn er Wasser aus Steinen schlug, nicht ein Wunder an ihm geschehen lassen? Konnte «Der Präsident» oben im «Hauptquartier» nicht von seiner Tüchtigkeit erfahren und über Nacht aus einem Vertreter mit 5000 im Jahr einen Bezirksleiter mit 15 000 machen? Aber sie ließen ihn dort, wo er war. Wer sonst würde ein so unfruchtbares Land mit so unglaublichem Erfolg beackern? Außerdem hatte es in der ganzen Geschichte der Boston & Northeastern noch nie einen jüdischen Bezirksleiter gegeben (nicht ganz unser Niveau, mein Bester, wie sie auf der *Mayflower* sagten), und mein Vater mit seiner Volksschulbildung eignete sich nicht besonders dazu, ein Jackie Robinson des Versicherungswesens zu werden.

N. Everett Lindabury, der Präsident der Boston & Northeastern, hatte sein Bild in unserem Flur hängen. Die gerahmte Fotografie war meinem Vater verehrt worden, als er mit seinen Abschlüssen eine Million Dollar erreicht hatte, oder vielleicht kam das auch erst, nachdem die Zehn-Millionen-Grenze überschritten war. «Mr. Lindabury», «das Hauptquartier» … aus dem Munde meines Vaters klang es wie Roosevelt im Weißen Haus in Washington … und *wie* er sie dabei verabscheute, besonders Lindabury mit seinem maisfarbenen Haar und seiner kurz angebundenen Neu-England-Art zu reden, die Söhne in Harvard und die Töchter im französischen Pensionat, oh, dieses ganze Pack da oben in Massachusetts, diese *schkotzim*, mit ihren Fuchsjagden und ihrem Polospiel! (so hörte ich ihn eines Abends hinter seiner

Schlafzimmertür belfern) – womit sie ihn daran hinderten, in den Augen seiner Frau und seiner Kinder ein Held zu sein, verstehen Sie? Welcher Zorn! Welche Wut! Und es gab niemanden, an dem er das auslassen konnte – außer an sich selbst. «Warum habe ich keine Verdauung – ich stecke bis zum Hals voll Pflaumen! Warum hab ich immerzu solche Kopfschmerzen! Wo ist meine Brille? Wer hat meinen Hut!?»

Auf die gleiche grimmige, selbstzerstörerische Weise, in der so viele jüdische Männer seiner Generation ihren Familien dienten, diente mein Vater meiner Mutter und meiner Schwester Hannah, doch besonders mir. Er war gefesselt – ich sollte fliegen. Das war sein Traum. Mein Traum war dessen logische Fortsetzung: meine Befreiung würde zugleich die seine sein – Unwissenheit, Ausbeutung, Anonymität würden der Vergangenheit angehören. Bis zum heutigen Tage ist für mich unser beider Schicksal unlösbar miteinander verknüpft, und noch immer geschieht es viel zu oft, dass ich, wenn ich beim Lesen irgendeines Buches auf einen Absatz stoße, dessen Logik oder Weisheit mich beeindruckt, sofort und unwillkürlich denke: «Wenn er *das* doch lesen könnte! Ja! Lesen und verstehen –!» Immer noch hoffe ich, verstehen Sie, immer noch denke ich: «Wenn doch bloß …» – und das mit dreiunddreißig … Damals, in meinem ersten Semester im College, als ich noch in stärkerem Maße der Sohn war, der darum kämpft, dass sein Vater *versteht* – als ich dachte: «Er *muss* verstehen, und wenn es um sein Leben geht» – ich erinnere mich, dass ich damals aus einer dieser intellektuellen Zeitschriften, die ich selbst gerade erst in der College-Bibliothek entdeckt hatte, die Bestellkarte herausriss, seinen Namen und unsere Adresse draufschrieb und ihm, ohne Absender, ein Jahresabonnement zukommen ließ. Doch als ich mürrisch und schlecht gelaunt zu Weihnachten nach Hause fuhr, zu Besuch und um Anstoß zu nehmen, war die ‹Partisan Review› nirgends zu erblicken. ‹Collier's› und ‹Look›, aber wo war die ‹Partisan Review›? ungeöffnet fortgeworfen – so dachte ich in meinem Hochmut und meinem Herzenskummer –, ungelesen beiseite getan, als lästige Briefkastenfüllung betrachtet von diesem *schmuck*, diesem Trottel, diesem Spießer – meinem Vater!

Ich erinnere mich – um meine schrittweise Desillusionierung noch weiter zurückzuverfolgen –, ich erinnere mich an einen Sonntagmorgen, an dem ich meinem Vater einen Baseball zuwarf und dann vergebens darauf wartete, den Ball davonfliegen zu sehen, hoch über meinen Kopf hinweg. Ich bin acht, und ich habe zum Geburtstag meinen ersten Hartball und Fanghandschuh bekommen und ein richtiges Schlagholz, für das meine Kräfte eigentlich noch nicht ausreichen. Mein Vater ist schon seit dem frühen Morgen in Hut, Mantel, Krawatte und schwarzen Schuhen unterwegs, unter dem Arm das dicke schwarze Inkassobuch, in dem vermerkt ist, wer Mr. Lindabury wie viel schuldet. Jeden geschlagenen Sonntagmorgen verschwindet er im benachbarten farbigen Viertel. Das sei, wie er sagt, die beste Zeit, die unwilligen Zahler am Wickel zu kriegen, damit sie die lumpigen 10 oder 15 Cent rausrücken, um ihrer wöchentlichen Zahlungsverpflichtung nachzukommen. Er pirscht sich an die Männer heran, die draußen in der Sonne sitzen, und versucht, ihnen ein paar schäbige Münzen zu entlocken, bevor sie sich mit ihrem «Morgan Davis»-Wein sinnlos betrunken haben; er taucht überraschend aus Torwegen auf, um, zwischen Küche und Kirche, die frommen Putzfrauen zu erwischen, die in der Woche tagsüber in fremden Wohnungen arbeiten und sich abends in den eigenen vor ihm verstecken. «Weiowei», ruft jemand, «der Versicherungsonkel!» Und selbst die Kinder suchen irgendwo Schutz – sogar die *Kinder*, sagte er angewidert, also sag mir bitte: welche Hoffnung besteht für diese Nigger, je ihr Los zu verbessern? Wie wollen sie je aus ihrem Elend raus, wenn sie nicht einmal imstande sind zu kapieren, wie wichtig eine Lebensversicherung für sie ist? Ist es ihnen denn wirklich scheißegal, wie es ihren Lieben ergeht, die sie hinterlassen? Denn sterben werden auch sie, sagt er verärgert, so viel steht mal fest. Ich bitte dich, was ist das für ein Mensch, der sich nicht davor scheut, Kinder draußen im Regen stehen zu lassen – *ohne Schirm!*

Wir sind auf dem großen Sportplatz hinter meiner Schule. Er legt sein Inkassobuch auf die Erde und tritt in Mantel und Hut ans Schlagmal. Er trägt eine stahlgeränderte Brille mit viereckigen Gläsern; sein Haar (nun das meine), ein wirrer Schopf, hat die Farbe und Beschaffenheit von Stahlwolle, und seine Zähne, die im Badezimmer aus ihrem Glas heraus die ganze Nacht die Klosettschüssel anlächeln, lächeln nun mich an, seinen Liebling, sein Fleisch und Blut, den kleinen Knaben, dessen Haupt nie dem Regen ausgesetzt werden wird. «Okay, du Baseball-As», sagt er und packt mein neues Schlagholz irgendwo in der Mitte – zu meinem Erstaunen mit der linken Hand dort, wo die rechte hingehört. Ich bin ganz plötzlich traurig: Ich möchte ihm sagen, *He, du hältst ihn ja falsch,* bringe es aber nicht heraus, vor Angst, dass ich anfange zu weinen – oder er! «Los, Super-As, wirf den Ball», ruft er, und ich tue es – und natürlich kommt mir dabei zum Bewusstsein, dass, zu allem Übrigen, auch noch der Argwohn in mir aufzusteigen beginnt: «King Kong» Charlie Keller ist mein Vater offenbar auch nicht.

Von wegen Regenschirm.

Es war meine Mutter, die einfach alles fertig brachte und die selber zugeben musste, es sei durchaus möglich, dass sie zu tüchtig wäre. Und konnte ein kleines Kind mit meiner Intelligenz und meiner Beobachtungsgabe daran zweifeln, dass dem so war? In ihrem Fruchtgelee, zum Beispiel, *schwebten* die Pfirsichstücke, als hingen sie an Fäden – es sah so aus, als trotzten sie dem Gesetz der Schwerkraft. Sie konnte einen Kuchen backen, der wie Bananen schmeckte. Weinend und leidend rieb sie ihren Meerrettich lieber selbst, als den *pischach zu* kaufen, den es in Gläsern im Delikatessengeschäft gab. «Wie ein Habicht», so drückte sie sich aus, ließ sie

14

den Fleischer nicht aus den Augen, um ganz sicher zu sein, dass er ihr Fleisch auch wirklich durch den koscheren Wolf drehte. Sie rief die anderen Frauen im Haus an, deren Wäsche ebenfalls zum Trocknen auf der Leine hing – einmal, als sie ihren großmütigen Tag hatte, sogar die geschiedene *schickse* im obersten Stockwerk –, und sagte ihnen, sie sollten sich beeilen und die Wäsche hereinnehmen, auf unser Fenstersims ist ein Regentropfen gefallen. Was für Antennen diese Frau hatte! Und das vor Erfindung des Radars! Welche Energien! Welche Gründlichkeit! Sie suchte (und fand) die Fehler in meinen Rechenaufgaben und die Löcher in meinen Strümpfen; der Schmutz unter meinen Nägeln entging ihr ebenso wenig wie der an meinem Körper – von Kopf bis Fuß. Selbst in die entferntesten Schlupfwinkel meiner Ohren dringt sie ein, mit kaltem Wasserstoffsuperoxyd. Es prickelt und pufft wie Ingwerbier, und heraus kommt, in kleinen Stückchen, der verborgene Vorrat von gelbem Ohrenschmalz, das offenbar das Gehör eines Menschen gefährden kann. Eine «ärztliche» Prozedur dieser Art (auch wenn sie unsinnig sein sollte) braucht natürlich ihre Zeit, zudem bereitet sie Mühe – doch wenn es um Gesundheit und Reinlichkeit, Bazillen und Sekretionen geht, schont sie sich nicht und lässt andere leiden. Sie entzündet Kerzen für die Toten, was die Leute sonst immer wieder vergessen. *Sie* denkt pietätvoll daran, und das ohne Hilfe von Kalendernotizen. Frömmigkeit und Hingabe liegen ihr einfach im Blut. Es sehe so aus, sagt sie, als sei sie die einzige, die den «gesunden Menschenverstand», «den simplen, selbstverständlichen Anstand» besäße, auf dem Friedhof die Gräber unserer Verwandten von Unkraut zu säubern. Der erste schöne Frühlingstag kommt, und schon hat sie alles, was Wolle heißt, eingemottet, die Teppiche zusammengerollt und verschnürt und sie in den Flur mit den Trophäen meines Vaters geschleppt. Sie braucht sich ihrer Wohnung nie zu schämen: jederzeit hätte ein Fremder hereinkommen und jeden Wandschrank, jede Schublade öffnen können, ohne sie in die geringste Verlegenheit zu bringen.

Sogar vom Fußboden des Badezimmers könnte man essen, sollte es sich als notwendig erweisen. Wenn sie beim Mah-Jongg verliert, so nimmt sie das gut gelaunt hin, nicht-wie-andere-sie-könnte-da-Namen-nennen-aber-wozu-selbst – den-von-Tilly – Hochman-nicht-ist – ja – zu –läppisch-um-auch-nur-ein – Wort – darüber – zu-verlieren-lassen-wir – das-ich-hätte-gar-nicht-davon-anfangen-sollen. Sie näht, sie strickt, sie stopft – sie bügelt besser als die *schwartze*, die sie als einzige von ihren Bekannten, alle Teilhaber an dieser kindischen, grinsenden schwarzen alten Haut, gut behandelt. «Ich bin die Einzige, die gut zu ihr ist. Ich bin die Einzige, die ihr eine ganze Büchse Thunfisch zum Lunch gibt, und nicht etwa Ramsch, sondern beste Ware, Alex. Es tut mir Leid, ich kann nicht knauserig sein. Ihr müsst schon entschuldigen, aber ich kann so nicht leben, auch, wenn zwei Büchsen 49 Cent kosten. Esther Wasserberg lässt Fünf-Cent-Stücke im Haus rumliegen, wenn Dorothy kommt, und zählt sie später nach, ob nichts fehlt. Vielleicht bin ich zu gut», flüstert sie mir zu, während sie kochend heißes Wasser über den Teller laufen lässt, von dem die Putzfrau gerade gegessen hat, allein wie eine Aussätzige, «aber so was brächte ich nie fertig.» Einmal kam Dorothy zufällig in die Küche, als meine Mutter immer noch am heißen Wasserhahn stand und wahre Gießbäche über das Messer und die Gabel stürzen ließ, die sich zwischen den aufgeworfenen blassroten Lippen der *schwartze* befunden hatten. «Also, eh man diese Mayonnaise vom Silber wieder runterhat, Corothy …», sagt meine zungenfertige Mutter – und hat auf diese Weise, wie sie *mir* später sagt, dank ihrer Schlagfertigkeit vermieden, die Farbige zu kränken.

Wenn ich bös und ungezogen bin, werde ich aus der Wohnung gewiesen. Ich stehe vor der Tür und trommle immer wieder mit den Fäusten dagegen, bis ich schwöre, mich zu bessern. Aber was habe ich bloß getan? Ich putze jeden Abend meine Schuhe über einer Zeitung von gestern, die ich zum Schutz des Linoleums ausgebreitet habe; ich vergesse anschließend nicht, die Dose mit

Schuhwichse zu verschließen und alles wieder an seinen Platz zu tun. Ich drücke die Zahnpasta vom Ende der Tube heraus, ich putze meine Zähne kreisförmig, niemals auf und ab, ich sage «danke schön», ich sage «nichts zu danken, gern geschehn», ich sage «Entschuldigung» und «bitte, darf ich». Wenn Hannah krank ist oder, vor dem Abendbrot, mit ihrer blauen Blechbüchse unterwegs, um für den Jüdischen National-Fonds zu sammeln, decke ich freiwillig, und ohne, dass ich «dran» wäre, den Tisch und denke immer daran, dass Messer und Löffel rechts zu liegen haben, die Gabel links, und die Serviette, zu einem Dreieck gefaltet, links von der Gabel. Nie würde ich ein Milchgericht vom Fleischteller essen, nie, nie, niemals. Trotzdem gibt es etwa ein Jahr in meinem Leben, in dem nicht ein Monat ohne irgendeine unverzeihliche Missetat verging und mir nicht gesagt wurde, ich solle einen Koffer packen und verschwinden. Aber was kann das bloß sein? Mutter, ich bin's doch, der kleine Junge, der ganze Abende vor Schulbeginn damit verbringt, sorgfältig die Namen seiner verschiedenen Schulfächer in Blockschrift auf die farbigen Trennblätter zu malen, der geduldig Verstärkungsringe um die Löcher der linierten und unlinierten Seiten seiner Ringhefte klebt – für ein ganzes Quartal im Voraus. Ich trage einen Kamm und ein sauberes Taschentuch bei mir; nie ringeln sich meine Kniestrümpfe um meine Waden, darauf achte ich; meine Hausaufgaben sind gemacht, Wochen bevor sie abgeliefert werden müssen – du musst zugeben, Ma, ich bin der aufgeweckteste und reinlichste kleine Junge, den es in meiner Schule je gab! Die Lehrerinnen (du weißt es, sie haben es dir *erzählt*) sind ganz glücklich über mich, wenn sie zu ihren Männern nach Hause kommen. Also was habe ich getan? Wenn jemand die Antwort auf diese Frage weiß, so soll er sich bitte erheben! Ich bin so unmöglich, dass sie mich auch nicht *eine Minute* länger in ihrem Haus haben will. Als ich einmal meine Schwester eine freche Rotznase nannte, wurde mir der Mund sofort mit brauner Kernseife abgewaschen, das verstehe ich. Aber Verbannung? Was kann ich denn bloß angestellt haben!

Weil sie so gut ist, wird sie mir etwas zu essen mit auf den Weg geben, aber dann hinaus mit mir, in Mantel und Galoschen, und alles Weitere geht sie nichts an.

Okay, sage ich, wenn du's nicht anders haben willst! (Denn auch mir geht der Sinn fürs Melodramatische nicht ab – ich gehöre nicht umsonst zu dieser Familie.) Ich brauch kein Fresspaket! Ich brauch überhaupt nichts!

Ich liebe dich nicht mehr, ich kann einen kleinen Jungen nicht mehr lieben, der sich so aufführt wie du. Daddy, Hannah und ich werden jetzt ohne dich zusammenleben sagt meine Mutter (eine Meisterin darin, die Dinge so auszudrücken, dass sie einen umhauen). Am Dienstagabend wird Hannah die Mah-Jongg-Steine für die Damen aufbauen. Wir können ganz gut ohne dich auskommen.

Wennschon! Ich zur Tür raus, hinaus ins große, düstere Treppenhaus. Wenn schon! Ich werde Zeitungen auf den Straßen verkaufen, barfuß. Ich werde in Güterwagen fahren, wohin ich will, und auf freiem Felde schlafen, stelle ich mir vor – und dann genügt der Anblick der leeren Milchflaschen neben unserer Fußmatte (auf der WILLKOMMEN steht), um mir das ganze Ausmaß dessen, was ich verlor, aufs Grässlichste vor Augen zu führen. «Ich hasse dich!», brülle ich und schleudere mit dem Fuß einen Überschuh gegen die Tür. «Du stinkst!» Bei so viel unflätiger Aufsässigkeit, die durch die Gänge des Mietshauses hallt, in dem meine Mutter mit zwanzig anderen jüdischen Frauen darin wetteifert, die Schutzheilige der sich Aufopfernden zu sein, bleibt ihr nichts anderes übrig, als auch noch das Sicherheitsschloss herumzudrehen. Das ist der Punkt, an dem ich beginne, an die Tür zu hämmern, um hereingelassen zu werden. Ich lasse mich auf die Fußmatte fallen und flehe um Vergebung für meine Sünden (was war es doch gleich wieder?) und verspreche ihr, für den Rest unseres

Lebens (von dem ich damals annahm, es würde nie ein Ende nehmen) die personifizierte Vollkommenheit zu sein.

Dann gibt es die Abende, an denen ich nicht essen will. Meine vier Jahre ältere Schwester versichert mir, dass mich meine Erinnerung nicht täuscht: ich weigerte mich zu essen, und meine Mutter sah sich außerstande, einem solchen Eigensinn – um nicht zu sagen Schwachsinn – nachzugeben. Und zwar zu meinem eigenen Besten. Sie bittet mich doch bloß darum, etwas zu *meinem eigenen Besten* zu tun – und ich sage trotzdem *nein*? Würde sie denn nicht lieber selber hungern, als dass ich nichts zu essen hätte, weiß ich denn das immer noch nicht?

Doch ich will ihr vom Munde abgespartes Essen nicht. Ich will nicht einmal das Essen von meinem Teller – darum geht es.

Bitte! Ein Kind mit meinen Möglichkeiten! Meinen Gaben! Meiner Zukunft! – Alles, was Gott mir so verschwenderisch verliehen hat, Schönheit, Verstand, kann man mir denn erlauben, mich ohne jeden vernünftigen Grund zu Tode zu hungern?

Will ich etwa, dass die Leute mein ganzes Leben lang auf einen kleinen, ausgemergelten Jungen herabsehen, oder nicht doch lieber, dass sie zu einem Mann aufblicken?

Will ich zum Gespött der Menschen herumgestoßen werden, will ich nur aus Haut und Knochen bestehen, dass die Leute mich umniesen können, oder will ich ihnen Respekt einflößen?

Was möchte ich lieber sein, wenn ich groß bin: schwach oder stark, ein Erfolg oder eine Niete, ein Mann oder eine Maus?

Ich möchte ja bloß nichts essen, antwortete ich.

Und nun setzte meine Mutter sich auf einen Stuhl neben mich, ein langes Brotmesser in der Hand. Es ist aus rostfreiem Stahl, mit einer sägeartigen Schneide. Was will ich sein: schwach oder stark, ein Mann oder eine Maus?

Doktor, *warum*, o warum, warum, warum, warum bedroht eine Mutter ihren eigenen Sohn mit einem Messer? Ich bin sechs oder sieben Jahre alt, wie kann ich wissen, dass sie nicht zustechen wird? Was soll ich denn bloß tun – versuchen, sie hinters Licht zu führen – mit sieben Jahren? Ich kenn mich in Listen nicht aus, Herr des Himmels – ich wiege wahrscheinlich noch keine sechzig Pfund! Jemand fuchtelt mit einem Messer vor mir herum, und ich muss glauben, dass mir Gefahr droht und mein Blut fließen wird! Nur … *warum?* Was kann denn bloß *in ihrem Gehirn* vor sich gehen? Wie verrückt kann sie denn bloß sein? Angenommen, sie hätte mir nachgegeben – was wär schon verloren gewesen? Warum ein *Messer*, warum eine *Mord*drohung, warum muss es ein so umfassender und vernichtender Sieg sein – wo sie doch erst gestern ihr Bügeleisen beiseite stellte und mir *applaudierte*, als ich durch die Küche stürmte, in meiner Rolle als Christoph Kolumbus, die ich für die Schulaufführung von ‹Land in Sicht› probte! Ich bin der Star, der beste Schauspieler in meiner Klasse, ohne mich können sie nichts einstudieren. O ja, sie versuchten es einmal, als ich Bronchitis hatte, doch die Lehrerin vertraute meiner Mutter später an, dass das Ergebnis entschieden zweitklassig gewesen sei. Wie ist es möglich, wie *kann* sie so herrliche Nachmittage mit mir in der Küche verbringen, Silber putzen, Leber hacken, neues Gummiband in meine Unterhöschen einziehen – wobei sie mir die ganze Zeit aus dem hektographierten Rollenbuch meine Stichworte gibt, die Königin Isabella spielt, wenn ich Kolumbus bin, wenn ich Louis Pasteur bin, seine Frau, und die Betsy Ross, wenn ich Washington darstelle – wie kann sie, in diesen herrlichen Dämmerstunden nach der Schule, sich mit mir zusammen zum Gipfel meiner einmaligen Fähigkeiten aufschwingen und abends, weil ich ein paar grüne Bohnen und eine gebackene Kartoffel nicht essen will, ein Brotmesser auf mein Herz richten?

Und warum hindert mein Vater sie nicht daran?

Wichsen

Dann kam die Pubertät – und ich verbringe die Hälfte der Zeit, in der ich nicht schlafe, eingeschlossen im Badezimmer und schieße meine Ladung in die Klosettschüssel oder in die schmutzige Wäsche im Wäschekorb, oder ich spritze sie aufwärts, in den Spiegel des Medizinschränkchens, vor dem ich mit heruntergelassenen Hosen stand, um zu sehen, wie es herauskam. Oder ich beugte mich tief über meine fliegende Faust, mit fest zusammengekniffenen Augen, jedoch weit offenem Mund, um das sämige Gemisch aus Buttermilch und Mandelöl auf Zunge und Zähnen zu spüren – obwohl mir soundso oft, in meiner blinden Ekstase, das ganze Zeug in die Haare ging, wie ein Schuss Shampoo. Eine Welt von verklebten Taschentüchern und zusammengeknülltem Kleenex und befleckten Pyjamas umgab meinen wunden und geschwollenen Penis, und ich lebte in ständiger Angst, dass meine Verworfenheit von jemand entdeckt werden könnte, der mich gerade dann überrascht, wenn ich, wie von Sinnen, meine Ladung loswerde. Trotzdem war es mir völlig unmöglich, die Pfoten von meinem Pimmel zu lassen, sobald er begann, sich aufzurichten. Mitten in einer Schulstunde hob ich die Hand, um austreten zu dürfen, rannte den Gang hinunter zur Toilette und holte mir, vor einem Pissoirbecken stehend, mit zehn oder fünfzehn wilden, ruckhaften Handbewegungen einen herunter. Samstagnachmittags beim Kinobesuch stehe ich auf und gehe ohne meine Freunde zum Automaten – was damit endet, dass ich, weit von ihnen entfernt, auf einem Balkonplatz, meinen Samen in die leere Hülle eines Schokoladenriegels spritze. Während einer Landpartie, die unsere ganze Sippe unternahm, schnitt ich aus einem Apfel das Kerngehäuse heraus, sah zu meinem Erstaunen (bestärkt durch meine Fixation), wie er nun aussah, und rannte fort, in den Wald, um mich auf die ausgehöhlte Frucht fallen zu lassen, wobei ich mir vorstellte, dass die kühle samtige Öffnung sich zwischen den Beinen jenes mythischen Wesens befinde, das mich immer Big Boy nannte, wenn sie um das flehte, was kein Mädchen in der ganzen Geschichte der Menschheit je bekommen hatte. «Stoß ihn rein, Big Boy», rief der ausgehöhlte Apfel, den ich auf diesem Ausflug vögelte wie verrückt. «Big Boy, Big Boy, o gib's mir, gib mir alles, was du hast», flehte die leere Milchflasche, die ich in unserem Kellerverschlag versteckt hatte, um dort nach der Schule meinem Vaselingesalbten die Zügel schießen zu lassen. «Komm, Big Boy, komm», schrie das toll gewordene Stück Leber, das ich, in meiner eigenen Tollheit, eines Nachmittags in einem Fleischerladen kaufte und, ob Sie's glauben oder nicht, hinter einer Reklametafel vergewaltigte – auf dem Weg zur Bar-Mizwa-Stunde.

Gegen Ende meines ersten High-School- (und Onanisten-) Jahres entdeckte ich an der Unterseite meines Gliedes, dort, wo die Eichel beginnt, eine kleine, dunkel verfärbte Stelle, die später als Leberfleck diagnostiziert wurde. Krebs. Ich hatte *Krebs*, durch eigenes Verschulden. All das Zerren und Ziehen an meinem Fleisch, diese ewige Reiberei hatte mir eine unheilbare Krankheit eingetragen. Und dabei noch keine vierzehn! Abends, im Bett, liefen meine Tränen. «Nein!», schluchzte ich. «Ich will nicht sterben! Bitte – nein!» Aber dann, weil ich ohnehin sehr bald ein Leichnam sein würde, trieb ich es wie immer und schoss ab, in einen meiner Socken. Ich hatte mir angewöhnt, meine schmutzigen Socken abends mit ins Bett zu nehmen, um einen davon beim Schlafengehen für meine Zwecke zu benutzen, und den anderen beim Erwachen.

Wenn ich mich doch bloß auf einmal am Tage beschränken könnte, oder auf zwei-, selbst dreimal! Doch den Tod vor Augen, stellte ich, im Gegenteil, neue Rekorde auf. Vor den Mahlzeiten. Nach den Mahlzeiten. *Während* der Mahlzeiten. Ich springe beim

Mittagessen auf, ich greife mir mit dramatischer Geste an den Bauch – Durchfall! Ich habe Durchfall!, schreie ich – und kaum ist die Badezimmertür hinter mir verschlossen, streife ich mir ein Unterhöschen über den Kopf, das ich vom Toilettentisch meiner Schwester entwendet habe und, eingerollt in ein Taschentuch, mit mir herumtrage. Der baumwollene Schlüpfer an meinen Lippen hat eine dermaßen befeuernde Wirkung – wie schon allein das *Wort* «Schlüpfer» –, dass die Flugbahn meiner Ejakulation ungeahnte Höhen erreicht: wie eine Rakete schießt mein Samen zur Birne an der Decke hoch, die er, zu meinem Erstaunen und Entsetzen, auch trifft und an der er hängen bleibt. In heller Panik schütze ich meinen Kopf mit den Händen, erwarte eine Explosion, umherfliegende Glassplitter, Stichflammen – ich bin auf Katastrophen eingestellt, wie Sie sehen. Dann klettere ich so leise wie möglich auf den Heizkörper und entferne den blasenwerfenden Schleimklumpen mit einem Bausch Toilettenpapier. Ich suche den Duschvorhang ab, die Wanne, den Kachelboden, die vier Zahnbürsten – Gott soll schützen! –, und wie ich gerade die Tür aufschließen will, im Glauben, ich hätte meine Spuren verwischt, bleibt mir beim Anblick dessen, was an meiner Schuhspitze hängt wie Rotz, das Herz stehen. Ich bin der Raskolnikow des Wichsens – die klebrigen Beweise finden sich allüberall! Etwa auch auf meinen Hosenaufschlägen? In meinem *Haar*? In meinen *Ohren*? All das frage ich mich auch dann noch, als ich, finster blickend und gereizt, an den Küchentisch zurückkehre und meinen Vater überheblich anknurre, sobald der seinen Mund voll roter Götterspeise öffnet und sagt: «Ich begreife nicht, warum du dich einschließen musst. Das geht über meinen Horizont. Ist das hier eine Privatwohnung oder der Hauptbahnhof?» – «… für sich sein … man ist schließlich ein Mensch … gibt's *hier* nicht», antworte ich, schiebe heftig meinen Nachtisch von mir und brülle: «Mir ist nicht *gut – wollt ihr mich jetzt gefälligst in Ruhe lassen, ihr alle!?*»

Nach dem Nachtisch – den ich aufesse, weil ich Götterspeise

zufällig gern habe, auch wenn ich *sie* verabscheue – nach dem Nachtisch bin ich wieder im Badezimmer. Ich wühle in der schmutzigen Wäsche der letzten Woche und stoße auf einen getragenen Büstenhalter meiner Schwester. Ich hänge das eine Schulterband über die Klinke der Badezimmertür und das andere über den Knauf des Wandschranks: ein Popanz zur Erzeugung weiterer Träume. «Oh, los, Big Boy, hau rein – bis nur noch heißer roter Matsch übrig bleibt –» So drängen mich die kleinen Mulden von Hannahs Büstenhalter, als eine zusammengerollte Zeitung an die Tür schlägt. Was mich samt meiner arbeitenden Hand von der Klosettbrille hochreißt. «Mach schon, andere wollen schließlich auch mal drauf, hörst du?», sagt mein Vater. «Seit einer Woche hab ich keinen Stuhlgang gehabt.»

Ich gewinne mein Gleichgewicht zurück, indem ich – wofür ich eine Begabung habe – lauthals den Gekränkten spiele. «Ich hab entsetzlichen Durchfall. Bedeutet denn das in diesem Haus niemandem etwas?» – und nehme unterdessen meine Tätigkeit wieder auf, sogar in beschleunigtem Tempo, da mein verkrebstes Glied wie durch ein Wunder, von tief innen her, erneut zu zucken beginnt.

Dann fängt Hannahs Büstenhalter an *sich zu bewegen*. Hin und her zu schwingen! Ich bedecke die Augen, und siehe! Lenore Lapidus! die die größten Brüste in meiner Klasse hat, und wenn sie nach Schulschluss zur Bushaltestelle rennt, schaukelt diese gewaltige, unerreichbare Last schwer in ihrer Bluse hin und her, oh, ich zwinge sie aus ihrem Versteck hervor, über den Rand des Büstenhalters, LENORE LAPIDUS' TITTEN, und in der gleichen Sekunde wird mir klar, dass meine Mutter heftig an der Klinke rüttelt. An der Klinke der Tür, die ich nun doch vergessen habe abzuschließen! Ich wusste, dass es eines Tages geschehen würde! Erwischt! Schon so gut wie *tot*!

«Mach auf, Alex. Mach sofort auf, hörst du?»

Sie ist verschlossen, man hat mich nicht erwischt! Und das,

was sich höchst lebendig in meiner Hand befindet, beweist mir, dass ich selbst auch noch nicht ganz tot bin. Also weiter! Weiter! «Leck mich, Big Boy – leck mich, heiß und tief! Ich bin Lenore Lapidus' rot glühender riesengroßer raumsprengender Büstenhalter!»

«Alex, ich verlange Antwort. Antworte mir! Hast du nach der Schule Pommes frites gegessen? Bist du deshalb krank?»

«Uuhh, uuhh –»

«Alex, hast du Schmerzen? Soll ich den Doktor holen? Hast du Schmerzen oder nicht? Ich will genau wissen, wo es dir wehtut. Antworte mir!»

«Aahhh … oohhh …»

«Alex, dass du nicht ziehst!», sagt meine Mutter streng. «Ich möchte sehen, was da drin ist. Das gefällt mir alles gar nicht.»

«Und ich», sagt mein Vater, wie immer beeindruckt von meinen Leistungen – wobei Hochachtung und Neid sich die Waage halten –, «ich hab eine Woche keinen Stuhlgang gehabt», während ich gerade von der Brille, auf der ich hocke, hochfahre, taumelnd dastehe und, winselnd wie ein geprügelter Hund, drei Tropfen von etwas Wasserähnlichem aus mir entlasse, hinein in das kleine Wäschestück, mit dem meine flachbrüstige achtzehnjährige Schwester ihre kümmerlichen Brustwarzen bedeckt hat. Es ist mein vierter Orgasmus an diesem Tag. Wann wird zum ersten Mal Blut kommen?

«Komm sofort raus», sagt meine Mutter. «Warum hast du doch gezogen, wo ich dich doch bat, es nicht zu tun?»

«Ich hab's vergessen.»

«Was war da drin, dass du es so schnell wegspülen musstest?»

«Durchfall.»

«War alles flüssig oder mehr richtige Würstchen?»

«Ich hab nicht nachgesehen! Ich seh mir das nicht an! Und hör auf mit deinen Würstchen – ich bin in der High School!»

«Oh, schrei bloß nicht mit *mir* rum, Alex. Ich bin an deinem

Durchfall nicht schuld, das kannst du mir glauben. Wenn du nur das essen würdest, was dir zu Hause vorgesetzt wird, brauchtest du nicht fünfzigmal am Tag ins Badezimmer zu rennen. Hannah erzählt mir, was du tust, also denk nicht, ich wüsste es nicht.»

Sie hat ihren Schlüpfer vermisst. Man hat mich erwischt! Oh, wenn ich doch schon tot wäre! Jetzt ist schon alles egal!

«So! Was tu ich denn …?»

«Du gehst nach der Schule in die Imbissstube, zu *Harold's* – in diese Schweinefraßbude, und isst mit Melvin Weiner Pommes frites. Nicht wahr? Lüg mich nicht auch noch an. Stopfst du dich etwa nicht nach der Schule auf der Hawthorne Avenue mit Pommes frites und Ketchup voll, ja oder nein? Jack, komm her, ich will, dass auch du das mitkriegst», ruft sie meinem Vater zu, der sich jetzt im Badezimmer aufhält.

«Hör mal, ich könnte jetzt vielleicht Stuhlgang haben, ich bemühe mich», antwortet er. «Hab ich's nicht schon schwer genug, auch ohne dass irgendwer nach mir brüllt, wenn ich mich um Stuhlgang bemühe?»

«Weißt du, was dein Sohn nach der Schule macht, der Klassenerste, zu dem seine eigene Mutter nicht mehr ‹Würstchen› sagen darf, weil er so *erwachsen* ist? Was denkst du wohl, was dein erwachsener Sohn tut, wenn er sich unbeobachtet glaubt?»

«Willst du mich bitte in Ruhe lassen, bitte?», ruft mein Vater. «Kann ich nicht vielleicht ein bisschen Ruhe haben, bitte, damit ich nicht wieder umsonst hier drin sitze?»

«Warte du nur, bis dein Vater erfährt, was du tust, den simpelsten Gesundheitsvorschriften zum Trotz. Alex, antworte mir. Du bist doch so klug und weißt auf alles eine Antwort, also antworte mir: auf welche Weise hat Melvin sich seine Magengeschichte geholt? Warum hat dieses Kind sein halbes Leben in Krankenhäusern verbracht?»

«Weil er Schweinefraß isst.»

«Mach dich ja nicht auch noch lustig über mich!»

«Also gut», brülle ich, «wie *hat* er sich also seine Magengeschichte geholt?»

«Weil er Schweinefraß isst! Und das ist kein Scherz! Weil er es als eine Mahlzeit betrachtet, wenn er einen Schokoladenriegel mit einer Flasche Pepsi herunterspült. Weil sein Frühstück weißt du woraus besteht? Die wichtigste Mahlzeit des Tages – und nicht nur deine Mutter denkt so, Alex, sondern auch die bedeutendsten Ernährungswissenschaftler – weißt du, was das Kind morgens zu sich nimmt?»

«Einen Krapfen.»

«Einen Krapfen, jawohl, Mister Schlaukopf, Mister Gernegroß. Und *Kaffee*. Kaffee und einen Krapfen, und damit soll ein dreizehnjähriger *pischer* mit nur einem halben Magen seinen Tag beginnen. Du aber bist, Gott sei Dank, anders erzogen worden. *Deine* Mutter scharwenzelt nicht immerzu in der Stadt rum – ich könnte da Namen nennen – von Bams zu Hahns, von Hahns zu Kresges –, den ganzen lieben langen Tag. Alex, antworte mir, ist es denn zu begreifen, oder bin ich vielleicht einfach zu dumm – aber sag mir doch, was steckt dahinter, was willst du damit erreichen, dass du dich mit diesem Dreck voll stopfst, wo dich zu Hause Mohnkuchen und ein gutes Glas Milch erwarten? Ich will die Wahrheit hören. Ich werd's deinem Vater nicht sagen», sie senkt viel sagend die Stimme, «aber ich muss die Wahrheit wissen.» Pause. Ebenfalls recht viel sagend. «Sind es bloß Pommes frites oder auch noch was anderes? … Bitte, sag mir, was du sonst noch an verdorbenem Zeug in den Mund nimmst, ich will diesem Durchfall auf den Grund kommen! Ich will eine ehrliche Antwort, Alex. Isst du *hamburgers* auf der Straße? Antworte mir, bitte, hast du deshalb auf der Toilette gezogen, waren da *hamburgers* drin?»

«Ich hab dir doch schon gesagt – ich kuck nicht ins Klo, bevor ich ziehe! Ich bin weniger an anderer Leute Würstchen interessiert als du!»

«Oh, oh, oh – erst dreizehn und schon ein solches Mundwerk!

Und so antwortet er jemandem, der sich um *seine* Gesundheit, *sein* Wohlergehen kümmert!» Die gänzliche Unverständlichkeit der Situation lässt ihr dicke Tränen in die Augen steigen. «Alex, warum bist du in letzter Zeit so, versuch doch wenigstens, es mir zu erklären. Sag mir doch bitte, was für schreckliche Dinge wir dir unser ganzes Leben lang angetan haben, dass dies unser Lohn sein soll?»

Ich glaube, sie nimmt an, dass diese Frage noch nie gestellt worden ist. Ich glaube, sie nimmt an, dass diese Frage unbeantwortbar ist. Und, das Schlimmste daran: auch mir scheint es so. Was *haben* sie denn ihr ganzes Leben lang anderes getan, als sich für mich aufzuopfern? Und dass eben das so unerträglich ist, übersteigt mein Begriffsvermögen – immer noch, Doktor! Bis zum heutigen Tag!

Nun wappne ich mich gegen das Geflüster. Ich weiß genau, wann es so weit ist – das hab ich im Gefühl. Wir sind im Begriff, die Kopfschmerzen meines Vaters zu erörtern.

«Alex, hat er nicht heute solche Kopfschmerzen gehabt, dass er kaum aus den Augen sehen konnte?» Sie lauscht … kann er uns auch nicht hören? Er darf nicht erfahren, wie kritisch sein Zustand ist, Gott soll schützen, er würde wie immer behaupten, sie übertreibe. «Zum Arzt wird er gehen nächste Woche und sich auf einen Tumor untersuchen lassen!»

«Wirklich?»

«‹Schicken Sie ihn her›, sagte der Doktor, ‹ich werd ihn untersuchen auf einen Tumor.›»

Ein Erfolg. Ich weine. Es gibt keinen plausiblen Grund dafür, doch in diesem Hause versuchen alle, sich mindestens einmal am Tag tüchtig auszuweinen. Mein Vater, müssen Sie wissen – und wie Sie zweifellos ebenfalls wissen, stellen Erpresser ein beachtliches Kontingent der menschlichen Gesellschaft – auch Ihres Patientenkreises, wie ich mir vorstellen könnte – mein Vater «geht» schon fast so lange, wie ich denken kann, zu dieser Tumoruntersuchung. Er *hat* natürlich immerzu Kopfschmerzen, weil er immerzu an

Verstopfung leidet – und an Verstopfung leidet er, weil sein Verdauungssystem sich fest in Händen der Firma Sorge, Angst & Pech befindet. Es stimmt, dass mal ein Arzt zu meiner Mutter gesagt hat, er würde ihren Mann auf Gehirntumor untersuchen, wenn sie das glücklich mache – ich glaube, das waren seine Worte; er deutete jedoch an, es wäre billiger und höchstwahrscheinlich erfolgversprechender, wenn er sein Geld in einer Klistierspritze anlegte. Um das genau zu wissen, macht jedoch die Vorstellung, eine bösartige Krankheit könnte den Schädel meines Vaters bersten lassen, für mich nicht weniger herzzerreißend.

Ja, sie hat mich dort, wo sie mich haben will, und das weiß sie genau. Mein eigener Krebs ist vergessen vor dem Kummer, der jetzt auf mich zukommt – heute wie damals –, wenn ich daran denke, ein wie großer Teil des Lebens schon immer (wie er es selbst sehr treffend formuliert) «über seinen Horizont» ging. Sich seinem Fassungsvermögen entzog. Kein Geld, keine Sprachen, keine höhere Schulbildung, Wissbegier ohne entsprechende Geistesbildung, innerer Antrieb ohne die Möglichkeit, ihn zu betätigen, Erfahrungen ohne Einsichten … Wie leicht seine Unzulänglichkeiten mich zu Tränen rühren können. Ebenso leicht, wie sie mich in Zorn bringen.

Ein Mensch, den mein Vater mir oft als nacheiferungswürdig vorhielt, war der Theaterproduzent Billy Rose. Walter Winchell sagte, dass Billy Roses Beherrschung der Stenographie Bernard Baruch dazu bestimmt habe, ihn als Sekretär anzustellen – folglich triezt mich mein Vater die ganze Schulzeit hindurch, ich solle am Stenokurs teilnehmen. «Alex, wo wäre Billy Rose heute ohne seine Stenographie? Nirgendwo! Also warum sträubst du dich?» Davor war es das Klavier, worüber wir uns stritten. Für einen Mann, in dessen Haus es weder ein Grammophon noch eine Schallplatte gab, verfocht er geradezu leidenschaftlich die Anschaffung eines Musikinstruments. «Ich begreife nicht, warum du nicht ein Instrument erlernen willst, das geht über meinen Horizont. Deine kleine Cousine Toby kann sich ans Klavier setzen und jedes Lied spielen, das man ihr nennt. Sie braucht sich nur hinzusetzen und ‹Tea for Two› zu spielen, und alle haben sie gern. Es wird ihr nie an Gesellschaft fehlen, Alex, sie wird immer beliebt sein. Du brauchst nur zu sagen, dass du Klavierstunden nehmen wirst, und morgen früh steht ein Klavier da. Alex, hörst du mir zu? Ich biete dir etwas, das dein ganzes Leben ändern könnte!»

Aber was er mir zu bieten hatte, wollte ich nicht – und was ich wollte, konnte er mir nicht bieten. Doch ist das so ungewöhnlich? Warum hört das nicht auf, einem wehzutun? Nach so langer Zeit! Doktor, wovon soll ich mich befreien, vom Hass … oder von der Liebe? Denn ich habe noch nicht einmal angefangen, das zu erwähnen, woran ich mich gern erinnere – das heißt: mit einem heftigen, stechenden Gefühl des Verlustes! Alle jene Erinnerungen, die irgendwie untrennbar mit dem Wetter oder mit der Tageszeit verknüpft zu sein scheinen und mir plötzlich, ganz unvermutet, in so schmerzhafter Schärfe vor Augen stehen, dass ich nicht mehr unten in der Subway bin, noch in meinem Büro, noch mit einem hübschen Mädchen beim Essen, sondern wieder in meiner Kindheit, bei *ihnen*. Erinnerungen, die im Grunde nichts sind – und doch scheinen sie mir, sozusagen als historische Augenblicke, für meine Entwicklung ebenso entscheidend gewesen zu sein wie der Augenblick meiner Empfängnis; mir ist, als könne ich mich daran erinnern, wie eines seiner Spermien sich in ihr Ovum hineinbohrte, so durchdringend ist meine Dankbarkeit – ja, *meine* Dankbarkeit! –, so umfassend und ungestüm ist meine Liebe. Jawohl, ich – und umfassende, ungestüme Liebe! Ich stehe in der Küche (vielleicht *stehe* ich zum ersten Mal in meinem Leben), und meine Mutter zeigt mit dem Finger und sagt: «Sieh hinaus, Schätzchen», und ich sehe hinaus; sie sagt: «Siehst du? Ganz rot. Der Himmel im Herbst …» Die erste Gedichtzeile meines Lebens! Und ich erinnere mich an sie! *Der Himmel im Herbst …* Es ist ein steinkalter Januartag, Abenddämmerung – oh, diese Dämmerstunden in meinen Erinnerungen bringen mich noch um, Hühnerfett auf Roggenbrot, damit ich die Zeit bis zum Essen durchstehe, und der Mond schon vorm Küchenfenster – ich bin gerade hereingekommen, mit heißen roten Backen und einem selbst verdienten Dollar vom Schneeschaufeln: «Weißt du, was du heute zu essen kriegst», gurrt meine Mutter mir, oh, so liebevoll zu, «weil du so schwer gearbeitet hast? Dein Lieblingsessen im Winter. Irishstew.» Es ist Abend: nach einem in Manhattan verbrachten Sonntag, im Radio City und in Chinatown fahren wir über die George-Washington-Brücke nach Hause – zwar ist der Holland-Tunnel die direkte Verbindung zwischen Pell Street und Jersey City, aber ich bettle um die Brücke, und da meine Mutter sagt, es sei «bildend», macht mein Vater einen Umweg von fast zwanzig Kilometern, um uns nach Hause zu bringen. Vorn sitzend, zählt meine Schwester laut die Stahlmasten, die die armdicken «bildenden» Kabel tragen, während mich, hinten im Fond, meinen Kopf an den schwarzen Mantel meiner Mutter gelehnt, der Schlaf überkommt. In Lakewood, wo wir ein winterliches Wochenende mit dem Rommé-Club meiner Eltern verbringen, schlafe ich mit meinem Vater in der einen Hälfte des Doppelbetts, während meine Mutter und Hannah sich in der anderen zusammenkuscheln. Frühmorgens, es wird gerade hell, weckt mich mein Vater: wir ziehen uns geräuschlos an und stehlen uns davon wie Verbrecher. «Komm», flüstert er und macht mir ein Zeichen, meinen Mantel anzuziehen und auch die Ohrenschützer nicht zu vergessen. «Ich möchte dir was zeigen. Wusstest du, dass ich mit sechzehn Jahren als Kellner in Lakewood gearbeitet habe?» Draußen deutet er mit der Hand auf den wunderschönen, schweigenden Wald. «Wollen wir?», sagt er. Wir gehen zusammen – «in flottem Tempo» – um einen silberglänzenden See herum. «Atme tief ein. Atme den Kiefernduft tief ein. Hier ist die beste Luft der Welt, so richtig gesunde Winterluft.» *Winterluft … Kiefernduft …* auch der andere Elternteil ein Dichter! Ich hätte nicht freudiger erregt sein können, wenn ich Wordsworths Sohn gewesen wäre! … Im Sommer bleibt mein Vater in der Stadt, während wir drei für einen Monat ans Meer fahren und dort in einem möblierten Zimmer hausen. Er wird die letzten zwei Wochen – seinen Urlaub – mit uns verbringen … Es gibt allerdings Tage, an denen es in Jersey City so feuchtschwül ist und so von Mücken wimmelt, die im Sturzflug aus den Sümpfen kommen, dass er, wenn sein Arbeitstag zu Ende ist, 120 Kilometer weit fährt, über die alte Cheesequake-Landstraße – die Cheesequake-Landstraße! Mein Gott! Was Sie hier alles ans Tageslicht fördern! – Er fährt 120 Kilometer weit, um die Nacht bei uns in unserem luftigen Zimmer in Bradley Beach zu verbringen.

Er kommt an, wenn wir schon gegessen haben, doch sein Essen wartet, während er sich aus seinen verschwitzten Stadtkleidern schält, in denen er den ganzen Tag hinter den säumigen Zahlern her war, und den Badeanzug anzieht. Ich trage sein Handtuch, wenn er die Straße zum Strand hinunterklappert, in Schuhen, deren Schnürsenkel rechts und links herunterhängen. Ich habe eine saubere kurze Hose an und ein frisch gewaschenes Polohemd, das Meersalz ist von meinem Körper abgeduscht, und mein Haar – noch nicht Stahlwolle, sondern mein Kinderhaar, weich und nachgiebig – ist ordentlich gescheitelt und glatt an den Kopf gebürstet. Ich setze mich auf das verrostete Eisengeländer, das die Strandpromenade begrenzt; unter mir, immer noch in seinen Schuhen, überquert mein Vater den leeren Strand. Ich sehe ihm zu, wie er, nahe dem Wasser, ordentlich sein Handtuch niederlegt. Seine Uhr steckt er in den einen Schuh, die Brille in den anderen, und nun ist er bereit, sich dem nassen Element anzuvertrauen. Bis zum heutigen Tage gehe ich so ins Wasser, wie er das anempfahl: zunächst die Handgelenke eintauchen, dann die Unterarme befeuchten, dann eine Hand voll an Schläfen und Nacken … ah, aber langsam, immer schön langsam. Auf diese Weise erfrischt man sich, ohne seinem Organismus einen Schock zu versetzen. Erfrischt, ohne «geschockt» zu sein, dreht er sich mit dem Gesicht zu mir, winkt einen scherzhaften Abschiedsgruß in die Richtung, wo er mich stehen glaubt, und lässt sich rücklings fallen, um mit ausgebreiteten Armen auf dem Wasser zu liegen. Oh, wie still er dahintreibt – und wie er arbeitet, wie schwer er arbeitet, und für wen, wenn nicht für mich? – und dann, nachdem er sich auf den Bauch gedreht und ein paar kurze, hastige Schwimmstöße gemacht hat, die zu nichts führen, kommt er ans Ufer zurückgewatet; sein gedrungener, triefend nasser Körper erglänzt von den letzten Lichtlanzen, die über meine Schultern hinwegfliegen – aus dem erstickenden New Jersey, das mir erspart bleibt.

Und es gibt noch mehr Erinnerungen wie diese, Doktor. Ich spreche ja schließlich von meiner Mutter und meinem Vater.

Aber – aber – aber – ich muss mich am Riemen reißen – da ist auch das Bild, wie er in der Badezimmertür erscheint, sich verzweifelt den Nacken massiert und verbittert ein saures Aufstoßen unterdrückt. «Also, was gibt's denn wieder so Dringendes, dass du nicht warten kannst, bis ich rauskomme?»

«Nichts», sagt meine Mutter. «Ist schon erledigt.»

Er sieht mich an, so traurig und enttäuscht. Er lebt nur für mich, und das weiß ich. «Was hat er getan?»

«Was er getan hat, wird nicht wieder vorkommen, so Gott will. Aber du, hast du Stuhlgang gehabt?», fragt sie ihn.

«Ich habe natürlich keinen Stuhlgang gehabt.»

«Jack, was soll das werden mit dir und deiner Verdauung?»

«Ich werde eines Tages ein Zementklotz sein, das wird daraus werden.»

«Weil du zu hastig isst.»

«Ich esse nicht zu hastig.»

«Wie dann, langsam?»

«Ich esse normal.»

«Du isst wie ein Schwein, und es wird Zeit, dass jemand dir das sagt.»

«Oh, deine Ausdrucksweise ist manchmal wirklich ganz einmalig, weißt du das eigentlich?»

«Ich sag bloß die Wahrheit», erwidert sie. «Den ganzen Tag lang bin ich in dieser Küche auf den Beinen, und du isst, als ob's irgendwo brennt, und der – der hier findet plötzlich, dass das, was ich koche, nicht gut genug für ihn ist. Lieber ist er krank und erschreckt mich zu Tode.»

«Was hat er getan?»

«Ich möchte dich nicht aufregen», sagt sie. «Wir wollen nicht mehr darüber reden.» Aber das ist auch nicht das Richtige, und so beginnt nun *sie* zu weinen. Sehen Sie, wahrscheinlich ist auch sie nicht der glücklichste Mensch auf der Welt. Sie war mal eine Bohnenstange von einem Mädchen, das die Jungs in der Schule «die Rote» nannten. Als ich neun oder zehn Jahre alt war, hatte ich eine wahre Leidenschaft für ihr High-School-Jahrbuch. Eine Zeit lang verwahrte ich es in derselben Schublade wie jene andere Rarität, meine Briefmarkensammlung.

> Von Sophie Ginsky, die «Rote» genannt,
> Lässt jeder sich erweichen;
> Mit ihren Augen und ihrem Verstand
> Wird die noch viel erreichen.

Und das war meine Mutter!

Sie war auch die Sekretärin des Fußballtrainers gewesen, ein Posten, der heutzutage wenig Lorbeeren einbringt, damals aber, während des Ersten Weltkriegs, offenbar *die* Stellung für ein junges Mädchen in Jersey City. So dachte ich jedenfalls, wenn ich die Seiten ihres Jahrbuchs umblätterte und sie mir ihren schwarzhaarigen Verehrer zeigte, der Kapitän der Fußballmannschaft gewesen war und heute, um mit Sophies Worten zu reden, «der größte Senfproduzent New Yorks» ist. «Und ich hätte statt deinen Vater ihn heiraten können», vertraute sie mir an, und das mehr als einmal. Ich fragte mich zuweilen, wie sich das wohl für meine Momma und mich ausgewirkt hätte, fragte mich das auf jeden Fall immer dann, wenn mein Vater uns zum Essen ausführte, ins Delikatessengeschäft an der Ecke. Ich sehe mich im Lokal um und denke: «Wir hätten all diesen Senf hergestellt.» Ich nehme an, auch sie muss ähnliche Gedanken gehabt haben.

«Pommes frites isst er», sagt sie und sinkt auf einen Küchenstuhl, um sich das Herz aus dem Leibe zu weinen. «Mit Melvin Weiner geht er nach der Schule hin und stopft sich mit Pommes frites voll. Jack, sprich du mit ihm, ich bin ja nur seine Mutter. Sag ihm, wo das hinführen muss. Alex», sagt sie heftig und sieht mich an (ich will mich gerade verdrücken), «*tateleh*, mit Durchfall fängt es an, aber weißt du, womit es endet? Mit einem überempfindlichen Magen wie deinem, und weißt du, was das Ende davon ist? *Dass man einen Plastikbeutel am Bauch tragen muss, um sein Geschäft hineinzumachen!*»

Wer auf der ganzen Welt ist am wenigsten imstande, die Tränen einer Frau zu ertragen? Mein Vater. Und dann komme ich. Er sagt zu mir: «Du hast gehört, was deine Mutter sagte. Iss mit Melvin Weiner nach der Schule keine Pommes frites mehr.»

«Und auch sonst nie», fleht sie.

«Und auch sonst nie», sagt mein Vater.

«Oder unterwegs *hamburgers*», fleht sie.

«Oder unterwegs *hamburgers*», sagt er.

«*Hamburgers*», sagt sie bitter, so, wie sie *Hitler* sagen könnte, «wo sie einfach *alles* reinpanschen können, was sie wollen – und *er* isst sie. Jack, er soll es uns versprechen, bevor er eine schreckliche *tsura* bekommt und es zu spät ist.»

«Ich *verspreche* es!», brülle ich. «Ich *versprech* es ja!», und renne hinaus – wohin? Na, wohin schon.

Ich reiß mir die Hosen herunter und greife wie wild nach meinem bereits mitgenommenen Rammbock, der die Tür zur Freiheit aufstoßen wird, meinem noch nicht voll entwickelten

Schwanz, obwohl meine Mutter bereits draußen vor der Tür steht und ruft: «Aber dieses Mal ziehst du nicht. Hast du gehört, Alex? Ich muss sehen, was drin ist!»

Doktor, verstehen Sie, wogegen ich anzugehen hatte? Mein Schwengel war eigentlich das Einzige, was wirklich mir gehörte. Sie hätten sie bloß sehen sollen, jedes Jahr, wenn die Kinderlähmung auftrat! Die Organisation zur Bekämpfung der Poliomyelitis hätte ihr mehrere Verdienstorden verleihen müssen! Mach den Mund auf. Wieso ist deine Kehle rot? Hast du Kopfschmerzen und mir nichts davon gesagt? Du gehst mir nicht zum Baseball, Alex, bis ich sehe, wie du deinen Hals bewegst. Hast du einen steifen Nacken? Warum bewegst du ihn dann so komisch? Du hast gegessen, als ob dir übel wäre, ist dir übel? Beim Essen sah es jedenfalls so aus. Ich will nicht, dass du aus dem Trinkbrunnen auf diesem Sportplatz trinkst. Wenn du Durst hast, wart, bis du zu Hause bist. Du hast Halsschmerzen, nicht wahr? Ich sehe es doch daran, wie du schluckst. Ich glaube, was du jetzt tun wirst, Mister Joe Di Maggio, ist, diesen Handschuh wegtun und dich ins Bett legen. Ich werd dir nicht erlauben, in dieser Hitze rauszugehn und rumzurennen, nicht mit deinen Halsschmerzen, ich nicht. Und du wirst Fieber messen. Diese Halsgeschichte gefällt mir kein bisschen. Um ganz offen zu sein, ich bin wirklich außer mir, dass du den ganzen Tag mit diesen Halsschmerzen herumgelaufen bist, ohne deiner Mutter etwas davon zu sagen. Warum hast du es mir verheimlicht? Alex, bei Kinderlähmung ist's mit Baseball vorbei. Nur noch die Eiserne Lunge und ein Krüppel für immer! Ich will nicht, dass du draußen herumrennst, und damit fertig. Oder unterwegs *hamburgers* isst. Oder Mayonnaise. Oder gehackte Leber. Oder Thunfisch. Nicht jeder achtet so darauf wie deine Mutter, wenn etwas verdorben ist. Du bist an meinen makellosen Haushalt gewöhnt, du hast noch keine Ahnung davon, was sich in Restaurants abspielt. Weißt du, warum deine Mutter immer mit dem Rücken zur Küche sitzt, wenn wir zu diesen schlitzäugigen Chinesen essen gehen? Weil ich nicht sehen will, was die dort hinten treiben. Alex, du musst alles erst waschen, hast du verstanden? Alles! Gott weiß, wer es vor dir angefasst hat.

Sagen Sie selbst: übertreibe ich, wenn ich denke, es ist das reinste Wunder, dass ich nicht bettlägerig bin? Diese Hysterie! Diese abergläubischen Vorstellungen! Dieses ewige «Pass auf!» und «Sei vorsichtig!», du darfst dies nicht tun – du darfst das nicht tun – hör auf! lass das! du vergehst dich gegen ein strenges Gebot! *Welches* Gebot? *Wessen* Gebot? Sie hätten genauso gut Holzscheiben in ihren Lippen und Ringe durch ihre Nasen tragen und sich blau anstreichen können, was ihren gesunden Menschenverstand anging. Oh, und dazu diese *miltschicks* und *flaischicks* und, nicht genug mit ihrer eigenen, sozusagen privaten Verrücktheit, all diese meschuggenen Vorschriften und Regeln! Es ist ein Familienwitz, dass ich mich einmal, als kleines Kind, vom Fenster abwandte, durch das ich in den Schneesturm hinausgesehen hatte, und erwartungsvoll fragte: «Momma, glauben wir an den Winter?» Kriegen Sie's auch wirklich mit? Ich wurde von Hottentotten und Zulukaffern großgezogen! Wenn ich auch nur zögerte, zu meinem Salamibrot ein Glas Milch zu trinken, hatte ich Gott den Allmächtigen schon ernstlich gekränkt. Jetzt können Sie sich vielleicht vorstellen, wie mir mein Gewissen wegen der ewigen Wichserei zu schaffen machte! Dieses Schuldgefühl, diese Ängste – die Panik steckt mir von Geburt an in den Knochen! Was in ihrer Welt war nicht belastet mit Gefahren, triefend von Bazillen, voll von Risiko? Oh, wo blieb die Lebensfreude, wo Unerschrockenheit und Mut? Wer hat diesen meinen Eltern so viel Lebensangst eingegeben? Mein Vater, nun pensioniert, hat eigentlich nur ein Thema, an dem er sich festbeißt: die New-Jersey-Autobahn. «Ich würde nicht darauf fahren, und wenn ich dafür bezahlt bekäme. Man muss den Verstand verloren haben, um darauf zu fahren – das ist eine Mord-AG, eine amtlich zugelassene Art für die Leute, hinzugehen und sich umbringen zu lassen –» Passen Sie auf, wissen Sie, was er mir dreimal die Woche am Telefon sagt – und ich zähle nur die Anrufe, wo ich drangehe, nicht etwa auch die, die jeden Abend zwischen sechs und zehn erfolgen. «Verkauf deinen Wagen, hörst du? Wirst du mir den Gefallen tun und deinen Wagen verkaufen, damit ich mal wieder ruhig schlafen kann? Wozu du in dieser Stadt überhaupt einen Wagen brauchst, geht über meinen Horizont. Wieso du bereit bist, Versicherung, Garage und Unterhaltskosten zu bezahlen, ist mir gänzlich unbegreiflich. Aber ich begreife ja nicht einmal, warum du ganz allein da drüben in diesem Dschungel lebst. Was zahlst du diesen Räubern doch gleich wieder für dieses winzige Apartment? Ein Penny mehr als 50 Dollar, und du bist verrückt. Warum du nicht nach North Jersey zurückkommst, ist mir ein Rätsel – warum du den Lärm und die Abgase und die Verbrechen dort vorziehst …»

Und meine Mutter, die flüstert weiter. *Sophie flüstert und flüstert!* Einmal im Monat geh ich zum Essen hin, es ist ein Kampf, der meine ganze List, Verschlagenheit und Kraft erfordert, aber ich hab es diese ganzen Jahre über geschafft, und zwar unter sehr schwierigen Umständen, es auf einmal im Monat zu beschränken. Ich klingele, sie öffnet die Tür und fängt auch schon an zu flüstern! «Frag mich nicht, was ich gestern wieder mit ihm durchgemacht habe.» Also frage ich nicht. «Alex», immer noch *sotto voce*, «wenn er so ist wie gestern, ahnst du nicht, was ein Anruf von dir bedeuten würde.» Ich nicke. «Und, Alex –» und ich nicke immer weiter, Sie wissen schon – es kostet nichts und vielleicht komme ich sogar damit durch – «nächste Woche ist sein Geburtstag. Dass der Muttertag *und* mein Geburtstag vorbeigingen, ohne einen Gruß von dir … das kränkt mich nicht weiter. Aber er wird sechsundsechzig, Alex. Das ist keine Kleinigkeit, Alex – das ist ein Wendepunkt im Leben. Du wirst also eine Karte schicken. Das wird dich nicht umbringen.»

Doktor, diese beiden Menschen sind unglaublich, sie sind einfach unbegreiflich! Die größten Erzeuger von Schuldgefühlen unter der Sonne! Sie schmoren's aus mir heraus wie Fett aus einem Huhn! «Ruf an, Alex. Besuch uns, Alex. Alex, halt uns auf dem Laufenden. Verreise nicht, ohne es uns zu sagen, bitte, nicht noch einmal. Das letzte Mal, als du wegfuhrst, hast du uns nichts gesagt ... dein Vater hätte fast die Polizei angerufen. Weißt du, wie oft er jeden Tag bei dir angerufen hat, ohne Antwort zu bekommen? Rate mal, wie oft?» – «Mutter», lasse ich sie mit zusammengebissenen Zähnen wissen, «wenn ich tot bin, werden sie's in 72 Stunden riechen, darauf kannst du dich verlassen!» – «*Sprich nicht so*! Gott soll *schützen*!», ruft sie. Oh, und jetzt kommt's, das, womit sie's schafft. Aber kann ich etwas anderes erwarten? Kann ich von meiner eigenen Mutter das Unmögliche verlangen? «Alex, den Hörer abzunehmen ist so einfach – wie lange stehen wir dir schon noch im Wege?»

Doktor Spielvogel, es geht um mein Leben, mein einziges Leben, und es ist wie ein jüdischer Witz! In diesem jüdischen Witz bin ich der Sohn – bloß ... *es ist kein Witz!* Bitte, wer hat uns in dieser Weise zu Krüppeln gemacht? Warum, warum schreien sie immer noch «Pass auf! Tu's nicht! Alex – *nicht!*» und warum bin ich, allein in New York auf meinem Bett liegend, immer noch ein hoffnungsloser Onanist? Doktor, wie nennen Sie meine Krankheit? Ist es das jüdische Leiden, von dem ich so viel gehört habe? Haben die Pogrome und Verfolgungen das bei mir bewirkt? Spott, Hohn, Schmähungen und Übergriffe der *gojim* durch diese zweitausend lieblichen Jahre? O meine Geheimnisse, meine Scham, mein Herzklopfen, mein Erröten, meine Schweißausbrüche! Die Art, wie ich auf die simplen Wechselfälle des Lebens reagiere! Doktor, ich kann es nicht mehr aushalten, immerzu in Angst zu leben – ohne Grund! Segnen Sie mich mit Mannhaftigkeit! Machen Sie mich mutig! Machen Sie mich stark! Machen Sie mich ganz! Ich war jetzt lange genug ein netter jüdischer Junge, der in der Öffentlichkeit seinen Eltern Ehre macht, während er im Geheimen daliegt und wichst! Lange genug!

Jewish Blues

Irgendwann während meines neunten Lebensjahres hatte einer meiner Hoden offenbar genug davon, sich unten im Hodensack aufzuhalten, und begann nordwärts zu wandern. Zunächst spürte ich, wie er sich unentschlossen am unteren Rand des Beckens auf und ab bewegte – und dann, als sei die Unschlüssigkeit nun überwunden, wie er in meine Bauchhöhle eintrat – gleich dem Überlebenden eines Schiffbruchs, der aus dem Meer gefischt und über den Rand eines Rettungsbootes gezerrt wird. Dort machte er es sich, endlich in Sicherheit, hinter dem Wall meiner Knochen gemütlich und überließ seinem tollkühnen Genossen das Wagnis, sich in jener Knabenwelt zu behaupten – einer Welt voller Fußballstiefel und Lattenzäune, Stöcke und Steine und Taschenmesser, alles Gefahren, die meiner Mutter die schlimmsten Vorahnungen bereiteten und vor denen ich immer und immer wieder gewarnt wurde. Und noch einmal gewarnt wurde. Und noch einmal.

Und noch einmal.

Mein linker Hoden ließ sich also in der Nähe des Leistenkanals nieder. Wenn ich einen Finger in die Hautfalte zwischen Leistengegend und Schenkel presste, konnte ich, in den ersten Wochen nach seinem Verschwinden, immer noch die gallertige Rundung spüren, doch dann kamen Schreckensnächte, in denen ich meine Eingeweide vergebens absuchte, bis hinauf zum Brustkasten – doch, o weh! der Wanderer hatte sich abgesetzt – nach unbekannten, auf keiner Landkarte verzeichneten Gefilden. Wo steckte er!? Wie hoch hinauf gedachte er zu klettern, bis seine Reise ihr Ende fand!? Würde ich eines Tages in der Schule den Mund zu einer Antwort öffnen und mein linkes Ei auf der Zunge spüren? Unser

Lehrer sang öfters mit uns *Ich bin der Herr meiner Seele, ich bin der Schmied meines Glücks.* Unterdessen war in meinem eigenen Körper die Anarchie ausgebrochen – eine meiner Keimdrüsen hatte eine Revolte angezettelt, die zu unterdrücken ich nicht imstande gewesen war!

Etwa sechs Monate lang – bis der Hausarzt anlässlich der alljährlich stattfindenden Generaluntersuchung meiner Person sein Fehlen feststellte – grübelte ich über das Geheimnis nach und fragte mich mehr als einmal (denn es gab keine Möglichkeit, die mir nicht in den Sinn gekommen wäre, *keine*), ob mein Hoden vielleicht drauf und dran sei, sich innerhalb meiner Gedärme allmählich in genauso ein Ei zu verwandeln, wie meine Mutter es vor meinen Augen in einem feuchten gelben Klumpen aus der dunklen Höhlung eines Huhns herausgezerrt hatte, dessen Eingeweide sie dann in den Mülleimer warf. Und wenn sich nun auch Brüste bei mir entwickelten? Wenn nun mein Glied dürr und spröde würde und mir eines Tages, beim Wasserlassen, in der Hand bliebe? Wurde ich etwa zu einem Mädchen? Oder, noch schlimmer, zu einem Jungen, dem (wie ich gerüchtweise auf dem Sportplatz gehört hatte) Robert Ripley in der Zeitung unter *Ob Sie's glauben oder nicht* eine «Belohnung» von 100 000 Dollar in Aussicht gestellt hatte? Ob Sie's glauben oder nicht: es gibt in New Jersey einen neunjährigen Jungen, der in allem ein richtiger Junge ist, ausgenommen, *dass er Kinder kriegen kann.*

Wer bekommt die Belohnung? Ich oder derjenige, der mich verpfeift?

Doktor Izzie rieb die Haut meines Hodensacks zwischen Daumen und Zeigefinger, als sei sie ein Anzugstoff, den er zu kaufen beabsichtige, und sagte meinem Vater dann, dass er mir wohl eine Zeit lang männliche Hormonspritzen verabreichen müsse. Einer meiner Testikel sei nie aus der Bauchhöhle ausgetreten – ungewöhnlich, aber nicht einmalig … Aber wenn nun die Spritzen nicht anschlagen, fragt mein Vater sehr besorgt. Was dann –! Jetzt werde ich ins Wartezimmer geschickt und soll mir eine Illustrierte ansehen.

Die Spritzen schlagen an. Das Messer bleibt mir erspart. (Wieder einmal!)

Oh, dieser Vater! Dieser gütige, verängstigte, verständnislose, verstopfte Vater! Vom Heiligen Protestantischen Reich dazu verurteilt, an chronischer Hartleibigkeit zu leiden! Selbstsicherheit und Verschlagenheit, Anmaßung und Beziehungen, all das ermöglichte es den Blonden und Blauäugigen seiner Generation, die Führung zu übernehmen, zu befehlen und, falls von Nöten, zu unterdrücken – er hatte von all dem nicht den hundertsten Teil aufzuweisen. Wie hätte er unterdrücken können? – *er* war der Unterdrückte. Wie konnte er Macht ausüben – *er* war die personifizierte Machtlosigkeit selbst. Wie konnte er triumphieren, wenn er die Triumphierenden so sehr verabscheute – und vermutlich schon die bloße Vorstellung. «Sie beten einen Juden an, weißt du das, Alex? Ihre ganze großartige Religion gründet auf der Verehrung von jemand, der eindeutig Jude war. Wie gefällt dir so viel Dummheit? Wie gefällt es dir, wie die Leute hinters Licht geführt werden? Jesus Christus, von dem sie jedem erzählen, er sei Gott, war in Wirklichkeit ein Jude! Und dieser Tatsache, die mich einfach umbringt, wenn ich daran denke, *schenkt niemand sonst irgendwelche Aufmerksamkeit.* Dass er ein Jude war wie du und ich und dass sie sich einen Juden ausgesucht und so eine Art Gott aus ihm gemacht haben, nachdem er tot war, und dann – und das kann einen wirklich in den Irrsinn treiben –, dann machen diese dreckigen Hunde eine Wendung um 180 Grad, und wer steht auf ihrer Abschussliste obenan? Von wem haben sie zweitausend Jahre lang nicht abgelassen, mit Hass und Vernichtung? Von den Juden! Von denen sie ihren geliebten Jesus herhaben! Ich versichere dir, Alex, in deinem ganzen Leben wird dir kein zweites Mal ein solcher *mischegoss* von zusammengewürfeltem Quatsch und anwiderndem Unsinn unterkommen wie die christliche Religion! Und an so was glauben diese so genannten Herrenmenschen!»

Leider war es im eigenen Haus weniger einfach für ihn, den mächtigen Feind aus Selbstschutz schlichtweg zu verachten – denn als die Zeit verging, war es sein eigener geliebter Sohn, der ihm allmählich zum Feind wurde. Ja, so war es – in jener langen Periode des Zornes, meiner so genannten Reifezeit, war das, was mich bei meinem Vater am meisten in Schrecken versetzte, nicht *seine* Gewalttätigkeit, die sich, wie ich es erwartete, jeden Augenblick gegen mich richten würde, sondern die *meine*, die ich jeden Abend am Esstisch nur zu gern an seinem unwissenden, ungesitteten Kadaver ausgelassen hätte. Wie ich danach lechzte, ihn aus der Liste der Lebenden zu streichen, wenn er mit seiner Gabel aus der Schüssel aß oder die Suppe von seinem Esslöffel schlürfte, statt gesittet zu warten, bis sie kühler war, oder, Gott soll schützen, versuchte, seiner Meinung über irgendetwas, was es auch sei, Ausdruck zu verleihen … Und was das Schrecklichste an meinen mörderischen Gelüsten war: wenn ich ihnen nachgab, bestand durchaus die Möglichkeit, dass ich mein Ziel erreichte! *Es bestand die Möglichkeit, dass er mir dabei entgegenkommen würde!* Ich brauchte nur aufzuspringen und, über Schüssel und Teller hinweg, meine Finger nach seiner Kehle auszustrecken, und schon würde er mit heraushängender Zunge unter den Tisch gleiten. Schreien konnte er, schimpfen konnte er und herumnörgeln, oh, wie er *das* konnte! Aber sich zur Wehr setzen? Gegen *mich*? «Alex, hör auf, ihm zu widersprechen», sagt meine Mutter mahnend, als ich schon die stürmische Küche verlasse wie Attila, der Hunnenkönig, wieder mal laut brüllend von meinem noch halb vollen Teller wegrenne, «wenn du dich weiter so respektlos benimmst, kriegt der Mann einen Herzanfall!» – «Hoffentlich!», rufe ich und schlage ihr die Tür meines Zimmers vor der Nase zu. «Prima!», schreie ich und zerre aus dem Wandschrank meine Nylonjacke, die ich ausschließlich mit hochgeschlagenem Kragen trage (ein Stil, den meine Mutter ebenso verabscheut wie das ganze dreckige Kleidungsstück als solches). «Großartig!», brülle ich und laufe tränenüberströmt an die Ecke, um meine Wut am Spielautomaten auszulassen.

Jesus, angesichts meiner Aufsässigkeit – wäre mein Vater doch bloß meine Mutter gewesen! Und meine Mutter mein Vater! Doch welches Durcheinander der Geschlechter in unserem Haus. Wer sollte eigentlich auf mich losgehen, statt vor mir zurückzuweichen, und wer sollte sich eigentlich zurückhalten, statt immerzu auf mich loszugehen? Wer sollte schelten, statt hilflos die Waffen zu strecken, da das weiche Herz sich weiterem widersetzte, und wer die Waffen strecken statt unermüdlich schelten, tadeln, missbilligen, kritisieren und schulmeistern ohne Ende! Wer füllt dieses patriarchalische Vakuum! Oh, Gott sei's gedankt! Gott sei's gedankt! Wenigstens hatte *er* den Schwanz und die Eier! Verletzlich (milde ausgedrückt), wie seine Männlichkeit war, in dieser Welt der goldhaarigen, silberzüngigen *gojim* – zwischen den Beinen (Gott segne meinen Vater!) war er beschaffen wie ein MANN: zwei große, robuste Eier, die ein König stolz wäre zur Schau zu stellen, und einen *schlong* von gebieterischer Länge und dito Umfang. Und das gehörte *ihm*, ja, dessen bin ich völlig sicher: das hing zwischen *seinen* Beinen, das war mit *ihm* verbunden – *das* konnte ihm nicht genommen werden!

Natürlich sah ich zu Hause weniger von seinem Genitalapparat als von ihren erogenen Zonen. Und einmal sah ich ihr Menstruationsblut … sah es, dunkel und spiegelnd, auf dem abgetretenen Linoleum vor dem Spülbecken in der Küche. Nur zwei rote Tropfen, vor über einem Vierteljahrhundert, und doch glühen sie nach wie vor in jenem Bild von ihr, das, ständig angestrahlt, in meinem Museum der Leiden und Qualen hängt (im Verein mit der Kotex-Packung und den Nylonstrümpfen, zu denen ich gleich kommen werde); zu diesem Bild gehört ebenfalls ein endloses Tropfen von Blut durch ein Sieb in eine Spülschüssel. Es tropft aus dem Fleisch, das sie ausbluten lässt, um es koscher und damit genießbar zu machen. Wahrscheinlich bringe ich die Dinge durcheinander – es klingt, als stamme ich von den Atriden ab mit diesem ganzen Gerede von Blut –, aber ich sehe sie am Spülbecken stehen und das Fleisch mit Salz einreiben, um es vom Blut zu befreien, als das plötzliche Einsetzen dessen, was die Bibel «es ging ihr nach der Weiber Art» nennt, sie veranlasste, mit einem höchst beängstigenden Aufstöhnen in ihr Schlafzimmer zu stürzen. Ich war höchstens vier oder fünf Jahre alt, und doch sehe ich heute noch jene zwei Blutstropfen auf dem Boden der Küche vor mir ... ebenso wie die Packung Damenbinden ... ebenso wie die Strümpfe, die an ihren Beinen hochgleiten ... ebenso wie – muss ich es überhaupt erwähnen? – das Brotmesser, das nach meinem Blut trachtete, wenn ich mich weigerte zu essen. Dieses Messer. *Dieses Messer!* Ich komme einfach nicht darüber hinweg, dass sie selbst nichts dabei fand, dessen sie sich schämen oder worüber sie Stillschweigen bewahren müsste. In meinem Bett höre ich sie mit den Frauen, die ums Mah-Jongg-Spiel herumsitzen, über ihre Sorgen schwatzen: *Mein Alex ist plötzlich ein so schlechter Esser, dass ich ihm das Messer auf die Brust setzen muss.* Und keine von ihnen findet offenbar diese ihre Taktik überspannt. Ich muss ihm das Messer auf die Brust setzen! Und keine dieser Frauen steht vom Spieltisch auf und verlässt das Haus! Denn in ihrer Welt verfährt man nun mal mit schlechten Essern nicht anders – man muss ihnen das *Messer* auf die Brust setzen!

Es war Jahre später, dass sie aus dem Badezimmer rief: Lauf schnell zur Drogerie! Hol mir eine Packung Kotex! Sofort! Dazu die Angst in ihrer Stimme! Ich bin vielleicht gerannt! Und legte, wieder zu Hause, atemlos die Schachtel in die weißen Finger, die sich mir durch den schmalen Spalt der Badezimmertür entgegenstreckten ... obwohl ihre Menstruationsbeschwerden schließlich nur durch einen chirurgischen Eingriff zu beheben waren, ist es schwierig, ihr zu vergeben, dass sie *mich* mit dieser karitativen Mission betraute. Immer noch besser, sie wäre auf dem kalten Fußboden des Badezimmers verblutet, lieber *das*, als einen elfjährigen Knaben nach Damenbinden zu hetzen! Wo war denn meine Schwester, um Christi willen? Wo hatte meine Mutter ihre Ersatzpackung? Warum war diese Frau der Verletzlichkeit ihres eigenen kleinen Jungen gegenüber so empörend unsensibel – so unsensibel, was meine Schamhaftigkeit anging, und zugleich mit einem sechsten Sinn für meine geheimsten Sehnsüchte begabt!

… Ich bin so klein, dass ich kaum weiß, welchen Geschlechts ich bin – zumindest nehme ich das an. Es ist früher Nachmittag, im Frühling des Jahres Vier. Blumen stehen in purpurner Frische auf dem kleinen Fleck Erde vor unserem Haus. Die Fenster sind weit offen, die Luft im Raum ist mild-würzig, betörend wie die Jahreszeit – und trotzdem wie geladen von der Vitalität meiner Mutter: sie hat die schmutzige Wäsche der vergangenen Woche gewaschen und auf die Leine gehängt; sie hat einen Marmorkuchen zum Nachtisch gebacken, wobei sie mit fachmännischer Gewandtheit den dunklen Schokoladenteig (der aussah wie geronnenes Blut) mit einem Messer – schon wieder Blut! schon wieder das Messer! – unter die helle Masse zog, eine Leistung, die mir als ebensolches Wunder erscheint wie die, jene Pfirsichstücke im schimmernden Fruchtgelee schweben zu lassen. Sie hat die Wäsche gewaschen und den Kuchen gebacken; sie hat die Böden in Küche und Badezimmer geschrubbt und sie mit Zeitungspapier ausgelegt; sie hat natürlich Staub gewischt; es versteht sich von selbst, dass sie auch Staub gesaugt hat; sie hat unser Lunchgeschirr weggeräumt, gespült und (mit meiner rührenden «Hilfe») wieder an seinen Platz im Küchenschrank getan – und hat dabei den ganzen Morgen wie ein Star gepfiffen, eine unmelodische Weise von Gesundheit und Lebensfreude, von Unbekümmertheit und Überheblichkeit. Während ich ein Bild für sie male, duscht sie – und jetzt, in ihrem durchsonnten Schlafzimmer, zieht sie sich an, um mit mir «in die Stadt» zu gehen. Sie sitzt in Büstenhalter und Strumpfbandgürtel auf der Bettkante, zieht ihre Strümpfe an und plappert drauflos. Wer ist Mommys lieber kleiner Junge? Wer ist der beste kleine Junge, den eine Mommy je hatte? Wen liebt Mommy mehr als irgendjemand sonst auf der ganzen weiten Welt? Ich bin völlig weg vor Wonne, während ich mit den Augen die langsame, marternd-köstliche Reise ihrer durchsichtigen Strümpfe aufwärts verfolge, dieser eng anliegenden Strümpfe, die ihrem Fleisch eine so erregende Tönung verleihen. Ich kuschle mich so eng an sie, dass ich den Körperpuder auf ihrem Hals rieche – dazu kann ich in dieser Stellung das elastische Mysterium ihrer baumelnden Strumpfbänder besser würdigen, deren Schließen sogleich nach dem Rand ihrer Strümpfe schnappen werden (zweifellos unter einem Fanfarenstoß). Ich rieche das Öl, womit sie die vier glänzenden Pfosten des Mahagonibettes poliert hat, in dem sie mit einem Mann schläft, der unser Leben abends und sonntags nachmittags teilt. Das ist mein Vater, wie sie sagen. An den Fingerspitzen rieche ich meinen Lunch, Thunfischsalat, obwohl sie jeden einzelnen dieser kleinen Schmutzfinken mit einem warmen, feuchten Tuch abgewischt hat. Es könnte auch Mösengeruch sein, den ich schnuppere. Vielleicht ist es so! Oh, ich möchte am liebsten schnurren vor Wohlbehagen. Vier Jahre alt, und doch spüre ich in meinem Blut – o Gott, schon wieder Blut –, wie reich an Verlangen und Wünschen der gegenwärtige Augenblick ist, wie gesättigt von Möglichkeiten. Das dicke weibliche Wesen mit den langen Haaren, die sie meine Schwester nennen, ist in der Schule. Dieser Mann, mein Vater, ist fort und verdient irgendwo Geld, so gut er kann. Die beiden sind weg, und wer weiß, vielleicht habe ich Glück, vielleicht kommen sie nie wieder … Mittlerweile ist es Nachmittag, ein Frühlingsnachmittag, und eine Frau zieht für mich, nur für mich ihre Strümpfe an und singt dazu ein Liebeslied. Wer wird immer, immer bei Mommy bleiben? *Ich.* Wer wird Mommy nie verlassen und mit Mommy gehen, bis ans Ende der Welt? *Ich, natürlich. Was für eine törichte Frage – aber dass Sie mich auch richtig verstehen: ich spielte das Spiel selbstverständlich mit!* Wer hat vorhin gemütlich zusammen mit Mommy gegessen, wer fährt wie ein braver Junge mit Mommy im Bus in die Stadt, wer begleitet Mommy ins große Warenhaus … und immer, immer so weiter … sodass vor etwa einer Woche, als ich gesund und munter aus Europa zurückkam, Mommy Folgendes zum Besten gab –

«Fühl mal.»

«*Was denn?*», frage ich, dabei hat sie bereits meine Hand ergriffen und sie an ihren Körper geführt – «Mutter …»

«Ich hab keine fünf Pfund zugenommen, seit du geboren wurdest. Fühl mal», sagt sie und drückt meine starren Finger an ihre ausladende Hüfte, die nicht übel ist …

Und die Strümpfe. Mehr als fünfundzwanzig Jahre sind vergangen (das Spiel sollte nun eigentlich zu Ende sein!), aber Mommy zieht sich immer noch vor ihrem kleinen Jungen die Strümpfe an. Jetzt allerdings nimmt er es auf sich, woanders hinzusehen, wenn die Flagge am Mast hochflattert – und das nicht bloß aus Rücksicht auf sein eigenes seelisches Gleichgewicht. Das ist die reine Wahrheit: ich sehe nicht meinetwegen fort, sondern dieses armen Mannes, meines Vaters wegen! Obwohl … was bliebe ihm denn für eine Wahl? Wenn dort im Wohnzimmer sein nun großer, kleiner Junge sich plötzlich mit seiner Mommy auf dem Teppich wälzte, was würde Daddy tun? Einen Eimer kochendes Wasser über das rasende, von Sinnen geratene Paar schütten? Würde er *sein* Messer ziehen – oder würde er ins Nebenzimmer gehen und fernsehen, bis sie fertig sind? «Warum siehst du fort?», fragt meine Mutter amüsiert, während sie die Strumpfnähte gerade zieht. «Genau, als ob ich ein einundzwanzigjähriges Mädchen wäre, genau, als hätt ich dir nicht das Ärschchen abgeputzt und deinem kleinen *tuschi* Küsschen gegeben, all die Jahre. Sieh ihn dir an –»

49

dies zu meinem Vater, falls er der kleinen Darbietung etwa nicht seine ungeteilte Aufmerksamkeit gezollt haben sollte – «sieh doch, er tut, als wäre seine eigene Mutter so was wie 'ne sechzigjährige Schönheitskönigin.»

Einmal im Monat ging mein Vater mit mir ins *schwizzbad*, um dort den Versuch zu unternehmen – mit Hilfe von Dampf, einer Abreibung und langem tiefem Schlaf –, die Pyramide von Verärgerung und Gereiztheit, in die er sich in den hinter ihm liegenden Arbeitswochen eingemauert hat, niederzureißen. Unsere Kleider legen wir im Ruheraum im obersten Stockwerk unter Verschluss. Auf eisernen Pritschen, die sich im rechten Winkel zu den Spinden aufreihen, liegen die Männer, welche die Tortur bereits hinter sich haben, unter weißen Laken hingestreckt, wie die Opfer einer schaurigen Katastrophe. Wenn nicht hin und wieder ein donnerähnlicher Furz ertönte oder lautes Schnarchen mich wie Maschinengewehrfeuer einkreiste, könnte man glauben, wir seien in einer Leichenhalle und entkleideten uns aus irgendeinem merkwürdigen Grund vor den Toten. Ich sehe die Daliegenden nicht an, sondern hopse wie eine Springmaus auf den Zehenspitzen herum und versuche, meine Füße von der Unterhose zu befreien, bevor jemand einen Blick hineinwerfen kann, da ich, zu meinem Kummer, zu meiner Verstörtheit, zu meiner Demütigung immer eine flüchtige blassbraune Spur in ihr entdecke. Oh, Doktor, ich wische und wische und wische, ich wische ebenso lange wie ich scheiße, wenn nicht länger. Ich verbrauche Klosettpapier, als wüchse es auf den Bäumen – so mein neidischer Vater –, ich wische, bis meine kleine Öffnung rot wie eine Himbeere ist, und doch, so gern ich meine Mutter damit erfreuen würde, jeden Abend eine Unterhose in den Wäschekorb zu werfen, die das Arschloch des Engels bedeckt haben könnte, muss ich stattdessen (absichtlich, Doktor? – oder ist es unumgänglich?) die übel riechenden Unterhöschen eines kleinen Jungen vorweisen.

Aber hier, im Dampfbad, warum hopse ich hier herum? Hier gibt es keine Frauen. Keine Frauen – und keine *gojim*. Ist es denn möglich? Ich brauche mir keinerlei Sorgen zu machen!

Vor mir die Falten unter seinen weißen Gesäßbacken, begebe ich mich aus dem Ruheraum die Eisentreppe hinunter zu jenem Purgatorium, wo der Körper meines Vaters mittels Dampf und Schlägen von der Pein befreit werden wird, die es mit sich bringt, Versicherungsvertreter, Familienvater und Jude zu sein. Am Fuß der Treppe machen wir einen Bogen um einen großen Stoß weißer Laken und einen Berg von klatschnassen Handtüchern; mein Vater presst die eine Schulter gegen eine dicke Eisentür, und wir betreten einen dunklen, schweigenden, von Fichtennadeln durchdufteten Bereich. Die Geräusche gleichen dem dünnen Applaus eines spärlichen, gelangweilten Publikums nach einer Tragödie mit tödlichem Ausgang: es sind die beiden Masseure, die das Fleisch ihrer Opfer – Männer, die, halb bedeckt von Laken, auf Marmortischen liegen – durchwalken und ihre Tätigkeit durch klatschende Schläge mit der flachen Hand interpunktieren. Sie schlagen und kneten und schubsen sie hin und her, sie zerren und drehen langsam an ihren Extremitäten, als wollten sie sie aus ihren Gelenken lösen – ich bin wie hypnotisiert, gehe aber doch weiter hinter meinem Vater her, vorbei an einem kleinen grünen, quadratischen Becken mit eisig kaltem Wasser, bis wir endlich vor dem Dampfraum angelangt sind.

Er stößt die Tür auf, und der Ort vergegenwärtigt mir sofort prähistorische Zeiten, lange vor Höhlenmenschen und Pfahlbaubewohnern, von denen ich in der Schule gehört habe, eine Zeit, als über dem dünstenden Morast, unserer Erde, strudelnde weiße Dämpfe das Licht der Sonne verdunkelten und Äonen vergingen, bis Land und Wasser sich schieden, um dem Menschen Raum zu geben. Ich verliere augenblicklich jede Beziehung zu dem kleinen Streber, der, seine guten Noten in der Hand, aus der Schule nach Hause rennt, zu dem kleinen, allzu gewissenhaften Unschuldslamm, das unaufhörlich nach dem Schlüssel zu jenem unergründlichen Geheimnis, der Bestätigung durch seine Mutter, fahndet, und bin zurückversetzt in eine Zeit amorpher, schleimiger Existenz, ehe es Familien gab, wie wir sie kennen, ehe es Klosetts und Tragödien gab, wie wir sie kennen, in eine Zeit amphibischer, auf- und untertauchender, hirnloser, ungeschlachter Kreaturen mit nassen, fleischigen Flanken und dampfenden Leibern. Es ist, als hätten all diese jüdischen Männer, die sich unter der kalten Brause in der Ecke ducken und sich dann schwerfällig wieder in den dichten, erstickenden Dampf zurückrollen – es ist, als seien sie mit der Zeitmaschine zurückgereist, zurück in eine Epoche, in der sie als eine Art Herde von jüdischen Tieren dahinvegetierten, deren einzige Lautäußerung *oi, oi* ist … denn nichts anderes geben sie von sich, wenn sie sich von der Brause in die schwer wölkenden Dämpfe zurückschleppen. Sie – mein Vater und seine Leidensgenossen – scheinen nun endlich wieder zu ihrem Anfang zurückgekehrt, zu ihrem urtümlichen Sein. Ein Ort ohne *gojim* und Frauen.

Ich stehe zwischen seinen Beinen stramm, während er mich von Kopf bis Fuß in dichten Seifenschaum einhüllt – und äuge bewundernd nach der gewichtigen Masse, die über die Marmorbank hängt, auf der er sitzt. Sein Skrotum gleicht dem langen, runzligen Gesicht eines alten Mannes, mit je einem Ei in seinen beiden Hängebacken, während das meine als winziges, rosafarbenes Handtäschchen am Handgelenk der Puppe eines kleinen Mädchens baumeln könnte. Und was seinen *schlong* angeht, so kommt mir, mit meinem kleinfingerlangen Schwänzchen, das meine Mutter vor anderen Leuten gern mein «kleines Ding» nennt (nun gut, sie tat es nur einmal, aber dieses eine Mal reicht für ein ganzes Leben), der Feuerwehrschlauch in den Sinn, der sich durch die Schulkorridore ringelt. *Schlong:* das Wort fängt genau das grob-animalische, die *Fleischigkeit* ein, die ich so sehr bewundere, das unbeseelte, massige Baumeln jenes lebenden

Schlauches, aus dem er Wasserstrahlen, so dick und kräftig wie ein Seil, entlässt – während ich einen dünnen gelben Faden produziere, den meine Mutter, die immer irgendeine Verniedlichung bei der Hand hat, ein «Strulli» nennt. Ein Strulli ist sicher das, was meine Schwester macht, dünne gelbe Fäden, mit denen man nähen kann … «Musst du vielleicht ein schönes Strulli machen?», fragt sie mich – dabei möchte ich einen Sturzbach, eine Sintflut hervorbringen: ich möchte, wie er, Herr über die Gezeiten in der Klosettschüssel sein! «Jack», ruft meine Mutter ihm zu, «würdest du die Tür hinter dir schließen, bitte! Du gibst kein gutes Beispiel, du weißt schon wem.» Wenn es nur so gewesen wäre, Mutter! Wenn nur du-weißt-schon-wer sich durch die Ungeschliffenheit von du-weißt-schon-wem ein etwas dickeres Fell hätte aneignen können! Wenn doch bloß seine Vulgarität mich robuster gemacht hätte, statt dass auch sie zu einer Quelle der Scham wurde. Scham und Scham und Scham und Scham – wohin ich mich auch wende, überall gibt es irgendetwas, dessen ich mich schämen muss.

Wir sind im Herrenbekleidungsgeschäft meines Onkels Nate auf der Springfield Avenue in Newark. Ich brauche eine Badehose. Ich bin elf, und das ist mein Geheimnis: es muss eine Badehose mit einem eingearbeiteten Suspensorium sein. Ich weiß nicht, wie ich das vorbringen soll, und sage kein Wort, aber wie kann man etwas bekommen, wenn man nicht darum bittet? Onkel Nate, mit Schnurrbart und piekfein angezogen, nimmt aus dem Schaukasten eine Kleine-Jungen-Badehose, genau so eine, wie ich sie immer hatte. Er erklärt, dieses sei die beste Hose für mich, sie trockne schnell und scheuere nicht. «Was ist deine Lieblingsfarbe?», fragt Onkel Nate – «vielleicht willst du sie in deiner Schulfarbe, wie?» Ich werde puterrot, aber das bleibt nicht meine einzige Antwort … «Ich will so eine Hose nicht mehr», und oh, ich wittere Demütigung in der Luft, höre es in der Ferne grollen –

jede Sekunde kann es sich nun über meinem unreifen Haupt ent-
laden. «Warum nicht?», fragt mein Vater. «Hast du nicht gehört,
dass dein Onkel sagte, dies ist die beste –» – «Ich will eine mit
einem Slip drin!» Jawohl, und das ist für meine Mutter eins zu
viel. «Für *dein* kleines Ding?», fragt sie amüsiert lächelnd.

Ja, Mutter, stell dir vor: für mein kleines Ding.

Der starke Mann in unserer Familie – geschäftlich erfolgreich, zu
Hause tyrannisch – war Hymie, der älteste Bruder meines Vaters,
der einzige von den Geschwistern meiner Eltern, der «drüben» zur
Welt kam und mit einem Akzent spricht. Onkel Hymie arbeitet in
der «Selterswasser»-Branche; er leitete die Flaschenabfüllung und
den Vertrieb eines süßen, kohlesäurehaltigen Getränks namens
Squeeze, der *vin ordinaire* unseres Tisches. Mit seiner neurasthe-
nischen Frau Clara, seinem Sohn Harold und seiner Tochter Marcia lebte er in einem der übervölkerten Viertel von Newark, im
zweiten Stock eines Zweifamilienhauses, das ihm gehörte und in
dessen Parterrewohnung wir im Jahre 1941 zogen, als mein Vater
sich zur Essex-County-Filiale der Boston & Northeastern versetzen ließ.

Was uns bewog, Jersey City zu verlassen, war der Antisemitis-
mus. Kurz vor Ausbruch des Krieges, als den *Bund*, Sie wissen
schon, Doktor, die amerikanischen Nazis, der Hafer stach, veran-
stalteten seine Mitglieder ihre Zusammenkünfte in einem Bier-
garten, nur wenige Blocks von unserem Haus entfernt. Wenn wir
sonntags mit dem Wagen dort vorbeifuhren, wünschte mein Vater sie zum Teufel, laut genug, dass ich es hörte, nicht ganz so laut,
dass sie es hören konnten. Dann wurde eines Nachts ein Hakenkreuz an die Fassade unseres Hauses gemalt. Dann entdeckte man,
eingeritzt ins Pult eines der jüdischen Kinder in Hannahs Klasse,
ein Hakenkreuz. Dann wurde Hannah selbst eines Nachmittags
auf ihrem Heimweg aus der Schule von einer Rotte von Jungen
verfolgt und nach Hause gehetzt, was höchstwahrscheinlich als

antisemitische Ausschreitung gedeutet werden musste. Meine Eltern waren außer sich. Doch Onkel Hymie lachte nur, als es ihm berichtet wurde: «Und das überrascht euch? Aber ihr lebt doch mitten zwischen *gojim*, seid rundherum von ihnen umgeben, und da will euch das überraschen?» Ein Jude soll unter Juden leben, *besonders dann*, sagte er mit einem Nachdruck, dessen tiefere Bedeutung mir nicht gänzlich entging, besonders dann, wenn Kinder zusammen mit Kindern des anderen Geschlechts aufwachsen. Onkel Hymie liebte es, meinem Vater von oben herab zu kommen, und es bereitete ihm ein gewisses Vergnügen, darauf hinzuweisen, dass in Jersey City nur das Haus, in dem wir wohnten, ausschließlich jüdisch sei, während in Newark, wo *er* noch immer lebe, das bei dem ganzen Stadtteil Weequahic der Fall wäre. Unter den zweihundertfünfzig Abgangsschülern der Weequahic-High-School, zu denen meine Kusine Marcia gehörte, gab es nur elf *gojim* und einen Farbigen. Finde das mal woanders, sagte Onkel Hymie … So bat mein Vater also, nach langen Überlegungen, um seine Versetzung an seinen Heimatort, und obwohl sein direkter Boss nur höchst ungern einen so gewissenhaften und fleißigen Angestellten verlor (und den Antrag natürlich zunächst unbearbeitet ließ), führte meine Mutter schließlich aus eigener Initiative ein Ferngespräch mit dem «Hauptquartier» in Boston, und nach einem grässlichen Durcheinander, auf das ich jetzt nicht näher eingehen möchte, wurde der Antrag genehmigt: im Jahre 1941 übersiedelten wir nach Newark.

Mein Vetter Harold war klein und gedrungen – wie alle Männer unserer Familie, außer mir – und glich auf geradezu verblüffende Weise dem Schauspieler John Garfield. Meine Mutter hatte eine große Schwäche für ihn und brachte ihn immer damit zum Erröten (das kann die Dame bestens), dass sie in seiner Gegenwart sagte: «Glaubt mir, wenn ein Mädchen Hescheles lange dunkle Wimpern hätte, wär sie längst mit einem Millionen-Vertrag in Hollywood.» In einer Ecke des Kellers (in der gegenüberliegenden stapelten sich Onkel Hymies Squeeze-Kartons bis zur Decke) hatte Heschie seine Gewichte, mit denen er sich vor Beginn der Leichtathletiksaison jeden Nachmittag bis zur Erschöpfung abmühte. Er war einer der besten im Team und hielt den städtischen Rekord im Speerwerfen; seine Stärke waren Diskus, Kugel und Speer, obwohl der Trainer ihn einmal bei einem Wettkampf im Schulstadion als Ersatzmann für ein erkranktes Mannschaftsmitglied zum Hürdenlauf einsetzte, wobei Heschie beim Sprung über das letzte Hindernis stürzte und sich das Handgelenk brach. Meine Tante Clara hatte zu der Zeit – oder hatte sie sie immer? – eine ihrer «Nervenkrisen» (verglichen mit ihr ist meine energische Momma der reinste Gary Cooper), und als Heschie abends nach Hause kam, einen Arm in Gips, fiel sie in der Küche ohnmächtig um. Wenn später von Heschies Gipsverband die Rede war, so sprach man von dem «Strohhalm, der dem Kamel das Genick brach» – was immer damit gemeint war.

Mir bedeutete Heschie einfach alles – das heißt die kurze Zeit über, die er noch in Newark war. Ich träumte davon, dass auch ich eines Tages ein Mitglied des Leichtathletikteams sein und knappe weiße Shorts tragen würde, mit seitlichen Schlitzen für meine straffen, sich wölbenden Schenkelmuskeln.

Kurz bevor Heschie im Jahre 1943 eingezogen wurde, fasste er den Entschluss, sich mit einem Mädchen namens Alice Dembosky zu verloben. Sie war erster Tambourmajor des Spielmannszuges der Schule. Alices Genialität bestand darin, nicht bloß einen, sondern zwei silbrige Tambourstäbe zugleich umherzuwirbeln – sie schlangenhaft über die Schultern und zwischen den Beinen hindurchgleiten zu lassen und sie dann fünf bis sechs Meter hoch in die Luft zu werfen und nacheinander hinter ihrem Rücken aufzufangen. Sie ließ nur selten einen zu Boden fallen, und wenn, dann hatte sie eine Art, verdrießlich den Kopf zu schütteln und mit ihrer Piepsstimme auszurufen «O Alice!», was Heschie nur noch verliebter machen konnte – so jedenfalls wirkte es auf mich. O-Alice mit dem langen blonden Haar, das ihr über den Rücken hüpft und ums Gesicht flattert! Die mit so viel Temperament und übersprudelnd guter Laune auf dem Sportplatz ihre Kapriolen schlägt! O-Alice mit dem kurzen weißen Röckchen (darunter die weißen, glänzenden Rüschenhöschen) und den weißen Stiefelchen, die ihr bis zur Mitte ihrer lang gestreckten, strammen Waden reichen! O Jesus, «Langbein» Dembosky, in all ihrer törichten blonden *gojischen* Schönheit! Ein weiteres Bild in meinem Museum!

Dass Alice eine so offensichtliche *schickse* war, gab in Heschies Familie und selbst in der meinen Grund zu Kummer ohne Ende; was die Außenstehenden im Allgemeinen anging, so glaube ich, sie empfanden sogar eine Art Lokalstolz darüber, dass eine Nichtjüdin es geschafft hatte, eine so hervorragende Position in unserer höheren Schule einzunehmen, deren Lehrkörper und Schüler etwa zu 95 Prozent jüdisch waren. Jedoch, wenn Alice das vorführte, was die Stimme im Lautsprecher ihre «Galanummer» nannte – nämlich einen Tambourstab durch die Luft wirbelte, dessen beide Enden, die mit ölgetränktem Stoff umwickelt waren, brannten – ungeachtet des festlichen Beifalls, den die Weequahic-Fans der Konzentration und dem Wagemut des Mädchens zollten, ungeachtet des feierlichen *Bum Bum Bum* der großen Trommel, der Seufzer und Schreie, die aufstiegen, wenn es aussah, als würde sie gleich ihre anbetungswürdigen Brüste in Brand setzen – trotz dieser echten Bekundungen der Bewunderung und Besorgtheit glaube ich, dass wir Zuschauer dennoch eine gewisse belustigte Gleichgültigkeit empfanden, die der Überzeugung entsprang, dass das genau die Art von Begabung sei, deren vordringliche Pflege nur einer *schickse* in den Sinn kommen könne.

Das war überhaupt mehr oder weniger die vorherrschende Einstellung aller Eltern in der Nachbarschaft zu sportlicher Betätigung im Allgemeinen und Fußball im Besonderen: Das ist etwas für die *gojim.* Sollen sie sich die Köpfe einrennen, für den «Ruhm», für Sieg in einem Ballspiel! Wie meine Tante Clara sich ausdrückte, mit ihrer angespannten, schrillen Stimme: «Heschie! Bitte! Ich lege keinen Wert auf *gojische naches!*» Sie legte keinen Wert darauf, brauchte keine derart lächerlichen Vergnügungen und Befriedigungen, die die *gojim* glücklich machten … Im Fußball war unsere jüdische Schule einfach hoffnungslos (obwohl der Spielmannszug immer wieder Preise und allseitiges Lob einheimste); unser kläglicher Ruf in dieser Beziehung war natürlich für das junge Volk enttäuschend, ganz gleich, wie die Eltern darüber dachten, und doch konnte man es selbst als Kind verstehen, dass es für uns keine entscheidende Katastrophe bedeutete, beim Fußball zu verlieren. Es gab sogar ein Schlachtlied, das mein Vetter und seine Kumpel öfters am Ende eines Spiels auf der Tribüne losließen, wenn Weequahic mal wieder haushoch verloren hatte, und ich sang dann mit.

> Ikey, Mikey, Sam und Jack,
> Unsereiner isst kein' Speck.
> Fußballspieler wollen schmatzen,
> Unser Spind ist voller Matzen!
> Oi, oi, oi, oi, oi –
> In Weequahic gibt's kein *goi.*

Wir hatten verloren – na und? Es stellte sich heraus, dass es andere Dinge gab, auf die wir stolz sein konnten. Wir aßen keinen Speck. Wir hatten Matzen in unseren Schulspinden. Nicht wirklich, natürlich, aber wenn wir gewollt hätten, *konnten wir sie im Spind haben und würden uns nicht schämen, zu sagen, wir hätten welche drin!* Wir waren Juden – und schämten uns dessen nicht! Wir waren Juden – und nicht nur, dass wir den *gojim,* die uns im Fußball schlugen, nicht unterlegen waren, es hatte sogar den Anschein – da wir unser Herz nicht an den Sieg in einem so rohen Spiel hängen konnten –, als *seien wir ihnen überlegen! Wir waren Juden – und wir waren die Überlegenen!*

Weißbrot, Schwarzbrot, Matzenstück –
Alle schrein für Weequahic!

Ein weiteres Lied, das ich von Vetter Heschie lernte, vier weitere Gedichtzeilen, die mir die Augen für das Unrecht, das wir erlitten, noch mehr öffneten … Die Empörung und der Abscheu, den die Christen in meinen Eltern auslösten, wurde allmählich verständlicher: die *gojim* spielten sich als etwas Besonderes auf, während in Wahrheit die moralische Überlegenheit auf *unserer* Seite lag. Und was uns zu Überlegenen machte, war eben ihr Hass und die Missachtung, die sie uns so überreichlich entgegenbrachten.

Nur – wie stand es mit dem Hass, den wir für sie übrig hatten?

Und wie stand es mit Heschie und Alice? Was hatte *das* zu bedeuten?

Als alles andere nichts fruchtete, wurde Rabbi Warschau gebeten, eines Sonntagnachmittags mit der ganzen Familie zusammenzukommen, um unseren Heschie zu veranlassen, sein junges Leben nicht in die Hand seines schlimmsten Feindes zu geben. Ich stand hinter einer Jalousie im Wohnzimmer und sah den Rabbi in seinem langen schwarzen Gewand mit eindrucksvoll weit ausholenden Schritten über den Vorplatz kommen. Er hatte Heschie Bar-Mizwa-Stunden gegeben, und ich zitterte bei dem Gedanken, dass mir eines Tages das Gleiche blühte. Die Aussprache mit dem aufsässigen jungen Mann und seiner verstörten Familie dauerte über eine Stunde. «Über eine Stunde seiner kostbaren Zeit», sagten sie später alle, als ob allein diese Tatsache Heschie hätte umstimmen müssen. Doch kaum war der Rabbi fort, da fiel bereits wieder der Stuck von der Decke. Eine Tür flog auf – und ich rannte ins rückwärtig gelegene Schlafzimmer meiner Eltern und kauerte mich hinter einen Wandschirm. Von dort aus sah ich Heschie im Hof, wie er sich seine schwarzen Haare raufte. Dann erschien, faustschüttelnd und kahlköpfig, Onkel Hymie – wie Lenin sah er aus! Und dann der ganze Schwarm von Tanten und Onkeln und älteren Vettern und Kusinen, der sich zwischen die beiden warf, als wolle er verhindern, dass sie sich gegenseitig zu einem Häufchen jüdischen Staubes zermalmten.

An einem Sonnabend, Anfang Mai, nach der Teilnahme an einem Landeswettkampf in New Brunswick, kam Heschie gegen Abend in die Schule zurück, er ging sofort ins Stammlokal der älteren Schüler hinüber, um Alice anzurufen, und berichtete ihr, dass er den dritten Platz im Speerwerfen errungen habe. Sie sagte ihm, dass sie ihn nie im Leben wieder sehen könne, und hängte ein.

Zu Hause wartete bereits Onkel Hymie: was er getan habe, sagte er, dazu hätte Heschie ihn gezwungen; was sein Vater an diesem Tag habe tun müssen, hätte Harold mit seinem dummen Dickschädel sich selber zuzuschreiben. Es klang, als habe eine Bombe eingeschlagen, so entsetzlich war der Lärm, der nun auf der Treppe losbrach: es war Heschie, der aus der Wohnung seiner Eltern stürmte, die Treppe hinunter, vorbei an unserer Tür und in den Keller, und lautes, schütterndes, anhaltendes Dröhnen folgte ihm. Später sahen wir, dass er die Kellertür aus ihrer oberen Angel gerissen hatte, mit der Kraft einer Schulter, die, diesem augenfälligen Beweis nach, *zumindest* die drittstärkste Schulter im Staate New Jersey war. Unter unseren Dielenbrettern begann es zu klirren, als er eine Flasche Squeeze nach der anderen aus einer dunklen Ecke des weiß getünchten Kellers in die andere schleuderte.

Als mein Onkel auf der obersten Stufe der Kellertreppe erschien, hob Heschie eine Flasche hoch über den Kopf und drohte, sie seinem Vater über den Schädel zu schlagen, wenn er auch nur einen Schritt näher käme. Onkel Hymie ließ ihn drohen und ging auf ihn los. Heschie begann nun, zwischen den Heizkesseln hin und her zu rennen, immer wieder die Waschmaschinen zu umrunden – die Flasche nach wie vor in der erhobenen Hand. Doch mein Onkel drängte ihn in eine Ecke, rang ihn zu Boden und hielt ihn so lange fest, bis Heschie seine letzte Unflätigkeit hinausgeschrien hatte – hielt ihn (so will es die Portnoy-Legende) *fünfzehn Minuten* fest, bis endlich die Tränen des Unterlegenen durch Heschies lange dunkle Hollywoodwimpern brachen. Wir sind keine Familie, die Abtrünnigkeit leicht nimmt.

An jenem Morgen hatte Onkel Hymie Alice Dembosky angerufen (in der Kellerwohnung eines Apartmenthauses, in dem ihr Vater Hausmeister war) und ihr gesagt, dass er sie sprechen müsse, und zwar um zwölf Uhr mittags am See im Weequahic-Park; es handle sich um etwas sehr Dringendes und hätte mit Harolds Gesundheit zu tun – er könne am Telefon nicht mehr sagen, da selbst Mrs. Portnoy nicht über alles informiert sei. Im Park zog er die magere Blondine, die ein unter dem Kinn geknotetes Kopftuch trug, neben sich in den Wagen, drehte die Scheiben hoch und sagte ihr, sein Sohn leide an einer unheilbaren Blutkrankheit, einer Krankheit, von der der arme Junge selbst nichts wisse. Das war seine Story, krankes Blut, machen Sie daraus, was Sie wollen … Der Arzt habe gesagt, er dürfe nie heiraten. Wie lange Harold noch zu leben hätte, wüsste keiner genau, aber was ihn, Mr. Portnoy, anginge, so wolle er nicht mitschuldig daran werden, dass ein unschuldiges junges Mädchen wie Alice in das drohende, unausbleibliche Leid hineingezogen würde. Um den Schlag ein wenig zu mildern, wolle er ihr ein Geschenk machen, nur eine Kleinigkeit, die sie ganz nach Wunsch verwenden könne, vielleicht sogar dazu, einen anderen jungen Freund zu finden. Er zog einen Umschlag aus der Tasche, der fünf Zwanzig-Dollar-Noten enthielt. Und die törichte, eingeschüchterte Alice Dembosky nahm sie. Womit sie bestätigte, was alle, außer Heschie (und mir), von Anfang an geargwöhnt hatten: dass diese Polackin sich Heschie nur des väterlichen Geldes wegen kapern wollte, um anschließend sein Leben zu ruinieren.

Als Heschie im Krieg fiel, war das Einzige, was die Leute meiner

Tante Clara und meinem Onkel Hymie zu sagen wussten – um das Entsetzen ein wenig zu mildern, um sie ein wenig in ihrem Leid zu trösten – «zumindest hat er euch nicht eine *schickse* als Witwe hinterlassen. Zumindest hat er euch keine *gojischen* Kinder hinterlassen.»

Schluss mit Heschie und seiner Geschichte.

Auch wenn ich mir zu großartig vorkäme, mich fünfzehn Minuten in einer Synagoge aufzuhalten – mehr verlange er nicht –, solle ich wenigstens so viel Respekt aufbringen, mich an diesem Tag anständig anzuziehen und nicht mich, meine Familie und meine Religion zum Gespött machen.

«Es tut mir Leid», murmele ich, mein Rücken ist (wie gewöhnlich) der einzige Anblick, den ich ihm biete, wenn ich mit ihm spreche, «doch weil es deine Religion ist, so braucht es noch lange nicht meine zu sein.»

«Was hast du gesagt? Dreh dich um, Mister. Ich möchte, dass du mich ansiehst, wenn du mir liebenswürdigerweise überhaupt antwortest.»

«Ich habe keine Religion», sage ich und wende mich ihm anstandshalber ein wenig zu – ein ganz klein wenig.

«Soso, du hast keine, he?»

«Es ist mir nicht möglich.»

«Und warum nicht? Bist du was Besonderes? Sieh mich an! Bist du so was Besonderes?»

«Ich glaube nicht an Gott.»

«Zieh diese Monteurhose aus, Alex, und was Anständiges an.»

«Das ist keine Monteurhose, das sind Jeans.»

«Heute ist Rosch Ha-Scha'nah, Alex, und in meinen Augen trägst du einen Overall. Verschwinde und binde dir eine Krawatte um und zieh dir eine anständige Hose an und ein Jackett und ein sauberes Hemd und komm wieder wie ein *Mensch*. Und Schuhe, Mister, richtige Schuhe.»

«Mein Hemd *ist* sauber –»

«Hochmut kommt vor dem Fall, du Gelbschnabel! Du bist vierzehn Jahre alt, und, glaube mir, du weißt noch nicht alles auf der Welt. Raus aus diesen Mokassins! Was zum Teufel stellst du dir vor, dass du bist – so 'ne Art Indianer?»

«Hör zu, ich glaube nicht an Gott, und ich halte nichts von der Religion – weder von der jüdischen noch sonst einer. Lauter Lügen …»

«Ach, was du nicht sagst.»

«Ich habe nicht vor, so zu tun, als würden diese Feiertage mir irgendetwas bedeuten, wenn es nicht der Fall ist! Mehr habe ich dazu nicht zu sagen.»

«Vielleicht bedeuten sie dir nichts, weil du nichts über sie weißt. Weißt du eigentlich, was unserem Rosch Ha-Scha'nah zugrunde liegt? Was weißt du über die Geschichte des jüdischen Volkes, dass du dir herausnimmst, seinen Glauben, der zweitausend Jahre lang gut genug war für Leute, die klüger und älter waren als du – dass du all diesen Kummer und alles Herzeleid eine Lüge nennst?»

«Es gibt keinen Gott und hat nie einen gegeben. Dafür habe ich, so Leid es mir tut, nur ein Wort: Lüge.»

«Wer hat dann die Welt erschaffen, Alex?», fragt er nun von oben herab. «Sie ist wohl einfach so von selbst entstanden, nehm ich an – wenn's nach dir geht.»

«Alex», sagt meine Schwester, «Daddy will ja bloß, dass du dich umziehst – auch, wenn du ihn nicht begleitest –»

«Aber wozu denn bloß?», brülle ich. «Für etwas, das es nie gegeben hat? Warum verlangt ihr nicht von mir, dass ich mich für irgendeine räudige Katze auf der Straße umziehe oder für einen Baum – *die gibt es wenigstens!*»

«Aber du hast mir nicht geantwortet, du Klugschwätzer», sagt mein Vater. «Versuch nicht, das Thema zu wechseln. Wer hat die Erde und die Menschen auf ihr erschaffen? Niemand?»

«Richtig! Niemand!»

«Klar», sagt mein Vater. «Fabelhaft. Ich bin froh, dass mir die High School erspart blieb – wenn *das* der Erfolg ist.»

«Alex», sagt meine Schwester gedämpft und sanft, wie es ihre Art ist – sanft, weil auch sie schon ein bisschen angeknackt ist –, «vielleicht, wenn du nur ein Paar richtige Schuhe anziehen würdest –»

«Aber du bist ja schon genauso schlimm wie er, Hannah! Wenn es keinen Gott gibt, wozu dann Schuhe!»

«Einmal im Jahr bittet man ihn um etwas, aber er ist zu großspurig, einem den Gefallen zu tun. Da hast du deinen Bruder, Hannah, seine Achtung und seine Liebe …»

«Daddy, er ist ein guter Junge. Und er achtet dich und liebt dich, wirklich –»

«Und was ist mit den Juden?» Jetzt schreit er und fuchtelt mit den Armen, weil er hofft, dann nicht in Tränen auszubrechen – denn in unserem Haus braucht man das Wort «Liebe» nur zu flüstern, und allen gehen die Augen über. «Hat er Achtung vor ihnen? Genauso viel wie vor mir, genauso viel …» Plötzlich kocht er vor Wut – ihm ist etwas ganz Neues eingefallen. «Sag mir nur eines, mein hochgebildeter Sohn: kennst du dich im Talmud aus? Weißt du in der Geschichte Bescheid? Eins-zwei-drei warst du Bar Mizwa und somit erwachsen, und damit war für dich deine religiöse Ausbildung beendet. Weißt du, dass es Männer gibt, die sich ihr ganzes Leben lang mit dem mosaischen Glauben beschäftigen, und wenn sie sterben, sind sie immer noch nicht zu Ende damit? Sag mir – wo du schon mit vierzehn kein Jude mehr sein willst –, weißt du auch nur irgendetwas über die wunderbare Geschichte und all die Legenden der Kinder Israel – deines Volkes?»

Doch seine Wangen sind bereits nass, und seine Augen sorgen für Nachschub. «Einser in der Schule», sagt er, «aber im Leben schwachköpfig wie ein Säugling.»

Nun, es scheint, als sei es nun endlich so weit – also spreche ich es aus. Und zwar etwas, das mir schon längere Zeit klar ist. «Du bist der Schwachkopf! Du!»

«Alex!», ruft meine Schwester und greift nach meiner Hand, als fürchte sie jetzt, ich würde sie tatsächlich gegen ihn erheben.

«Aber er ist einer! Mit all dieser blöden Legendenscheiße!»

«Sei still! Schweige! Genug!», ruft Hannah. «Geh in dein Zimmer –»

– während mein Vater sich zum Küchentisch schleppt, mit tief gesenktem Kopf und krummem Rücken, als habe er soeben eine Handgranate in den Bauch bekommen. Was der Fall ist. Und was ich weiß. «Geh in Lumpen, von mir aus, zieh dich an wie ein Landstreicher, du kannst mir Schande machen und mich in Verlegenheit bringen, soviel du willst, beschimpfe mich, Alexander, verachte mich, schlage mich, hasse mich –»

Sonst läuft es immer darauf hinaus, dass meine Mutter in der Küche weint, mein Vater im Wohnzimmer – hinter der ‹Newark News› –, Hannah im Badezimmer und ich heulend zum Spielautomaten an der Ecke renne. Doch an diesem Rosch Ha-Scha'nah ist alles durcheinander, und der Grund, warum, statt meiner Mutter, mein Vater in der Küche weint – warum er in so bejammernswerter Wut vor sich hin schluchzt, ohne sich eine schützende Zeitung vors Gesicht zu halten –, der Grund ist der, dass meine Mutter operiert wurde und im Krankenhaus liegt: diese Tatsache erklärt seine qualvolle Einsamkeit am heutigen Rosch Ha-Scha'nah und sein gesteigertes Bedürfnis nach meiner Zuneigung und meinem Gehorsam. Doch in diesem Augenblick unserer Familiengeschichte, darauf können Sie wetten, wird sein Bedürfnis von mir nicht befriedigt werden. Denn mein Bedürfnis ist es, ihm das, wonach ihn hungert, vorzuenthalten! O ja, wir werden den Spieß umdrehen, nicht wahr, Alex, du kleiner Lump! Jawohl, Alex, der kleine Lump, stellt fest: die übliche, alltägliche Verwundbarkeit seines Vaters hat durch die Tatsache, dass dessen Frau fast gestorben wäre (wie man mir sagt), um Grade zugenommen, und also ergreift Alex, der kleine Lump, die Gelegenheit, den Dolch seines ressentimentgeladenen Grolls noch ein wenig tiefer in ein bereits blutendes Herz zu bohren. Alexander der Große!

Nein! Hier haben wir noch etwas anderes als bloß pubertäre Auflehnung und das Wüten des Ödipuskomplexes – nämlich meine Integrität! Ich will und werde es Heschie nicht gleichtun! Denn meine ganze Kindheit hindurch begleitet mich die *feste* Überzeugung, dass Heschie, mein starker Vetter Heschie, der drittbeste Speerwerfer von ganz New Jersey (ein Ehrentitel voller Symbolgehalt für einen heranwachsenden Knaben, möchte ich annehmen, in dessen Kopf Visionen von Suspensorien herumspuken), wenn er nur gewollt *hätte*, meinen fünfzigjährigen Onkel mit dem kleinen Finger hätte aufs Kreuz legen und anschließend an die Kellertür nageln können. Also (schließe ich daraus) muss er diesen Ringkampf vorsätzlich verloren haben. Aber warum? Denn er wusste – *ich* jedenfalls wusste es, selbst als Kind –, dass sein Vater etwas Unehrenhaftes getan hatte. Hatte er etwa *Angst*, seinen Vater zu besiegen? Aber warum, wenn sein eigener Vater so verächtlich gehandelt hatte – wenn auch in Heschies Interesse! War es Feigheit? Furcht? – Oder war es vielleicht Heschies Weisheit? Immer, wenn darüber gesprochen wird, was mein Onkel hatte tun müssen, um meinem toten Vetter die Augen zu öffnen, oder wenn ich selbst Grund habe, über diese Sache nachzudenken, wittere ich ein Rätsel dahinter, eine gültige sittliche Wahrheit, die, wenn ich sie nur zu fassen bekäme, mir und meinem Vater eine letzte, jedoch unvorstellbare Auseinandersetzung ersparen könnte. *Warum hat Heschie kapituliert? Und sollte auch ich es tun?* Aber wie könnte ich das, ohne «mir selbst untreu zu werden»! Oh, aber warum versuche ich es nicht wenigstens! Mach doch wenigstens den Versuch, du kleiner Lump! Dann bist du dir eben für eine halbe Stunde etwas weniger treu!

Ja, ich muss nachgeben, ich *muss*, umso mehr, als ich weiß, was er durchgemacht hat, von Minute zu Minute durchgemacht hat –

in den Zehntausenden von Minuten, die es dauerte, bis die Ärzte festgestellt hatten, dass, erstens, im Uterus meiner Mutter etwas wucherte und, zweitens, ob das Gewächs, das sie endlich lokalisierten, bösartig sei … ob es … oh, dieses Wort, das wir voreinander nicht einmal auszusprechen wagen! Sondern unsere Zuflucht zu der mildernden Abkürzung nehmen, wenn wir auf das Grässliche anspielen, der gleichen Abkürzung, deren sie sich selbst bediente, als sie zur Untersuchung ins Krankenhaus ging: «C-A. und kein Wort mehr!» Aber das genügte, um uns zu Tode zu fürchten. Wie tapfer sie ist (darin sind sich alle unsere Verwandten einig), nicht mehr als diese zwei Buchstaben zu sagen! Und gibt es, so wie die Dinge liegen, nicht genug ganze Worte, die man sich hinter geschlossenen Türen zuflüstern kann? Es gibt sie! O ja, es gibt sie! Hässliche und kalte Worte, die nach dem Äther und Alkohol der Krankenhausgänge riechen, Worte mit dem Charme steriler chirurgischer Instrumente, Worte wie *Abstrich* und *Biopsie* … Und dann gibt es jene Worte, die ich, allein zu Hause, verstohlen im Lexikon nachschlage, nur, um sie dort zu *sehen*, als greifbare, augenscheinliche Gewissheit dieser entferntesten aller Wirklichkeiten *gedruckt zu* sehen, Worte wie *Vulva* und *Vagina* und *Zervix*, Worte, deren präzise Erklärung mir nie wieder als Quelle unerlaubter Lust dienen wird … Und dann ist da das Wort, auf das wir warten und warten und warten, das Wort, das, sobald ausgesprochen, uns wieder – wie es jetzt scheint – zur glücklichsten, harmonischsten aller Familien machen wird, das Wort, das meinen Ohren wie Lobgesang von Engelszungen klingt: gutartig! *Gutartig! Boruch atoh Adonai, lass es gutartig sein!* Gepriesen seist Du, o Herr, unser Gott, *lass es gutartig sein!* Erhöre uns, o Israel, und lass Dein Antlitz leuchten über uns, Du alleiniger Gott und ehre deinen Vater und ehre deine Mutter, ich werde Dein Gebot befolgen, ich werde es befolgen, ich verspreche es Dir – *nur lass es gutartig sein!*

Und es war gutartig. Ein Exemplar der ‹Drachensaat› von Pearl S. Buck liegt aufgeschlagen auf dem Nachttisch, neben einem halb vollen Glas mit schalem Ingwerbier. Es ist heiß, und ich habe Durst, und meine Mutter, die Gedankenleserin, sagt na los!, ich solle das Glas leer trinken, ich brauche es nötiger als sie. Doch durstig, wie ich bin, will ich nicht aus einem Glas trinken, das sie an die Lippen gesetzt hat – zum ersten Mal in meinem Leben erfüllt mich diese Vorstellung mit Ekel! «Trink doch.» – «Ich bin nicht durstig.» – «Aber sieh doch, wie du schwitzt.» – «Ich bin nicht durstig.» – «Sei doch nicht plötzlich so rücksichtsvoll.» – «Aber ich *mag* doch kein Ingwerbier.» – «Du? Du magst kein *Ingwerbier?*» – «*Nein.*» – «Seit wann das denn?» O Gott! Sie lebt, und nun sind wir wieder dran – sie lebt, und schon geht's wieder los!

Sie erzählt mir, dass Rabbi Warschau da war und eine halbe Stunde mit ihr gesprochen hat, bevor sie sich – wie sie sich jetzt so anschaulich ausdrückt – unters Messer begab. War das nicht nett von ihm? War das nicht aufmerksam von ihm? (Erst 24 Stunden aus der Narkose raus, und sie weiß bereits, dass ich mich weigerte, zu Ehren des Feiertages meine Jeans auszuziehen, verstehen Sie!?) Die Frau, mit der sie das Zimmer teilt und deren liebevollem und verschlingendem Blick ich mich zu entziehen trachte und die, soweit ich mich erinnere, niemand nach ihrer Meinung gefragt hat, fühlt sich bemüßigt, zu verkünden, dass Rabbi Warschau einer der verehrungswürdigsten Männer in ganz Newark sei. Ver-eh-rungs-wür-dig. Fünf Silben, wie der Rabbi höchstselbst sie in seiner wortgewaltigen Orakelhaftigkeit aussprechen würde. Ich beginne, leicht mit der Hand auf meinen Baseballhandschuh zu schlagen, ein Zeichen dafür, dass ich gern ginge, wenn man mich nur gehen ließe. «Er schwärmt für Baseball, er könnte glatt zwölf Monate im Jahr Baseball spielen», vertraut meine Mutter Mrs. Ver-eh-rungs-wür-dig an. Ich murmele, dass ich zu einem von den Endspielen muss, «ein Ausscheidungsspiel. Für die Meisterschaft.» – «Okay», sagt meine Mutter und fügt liebevoll hinzu, «du warst da, hast deine Pflicht getan, nun lauf – lauf zu deinem Endspiel.» Ich höre aus ihrer Stimme, wie glücklich und erleichtert sie darüber ist, an diesem schönen Septembernachmittag unter den Lebenden zu sein ... Und ist es denn nicht auch für mich eine Erleichterung? Ist es nicht das, worum ich gebetet habe, zu einem Gott, an dessen Existenz ich nicht einmal glaube? War das Leben ohne sie nicht gänzlich unvorstellbar – ohne dass sie für uns kocht, für uns putzt, für uns ... nun, einfach *alles* macht! Weinend habe ich gebetet, sie möge die Operation überstehen und *leben*. Und nach Hause kommen, um einzig und allein wieder unsere Mutter zu sein. «Lauf, lauf, mein Kleiner», gurrt meine Mutter mir zu, und wie lieb – oh, sie kann so lieb und gut zu mir sein, so mütterlich! Stundenlang spielt sie Canasta mit mir, wenn ich, wie jetzt sie, krank im Bett liege: denken Sie nur, das Ingwerbier, das die Schwester ihr brachte, weil sie eine schwere Operation hatte, bietet sie *mir* an, weil ich so erhitzt bin! Ja, sie würde sich wirklich das Essen vom Munde absparen, um es mir zu geben, das steht nun mal fest! Und trotzdem halte ich es nicht fünf Minuten an ihrem Bett aus. «Lauf», sagt meine Mutter, wohingegen Mrs. Ver-eh-rungs-wür-dig, die es im Handumdrehen geschafft hat, sich zu meiner Feindin zu machen, und das für den Rest meines Lebens, wohingegen Mrs. Sowieso also sagt: «Bald ist die Mutter wieder zu Haus, und alles wird so sein wie immer ... Lauf nur zu, lauf ... heutzutage haben sie's ja alle so eilig», sagt die gütige und verständnisvolle Dame – oh, alle sind sie so gütig und verständnisvoll, ich könnte sie alle erwürgen! –, «von Langsam-Gehen haben sie noch nie was gehört. Gott segne sie.»

Also laufe ich. Ich renne. Und wie ich renne! Mürrisch hatte ich vielleicht zwei Minuten bei ihr zugebracht – zwei Minuten meiner kostbaren Zeit, obwohl die Ärzte ihr erst gestern mit etwas ganz Grässlichem, einer Art Schaufel, unter den Rock gefahren sind (so stelle ich es mir vor, bis meine Mutter mir «das Messer», unser Messer, ins Gedächtnis rief), um das herauszuholen, was in ihrem Körper in Fäulnis übergegangen war. Sie fuhren in sie hinein und zogen das aus ihr heraus, was *sie* aus dem toten Huhn herausgezogen hatte. Und warfen es in den Abfalleimer. Dort, wo ich empfangen wurde, ist nun *nichts* mehr! Eine leere Höhle! Arme Mutter! Wie bringe ich es fertig, so von ihr fortzurennen – nach allem, was sie gerade durchgemacht hat? Nach allem, was sie für mich getan hat – mir das Leben geschenkt! –, wie kann ich so grausam sein? «Wirst du mich verlassen, mein Kleiner, wirst du deine Mommy je allein lassen?» Nie, antwortete ich dann, nie, nie, nie ... Und doch kann ich ihr, jetzt, wo sie sie ausgeweidet haben, nicht einmal in die Augen sehen! Und habe das seither auch immer vermieden! Oh, ihr langes rötliches Haar, in kleinen, widerspenstigen Löckchen hingebreitet aufs Kissen, fast hätte ich es nie wieder gesehen. Blasse Monde, Sommersprossen, die, wie sie sagt, ihr ganzes Kindergesicht bedeckten, fast hätte ich sie nie wieder gesehen. Und schließlich ihre dunkelbraunen Augen, Augen von der Farbe des Johannisbrotes, *und sie sind offen und blicken mich voll Liebe an*! Und das Ingwerbier – obwohl am Verdursten, ich *konnte* mich nicht dazu zwingen, es zu trinken.

Also rannte ich, hinaus aus dem Krankenhaus, hin zum Sportplatz und geradewegs ins *center field*, wo mein Platz ist, wenn ich im *softball*-Team mitspiele, dessen Mitglieder seidig glänzende, blau-goldene Jacken tragen, mit aufgenähten großen weißen Filzbuchstaben von Schulter zu Schulter: SEABEES, A.C. Gott sei gedankt für die *Seabees A.C.*! Gott sei fürs *center field* gedankt! Doktor, Sie können sich gar nicht vorstellen, wie wunderbar es dort ist, so allein im weiten Raum ... Verstehen Sie etwas von Baseball? Weil – das *center field* ist so eine Art Beobachtungsposten, von dem aus man alle und alles sehen kann, alles versteht, was passiert, im gleichen Augenblick, in dem es passiert, nicht nur durch das Geräusch des Schlagholzes, sondern durch das Zucken, das die anderen Spieler in der Sekunde durchfährt, in der der Ball auf sie zugeflogen kommt, und wenn er über uns hinwegschießt, schreit man «Meiner, meiner», und dann nichts wie hinterher. Denn wenn man ihn noch im *center field* erwischt, *gehört* er einem! Oh, wie ist es hier anders als zu Hause, hier im *center field*, wo niemand sich etwas aneignen will, wovon ich sage, das ist *meins*!

Zum Unglück war ich ein zu zaghafter *hitter*, um ins Schulteam aufgenommen zu werden – ich holte aus und verfehlte bei schlechten Würfen des *pitchers* während der Ausscheidungsspiele für die neue Mannschaft den Ball so häufig, dass mich schließlich der Trainer beiseite nahm und spöttisch sagte: «Kleiner, bist du sicher, dass du keine Brille brauchst?», und mich dann fortschickte. Aber ich war vielleicht in Form! Und mein Stil! Und in meiner *softball*-Liga, wo der etwas größere Ball etwas langsamer daherkam, war ich der Star, der ich so gern für die ganze Schule gewesen wäre. Natürlich, in dem glühenden Wunsch, mich hervorzutun, verfehle ich den Ball immer noch zu häufig, aber wenn ich ihn erwische, dann fliegt er dahin, Doktor, fliegt übers Schutzgitter aus dem Spielfeld, und das ist dann ein *home run*, will sagen ein Ball, der so lange in der Luft bleibt, dass der *hitter* um alle Male herumlaufen kann. Oh, es gibt nichts im Leben, wirklich gar nichts, das dem Vergnügen gleichkommt, die Male schön gemütlich zu umrunden, weil einfach keine Eile mehr Not tut, weil der fortgeschlagene Ball dem Blick entschwunden ist … Und ich konnte den Ball auch fangen und zurückwerfen, und je weiter ich laufen musste, desto besser. «Ich hab ihn! Ich hab ihn!» Ich stürmte aufs zweite Mal zu, und schon sitzt der Ball in der Höhlung meines Handschuhs – kaum drei Zentimeter über dem Boden von mir erwischt –, ein hart geschlagener, flach dahinsausender Ball, ein Maltreffer, hat sich einer gedacht … Oder ich laufe zurück ins hintere Feld – «*Ich* hab ihn, *ich* hab ihn –», lässig und ungezwungen, auf den Maschendraht zu, nicht allzu schnell, und dann dieses köstliche Di-Maggio-Gefühl, den Ball wie etwas vom Himmel Gesandtes über die eine Schulter hinweg zu packen … Oder rennen! Haken schlagen! Springen! wie der kleine Al Gionfriddo – ein Baseballspieler, Doktor, der mal 'ne tolle Sache gemacht hat … Oder nur dastehen, ruhig und gelassen – nichts spannt sich in einem, nichts zittert –, dastehen, in der Sonne (wie in der Mitte eines leeren Spielfeldes oder absichtslos an einer Straßenecke), sorgenfrei im Sonnenlicht dastehen, wie der König der Könige, wie mein Herr und Gott, The Duke in Person (Schneider, Doktor, von ihm wird man noch hören), so stehe ich da, so selbstverständlich und gelockert und zutiefst zufrieden, wie man sich› nur denken kann, und warte so vor mich hin, auf einen sehr hoch fliegenden Ball (fast ein Steilball, höre ich Red Barber hinter seinem Mikrofon sagen – der auf mich, Portnoy, zukommt, los, Alex, los), warte einfach darauf, dass der Ball in meine ihm entgegengestreckte behandschuhte Hand fällt, und *plock*, da ist er, der dritte Mann ist *out* (Alex hat den Ball, das *inning* ist vorbei, Leute, hier ist wieder Old Connie für P. Lorillard and Company), und dann, während Old Connie uns etwas über Zigaretten erzählt, steure ich auf die Mannschaftsbank zu; ich halte den Ball nun mit den fünf Fingern meiner unbehandschuhten Hand, und sobald ich das Innenfeld erreicht habe – nachdem ich hart mit einem Fuß auf den Sandsack am zweiten Mal getreten bin –, werfe ich ihn ganz leicht aus dem Handgelenk dem *shortstop* des gegnerischen Teams zu, der gerade angetrottet kommt, und immer noch, ohne meinen Schwung zu unterbrechen, kantere ich weiter, mit rollenden Schultern, gesenktem Kopf, die Füße ein klein wenig einwärts, meine Knie heben und senken sich in ruhigem Takt – eine geradezu glänzende Kopie des Duke. Oh, die unverkrampfte Lässigkeit des Spiels! Keine einzige Bewegung, die meinen Muskeln und Gelenken nicht heute noch vertraut wäre. Wie man sich bückt, um den Handschuh aufzuheben, und wie man ihn achtlos hinwirft, wie man das Gewicht des Schlägers prüft, wie man ihn hält und trägt und ein paar Probeschwünge mit ihm macht, wie ich den Schläger über meinen Kopf hebe und Schultern und Hals lockere, bevor ich mich mit beiden Schuhen eingrabe, genau dort, wo meine Füße hingehören – und wie ich, wenn ich einen gut geworfenen Ball vorbeizischen lasse (wozu ich neige, aber der Versuch, schlecht geworfene Bälle zu erwischen, gleicht das wieder aus), hinaustrete und, wenn auch nur durch ein leichtes Aufstoßen des Schlägers auf den Boden, genau den richtigen Grad von Verstimmung über des Geschickes Mächte dokumentiere … ja, jede kleinste Einzelheit ist so sorgfältig geübt und wird von mir so vollkommen gemeistert, dass einfach keine noch so ausgefallene Situation denkbar ist, in der ich nicht wüsste, wie und wohin ich mich zu bewegen hätte oder was ich sagen oder ungesagt lassen soll … Dabei gibt es Menschen, nicht wahr? – unglaublich, aber ganz offensichtlich gibt es sie –, die im Leben die gleiche Lässigkeit, die gleiche Selbstsicherheit besitzen, die unkompliziert und selbstverständlich in dem aufgehen, was um sie herum geschieht – wie ich als *center fielder* der *Seabees*. Verstehen Sie, es geht nicht darum, dass man etwa der beste *center fielder* war, der vorstellbar ist, sondern darum, dass man ganz genau, bis in die kleinste Einzelheit, wusste, wie ein *center fielder* sich zu verhalten hat. Und auf den Straßen der USA gibt es solche Leute. Warum kann ich nicht einer von ihnen sein, frage ich Sie?! Warum kann ich jetzt nicht so sein, wie ich damals war, damals im *center field*! Oh, ein *center fielder* zu sein, ein *center fielder* – und sonst gar nichts!

Aber ich bin noch etwas anderes – jedenfalls sagt man mir das. Ein Jude. Nein! Nein! Ein *Atheist*, schreie ich. Ich bin eine Null, sobald es um die Religion geht, und ich werde nicht vorgeben, etwas anderes zu sein, als ich bin! Es ist mir gleich, wie einsam und trostbedürftig mein Vater ist; wo es um mich geht, geht es um mich, und so Leid es mir tut – er wird meinen Glaubensabfall schlucken müssen! Und es ist mir auch gleich, wie nahe wir dran waren, *schiwa* für meine Mutter sitzen zu müssen – ja, ich frage mich sogar, ob diese ganze Gebärmuttersache nicht zunächst eigens zu dem Zweck hochgespielt wurde (bis vom Ca nur das A übrig blieb), damit mir der Arsch mit Grundeis geht! Ausschließlich, um mich einzuschüchtern und mir Angst zu machen, damit ich wieder der unselbständige und gehorsame kleine Junge werde! Und ich sehe keinen Beweis für die Existenz Gottes oder für die Nächstenliebe und sonstige Tugenden der Juden in der Tatsache, dass der ver-eh-rungs-wür-digs-te Mann von ganz Newark «eine geschlagene halbe Stunde lang» am Bett meiner Mutter saß. Wenn er ihre Bettpfanne ausgeleert oder sie gefüttert hätte, das wäre vielleicht ein Anfang gewesen – aber eine halbe Stunde an einem Bett sitzen? Was hat er denn anderes zu tun, Mutter? Leuten, die vor Angst nicht aus noch ein wissen, hochtönende Plattitüden vorzusetzen, ist für ihn das, was Baseball spielen für mich! Dafür schwärmt er! Wer täte das nicht? Mutter, Rabbi Warschau ist ein dicker, aufgeblasener, wichtigtuerischer, unduldsamer Schlawiner mit einem geradezu grotesken Superioritätskomplex, eine Figur von Dickens, das ist er, jemand, von dem du, wenn du im Bus neben ihm stündest und nicht wüsstest, dass er so verehrungswürdig ist, sagen würdest «der Mann stinkt zum Himmel nach Tabak», *mehr* fiele dir zu ihm bestimmt nicht ein. Er ist jemand, dem es irgendwann einmal in den Sinn kam, dass der Bedeutungsträger der Sprache die Silbe ist. Und so hat kein Wort, das er ausspricht, weniger als drei davon, nicht einmal das Wort *Gott.* Du solltest einmal hören, was für eine Darbietung mit Gesang und Tanz er aus dem Wort *Israel* macht. Dieses Wort ist für ihn ebenso lang wie *Rasenmähmaschine!* Und weißt du noch, bei meinem Bar Mizwa, was für eine Galavorstellung er da mit *Alexander Portnoy* gab? Warum, Mutter, nannte er mich immerzu bei meinem vollen Namen? Warum wohl, wenn nicht, um euch Idioten unter seinem Publikum mit all diesen Silben zu beeindrucken! Und es haute hin! Es haute tatsächlich hin! Begreifst du denn nicht: die Synagoge ist für ihn das, womit er sein Brot verdient, *sonst gar nichts.* Im Krankenhaus zu erscheinen und Leuten, die in ihren Nachthemden vor dem Tod zittern, geistreiche Sentenzen übers Leben zu servieren (Silbe für Silbe), ist sein Beruf, genauso, wie es der Beruf meines Vaters ist, Lebensversicherungen an den

Mann zu bringen. Es ist einfach das, womit sie beide ihr Brot verdienen, und wenn du das Bedürfnis hast, vor jemandem Ehrfurcht zu empfinden, dann empfinde sie verdammtnochmal vor meinem Vater und verneige dich vor *ihm*, statt dich vor diesem großen, fetten, lächerlichen Scheißkerl zu verneigen, denn mein Vater reißt sich wirklich den Arsch auf vor Arbeit, und es fällt ihm nicht etwa ein, sich obendrein auch noch einzubilden, er wäre die rechte Hand Gottes. Und er redet nicht in diesen Scheiß-*Silben*! «I-che mö-che-te Si-e alllle in un-se-rer Syn-na-go-ge willl-kom-men hei-ßen.» O Gott, ohhh Gooott, *wenn* Du von da oben herunter Dein Angesicht über uns leuchten lässt, warum verschonst Du uns nicht ab sofort mit der Redeweise der Rabbis! Warum verschonst Du uns nicht mit den Rabbis überhaupt? Wie wär's, Du würdest uns die ganze Religion ersparen, wenn auch nur im Namen unserer menschlichen Würde! Guter Gott, Mutter, die ganze Welt weiß es bereits, warum bloß *du* nicht? *Religion ist Opium fürs Volk!* Und wenn diese Ansicht aus mir einen vierzehnjährigen Kommunisten macht, dann bin ich das eben, *und ich bin stolz darauf!* Ich – jederzeit lieber ein Kommunist in Russland als ein Jude in einer Synagoge – und das sage ich meinem Vater auch mitten ins Gesicht. Ein weiterer Tiefschlag für ihn (ich hatte nichts anderes erwartet), aber, so Leid es mir tut, ich glaube an die Menschenrechte, Rechte, die in der Sowjetunion *allen* Menschen zugestanden werden, ungeachtet ihrer Rasse, Religion oder Hautfarbe. Mein Kommunismus erklärt, warum ich neuerdings darauf bestehe, mit der Putzfrau zusammen zu essen, wenn ich montags aus der Schule komme und sehe, dass sie da ist – ich werde mit ihr zusammen essen, Mutter, am selben Tisch, *und das gleiche Essen*. Ist das klar? Wenn *ich* übrig gebliebenen aufgewärmten Schmorbraten kriege, kriegt *sie* übrig gebliebenen aufgewärmten Schmorbraten, und nicht etwa angegammelten Käse oder Thunfisch auf einem Glasteller, von dem ihre Bazillen leichter runtergehen. Aber nein, o nein, Mutter begreift offenbar nicht, worum es geht. Zu abwegig, offenbar. Mit der *schwartze* essen? Wovon redete ich bloß? Kaum habe ich die Wohnung betreten, flüstert sie mir schon im Flur zu: «Wart, die Frau ist in ein paar Minuten fertig mit Essen …» *Aber ich will kein menschliches Wesen* (außerhalb meiner Familie) *als minderwertig betrachten!* Kannst du das Prinzip der Gleichheit denn nicht wenigstens annähernd begreifen, verdammtnochmal! Und ich schwöre dir: wenn er in meiner Gegenwart je wieder *nigger* sagt – ich renne ihm ein Messer in sein pharisäisches Herz! *Habt ihr mich alle verstanden?* Es ist mir gleich, ob seine Kleider stinken, wenn er vom Inkasso-Rundgang bei den Farbigen nach Hause kommt – so stinken, dass man sie zum Auslüften in den Keller hängen muss. Es ist mir gleich, dass sie ihn fast in den Irrsinn treiben, weil sie ihren Versicherungsanspruch verfallen lassen. Das ist nur ein weiterer Grund, Mitgefühl für die Farbigen aufzubringen, verdammtnochmal, teilnehmend und verständnisvoll zu sein und die Putzfrau nicht wie so 'ne Art Maultier zu behandeln, als hätte sie nicht genauso viel Gefühl für Würde wie andere Menschen auch! Und das gilt auch für die *gojim*! Nicht alle Menschen haben das Glück, als Juden auf die Welt zu kommen, nicht wahr? Also ein klein wenig *rachmones* mit den Benachteiligten, okay? Weil's mir bis zum Hals steht, das *gojische* Dies und das *gojische* Das! Wenn etwas nichts taugt, ist es *gojisch*, und wenn's gut ist, ist es jüdisch! Fällt dir nicht auf, mein lieber Vater, dessen Lenden ich ja wohl entsprang, und auch dir nicht, meine liebe Mutter, dass eine solche Einstellung ein bisschen barbarisch ist? Dass sich darin nichts anderes als eure *Angst* ausdrückt? Was ihr mich als Erstes zu unterscheiden gelehrt habt, waren bestimmt nicht Nacht und Tag oder heiß und kalt, sondern *gojisch* und jüdisch! Aber nun, meine lieben Eltern, Verwandten und Freunde, die ihr euch hier versammelt habt, um mein Bar Mizwa zu feiern, nun erweist es sich, ihr *schmucks*! ihr engstirnigen *schmucks*! – o wie ich euch hasse wegen eurer engstirnigen jüdischen Borniertheit!, *Sie* eingeschlossen, Rabbi Silbenstecher, der

Sie mich zum letzten Mal nach einem Päckchen Pall-Mall-Zigaretten in die Ecke geschickt haben, nach denen Sie *stinken*, falls Ihnen das noch keiner gesagt hat –, es erweist sich, dass am Leben noch ein ganz klein wenig mehr dran ist als das, was sich innerhalb dieser sinnlos anwidernden Kategorien unterbringen lässt. Und statt über den zu weinen, der sich mit vierzehn Jahren weigert, je wieder eine Synagoge zu betreten, statt über den zu jammern, der den Legenden *seines Volkes* den Rücken gekehrt hat, solltet ihr über eure eigene Erbärmlichkeit weinen, ihr, die ihr unablässig versucht, Honig aus den sauren Trauben dieser eurer Religion zu saugen! Jude Jude Jude Jude Jude Jude! Es kommt mir schon zu den Ohren raus – die Legende vom leidenden Juden! Tu mir den Gefallen, mein Volk, und steck dir dein Leidenserbe in deinen leidenden Arsch – *auch ich bin nämlich ein Mensch!*

Aber du *bist* ein Jude, sagt meine Schwester. Du bist ein jüdischer Junge, jüdischer, als dir bewusst ist, und machst dich mit deinem Treiben bloß unglücklich; du tust nichts anderes, als gegen den Wind zu brüllen … Durch meine Tränen sehe ich sie am Fußende meines Bettes sitzen und mir mein Dilemma erläutern. Ich bin vierzehn, sie ist achtzehn und absolviert ihr erstes Jahr am Städtischen Lehrerseminar, ein großes, dickes Mädchen mit kränklicher Gesichtsfarbe, das aus jeder Pore Melancholie ausdünstet. Manchmal geht sie mit einem anderen plumpen, unschönen Mädchen namens Edna Tepper (die allerdings, das muss man ihr lassen, Titten so groß wie mein Kopf hat) zu einer Volkstanz-Veranstaltung im Verein Jüdischer Junger Männer. Im kommenden Sommer wird sie als Leiterin eines Bastelkurses im Tagescamp des jüdischen Gemeindezentrums arbeiten. Ich sah sie in einem Taschenbuch mit grünlichem Umschlag lesen; der Titel lautete ‹A Portrait of the Artist as a Young Man›. Diese wenigen Tatsachen scheinen das Einzige zu sein, was ich über sie weiß – dazu natürlich die Größe und den Geruch ihres Büstenhalters und ihres Schlüpfers. Diese Jahre der Verwirrung! Und wann werden sie überstanden sein? Können Sie mir das vielleicht annähernd sagen? Wann werde ich geheilt sein – von der Krankheit, die ich habe?!

Wissen Sie, was sie mich fragt? Sie fragt: «Was wäre wohl aus dir geworden, wenn du, statt in Amerika, in Europa zur Welt gekommen wärest?»

Darum geht es nicht, Hannah.

Du wärst tot, sagt sie.

Darum geht es nicht.

Tot. Vergast oder erschossen oder verbrannt oder abgeschlachtet oder lebendig begraben. Weißt du das? Und du hättest schreien können, so laut du wolltest, dass du kein Jude bist, dass du ein Mensch bist und dass dich ihr blödes Leidenserbe weniger als nichts anginge, und doch hätten sie dich weggeschleppt, um dich umzubringen. Du wärst tot und ich wär tot und –

Aber davon rede ich doch gar nicht!

– und deine Mutter und dein Vater wären tot.

Aber warum nimmst du ihre Partei!?

Ich nehme keinerlei Partei, sagt sie. Ich will dir nur sagen, dass er nicht ein solcher Schwachkopf ist, wie du glaubst.

Und sie wohl auch nicht, nehme ich an! Wahrscheinlich ist auch alles, was sie sagt und tut, wegen der Nazis ganz großartig und prima! Mir scheint, die Nazis sind die Entschuldigung für alles, was in diesem Hause vor sich geht!

Ach, ich weiß es nicht, sagt meine Schwester, vielleicht, vielleicht sind sie das, und beginnt jetzt zu weinen, und ich komm mir vor wie ein Monstrum, denn sie vergießt ihre Tränen für sechs Millionen (wie mir scheint), während ich nur um mich selbst weine. Wie mir scheint.

Fotzennärrisch

Habe ich schon erwähnt, dass ich ihn mit fünfzehn während der Heimfahrt von New York im Bus aus der Hose zog und wichste?

Meine Schwester und ihr Verlobter, Morty Feibish, hatten mich eingeladen, und es war eine gelungene Unternehmung: ein Doppelspiel im Ebbets-Field-Stadion und anschließend *Frutti di Mare* in Sheepshead Bay. Ein herrlicher Tag. Hannah und Morty wollten bei Mortys Familie in Flatbush übernachten – so brachten sie mich also gegen zehn Uhr abends zur Subway in Richtung Manhattan, wo ich den Bus nach New Jersey bestieg, in dem ich nicht bloß meinen Schwanz in die Hand nahm, sondern sozusagen mein ganzes Leben, wenn man sich's genau überlegt. Wir hatten den Lincoln-Tunnel noch nicht hinter uns, als die meisten Passagiere bereits eingenickt waren – einschließlich des jungen Mädchens, das neben mir saß und gegen deren buntkarierten Rock ich verstohlen mein von Kordsamt umschlossenes Bein presste – und ich hatte ihn draußen und in der Faust, als der Bus sich zur Pulaski-Hochstraße hinaufarbeitete.

Man sollte meinen, dass, nach all den Genüssen dieses Tages, ich mein Soll an Sensationen weggehabt hätte und dass mein Riemen an jenem Abend auf der Heimfahrt das Letzte gewesen wäre, was mich beschäftigen würde. Bruce Edwards, der neue Fänger der Regionalliga – der genau das war, was wir brauchten (wir, das sind Morty, ich und Burt Shotton, der Manager der *Dodgers*) –, der in seinen ersten beiden Spielen in der Nationalliga irgendwas wie sechs zu acht machte, (oder war's Furillo?), aber wie dem auch sei – wie irre von mir, einfach so meinen Pimmel rauszuziehen! (Stellen Sie sich vor, was passiert wäre, wenn sie mich erwischt hätten! Stellen Sie sich vor, ich wäre fertig geworden und die schlafende *schickse* neben mir hätte den ganzen Salat auf ihrem Edel-Arm gehabt!) Noch dazu, wo Morty mir zum Dinner einen Hummer bestellt hatte, den ersten meines Lebens.

Nun, vielleicht lag es am Hummer. Vielleicht hat die Verletzung dieses Tabus, die so leicht und einfach vor sich ging, der glitschig-selbstmörderisch-dionysischen Seite meines Wesens den Rücken gestärkt; es mag mir plötzlich klar geworden sein, dass man, um ein Gebot zu brechen, nichts anderes zu tun braucht, als hinzugehn und es zu brechen! Schluss mit dem Zittern und Zagen, Schluss damit, es unvorstellbar und unausführbar zu finden: *man braucht es nur zu tun!* Was sonst, frage ich Sie, hat es mit allen diesen rituellen Diätvorschriften auf sich, um gleich damit anzufangen, was sonst, als uns Judenkinder an Repressionen zu gewöhnen? Gewohnheit, mein Lieber, Übung, Übung, Übung! Hemmungen wachsen nicht auf den Bäumen, verstehen Sie – es verlangt Geduld, verlangt hingebungsvolle, sich aufopfernde Eltern und ein bemühtes, aufmerksames, fleißiges kleines Kind, damit in nur wenigen Jahren ein so richtig verkrampftes menschliches Wesen mit ständig zusammengekniffenen Arschbacken daraus wird. Wozu sonst zwei verschiedene Essservices? Wozu sonst koschere Seife und koscheres Salz? Wozu sonst, frage ich Sie, als uns dreimal am Tage daran zu erinnern, dass das Leben (wenn überhaupt aus etwas) aus Einengungen und Einschränkungen besteht, aus Hunderttausenden von kleinen Vorschriften, die von niemand anderem als IHM festgelegt wurden, Vorschriften, die man entweder bedingungslos befolgt, wie idiotisch sie einem auch erscheinen mögen (und sich so durch Gehorsam Seine Gunst erhält), oder übertritt, meist wohl im Namen des sich empörenden gesunden Menschenverstandes – die man übertritt, weil selbst ein Kind sich nicht gern als Vollidiot und *schmuck* vorkommt – ja, man verstößt gegen die Vorschriften, muss dann jedoch leider damit rechnen (wie mein Vater mir versichert), dass am nächsten Jom Kippur der eigene teure Name in dem großen Buch nicht zu finden sein wird, in das ER die Namen derjenigen einträgt, die bis zum nächsten September am Leben bleiben dürfen (eine Vorstellung, der es irgendwie gelingt, sich in meinen Geist einzugraben). Und wer ist nun der *schmuck*, wie? Es tut auch gar nichts zur Sache (das ist mir von Anfang an klar, so, wie dieser Gott, der die Welt verwaltet, argumentiert), wie wichtig oder unwichtig die Vorschrift ist, die man übertritt: die Übertretung als solche bringt Ihn auf die Palme – es ist die Widersetzlichkeit, und nur diese, die Er partout nicht leiden kann und auch nicht etwa wieder vergessen hat, wenn Er sich höchst verärgert niederlässt (wahrscheinlich schnaubend vor Zorn und sicher mit genauso schädelsprengenden Kopfschmerzen wie mein Vater, wenn er eine Woche keinen Stuhlgang gehabt hat) und gewisse Namen in jenem Buch löscht.

Sobald Pflichtgefühl, Selbstdisziplin und Gehorsam ins Wanken geraten – ah, dies, *dies* ist die Botschaft, die ich zu jedem Passah-Fest zugleich mit dem Matzenbrei meiner Mutter in mich aufnehme –, ist nicht vorherzusehen, was geschieht. Verzicht ist alles, ruft mir der ausgeblutete koschere Braten auf dem Tisch zu, an dem wir uns zur Mahlzeit niedersetzen. Selbstbeherrschung, Mäßigung und Strafe – das ist der Schlüssel zu einem menschenwürdigen Leben, sagen all diese endlosen Speisevorschriften. Sollen die *gojim* ihre Zähne in jede niedere Kreatur schlagen, die kriechend und grunzend im schmutzigen Erdreich wühlt, *wir* werden unsere Menschenwürde nicht auf diese Weise besudeln. Sollen *sie* (falls Sie wissen sollten, wen ich meine) sich voll stopfen mit allem, was da kreucht und fleucht, ganz gleich wie nieder und ekel das Tier, ganz gleich wie Grauen erregend oder unrein oder stumm die betreffende Kreatur ist. Sollen sie Aale und Frösche und Schweine und Krabben und Hummer essen; sollen sie Aasgeier essen, sollen sie Affenfleisch essen und Stinktiere, wenn sie wollen – eine Kost aus widerwärtigstem Viehzeug steht einer Menschenabart wohl an, die so hoffnungslos hohlköpfig und seicht ist, dass sie trinkt, sich scheiden lässt und mit den Fäusten um sich schlägt. Alles, was sie können, diese geistesschwachen Aasfresser, ist angeben, spotten, höhnen, Beschimpfungen ausstoßen und, früher oder später, zuschlagen. Oh, und ferner verstehen sie noch, mit einer Flinte in den Wald zu gehen, diese Edelmenschen, und unschuldige Rehe zu töten, die sich friedlich von Gräsern und Beeren ernähren und ihres Weges ziehen, ohne irgendjemanden zu belästigen. Ihr blöden *gojim*. Wenn ihr all euer Pulver verschossen habt, macht ihr euch, nach Bier riechend, auf den Heimweg, je ein totes Tier (das vor kurzem *lebte*) auf beiden Kotflügeln festgezurrt, damit unterwegs auch ja alle anderen Autofahrer mitkriegen, wie stark und männlich ihr seid, und dann, zu Hause, tragt ihr eure Beute – die weder euch noch irgendjemand auf der ganzen weiten Welt irgendetwas angetan hat –, tragt ihr sie in die Küche, schneidet sie in Stücke und tut sie in einen Kochtopf. Es gibt nicht genug zu essen auf der Welt, sie müssen auch noch das Wild auffressen! Sie essen alles, einfach alles, was ihnen in ihre großen *gojischen* Hände fällt. Woraus sich grässlicherweise ergibt, *dass sie zu allem anderen ebenfalls fähig sind*. Rehe fressen, was Rehen zukommt, und Juden essen, was Juden zukommt – anders diese *gojim*. Kriechendes Getier, sich im Dreck suhlendes Getier, hüpfendes und engelsgleich fliegendes Getier ist ihnen alles eins; was sie haben wollen, nehmen sie sich, und zum Teufel damit, was das andere Lebewesen dabei empfindet (von Güte oder Mitleid ganz zu schweigen). Jawohl, all das steht im Buch der Geschichte, was sie getan haben, unsere erlauchten «Nächsten», die Herren der Welt, die weniger als nichts von den Schranken und Grenzen wissen, die dem Menschen gesetzt sind.

… so sprechen die koscheren Vorschriften, zumindest zu dem Kind, das ich war, dem Kind, das unter den Fittichen und mit den Lehren von Sophie und Jack P. im jüdischen Viertel von Newark aufwuchs und zur Schule ging. In meiner ganzen Klasse gibt es nur zwei Christenkinder. Sie leben in Häusern, die ich nicht betrete, am äußersten Rand unseres Wohnbezirks … so sprechen die koscheren Vorschriften, und wer bin ich, dass ich mich gegen sie auflehne? Denn man sehe sich Alex, diesen Rabbi-Liebling, mal genauer an: mit fünfzehn saugt er eines Abends an einer Hummerschere, und kaum ist eine Stunde vergangen, hat er seinen Schwanz draußen und legt damit auf eine *schickse* an – in einem öffentlichen Verkehrsmittel. Und statt seines überlegenen jüdischen Gehirns könnte er genauso gut Matzenbrei im Kopf haben!

Solch ein Geschöpf ist selbstverständlich in unserem Haus nie lebend gekocht worden – ein Hummer, meine ich. Eine *schickse* hat unsere Wohnung nie betreten, es lässt sich also nur vermuten, in welchem Zustand sie die Küche meiner Mutter wieder verlassen hätte. Die Putzfrau ist offensichtlich eine *schickse*, aber die zählt nicht, weil sie schwarz ist.

Haha. Wenn ich sage: eine *schickse* hat unsere Wohnung nie betreten, so meine ich damit, dass *ich* nie eine mitgebracht habe. Aber ich erinnere mich an eine, die mein eigener Vater, als ich noch ein Kind war, eines Abends zum Essen mitbrachte: eine magere, verhemmte, schüchterne, überhöfliche, leise sprechende ältliche Buchhalterin aus seinem Büro namens Anne McCaffery.

Doktor, wäre es möglich, dass er's ihr besorgt hat? Ich kann es nicht glauben! Aber der Gedanke kommt mir plötzlich. Könnte es sein, dass mein Vater es dieser Dame so nebenbei besorgt hat? Ich weiß noch genau, wie sie sich neben mich aufs Sofa setzte und, vor lauter Nervosität, sich unnötig ausführlich über die Schreibweise ihres Vornamens ausließ und mir erklärte, dass er mit einem E ende, was nicht immer der Fall sei, wenn jemand Anne heiße – und so weiter und so fort … und unterdessen entdeckte ich, dass sie, obwohl ihre Arme lang und weiß und mager und sommersprossig waren (irische Arme, dachte ich), in ihrer frisch gebügelten weißen Bluse ein paar stattliche, feste Brüste hatte – und ich warf auch immer wieder einen verstohlenen Blick auf ihre Beine. Ich war erst acht oder neun, aber sie hatte tatsächlich so tolle

Beine, dass ich meine Augen kaum von ihnen abwenden konnte, die Art Beine, auf denen überraschenderweise zuweilen irgendeine bleichsüchtige alte Jungfer mit verhärmtem Gesicht herumgeht ... Bei diesen Beinen – *natürlich* hat er sie geschuppt ... Oder?

Er habe sie mitgebracht, sagte *er*, damit sie mal «ein richtiges jüdisches Essen» vorgesetzt bekäme. Schon seit Wochen hatte er uns was von der neuen *gojischen* Buchhalterin vorgefaselt («eine ziemlich unansehnliche, fade Person», sagte er, «die in *schmattahs* rumläuft»), die ihn ständig löchere – so lautete seine Version, die er uns immer wieder vorsetzte –, mal zu einem richtigen jüdischen Essen eingeladen zu werden. Und das seit dem ersten Tag ihrer Anstellung bei der Boston & Northeastern. Schließlich wurde es meiner Mutter zu dumm. «Also los, bring sie in Gottes Namen schon mit – wenn sie so wild drauf ist, dann soll sie's haben.» War er vielleicht ein wenig überrascht? Wer wird es je wissen.

Aber wie dem auch sei: sie bekam ihr jüdisches Essen. Ich glaube nicht, das Wort «jüdisch» an einem Abend je wieder so oft gehört zu haben, und ich habe es weiß Gott oft genug gehört.

«Dies ist also richtige jüdische gehackte Leber, Anne. Haben Sie schon je richtige jüdische gehackte Leber gegessen? Wie meine Frau das macht, so ist's richtig, das dürfen Sie mir glauben. Man isst ein Stück Brot dazu, nehmen Sie. Dies ist richtiges jüdisches Roggenbrot, mit Samenkörnern drin. Genau, Anne, so ist's richtig, macht sie das nicht glänzend, Sophie, fürs erste Mal? Genau, Sie nehmen ein Stück richtiges jüdisches Roggenbrot, dann eine große Gabel voll richtiger jüdischer gehackter Leber» – und immer so weiter bis zur Geleespeise – «Genau, Anne, das Fruchtgelee ist auch koscher, natürlich, klar, muss es ja sein – o nein, o nein, nicht – keine Sahne in den Kaffee, nicht nach Fleisch, haha, hast du gesehen, was Anne vorhatte, Alex –?»

Aber rede du nur, so viel du willst, lieber Dad, jetzt, soeben, fünfundzwanzig Jahre später, steht plötzlich die Frage vor mir (nicht, dass ich auch nur den geringsten Beweis dafür hätte, nicht, dass ich bis zu diesem Augenblick je zuvor meinen Vater auch nur der kleinsten Übertretung der Gebote für fähig gehalten hätte … aber da Übertretungen für mich eine gewisse Faszinationskraft zu besitzen scheinen …), erhebt sich die Frage: warum *hast* du ausgerechnet eine *schickse* zu uns nach Hause mitgebracht? Weil du es nicht ertragen konntest, dass eine Nichtjüdin durchs Leben geht, ohne jemals eine jüdische Geleespeise kennen gelernt zu haben? Oder weil du dein eigenes Leben nicht mehr ertrugst, ohne dich auf jüdische Weise an die Brust zu schlagen, ohne deiner Frau dein Verbrechen vor Augen zu führen, damit sie dich anklagt, züchtigt, demütigt, straft und dir damit ein für alle Mal deine verbotenen Lüste austreibt!? O ja, der jüdische Desperado, wie er im Buch steht, mein Vater. Der Symptomkomplex ist unverkennbar. Kommt, wer auch immer – überführt mich, verdammt mich, ich habe das Schlimmste getan, was denkbar ist: ich hab mir genommen, was mir nicht zusteht! Ich habe meine Lust höher gestellt als die Pflicht meinen Lieben gegenüber! Bitte, erwischt mich, sperrt mich ein, bevor ich, Gott soll schützen, völlig frei ausgehe – und bald wieder etwas tue, das mir wirklich Vergnügen bereitet!

Und hat meine Mutter ihm den Gefallen getan? Hat Sophie aus zwei Brüsten und zwei Beinen den richtigen Schluss gezogen? Ich scheine ein Vierteljahrhundert dazu gebraucht zu haben, so kühne Überlegungen anzustellen. Oh, ich bilde mir das sicher nur ein, bestimmt. Mein Vater … und eine *schickse* …? Es kann nicht sein. Das hätte seine Grenzen gesprengt. Mein eigener Vater … und *schicksen* gefickt? Unter Zwang würde ich zugeben, dass er meine Mutter gefickt hat … aber *schicksen*? Ich kann mir ebenso wenig vorstellen, dass er eine Tankstelle ausraubt.

Aber warum schreit sie so mit ihm, was bedeutet dieser Sturm von Anklagen und Ableugnungen, schweren Vorwürfen, Drohungen und nicht endenden Tränenströmen … worum geht es, wenn nicht darum, dass er etwas sehr Schlimmes, vielleicht sogar Unverzeihliches getan hat? Der Auftritt steckt so unverrückbar wie ein schweres Möbelstück in meinem Gedächtnis – was mich glauben lässt … ja, es war wohl doch so. Ich sehe, wie meine Schwester sich hinter meiner Mutter verbirgt: Hannah hat beide Arme um ihren Leib geschlungen und wimmert, während meiner Mutter die Tränen aus den Augen stürzen, hinunter aufs Linoleum. Dabei brüllt sie ihn so laut an, dass ihr die Adern am Hals hervortreten – und brüllt damit zugleich mich an, denn nun, da ich mich näher damit befasse, fällt mir ein, dass, während Hannah sich hinter meiner Mutter verbirgt, *ich hinter dem Rücken des Angeklagten Schutz suche*. Oh, aber das ist ja reine Phantasie, das klingt ja wie von Freud, nicht wahr? Aber nein, es ist *mein* Vater, der jetzt mit der Faust auf den Küchentisch schlägt und zurückbrüllt: «Ich hab es nicht getan! Es ist einfach nicht wahr!» Nur … Moment mal: *ich* bin es, der schreit: «Ich hab es nicht getan!» *Der Angeklagte bin ich!* Und meine Mutter weint so sehr, weil mein Vater sich weigert, mir den Hintern zu versohlen, der, wie sie mir angekündigt hatte, versohlt werden würde, und zwar «nicht zu knapp», wenn er erführe, was *ich* wieder ausgefressen hätte.

Wenn ich in kleinen Dingen bös und unleidlich bin, wird sie allein mit mir fertig: sie braucht nur, Sie erinnern sich – ich erinnere mich jedenfalls! –, sie braucht mich nur in Mantel und Galoschen zu stecken – oh, welch ausgeklügeltes Detail, Mom, diese Galoschen! –, mich auszuschließen *(mich auszuschließen!)* und mir durch die Wohnungstür mitzuteilen, dass sie mich nie wieder hereinlassen würde, als könne ich genauso gut gleich abziehen und mein Leben woanders weiterführen; sie braucht nur kurz entschlossen so und nicht anders zu handeln, um von mir augenblicklich ein umfassendes Sündenbekenntnis und tiefste Zerknirschung zu erreichen (wenn sie darauf bestünde, bekäme sie auch eine schriftliche Garantie, dass ich in Zukunft und für den Rest meines Lebens lieb, folgsam und brav sein werde) – all dieses, damit die Tür sich bloß wieder öffnet und ich hineindarf, zurück zu meinen Kleidern, meinem Bett und dem *Kühlschrank*. Aber wenn ich ganz schlimm bin, so richtig rundherum bös, dass sie nur noch die Arme zu Gott dem Allmächtigen aufheben und ihn fragen kann, was sie denn bloß getan habe, um ein solches Kind zu verdienen – in solchen Fällen wird mein Vater dazugeholt, um Justitia zu ihrem Recht zu verhelfen; es erweist sich, dass meine Mutter zu empfindsam ist, zu zart besaitet, um eine körperliche Züchtigung eigenhändig vorzunehmen: «Es tut mir mehr weh», höre ich sie zu meiner Tante Clara sagen, «als ihm. So bin ich nun mal. Ich kann es nicht, und damit basta.» Oh, arme Mutter.

Aber passen Sie auf, Doktor: was ist hier eigentlich los? Es wird uns doch wohl gelingen, dieser Sache auf den Grund zu kommen – zwei cleveren jüdischen Burschen wie uns ... Eine schreckliche Tat ist begangen worden, und zwar entweder von meinem Vater oder mir. Mit anderen Worten: der Übeltäter ist einer der beiden Familienmitglieder, der einen Penis sein eigen nennt. Okay. So weit, so gut. Aber nun: hat *er* die *gojische* Buchhalterin aus dem Büro zwischen ihre Zauberbeine gefickt, oder habe *ich* den Schokoladenpudding meiner Schwester aufgegessen? Verstehen Sie, sie wollte ihn zum Mittagessen *nicht*, *wollte* aber offenbar, dass er für sie aufgehoben wird, damit sie ihn vor dem Schlafengehen essen kann. Du lieber Gott, Hannah, woher sollte ich denn das alles wissen? Wer nimmt es so genau, wenn er Hunger hat? Ich bin acht Jahre alt, und für Schokoladenpudding sterbe ich. Die tiefbraune Schokoladenmasse braucht mich nur aus dem Kühlschrank anzuglänzen, und ich kenne mich nicht mehr. Außerdem: ich dachte wirklich, er sei übrig geblieben! Das ist die reine Wahrheit! Heiliger Jesus, geht es bei all dem Gebrüll und Gezeter denn wirklich nur darum, dass ich den Schokoladenpudding dieser trüben Tasse aufgegessen habe? Selbst wenn ich es tat, so wollte ich es nicht! Es geschah unter einer anderen Voraussetzung! Ich schwöre, ich schwöre, ich wollte es nicht! ... Aber bin *ich* das – oder ist es mein Vater, der seine Verteidigung vor den Geschworenen hinausschreit? Doch, doch, er ist's – er hat es getan, okay, okay, Sophie, und jetzt lass mich schon endlich in Ruh, ich hab's getan, *aber ich wollte es nicht*! Scheiße, als Nächstes wird er ihr sagen, dass sie ihm schon deswegen verzeihen muss, weil es ihm nicht mal *Spaß* gemacht hat. Was heißt das, du *wolltest* es nicht, du *schmuck* – du hast ihn ihr reingesteckt, oder? Dann steh jetzt auch für dich ein, wie ein Mann. Los, sag ihr: «Es stimmt, Sophie, ich hab der *schickse* einen verpasst, und was du darüber denkst oder nicht denkst, ist mir scheißegal. Falls du es noch nicht weißt: ich bin der Mann im Haus, *und was hier geschieht, bestimme ich*!» Knall ihr eine, wenn's sein muss: schlag sie zusammen, Jake! Ein *goj* tät's jedenfalls, nicht wahr? Glaubst du, dass einer von diesen Großkotzern, die mit der Flinte auf die Jagd gehen, in einem Stuhl zusammenbricht, wenn man ihn dabei erwischt, wie er das siebente Gebot bricht, und anfängt zu flennen und seine Frau um *Verzeihung* bittet – Verzeihung … *wofür*? Was ist denn da schließlich dran? Du hast deinen Schwanz irgendwo reingesteckt und ein bisschen hin und her gemacht und dann kam vorn was raus. Also, Jake, was soll der Unsinn? Wie lange hat das Ganze schließlich gedauert, und dann war's schon vorbei – und dafür darf ihr Mund dich in dieser Weise anklagen und verdammen –, dafür sollst du mit so viel Schuldgefühl, so viel Selbstverachtung büßen! Poppa, warum müssen wir uns den Frauen mit so viel Schuldbewusstsein unterordnen, du und ich – wir müssen doch gar nicht! Wieso denn? *Wir* sollten den Laden schmeißen, Poppa! «Daddy hat etwas Schreckliches getan», schreit meine Mutter – oder bilde ich mir das nur ein? Klingt es nicht eher wie «O Daddy, unser Alex hat wieder etwas Schreckliches getan»? Aber wie auch immer, sie hebt Hannah hoch (ausgerechnet Hannah!), von der ich bis zu diesem Augenblick angenommen hatte, niemand könne sie wirklich lieben, hebt sie hoch, küsst ihr übers ganze traurige, ungeliebte Gesicht und sagt, dass ihr kleines Mädchen die Einzige auf der ganzen weiten Welt ist, auf die sie sich wirklich verlassen kann … Aber da ich acht bin, ist Hannah zwölf, und, glauben Sie mir, niemand hebt sie auf, denn das arme Kind leidet an Übergewicht, «und nicht zu knapp», wie meine Mutter sagt. Sie *darf* überhaupt keinen Schokoladenpudding essen. Jawohl, *deshalb* hab ich ihn genommen! Ach, Scheiße, Hannah, das hat der *Doktor* gesagt, nicht ich. Ich kann nichts dafür, dass du fett und lahmarschig bist und ich ein magerer Hecht mit Köpfchen. Ich kann nichts dafür, dass die Leute meine Mutter, wenn sie mich im Kinderwagen spazieren fährt, anhalten, weil ich so schön bin – sie wollen einen ausgiebigen Blick auf mein entzückendes *ponim* werfen. Sie erzählt die Geschichte ja immer wieder, ich habe nichts damit zu tun. Es ist einfach naturgegeben, dass ich schön geboren wurde und du, wenn auch nicht ausgesprochen hässlich, so doch keineswegs so, dass die Leute mit offenem Mund vor dir stehen bleiben. Ist das auch meine Schuld? Wie du geboren wurdest, vier Jahre bevor ich das Licht dieser Welt erblickte? Offenbar ist es Gottes Wille, dass es so ist, wie es ist, Hannah! Steht alles im Großen Buch!

Doch das Erstaunliche ist: Sie scheint mich nicht für irgendetwas verantwortlich zu machen; unverdrossen ist sie immer lieb zu ihrem süßen kleinen Bruder, schlägt mich nie und gibt mir nie böse Worte. Ich ess ihr den Schokoladenpudding weg, und sie lässt sich jede Ungezogenheit von mir gefallen, ohne je zu protestieren. Sie küsst mich, bevor ich schlafen gehe, und bringt mich ungefährdet über sämtliche Straßenkreuzungen in die Schule; dann tritt sie zurück und lässt sich bescheiden von der Wand verschlucken (dort wird sie wohl stecken), wenn ich für meine vor Stolz strahlenden Eltern alle Stimmen aus ‹Allen's Alley› imitiere oder wenn sie mich bei allen Verwandten in ganz North Jersey wegen meines hervorragenden Zeugnisses über den grünen Klee loben. Denn wenn ich nicht gerade gestraft werde, Doktor, werde ich in diesem Haus herumgetragen wie der Papst durch die Straßen Roms ...

Wissen Sie, ich habe aus jenen frühen Jahren wirklich kaum

mehr als ein Dutzend Erinnerungen, die etwas mit meiner Schwester zu tun haben. Bis sie sich während meiner Pubertät als die einzige vernünftige Person herausstellt, mit der man in diesem Irrenhaus reden kann, ist es, als sei sie jemand, den wir ein- oder vielleicht zweimal im Jahr sehen – für eine Nacht oder zwei ist sie bei uns zu Gast, isst an unserem Tisch, schläft in einer unserer Betten, und dann verschwindet das arme, dicke Wesen wieder, glücklicherweise.

Sogar im chinesischen Restaurant, wo der Herr den Bann über Schweinefleisch für die gehorsamen Kinder Israel aufgehoben hat, wird der Verzehr von Hummer à la Kanton von Gott (dessen Sprachrohr auf Erden, soweit es sich um Essen handelt, meine Mutter ist) als völlig indiskutabel betrachtet. Der Grund, warum wir in der Pell Street Schwein essen dürfen und zu Hause nicht, ist der, dass … also ehrlich gesagt: ich bin immer noch nicht ganz dahinter gekommen, aber damals glaubte ich, es hätte hauptsächlich damit zu tun, dass es uns mehr oder weniger gleichgültig ist, was der ältliche Besitzer des Lokals, dem wir den Spitznamen «Schmendrick» gegeben haben, von uns denkt. Ja, mir scheint, Chinesen sind die einzigen Menschen auf der Welt, vor denen die Juden keine Angst haben. Und zwar deshalb: erstens sprechen sie ein Englisch, wogegen das meines Vaters klingt, als sei er Lord Chesterfield, zweitens haben sie sowieso nichts als gebackenen Reis im Kopf, und drittens sind wir für sie nicht Juden, sondern *Weiße* – vielleicht sogar Angelsachsen. Stellen Sie sich das mal vor! Kein Wunder, dass die Kellner uns nicht einschüchtern können. Sie betrachten uns einfach als irgendeine langnäsige Spielart von altenglischen Ureinwohnern! Jungejunge, wie wir fressen! Plötzlich stellt selbst das Schwein keine Bedrohung mehr dar – allerdings wird uns sein Fleisch in so winzigen Bröckchen serviert, die noch dazu in einem Meer von Sojasauce ertrinken, dass jede Ähnlichkeit mit einem Schweinekotelett oder einer Schweinehaxe oder, mit dem Allerwiderlichsten, *Wurst* (brrr!) geschwunden ist … Aber warum dürfen wir dann nicht auch Hummer essen – in veränderter Gestalt? Gestatten Sie, dass meine Mutter eine logische Erklärung dazu abgibt – einen ihrer Syllogismen, Doktor, Spezialität von Sophie Portnoy. Sind Sie so weit? Warum wir keinen Hummer essen dürfen: «Weil es einen umbringen kann! Weil ich einmal Hummer gegessen habe und beinah gestorben wäre!»

O ja, auch sie hat ihre Übertretungen hinter sich und wurde gebührend bestraft. In ihren wilden Jugendjahren (lange bevor ich sie kennen lernte) hatte sie sich (schamerfüllt und geschmeichelt zugleich) beschwatzen lassen – von einem mutwilligen, gut aussehenden Versicherungsvertreter, der wie mein Vater bei der Boston & Northeastern arbeitete, einem dem Alkohol nicht abgeneigten Hallodri namens (gibt es etwas Passenderes?) Doyle – dazu beschwatzen lassen, Hummer à la Newburg zu essen.

Es geschah auf einer Tagung der Gesellschaft in Atlantic City, während eines lärmenden Abschiedsessens, dass Doyle meine Mutter glauben machte, auf dem Teller, den der Kellner ihr vor die Korsage geschoben hatte, befände sich, obwohl es anders röche, nichts als *chicken à la King*. Sie merkte gleich, dass da irgendwas nicht stimmte, so viel steht fest, argwöhnte sogar, als der attraktive, angetrunkene Doyle versuchte, sie mit ihrer eigenen Gabel zu füttern, dass die Tragödie, wie sie es nennt, nicht lange auf sich warten lassen würde. Doch durch den Genuss zweier *Whiskey sour* selbst nicht mehr ganz nüchtern, trug sie ihre lange jüdische Nase voreilig zu hoch, schlug ihre durchaus ernst zu nehmende böse Vorahnung in den Wind und – o über das hitzköpfige Weib! das lüsterne Flittchen! die leichtfertige Abenteurerin! – ergab sich völlig dem Geist verwegener Sorglosigkeit, der offenbar von diesem ganzen Saal voller Versicherungsvertreter mit ihren Frauen Besitz ergriffen hatte. Erst als das Gefrorene gereicht wurde, klärte Doyle – von dem meine Mutter auch sagt, «äußerlich ein zweiter Errol Flynn, und nicht nur äußerlich ...» – klärte Doyle sie darüber auf, was sie in Wahrheit zu sich genommen hatte.

Die Folge war, dass sie die ganze Nacht über der Toilette hing und sich erbrach. «Ich hab mir die *kischkas* rausgewürgt dabei! Ein schöner Spaßvogel! Deshalb rat ich dir auch immer wieder, Alex, niemals jemandem einen Streich zu spielen, die Folgen können tragisch sein! Ich war so krank, Alex –» sie liebte es, sich selbst, mir und auch meinem Vater ihren damaligen Zustand zu schildern, fünf, zehn, fünfzehn Jahre nach der eigentlichen Katastrophe –, «so sterbenskrank, dass dein Vater, Richard Löwenherz, den Hotelarzt aus dem Schlaf holen und ihn bitten musste, in unser Zimmer zu kommen. Siehst du, wie ich meine Finger krümme? Ich hab mich so furchtbar erbrochen, dass sie völlig steif wurden, so, als wenn ich *gelähmt* wäre, frag deinen Vater – Jack, sag's ihm, was mit meinen Fingern passierte – nach dem Hummer.» – «Was für ein Hummer?» – «Den dein Freund Doyle mich zu essen zwang.» – «Doyle? Was für ein Doyle?» – «Doyle. Der *schicker goj.* Den sie in den tiefsten Süden von Jersey versetzen mussten, weil er so 'n Rumtreiber und Tunichtgut war! Der aussah wie Errol Flynn! Erzähl Alex, was mit meinen Fingern war, was *du dachtest*, was mit ihnen wäre –» – «Hör zu: ich weiß überhaupt nicht, wovon du redest», was wahrscheinlich stimmt: nicht jeder findet das Leben meiner Mutter ganz so dramatisch, wie es sich ihr selbst darstellt – außerdem besteht durchaus die Möglichkeit, dass diese Geschichte sich mehr oder weniger nur in ihrer Phantasie abspielte (und natürlich mehr mit dem gefährlichen Doyle als mit dem verbotenen Hummer zu tun hat). Dazu ist mein Vater ein Mann, der jeden Tag sein gerüttelt Maß an Sorgen zu bewältigen hat, und manchmal muss er einfach darauf verzichten, der Unterhaltung um ihn herum zuzuhören, um sein Sorgen-Soll zu erfüllen. Es kann gut sein, dass er kein Wort von dem, was sie sagte, wirklich aufgenommen hat.

Aber der Monolog meiner Mutter rattert weiter. Wie andere

Kinder jedes Jahr die Geschichte von Ebenezer Scrooge erzählt bekommen oder ihnen jeden Abend aus ihrem Lieblingsbuch vorgelesen wird, so werde ich immerzu mit den spannungsgeladenen Kapiteln ihres gefahrvollen Lebens traktiert. Das sind sozusagen die Märchenbücher meiner Kindheit – die einzigen wirklichen Bücher im Haus, abgesehen von Schulbüchern, sind die, die mein Vater und meine Mutter geschenkt bekamen, wenn einer von ihnen im Krankenhaus lag. Ein Drittel unserer Bibliothek besteht aus der ‹Drachensaat› (ihre Unterleibsoperation) (Moral: Nichts ist ohne Ironie; irgendwo lauert immer ein Gelächter) und die restlichen zwei Drittel aus dem ‹Argentinischen Tagebuch› von William L. Shirer und, gleiche Moral, den ‹Memoiren› von Casanova (seine Blinddarmoperation). Im übrigen sind unsere Bücher von Sophie Portnoy verfasst, jedes eine Fortsetzung ihrer berühmten Serie mit dem Titel *Du kennst mich, ich muss alles mal ausprobieren.* Denn der Leitgedanke, der sich wie ein roter Faden durch ihre gesammelten Werke zieht und, wie es scheint, ihre Produktion erst ermöglichte, ist der, dass sie sich selbst als eine Art tollkühne Draufgängerin begreift, die sozusagen mit aufgekrempelten Ärmeln im Leben das Neue und Spannende sucht, um für ihren Pioniergeist nur Nackenschläge zu ernten. Sie scheint sich tatsächlich für eine Frau zu halten, die dazu bestimmt ist, in Grenzbereiche der Lebenserfahrung vorzustoßen, für eine schicksalsgetriebene, faszinierende Mischung aus Marie Curie, Anna Karenina und Amelia Earhart. Jedenfalls ist das die romantische Vorstellung von ihr, mit der der kleine Junge einschläft, nachdem sie ihm seinen Schlafanzug angezogen und die Decke um ihn festgestopft hat, wobei sie mir die Geschichte erzählt, wie sie Fahrstunden nahm, als sie mit meiner Schwester schwanger war, und am gleichen Tag, als sie ihren Führerschein in der Tasche hatte – «es war noch nicht *eine* Stunde vergangen, Alex» –, brauste «irgendein Verrückter» von hinten auf sie drauf, und natürlich hatte sie sich seitdem nie wieder ans Steuer gesetzt. Oder die Geschichte, wie sie in Saratoga Springs, New York, wohin sie im Alter von zehn Jahren mitgenommen worden war, um eine alte, kranke Tante zu besuchen, beim Betrachten der Goldfische in den schmutzigen Teich fiel und sofort unterging. Natürlich hat sie sich seitdem nie wieder ins Wasser begeben, auch bei Ebbe und in Anwesenheit eines Rettungsschwimmers am Strand nicht. Und dann dieser Hummer. Von dem sie sogar in ihrem alkoholisierten Zustand wusste, dass es nicht *chicken à la King* war, und den sie nur herunterwürgte, «damit dieser Doyle endlich Ruhe gab». Dann folgte die entsetzliche «Tragödie», und natürlich hat sie seitdem nie wieder etwas in den Mund genommen, was auch nur im entferntesten an Hummer erinnert. Und auch ich dürfte das nie tun. *Nie.* Jedenfalls nicht, sagt sie, wenn du dir nicht mit Gewalt selbst schaden willst. «Es gibt auf der Welt so viele gute Sachen zu essen, Alex – auf so was Grässliches wie Hummer kann man verzichten und entgeht damit der Gefahr, für den Rest seines Lebens mit gelähmten Händen herumzulaufen.»

Uff! Steck ich voller Ressentiments! Und voller Hassgefühle, die mir bis jetzt nicht einmal alle bewusst waren! Gehört das zum Ablauf der Behandlung, Doktor, oder ist es das, was wir «das Material» nennen? Ich tu nichts anderes als mich beklagen, die Abneigung scheint uferlos zu sein, und ich beginne mich zu fragen, ob ich nicht endlich 'n Punkt machen sollte. Ich höre mich in genau der Art ritualisierter Bauchschmerzen schwelgen, die die Psychoanalyse-Patienten in den Augen der Leute so herabsetzen. Kann ich wirklich meine Kindheit und meine armen Eltern so sehr verabscheut haben, wie ich sie heute zu verabscheuen scheine, heute, da ich darauf zurückblicke, wer ich war – aus der Sicht dessen, der ich geworden (und nicht geworden) bin? Ist dies die Wahrheit, die ich hier von mir gebe, oder ist es das schiere Gequatsche? Oder ist quatschen für Leute wie mich *eine Form* der Wahrheit? Ist ja auch egal, jedenfalls besteht mein Gewissen darauf, dass ich es ausspreche, bevor das Gejammer weitergeht: *Damals* war meine Kindheit nicht der Lebensabschnitt, dem ich heute so entfremdet bin und gegen den ich solche Ressentiments hege. Wie umfassend meine Verwirrungen auch waren, wie bitter und schwerwiegend mein innerer Aufruhr mir im Rückblick auch erscheinen mag – ich kann mich nicht daran erinnern, zu den Kindern gehört zu haben, die sich ständig wünschen, in einer anderen Umgebung unter anderen Menschen zu leben, was auch immer meine unbewussten Sehnsüchte diesbezüglich gewesen sein mögen. Wo sonst hätte ich schließlich ein solches Publikum für meine Vorstellungen wie diese beiden gefunden? Sie waren während des Essens immer völlig schwach vor Lachen – meine Mutter hat sich dabei tatsächlich einmal in die Hosen gemacht, Doktor, es war ein richtiger Lachkrampf, und sie stürzte, so schnell sie konnte, ins Badezimmer – alles als Folge des Eindrucks, den Mister Kitzel aus der ‹Jack Benny Show› bei mir hinterlassen hatte. Und sonst? Spaziergänge, lange Spaziergänge mit meinem Vater, sonntags, im Weequahic-Park, die ich noch immer nicht vergessen habe. Wissen Sie, ich kann heute noch nicht eine Eichel auf der Erde liegen sehen, ohne an ihn und diese Spaziergänge zu denken. Das will etwas heißen – nach fast dreißig Jahren.

Und habe ich schon die endlosen Unterhaltungen mit meiner Mutter erwähnt, die wir in all den Jahren führten, als ich noch zu klein war, um in die Schule zu gehen? Während dieser fünf Jahre, in denen wir einander den ganzen Tag für uns hatten, haben wir wohl jedes nur denkbare Thema erschöpfend behandelt. «Wenn ich mich mit Alex unterhalte», sagte sie zu meinem Vater, wenn er abends müde nach Hause kam, «kann ich einen ganzen Nachmittag lang bügeln, ohne zu merken, wie die Zeit vergeht.» Und, wohlgemerkt: ich bin erst *vier*.

Und was das Herumschreien, das ängstliche Sich-Ducken, das Weinen angeht, so hatte doch selbst das Intensität und machte das Leben aufregend. Nichts war jemals einfach NICHTS, sondern immer ETWAS, die alltäglichste Begebenheit konnte sich ohne jede Vorwarnung plötzlich zu einer ENTSETZLICHEN KRISE ausweiten, und ich dachte dann: *so ist das Leben.* Der Schriftsteller – wie heißt er doch gleich? – Markfield schreibt in einer seiner Erzählungen, dass er bis zu seinem vierzehnten Lebensjahr geglaubt habe, das Wort «hochspielen» sei ein jüdisches Wort. Nun, das glaubte ich von den Worten «Tumult» und «Tollhaus», zwei Lieblingsausdrücken meiner Mutter. Dazu noch das Wort «Spachtel». Ich war schon der kleine Musterschüler, und man erwartete von mir, dass ich immer alle Fragen spielend beantwortete, als die Lehrerin eines Tages von mir wissen wollte, was ein bestimmtes Bild darstelle. Ich wusste genau, dass es ein Gegenstand war, den meine Mutter «Spachtel» nannte, aber für nichts in der Welt wäre mir das «richtige» Wort dafür eingefallen. Stotternd und errötend sank ich geschlagen in meine Bank zurück, zwar nicht halb so bestürzt wie die Lehrerin, aber immerhin ziemlich erschüttert … so weit lässt sich das zurückverfolgen, so früh erschien mir innere Qual ein durchaus «normaler» Zustand zu sein – in diesem besonderen Falle wegen etwas so Gewichtigem wie eines Küchenutensils.

Oh, so viel innerer Widerstreit wegen eines Spachtels, Momma. Stell dir meine Gefühle vor, wenn es um dich geht!

Im Zusammenhang mit dieser lustigen kleinen Geschichte fällt mir etwas ein … Wir lebten noch in Jersey City (ich war immer noch Mammas verhätscheltes Herzblättchen, ein willenloser Sklave ihrer *kugeln, grieben* und *ruggelech* und ein eifriger Schnupperer ihrer Körpergerüche), als in unserem Haus ein Selbstmord geschah. Ein fünfzehnjähriger Junge namens Ronald Nimkin, der von allen Frauen im Haus «José Iturbi der Zweite» genannt wurde, erhängte sich an der Brause des elterlichen Badezimmers. «Mit diesen goldenen Händen!», jammerten die Frauen, wobei sie natürlich an sein Klavierspiel dachten – «Mit seinem Talent!», und dann kam: «Es gibt keinen Jungen, der verliebter in seine Mutter war als Ronald!»

Ich schwöre Ihnen, das ist nicht etwa so ein Quatsch aus irgend 'nem Film, es sind die nämlichen Worte, deren diese Frauen sich bedienen. Die großen, in archaisches Dunkel gehüllten opernhaften Vorwürfe, die Leiden und Leidenschaften des Menschen betreffend, entquellen diesen Mündern ebenso geläufig wie die Preise von Oxydol und Del-Monte-Büchsenmais! Passen Sie auf: als ich im vergangenen Sommer von meinem Europa-Abenteuer wiederkam, begrüßt mich meine eigene Mutter am Telefon wie folgt: «Nun, wie geht's meinem Geliebten?» Sie nennt mich ihren Geliebten, während ihr Mann am Nebenapparat zuhört! Und nie fällt ihr auf: wenn ich ihr Geliebter bin, was ist dann er, der *schmegegge*, mit dem sie lebt? Nein, wenn es um diese Leute geht, braucht man nicht tief zu graben – sie tragen ihr mit Recht so beliebtes Unterbewusstsein *auf dem Tablett* vor sich her!

Mrs. Nimkin weinend in unserer Küche: «Warum? Warum? Warum hat er uns das angetan?» Haben Sie gehört? Nicht: was haben wir *ihm* wohl angetan, o nein, das nicht, das nie – warum hat er *uns* das angetan? Uns! Die wir unsere Arme und Beine hergegeben hätten, damit er glücklich und zufrieden ist und obendrein noch ein berühmter Konzertpianist wird! Ist es denn möglich, können sie denn so blind sein? Können Menschen so abgründig dumm sein und trotzdem leben? Kann man das denn *glauben*? Können sie denn wirklich mit allem Nötigen ausgestattet sein, einem Gehirn, einem Rückenmark und den vier Öffnungen für Augen und Ohren – eine Ausstattung, Mrs. Nimkin, fast so beeindruckend wie Farbfernsehen –, und trotzdem durchs Leben gehen, ohne auch nur den kleinsten Zugang zu den Gefühlen und Sehnsüchten *anderer* zu haben? Mrs. Nimkin, Sie Dreckhaufen, ich erinnere mich an Sie, ich war zwar erst sechs, aber ich erinnere mich genau an Sie, und was Ihren Ronald, den zukünftigen Konzertpianisten, umgebracht hat, liegt auf der Hand: IHRE

VERFLUCHTE EGOZENTRIK UND IHRE DUMMHEIT!
«All die Stunden, die wir ihn nehmen ließen», schluchzt Mrs.
Nimkin ... Aber warum hör ich denn bloß nicht auf damit? Vielleicht meint sie es gut, sicher tut sie das – was erwarte ich von einer einfachen Frau in diesem Zustand? Es ist ja nur das, dass ihr in ihrem Elend nichts anderes einfällt als dieses gottverfluchte All-die-Stunden-die-wir-ihn-nehmen-ließen, Stunden, die sie jemand nehmen ließen, der jetzt eine Leiche ist. Wer sind sie letzten Endes, diese jüdischen Frauen, die uns großgezogen haben? In Kalabrien sieht man ihre Leidensgenossinnen wie steinerne Bildnisse in den Kirchen sitzen und diesen ganzen widerlichen katholischen *schmonzes* in sich hineinfressen; in Kalkutta betteln sie in den Straßen oder traben, wenn sie Glück haben, vor einen Pflug gespannt über ein staubiges Feld ... Nur in Amerika, Rabbi Rebbach, lassen diese Bäuerinnen, unsere Mütter, sich mit sechzig die Haare platinblond färben und flanieren in engen Hosen und Nerzstolen die Collins Avenue in Florida auf und ab – mit fest umrissenen Ansichten über alles und jedes unter der Sonne. Sie können nichts dafür, dass ihnen die Gabe der Rede verliehen wurde – wenn Kühe reden könnten, würden sie genauso idiotische Dinge von sich geben. Jaja, vielleicht ist das die Lösung: sie als Kühe zu betrachten, denen ein Doppelwunder zuteil wurde – Sprache und Mah-Jongg. Warum soll man in seinen Gedanken nicht nachsichtig sein, stimmt's, Doktor?

Meine Lieblingserinnerung in Verbindung mit diesem Selbstmord: Ronald Nimkin baumelt an der Brause, und am kurzärmeligen Hemd des toten jungen Pianisten ist ein Zettel befestigt – diese Hemden sind das, was mir am meisten von Ronald haften geblieben ist: der hoch aufgeschossene, ausgemergelte junge Katatoniker, der, immer allein, in diesen ihm viel zu weiten kurzärmeligen Sporthemden herumlief, deren Kragen so steif gestärkt und scharf gebügelt waren, dass sie wie kugelsicher aussahen ... Und Ronald selbst mit seinen so verspannten Extremitäten ... wahrscheinlich hätten sie begonnen zu tönen, wenn man ihn berührte … und die Finger, natürlich, diese grotesk langen, weißen Finger, mindestens sieben Gelenke, bis endlich der sauber abgekaute Nagel kam, diese Bela-Lugosi-Hände, von denen meine Mutter mir sagte – und noch einmal sagte – *und noch einmal sagte* –, denn nichts wird jemals nur einmal gesagt – nichts! –, es seien «die Hände eines geborenen Pianisten».

Pianist! Oh, das ist eines der Worte, die sie *lieben,* fast so sehr wie *Doktor,* Doktor. Und *Niederlassung.* Am meisten aber *sein eigenes Büro. Er hat jetzt sein eigenes Büro in Livingston.* «Erinnerst du dich an Seymour Schmuck, Alex?», fragt sie mich (oder Aaron Putz oder Howard Schlong oder an sonst irgendeinen miesen *bocher,* den ich vor fünfundzwanzig Jahren in der Grundschule gekannt haben muss, der jedoch völlig aus meinem Gedächtnis verschwunden ist). «Also ich habe heute seine Mutter auf der Straße getroffen, und sie erzählte mir, dass er inzwischen der bedeutendste Gehirnchirurg von ganz Amerika ist. Er besitzt sechs große Landhäuser im Ranch-Stil in Livingston, ganz aus Feldsteinen gebaut, und ist im Gemeindevorstand von elf Synagogen, alle von Marc Kugel entworfen und brandneu, und im vergangenen Jahr hat er mit seiner Frau und seinen beiden kleinen Töchtern, die so schön sind, dass sie bereits einen Vertrag bei Metro-Goldwyn haben, und so klug, dass sie eigentlich studieren müssten – also mit denen war er in Europa, hat ihn achtzig Millionen Dollar gekostet, und sie waren in siebentausend Ländern, manche gab's bis dahin noch gar nicht, sie wurden eigens Seymour zu Ehren gegründet, und nicht genug damit, er ist so berühmt, Seymour, dass in jeder Stadt in Europa, die sie besuchten, der Bürgermeister ihn bat, seine Reise zu unterbrechen und eine besonders schwierige Gehirnoperation vorzunehmen – in Krankenhäusern, die sie in aller Eile extra für ihn errichteten und – stell dir vor: während der Operation ließen sie über Lautsprecher im Operationssaal das Lied aus ‹Exodus› spielen, damit jeder gleich wusste, welchen

Glaubens er ist – das hat dein Freund Seymour erreicht! *Und wie glücklich der seine Eltern gemacht hat!*»

Das alles heißt natürlich: Und du? Wann wirst *du* endlich heiraten? In Newark samt angrenzenden Vororten ist das offenbar die Frage, die ein jeder stellt: WANN WIRD ALEXANDER PORTNOY AUFHÖREN, NUR AN SICH ZU DENKEN, UND SEINE ELTERN, DIESE WUNDERBAREN MENSCHEN, ENDLICH MIT ENKELKINDERN ERFREUEN? «Nun», fragt mein Vater, und seine Augen werden feucht, «nun, Einstein», fragt er aber auch *jedes Mal, wenn ich ihn sehe,* «gibt's inzwischen ernsthaftere Absichten auf irgendein bestimmtes Mädchen? Entschuldige, dass ich frage, ich bin ja nur dein Vater, aber da ich nicht ewig leben werde und du, falls du es vielleicht vergessen haben solltest, der Erbe unseres Namens bist, dachte ich, du könntest mich vielleicht ins große Geheimnis einweihen.»

Ja, Schande, Schande über Alex P., der Einzige aus seiner Klasse, der seinen Daddy und seine Mommy nicht zu Großeltern gemacht hat. Während alle anderen nette jüdische Mädchen heiraten, Kinder haben, Häuser kaufen und (wie mein Vater sich ausdrückt) *Wurzel schlagen,* während alle anderen Söhne den Namen der Familie fortführen, ist das Einzige, was er getan hat – Mösen nachjagen. Und *schicksen*-Mösen obendrein! Ihnen nachrennen, an ihnen schnuppern, sie auslecken, sie *schtuppen,* aber vor allem: *an sie denken!* Tag und Nacht, während der Arbeit und auf der Straße – dreiunddreißig Jahre alt, und immer noch rennt er mit Stielaugen durch die Stadt. Das reine Wunder, dass er noch nicht von einem Taxi zu Brei gefahren wurde, so wie er zur Mittagszeit die Hauptverkehrsstraßen von Manhattan überquert. Dreiunddreißig, und immer noch jedes Mädchen anschmachten und mit den Augen verschlingen, das, ihm in der Subway gegenübersitzend, die Beine übereinander schlägt! Sich heute noch dafür verfluchend, dass er kein Wort an das strotzende Paar Titten richtete, mit dem er fünfundzwanzig Stockwerke lang allein im Fahrstuhl war! Sich ebenso für das Gegenteil verfluchend! Denn man weiß von ihm, dass er sich auf der Straße an durchaus anständig aussehende junge Frauen rangemacht hat, und ungeachtet der Tatsache, dass sein Gesicht, seit es am Sonntagvormittag im Fernsehen erscheint, einem geistig höherstehenden Teil der Leute nicht gänzlich unbekannt ist – ungeachtet der Tatsache, dass er sich vielleicht auf dem Weg zum Apartment seiner gegenwärtigen festen Freundin befindet, um dort zu essen –, weiß man von ihm, dass er ein- oder zweimal gemurmelt hat: «Hören Sie, hätten Sie vielleicht Lust, mit mir zu kommen?» *Natürlich* antwortet sie «Nein». *Natürlich* fängt sie an zu schreien: «Machen Sie, dass Sie wegkommen, Sie!», oder sie sagt, kurz angebunden: «Ich hab eine sehr hübsche eigene Wohnung, vielen Dank, in der lebe ich mit meinem Mann.» Was tut er sich selbst bloß an, dieser Narr! dieser Idiot! dieser sexbesessene, verschlagene kleine Junge! Er kann – und *will* – es einfach nicht zügeln, diesen Brand in seinem *putz*, dieses Fieber in seinem Hirn, diese Begierde nach dem Neuen, die unentwegt in ihm schwelt, nach dem Ungezähmten, dem Unvorstellbaren, dem, wenn es so etwas gibt, *Unträumbaren*. Soweit es sich um Mösen handelt, sind die Gegebenheiten seines Lebens die gleichen wie damals mit fünfzehn (als er beim Aufstehen in der Klasse jedes Mal nicht wusste, wohin mit seinem Ständer) – weder hat sein Trieb nachgelassen, noch spielt sich das Ganze auf einer nennenswert «kultivierteren» Ebene ab. Bei jedem Mädchen, das er sieht, stellt sich heraus (halten Sie sich fest, Doktor), dass sie zwischen ihren Beinen eine Möse spazieren führt – eine richtige Möse. Verblüffend! Erstaunlich! Ich komm und komme einfach nicht über die phantastische Tatsache hinweg, dass man beim Betrachten eines Mädchens jemanden ansieht, der unter allen Umständen eine Möse hat! *Sie haben alle Mösen!* Und nur ein Kleid darüber! Mösen – zum Ficken! Und, Doktor, Euer Ehren, wie hießen Sie noch gleich? – es scheint wenig auszumachen, wie viele davon der arme Hund tatsächlich kriegt, denn sogar während er die Muschi von heute in der Mache hat, denkt er schon an die von morgen!

Übertreibe ich? Mache ich mich klein – wie raffiniert! –, um mich herauszustreichen? Angeberei, vielleicht? Empfinde ich diese Ratlosigkeit, diese ewige Geilheit wirklich als Strafe – oder als Erfüllung? Beides? Es könnte sein. Oder ist es nur eine Flucht? Denn, sehen Sie: zumindest bin ich, mit über dreißig, immer noch nicht in eine Ehe gepfercht, mit irgendeiner netten Person, deren Körper mich nicht mehr wirklich interessiert – zumindest muss ich nicht jede Nacht mit einer Frau ins Bett gehen, die ich mehr oder weniger aus Pflichtgefühl ficke, statt aus Lust. Ich denke dabei an die alpdruckhafte Depression, die manche Leute befällt, wenn es Zeit wird, schlafen zu gehen … Andererseits … selbst ich muss zugeben, dass, von einem gewissen Standpunkt aus, auch meine Situation vielleicht ein klein wenig deprimierend ist. Natürlich kann man nicht alles haben, so heißt es zumindest – aber die Frage, der ich mich zu stellen gewillt bin, ist: Habe ich denn etwas? Wie lange werde ich diese Experimente mit Frauen weiter betreiben? Wie lange noch werde ich dieses Ding in die Löcher stecken, die sich ihm gerade bieten – erst dieses Loch, und sobald es mich anödet, das da drüben … und so weiter. Wann wird das ein Ende haben? Nur – warum sollte es eigentlich ein Ende haben? Um einen Vater und eine Mutter zu erfreuen? Um sich der Norm anzupassen? Warum denn bloß soll ich mich immerzu verteidigen, weil ich das bin, was man noch vor einigen Jahren höchst ehrenhaft einen Junggesellen nannte? Schließlich ist all das ja nichts anderes als eben ein Junggesellenleben. Also wo liegt das Verbrechen? Die sexuelle Freiheit? Heutzutage? Warum sollte *ich* mich den Bürgern fügen? Verlange ich von ihnen, sich mir zu fügen? Vielleicht bin ich ein bisschen von der Bohéme beleckt – ist das so schlimm? Wem schade ich mit meiner Lust? Ich drehe den Damen nicht die Arme auf den Rücken und bedrohe sie nicht mit der Knute, um sie ins Bett zu kriegen. Ich bin, wenn ich das von mir selbst sagen darf, ein ehrenwerter und mitfühlender Mensch; hören Sie zu, gemessen daran, wie Männer sonst so sind, bin ich ... Aber warum muss ich eigentlich erklären, wie ich bin! Mich *entschuldigen*! Warum muss ich meine Begierden mit meiner Redlichkeit und meinem Mitgefühl rechtfertigen?! Ich habe also Begierden! Bloß, dass sie nicht zu stillen sind. Nicht zu stillen! Und *das* allerdings mag keine ausgesprochene Wohltat sein – wenn ich die Sache für einen Augenblick vom psychoanalytischen Standpunkt aus betrachte ... aber andererseits kann das Unterbewusstsein nichts anderes als für Lustgewinn sorgen, sagt Freud. Lust, Lust und *nochmals* LUST! O Freud, wem sagen Sie das! Die eine hat einen prima Arsch, aber sie redet zu viel. Die andere sagt überhaupt nichts, jedenfalls nichts, was einen Sinn ergäbe – aber Jungejunge, blasen kann sie! Welche Sachkenntnis! Und dies ist ein Schatz von einem Mädchen, mit den weichsten, rosigsten, rührendsten Brustwarzen, die ich je zwischen die Lippen genommen habe, aber blasen will sie nicht. Ist das nicht merkwürdig? Dabei – da soll einer die Menschen verstehen – ist es ihr ein Hauptvergnügen, während sie geknallt wird, einen meiner Zeigefinger behaglich tief hinten drin zu haben. Was für eine mysteriöse Angelegenheit, das Ganze! Die nicht enden wollende Faszination all dieser Höhlen und Öffnungen! Verstehen Sie – ich kann es einfach nicht lassen! Oder mich an *eine* binden. Ich habe Affären, die ein ganzes Jahr dauern, anderthalb Jahre, Monate und Monate, angefüllt mit Liebe, zärtlicher und wollüstiger Liebe, doch die Zeit steht nicht still und die Lust erstirbt – es ist so unausweichlich wie der eigene Tod. Und jedes Mal kann ich letzten Endes den Schritt in die Ehe nicht tun. Aber warum sollte ich auch? *Warum?* Gibt es ein Gesetz, das besagt: Alex Portnoy hat jemandes Ehemann und Vater zu sein? Doktor, sie können auf dem Fenstersims stehen und damit drohen, sich auf dem Pflaster zu zerschmettern, sie können das Veronal bis zur Decke stapeln – und wenn ich Wochen und Wochen in Angst und Schrecken verbringen muss, dass diese heiratswütigen Frauen sich unter die Subway werfen: Ich kann und *will* keinen Vertrag eingehen, für den Rest meines Lebens mit *einer* Frau zu schlafen. Stellen Sie sich doch mal vor: Angenommen, ich entschließe mich und heirate A mit ihren köstlichen Titten usw. – was geschieht, wenn B auftaucht, die noch köstlichere hat – oder zumindest solche mit dem Reiz der Neuheit? Oder C, die ihren Hintern auf eine ganz besondere Weise hin und her zu rollen versteht, wie es mir noch nie untergekommen ist; oder D oder E oder F. Ich versuche, offen und ehrlich mit Ihnen zu reden, Doktor – denn wenn es sich um Sex dreht, macht die menschliche Phantasie auch bei Z nicht halt! Titten und Mösen und Beine und Lippen und Münder und Zungen und Arschlöcher! Wie kann ich das, was ich noch nicht gehabt habe, für eine Frau aufgeben, die, wie wunderbar und aufregend sie auch gewesen sein mag, mir eines Tages – das ist unumgänglich! – so selbstverständlich sein wird wie ein Stück Brot? Der Liebe wegen? Welcher Liebe? Ist es das, was die Paare, die wir kennen, zusammenhält – die Paare, die die Mühe nicht scheuen, sich gesetzlich verbinden zu lassen? Ist es nicht vielleicht eher so etwas Ähnliches wie Schwäche? Ist es nicht eher Bequemlichkeit und Gleichgültigkeit und Schuldgefühl? Ist es nicht eher Müdigkeit und Angst und Trägheit, schlicht gesagt fehlender Mumm, nicht weitaus eher all das als «Liebe», von der die Befürworter der Ehe und die Schlagerdichter und die Psychotherapeuten nicht aufhören zu träumen? Wir wollen uns doch nichts vormachen, was die «Liebe» und ihre Dauer angeht. Und deshalb frage ich Sie: wie kann ich jemanden heiraten, den ich «liebe», wenn ich ganz genau weiß, dass ich in fünf, sechs, sieben Jahren durch die Straßen rennen werde, auf Jagd nach einer neuen, noch unbekannten Schnecke – während meine ergebene Gattin, die mir ein so wunderschönes Heim geschaffen hat usw., tapfer Einsamkeit und Zurückweisung erträgt? Ich könnte es nicht. Wie könnte ich meinen mich vergötternden Kindern gegenübertreten? Und dann die Scheidung, nicht wahr? Der Unterhalt der Frau. Die *Alimente*. Das Recht, die Kinder zu sehen? Entzückende Aussichten, ganz entzückend. Und was eine angeht, die sich unter Umständen umbringt, weil ich es vorziehe, meine Augen nicht vor der Zukunft zu verschließen, nun, so ist das ihre Sache – ich kann es nicht ändern. Ganz sicher ist es ebenso überflüssig wie unberechtigt, mir mit Selbstmord zu drohen, nur weil ich gescheit genug bin, zu wissen, welche Enttäuschungen, Vorwürfe und Anklagen die Zukunft bringen muss … Baby, bitte, hör auf, nicht so laut, ich bitte dich – es wird noch jemand denken, dass du umgebracht wirst. O Baby (so höre ich mich flehen, jahraus, jahrein!), in ein paar Tagen ist alles wieder gut, ganz bestimmt, ohne mich wirst du viel besser dran sein, du wirst sehen, also bitte, du Scheißweib, komm rein, zurück ins Zimmer, *und lass mich endlich gehen!* «Du! Du und dein widerlicher Schwanz!», brüllt die letzte aus der Reihe der enttäuschten Bräute von eigenen Gnaden, meine kuriose, langgliedrige und ziemlich bescheuerte Freundin, die in New York als Fotomodell für Unterwäsche in einer Stunde ebenso viel verdiente wie ihr analphabetischer Vater als Bergmann in West-Virginia in einer Woche. «Ich dachte, du bist was Besseres, du widerlicher, fotzenhöriger Sauhund!» Diese schöne junge Frau, die mich ganz falsch sieht, heißt *das Äffchen,* ein Spitzname, der sich von einer kleinen Perversität herleitet, auf die sie sich einmal einließ, kurz bevor sie mich kennen lernte und zu besseren Sachen überging. Doktor, so was wie sie hatte ich noch nie im Leben gehabt, sie war die Erfüllung meiner schlüpfrigsten Pubertätsträume – aber sie heiraten? Kann das Ihr Ernst sein? Verstehen Sie, trotz all ihrer Aufbrezelei und ihren Wohlgerüchen hat sie eine sehr geringe Meinung von sich selbst, zugleich jedoch – und das ist die Quelle vieler unserer Schwierigkeiten – eine geradezu lächerlich hohe Meinung von mir. Und wiederum zugleich eine höchst *schlechte* Meinung von mir! Sie ist ein recht verwirrtes Äffchen, und ich fürchte, nicht allzu helle. «Ein Intellektueller!», brüllt sie. «Ein gebildeter, geistiger Mensch! Du gemeiner, elender Steifstecher du, die Nigger in Harlem, die du nicht einmal kennst, bedeuten dir mehr als ich, die dich ein geschlagenes Jahr lang pausenlos abgeblasen hat!» Verwirrt, unglücklich und außer sich. Denn all das kommt vom Balkon her, vom Balkon unseres Hotelzimmers in Athen, während ich an der Zimmertür stehe, die Koffer in der Hand, und sie anflehe, doch *bitte* hereinzukommen, damit ich mein Flugzeug nicht versäume. Dann taucht der kleine Geschäftsführer auf, ganz Olivenöl, Schnurrbart und aufgebrachte Wohlanständigkeit, kommt wütend mit fuchtelnden Armen die Treppe heraufgerannt – also hole ich tief Atem und sage: «Hör zu: wenn du springen willst, dann spring!», und nichts wie raus – und die letzten Worte, die ich noch höre, drehen sich darum, dass sie sich nur aus Liebe zu mir («Liebe!», brüllt sie) zu all den entwürdigenden Dingen verstanden habe, die ich ihr *aufzwang*.

Was nicht stimmt, Doktor! Einfach nicht stimmt! Was ein Versuch dieses durchtriebenen Weibsstücks ist, mich auf die Folterbank der Schuld zu spannen, mich fertig zu machen – und auf diese Weise zu einem Ehemann zu kommen. Denn das ist es, was sie mit inzwischen neunundzwanzig haben will, verstehen Sie – aber das heißt nicht, dass ich ihr den Gefallen tun muss. «Im September werde ich dreißig, du Schwein!» Genau, Äffchen, genau! Und das eben ist der Grund, warum du selbst und nicht ich für deine Hoffnungen und Träume verantwortlich bist! Klar? *Du … !* «Ich werd's den Leuten schon stecken, du eiskalter, schnoddriger Hund, was für ein dreckiger Perversling du bist und wozu du mich alles gezwungen hast!»

Diese dumme Fotze! Ich kann wirklich von Glück sagen, dass ich lebend aus dieser Sache herausgekommen bin. Wenn dem so ist!?

Aber zurück zu meinen Eltern und dazu, dass ich, weil ich ledig bleibe, offenbar auch ihnen nur Kummer bereite. Dass ich zufällig, Mommy und Daddy, zufällig gerade eben vom Bürgermeister zum Stellvertretenden Vorsitzenden der New Yorker Städtischen

Kommission für Soziale Gerechtigkeit ernannt worden bin, ist euch, was Status und Ansehen angeht, offenbar scheißegal – obwohl das nicht ganz stimmt, ich weiß, denn, um ehrlich zu sein, sobald mein Name in der ‹Times› auftaucht, bombardieren sie jeden lebenden Verwandten mit den betreffenden Zeitungsausschnitten. Mein Vater verjuxt die Hälfte seiner Pension für Porto, und meine Mutter hängt ganze Tage an der Strippe und muss künstlich ernährt werden, weil ihr Mundwerk ununterbrochen wie ein Mühlrad geht – über ihren Alex. Im Grunde ist es genauso, wie es immer war: Sie kommen einfach nicht darüber hinweg, was für ein Genie und was für ein Erfolg ich bin; mein Name in der Zeitung, neuerdings enger Mitarbeiter des so populären neuen Bürgermeisters, auf der Seite von Wahrheit und Gerechtigkeit, Feind aller raffgierigen Mietwucherer, Fanatiker und Ratten («Um Gleichheit der Behandlung durchzusetzen, Diskriminierung zu verhindern, gegenseitiges Verständnis und Respekt voreinander zu fördern» – das humane Anliegen meiner Kommission, als offizielle Resolution des Stadtrats niedergelegt) … und doch, Sie verstehen mich, irgendwie nicht ganz vollkommen.

Ist denn das zu glauben? Alles, was sie für mich getan und geopfert haben, und wie sie mich überall herausstreichen und die beste Public-Relations-Firma sind (sagen sie), die ein Sohn sich nur erträumen kann, und nun stellt sich heraus, dass ich immer noch zu wünschen übrig lasse. Hat man so was schon jemals gehört? Ich weigere mich einfach, vollkommen zu sein. Was für ein verstocktes Kind.

Sie kommen zu Besuch: «Wo hast du denn den Teppich da aufgegabelt?», fragt mein Vater und zieht ein Gesicht. «Im Trödelladen, oder hat ihn dir jemand geschenkt?»

«Mir gefällt der Teppich.»

«Was redest du denn», sagt mein Vater, «der ist doch völlig abgetreten.»

Heiter: «Er ist ein bisschen abgetreten, ja. Ende?»

«Alex, bitte», sagt meine Mutter, «es ist ein völlig abgetretener Teppich.»

«Du wirst noch mit dem Fuß in dem Ding hängen bleiben», sagt mein Vater, «und dir das Knie auskugeln, dann haben wir den *zores*.»

«Mit deinem Knie noch dazu», sagt meine Mutter mit bedeutsamem Unterton, «das wär kein Spaß.»

Wenn es so weitergeht, werden sie das Ding gleich zusammenrollen, die beiden, und zum Fenster hinauswerfen. *Und mich dann wieder mit nach Hause nehmen!*

«Der Teppich ist in Ordnung. Mein *Knie* auch.»

«Es war nicht immer so in Ordnung», beeilt sich meine Mutter mir ins Gedächtnis zurückzurufen, «damals, als du den schweren Gipsverband hattest, Darling, bis zur Hüfte! Wie er sich hat rumgeschleppt damit! Wie er war unglücklich!»

«Damals war ich vierzehn, Mutter.»

«Ja, und als man dir das Zeug abnahm», sagt mein Vater, «konntest du dein Knie nicht biegen, ich dachte, du würdest für den Rest deines Lebens ein Krüppel bleiben. Ich sagte ihm, bieg es ab! Morgens, mittags und abends bat ich ihn, bieg das Knie ab! Willst du für immer ein Krüppel sein?»

«Graue Haare haben wir wegen deinem Knie bekommen.»

«Aber das war 1947. Und jetzt haben wir 1966. Der Gips ist seit fast zwanzig Jahren runter!»

Die schlagende Antwort meiner Mutter? «Du wirst es schon noch erleben – eines Tages bist du Vater, und dann wirst du wissen, wie es ist. Und vielleicht wirst du dich dann nicht mehr über deine Familie lustig machen.»

In unsichtbaren Lettern steht auf dem Körper eines jeden Judenkindes zu lesen: EINES TAGES BIST DU VATER (ODER MUTTER), UND DANN WIRST DU WISSEN, WIE ES IST.

«Glaubst du», fragt mein Vater, der Ironiker, «dass wir's noch erleben? Glaubst du, es passiert noch, bevor ich in die Grube fahre? Aber nein – lieber lässt er's drauf ankommen und legt sich einen zerschlissenen Teppich hin –» der Ironiker – und Logiker! – «und holt sich einen Schädelbruch! Und noch eine andere Frage, mein erwachsener, unabhängiger Sohn – wer würde es überhaupt bemerken, wenn du hier auf dem Fußboden verblutest? So und so oft, wenn sich bei dir keiner meldet, seh ich dich schon hier mit weiß-Gott-was hilflos herumliegen – und wer kümmert sich dann um dich? Wer bringt dir auch nur einen Teller Suppe, wenn, Gott soll schützen, irgendwas Schreckliches passiert?»

«Ich kann mich selber um mich kümmern! Ich geh nicht rum wie gewisse Leute –» Jungejunge, immer noch ziemlich kess mit dem alten Mann, wie, Al? – «wie gewisse Leute, die ständig auf irgendeine Katastrophe warten!»

«Du wirst schon sehen», sagt er und nickt traurig mit dem Kopf, «du wirst krank werden –» und plötzlich bricht es aus ihm heraus wie ein Wutschrei, wie ein hasserfülltes Röhren, Hass auf *mich! – «auch du wirst eines Tages alt sein, und mit der großartigen Unabhängigkeit ist's dann vorbei!»*

«Alex, Alex», setzt meine Mutter an, während mein Vater zum Fenster geht, um sich wieder zu fangen, nicht ohne dabei eine verächtliche Bemerkung über «die Gegend, in der er lebt» fallen zu lassen. Ich arbeite für New York, er aber findet nach wie vor, ich sollte im wunderschönen Newark leben!

«Mutter, ich bin dreiunddreißig! Ich bin Stellvertretender Vorsitzender der New Yorker Städtischen Kommission für Soziale Gerechtigkeit. Ich habe an der juristischen Fakultät beim Schlussexamen als Bester abgeschnitten! Vielleicht erinnerst du dich daran? Ich habe immer als Bester abgeschnitten, um welche Klasse und welche Schule es sich auch handelte! Mit fünfundzwanzig war ich bereits Sonderberater des Unterausschusses des Repräsentantenhauses – des Kongresses, Mutter! Des Kongresses der Vereinigten Staaten von Amerika! Wenn ich in die Wall Street wollte, Mutter, wäre ich in der Wall Street! Ich bin ein hoch angesehener Mann in meinem Beruf, daran ist wohl nicht zu zweifeln! Im Augenblick, Mutter, leite ich eine Untersuchung über gewisse ungesetzliche, diskriminierende Praktiken im Bauwesen von New York – *Rassendiskriminierung!* Ich versuche, die Metallarbeiter-Gewerkschaft dazu zu kriegen, dass sie mir ihre kleinen Geheimnisse verrät! Das war meine *heutige* Tätigkeit! *Ich* habe zur Aufdeckung des Quiz-Skandals im Fernsehen beigetragen, erinnerst du dich …?» Oh, wozu weiterreden? mit meiner gepressten, schrillen Pubertätsstimme? Guter Gott, ein jüdischer Mann, dessen Eltern noch leben, ist ein fünfzehnjähriger Knabe und wird es bleiben, *bis sie sterben!*

Aber wie dem auch sei – Sophie hat inzwischen meine Hand ergriffen und wartet verschleierten Blickes, bis ich den letzten meiner Aktivposten, die letzte sittlich hoch stehende Tat, die mir einfällt, hervorgesprudelt habe – dann sagt sie: «Aber für uns, für uns bist du immer noch ein Baby, Liebling.» Und dann kommt das Flüstern, Sophies berühmtes Flüstern, das jeder im Raum verstehen kann, ohne sich auch nur anzustrengen – sie ist ja so rücksichtsvoll: «Sag ihm, dass es dir Leid tut. Gib ihm einen Kuss – du weißt nicht, was das für ihn bedeutet.»

Ich weiß nicht, *was ein Kuss von mir ihm bedeutet!* Doktor! Sagte ich fünfzehn? Entschuldigen Sie, ich meinte zehn! Ich meinte fünf! Ich meinte null! Ein jüdischer Mann, dessen Eltern noch leben, ist immer wieder so hilflos wie ein *Säugling!* Hören Sie mir zu, kommen Sie mir zu Hilfe, bitte – und zwar rasch! Erlösen Sie mich von der Rolle des unterdrückten Sohnes im jüdischen Witz! Es wird nämlich auf die Dauer ein wenig ermüdend, mit dreiunddreißig! Es tut auch ein wenig weh, wissen Sie, es geht nicht ohne Schmerz ab, ein wenig menschliches Leid bleibt nicht aus, wenn ich mich so ausdrücken darf – diesen Part spart Sam Levenson allerdings aus! Ja, sicher, sie sitzen im Casino im *Concord*, die Damen in ihren Nerzen und die Herren in schillernden Anzügen, und Mann, wie sie lachen … lachen, lachen und lachen – «Hilfe, mein Sohn, der Doktor, ertrinkt!» – haha*ha*, haha*ha*, was ist mit dem *Schmerz*, Myron Cohen! Was ist mit dem Burschen, der wirklich ertrinkt! Wirklich und wörtlich im Meer elterlicher Rücksichtslosigkeit ertrinkt! Was ist mit ihm, Myron Cohen, es handelt sich nämlich um *mich*! Doktor, ich *bitte* Sie, ich kann nicht länger in einer Welt leben, in der die Maßstäbe von irgendeinem vulgären Conférencier gesetzt werden. Von irgendeinem – irgendeinem Vertreter des *schwarzen Humors*! Das sind sie nämlich – natürlich! –, all diese Henny Youngmans und Milton Berles, die die Leute dort im *Fountainebleau* vor Lachen von den Stühlen fallen lassen, und womit? Mit Geschichten von Mord und Verstümmelung! «Hilfe», schreit die Frau, die in Miami Beach am Strand entlangläuft, «Hilfe, mein Sohn, der Doktor, ertrinkt!» Hahaha – nur … es sollte heißen: *mein Sohn, der Patient,* gnädige Frau! Und ob er ertrinkt! Doktor, schaffen Sie mir diese Leute vom Halse, ich flehe Sie an! Das Makabere ist auf der Bühne sehr komisch – aber nicht im Leben, vielen Dank! Also sagen Sie mir, was ich tun muss, und ich tue es! Sagen Sie mir, was ich sagen soll, und ich sag es ihnen mitten ins Gesicht! Kschksch, Sophie! Hau ab, Jack! Lasst mich endlich in Frieden!

Hier hätten wir gleich einen Witz für Sie. Drei Juden gehen auf der Straße, meine Mutter, mein Vater und ich. Im vergangenen Sommer, kurz bevor ich in Urlaub fuhr. Wir haben auswärts gegessen («Hammse 'n Stück Fisch?», fragt mein Vater den Ober in dem schicken französischen Restaurant, in das ich sie ausführe, um ihnen zu zeigen, *dass ich erwachsen bin* – «*Oui, Monsieur,* da hätten wir –» – «Schon gut, bringen Sie 'n Stück Fisch», sagt mein Vater, «aber passen Sie auf, dass er gut heiß ist»), wir haben gegessen, und dann geh ich noch, Titralac lutschend (hilft gegen Übersäuerung), ein Stückchen mit ihnen spazieren, bevor ich sie in ein Taxi setze, das sie zum Port-Authority-Busbahnhof bringen soll. Sofort fängt mein Vater davon an, dass ich sie in fünf Wochen nicht einmal besucht habe (ein Thema, von dem ich dachte, dass wir es bereits im Restaurant erschöpfend behandelt hätten, während meine Mutter dem Kellner zuflüsterte, er solle sich persönlich vergewissern, dass das Stück Fisch für ihren «großen Jungen» – das bin ich, Leute! – auch wirklich gar ist), und jetzt verreise ich für einen ganzen Monat, und alles in allem, wann kriegen sie ihren eigenen Sohn überhaupt schon mal zu Gesicht; sie sehen ihre Tochter und die Kinder ihrer Tochter, und das gar nicht mal so selten, aber auch das ist kein großer Erfolg. «Bei diesem Schwiegersohn …», sagt mein Vater, «wenn du seinen Kindern nicht genau das psychologisch Richtige sagst, wenn ich mit meinen eigenen Enkeltöchtern nicht wie'n gelernter Psychologe rede, würde der mich am liebsten gleich einlochen lassen! Es ist mir gleich, was er sagt, dass er wäre – für mich denkt er wie'n Kommunist. Meine eigenen Enkel, und alles, was ich sage, muss erst durch die Zensur. Von dem!» Nein. Ihre Tochter heißt jetzt Mrs Feibish, und deren kleine Töchter heißen auch Feibish. Wo sind die Portnoys, von denen er geträumt hat? In meinem Sack. «Aber Poppa», rufe ich, und es klingt, wie immer, als bekäme ich keine Luft, «du siehst mich doch *jetzt*! Wir sind doch *jetzt* zusammen, *jetzt, in dieser Minute*!» Doch er ist nun in Fahrt, und da er nicht auf Fischgräten zu achten braucht, an denen er ersticken könnte, gibt es kein Halten mehr – Mr. und Mrs. Schmuck haben ihren Seymour und seine schöne Frau und deren siebentausend begabte und schöne Kinder, und alle kommen sie *jeden Freitagabend* zu ihnen – «Hör zu! Ich bin ein viel beschäftigter Mann! Meine Aktentasche ist bis oben hin voll mit wichtigen Dingen, die erledigt werden müssen –» – «Ach, hör doch auf», antwortet er, «essen musst schließlich auch du, du kannst also einmal die Woche zum Essen kommen, weil du doch sowieso essen musst, wenn's sechs Uhr wird – hab ich nicht Recht?» Und wer meldet sich wohl jetzt zu Wort? Richtig, Sophie. Die ihn davon in Kenntnis setzt, dass, als sie ein kleines Mädchen war, ihre Eltern ihr immerfort gesagt haben, tu dies und tu das, und wie verärgert und unglücklich sie manchmal darüber war und dass mein Vater mich doch nicht so bedrängen soll, denn, so schließt sie: «Alexander ist erwachsen, Jack, es ist sein gutes Recht, eigene Entschlüsse zu fassen, das hab ich schon immer gesagt.» Was war das eben? *Was* hast du schon immer gesagt?

Oh, warum hör ich nicht mit alldem auf? Warum verfolgt mich das alles in dieser Weise? Warum mache ich nicht gute Miene zum bösen Spiel wie Sam Levenson und lache alles weg –?

Aber lassen Sie mich erst zu Ende erzählen! Sie steigen also in ein Taxi. «Gib ihm einen Kuss», flüstert meine Mutter, «Europa ist weit.»

Natürlich kriegt es mein Vater mit – deshalb senkt sie ja die Stimme, damit alle zuhören –, und er wird von Panik erfasst. Jedes Jahr ab September fragt er ununterbrochen, was meine Pläne für den August sind – jetzt wird ihm klar, dass er überlistet worden ist: schlimm genug, dass ich um Mitternacht nach einem anderen Kontinent fliege, aber noch schlimmer, dass er keine Ahnung von meiner Reiseroute hat. Es ist mir gelungen! Ich hab's geschafft!

«Aber wohin in Europa? Die halbe Welt ist Europa –», ruft er, während ich versuche, die Tür von außen zu schließen.

«Ich sagte schon, ich weiß es nicht.»

«Was heißt das? Du musst es doch wissen! Wie willst du denn hinkommen, wenn du es selbst nicht weißt –»

«Ich schreib euch dann gleich …»

Sein verzweifeltes Gesicht kommt auf mich zu, wobei er sich mit dem Oberkörper über meine Mutter hinwegbeugen muss – gerade, wie ich die Tür zuschlage –, *oi*, nicht auf seine Finger, bitte! Jesus, dieser Vater! Den es schon gibt, so lange ich denken kann! Den ich morgens schlafend auf dem Klosett vorfand, mit heruntergelassenen Pyjamahosen, das Kinn auf der Brust. Er steht vor sechs auf, um eine volle Stunde ungestört auf dem Klo verbringen zu können, in der inbrünstigen Hoffnung, seine Gedärme würden sich, da er ihnen so freundlich und rücksichtsvoll entgegenkommt, erweichen lassen und nachgeben, sie würden endlich sagen: «Okay, Jack, du hast gewonnen», und den armen Hund mit fünf oder sechs lumpigen Klümpchen Scheiße beschenken. «Du lieber Gott!», stöhnt er, wenn ich ihn wecke, weil ich mich, bevor ich zur Schule gehe, waschen muss, und er feststellt, dass es bereits fast halb acht ist und dass in der Klosettschüssel, über der er eine geschlagene Stunde verschlafen hat, wenn's hoch kommt, *ein* kleines braunes, missgünstiges Kügelchen liegt, wie man es vielleicht aus dem Rektum eines Kaninchens erwarten könnte – nicht aber aus dem Auspuff eines Mannes, der nun, verstopft bis zum Hals, einen Zwölf-Stunden-Tag bewältigen muss. «*Halb acht?* Warum hast du mir denn nichts gesagt?» In Nullkommanix ist er angezogen und in Hut und Mantel, und das dicke schwarze Inkasso-Buch in einer Hand, verschlingt er im Stehen seine eingeweichten Pflaumen und stopft sich eine Hand voll getrockneter Früchte in die Tasche, die bei jedem anderen zu einem Ruhr-ähnlichen Durchfall führen würden. «Ich sollte mir eine Handgranate hinten reinstecken, wenn du's genau wissen willst», flüstert er mir vertraulich zu, während meine Mutter das Badezimmer besetzt hält und meine Schwester sich in «ihrem» Zimmer, dem «Salon», für die Schule fertig macht – «ich habe genügend Abführzeug in mir, um ein Schlachtschiff vom Stapel zu lassen. O Gott. Und die Kotsäule stößt mir bereits ans Kleinhirn.» Nun, da er mich zum Kichern gebracht hat und sich jetzt auf seine sarkastische Weise über sich selbst lustig macht, öffnet er den Mund und zeigt mit dem Daumen hinein. «Guck mal rein. Siehst du, dort, wo es dunkel wird? Das ist nicht bloß dunkel – das sind all diese Pflaumen. Die reichen bis dort hinauf, wo meine Mandeln (Pflaumen und Mandeln, haha) mal saßen. Ein Glück, dass ich die Dinger nicht mehr drin habe, sonst gäb's keinen Platz.»

«Reizende Gespräche», ruft meine Mutter aus dem Badezimmer. «Reizende Gespräche – mit einem Kind.»

«Gespräche?», ruft er zurück. «Es ist *die Wahrheit*», und im nächsten Augenblick schon poltert er wütend durch die Wohnung und brüllt: «Mein Hut, ich bin schon zu spät dran, wo ist mein Hut? Wer hat meinen Hut gesehen?» Und meine Mutter kommt in die Küche und sieht mich mit jenem nachsichtig-zeitlosen Sphinxblick an ... und wartet ... und bald erscheint er wieder im Flur, apoplektisch, stöhnend und so gut wie vernichtet: «Wo ist mein Hut? Wo *ist* bloß dieser Hut!», bis sie ihm leise, aus der Tiefe ihrer allwissenden Mutterseele, antwortet: «Schäfchen, du hast ihn auf dem Kopf.» Für kurze Zeit scheinen seine Augen bar jeder menschlichen Empfindung und Verstandestätigkeit zu sein; er steht da: eine Hülle, eine Sache, ein Körper voller Scheiße, und sonst gar nichts. Dann kehrt das Bewusstsein wieder – ja, er wird nun also doch in die Welt hinausmüssen, denn sein Hut hat sich gefunden, noch dazu dort, wo er hingehört. «Ach so», sagt er und greift verwundert mit der Hand hinauf – und dann raus aus dem Haus und in den Kaiser, und *Superman* ist fort, bis es dunkel wird.

Der Kaiser, es wird Zeit für die Sache mit dem Kaiser: wie er mich stolz mitnahm, als er nach dem Krieg hinging, um den 1939er-Dodge für einen neuen Wagen in Zahlung zu geben – neuer Wagen, neues Fabrikat, alles neu –, welch glänzende Möglichkeit für einen amerikanischen Dad, seinem amerikanischen Sohn zu imponieren! – und wie der zungenfertige Verkäufer so tat, als könne er einfach seinen Ohren nicht trauen, es einfach nicht glauben, dass mein Vater ein ums andere Mal «Nein» sagte, sobald der Scheißkerl versuchte, ihm das Tausenderlei an Krimskrams aufzuschwatzen, mit dem man ein Auto aufputzt. «Also, wenn Sie meine Meinung wissen wollen», sagt dieser windige Mistfink, «mit Weißwandreifen würde er natürlich tausendmal besser aussehen – meinst du nicht auch, Kleiner? Möchtest du nicht auch, dass dein Dad zumindest die Weißwandreifen nimmt?» Zumindest. Ah, du Schleimscheißer, du! Es so rum zu versuchen, damit *ich's* meinem Alten versetze – du elender, gemeiner, geldgieriger Sauhund! Wer bist du eigentlich, dass du es wagst, dich hier so aufzuspielen – ein gottverdammter Kaiser-Fraser-Verkäufer! Und was ist wohl inzwischen aus dir geworden, du Rotzlöffel, du Sack? «Nein, keine Weißwandreifen», murmelt mein gedemütigter Vater, und ich zucke bloß mit den Schultern, in peinlicher Verlegenheit über sein Unvermögen, mich und seine übrige Familie mit den schönen Dingen des Lebens zu versorgen.

Nun ja – jetzt jedenfalls auf zur Arbeit, im radiolosen, weißwandlosen Kaiser, auf ins Büro, wo die Putzfrau ihm die Tür öffnet. Nun frage ich Sie: Warum muss gerade er derjenige sein, der in diesem Büro morgens die Jalousien hochzieht? Warum hat er den längsten Arbeitstag, den je ein Versicherungsvertreter gehabt hat? Für wen? Für *mich*? O Gott, wenn es so ist, wenn das dahinter steckt, dann ist das wirklich so scheißtragisch, dass ich gleich tot umfallen möchte. Das Missverständnis ist zu groß! Für *mich*? Tu mir den Gefallen und *tu es nicht für mich*! Suche bitte nicht nach einem Grund, warum dein Leben so ist, wie es ist, um dann mit Alex daherzukommen! Ich kann nicht jedermanns Ein und Alles, jedermanns Lebensinhalt sein! Ich weigere mich, diese Last für den Rest *meines* Lebens mit mir herumzuschleppen! Hast du gehört? Ich weigere mich! Lass es endlich, es unbegreiflich zu finden, dass ich nach Europa fliege, tausend und aber tausend Kilometer weit, wo du gerade sechsundsechzig geworden bist und jeden Augenblick tot umfallen kannst, wie du das jeden Morgen als Erstes in der ‹Times› liest. Männer seines Alters und auch jüngere *sterben* – in dieser Minute leben sie noch und in der nächsten sind sie tot, und offenbar denkt er sich, wenn statt des Atlantiks nur der Hudson zwischen uns liegt … aber *was* denkt er wohl wirklich? Dass es nicht passiert, wenn ich in der Nähe bin? Dass ich an seine Seite stürmen und seine Hand halten werde und ihm damit das Leben wiedergebe? Glaubt er wirklich, dass ich die Macht habe, den Tod zu töten? Dass ich die Auferstehung und das

Leben bin? Mein Dad, so ein richtig gläubiger Christenmensch!
Und weiß selbst nicht mal was davon!

Sein Tod. Sein Tod und seine Verdauung … Um die Wahrheit zu
sagen: beides beschäftigt mich kaum weniger als ihn selbst. Ich
kann kein Telegramm bekommen, keinen Anruf nach Mitternacht,
ohne dieses saugende Gefühl in der Magengrube zu verspüren, und
sage laut – laut!: «Er ist tot.» Denn offenbar glaube ich es, glaube,
dass ich ihn auf irgendeine Weise vor der Vernichtung bewahren
kann – kann und muss! Aber wo nehmen wir diese lächerliche und
absurde Vorstellung her, dass ich so allmächtig, so unvergleichlich
bin, so unumgänglich wichtig für jedermanns Überleben! Was ist
es bloß mit diesen unseren jüdischen Eltern – denn ich sitze nicht
allein in diesem Boot, o nein, ich befinde mich an Bord des größten
aller Truppentransporter … Sie brauchen nur einen Blick durch
die Bullaugen zu werfen, dann sehen Sie uns übereinander in unseren Kojen liegen wie die Heringe, stöhnend und ächzend vor lauter Selbstmitleid, die schwermütigen Söhne jüdischer Eltern, nassen Auges und sterbenselend im schweren Seegang dieses Meeres
der Schuld – so sehe ich uns zuweilen vor mir, mich und meine
Leidensgefährten: Hypochonder, Melancholiker und Klugschwätzer, nach wie vor im Zwischendeck, wie unsere Vorfahren, und alle
krank, sterbenskrank, und immer wieder ruft der eine oder der
andere aus: «Poppa, wie konntest du?» – «Momma, warum hast
du … ?» Und die Geschichten, die wir erzählen, während das große Schiff rollt und schlingert und stampft, wie einer den anderen
zu übertrumpfen sucht – wer die herrschsüchtigste Mutter hatte
(Kastrationskomplex!) und wer den beschränktesten Vater, bei mir
war's mindestens ebenso schlimm wie bei dir, du Hund, Demütigung um Demütigung, Schmach um Schmach … das Würgen auf
der Toilette nach den Mahlzeiten, das hysterische Agoniegelächter
aus den Kojen, und die Tränen – hier eine Tränenlache, vergossen
in Zerknirschung, dort eine andere, vergossen in ohnmächtiger
Wut – ein sich aufbäumender erwachsener Mann (mit dem Hirn

117

eines Knaben) trommelt mit den Fäusten gegen die Matratze über sich, um gleich darauf zurückzufallen und sich mit schneidenden Selbstvorwürfen zu überhäufen. O meine jüdischen Freunde! Meine schnoddermäuligen, schuldbesessenen Brüder! Meine Geliebten! Meine Gefährten! Wird dieses verfluchte Schiff je aufhören zu stampfen? Wann? *Wann*, damit wir endlich aufhören können, uns darüber zu beklagen, wie krank wir sind – und in die frische Luft hinausdürfen und *leben*!

Doktor Spielvogel, nichts wird dadurch leichter, dass man jemandem die Schuld in die Schuhe schiebt – andere anschuldigen ist ein Krankheitssymptom, ich weiß, ich weiß –, aber trotzdem: was ist es denn bloß, *was*, das diese jüdischen Eltern dazu befähigt, uns kleine jüdische Jungen einerseits glauben zu machen, wir seien Prinzen, einmalig wie Einhörner, Genies, die Retter und Erlöser der Welt, die personifizierte Perfektion, und so schön und klug wie nie Kinder zuvor, und andererseits unzulängliche, rücksichtslose, böse, hirnlose, überhebliche kleine Hosenscheißer, die keinen Dank kennen.

«Aber wo in Europa?», ruft er mir nach, während das Taxi sich in Bewegung setzt.

«Ich weiß nicht wo», rufe ich ihm nach und winke fröhlich einen Abschiedsgruß. Ich bin dreiunddreißig und habe mich endlich von meinen Eltern gelöst. Für einen Monat.

«Aber wie werden wir deine Adresse erfahren?»

Freude und Glückseligkeit! «Gar nicht!»

«Aber wenn nun inzwischen …»

«Wenn was inzwischen?» Ich lache. «Worüber machst du dir jetzt Sorgen?»

«Was ist, wenn ich –?» Mein Gott, schreit er es wahr und wahrhaftig zum Taxifenster heraus? Ist seine Angst, sein Verlangen, seine Not, sein Glaube an mich wirklich so übermächtig, dass er diese Worte tatsächlich in die Straßen von New York hinausschreit? «Was ist, wenn ich sterbe?»

Das ist es nämlich, was ich höre, Doktor. Die letzten Worte, die ich höre, bevor ich losfliege – nach Europa, und zwar mit dem Äffchen, das ich ihnen glücklich verheimlicht habe. «Was ist, wenn ich sterbe?», und dann brause ich ab, kopfüber in meinen orgiastischen Urlaub.

Nun, ob die Worte, die ich höre, auch wirklich gesprochen wurden, steht auf einem anderen Blatt. Und ob ich das, was ich höre, aus Mitleid mit ihm höre, aus Schmerz und Qual bei dem Gedanken, dass er eines Tages sterben wird, sterben muss, oder ob ich sie höre, weil ich voll Ungeduld auf den Eintritt dieses Ereignisses warte, ist wiederum eine andere Frage. Aber das Folgende werden Sie verstehen, das ist ja sozusagen Ihr täglich Brot.

Ich sagte, dass am Selbstmord Ronald Nimkins eine Einzelheit mich besonders beeindruckt hätte, nämlich der Zettel, den seine Mutter an seiner geräumigen Zwangsjacke vorfand, angeheftet an jenem viel zu weiten, gestärkten Sporthemd. Wissen Sie, was da draufstand? Raten Sie mal. Die letzte Nachricht, die Ronald seiner Momma zukommen ließ? Raten Sie mal.

Mrs Blumenthal rief an. Du möchtest bitte heute zum Mah-Jongg-Abend das Blatt mit den Spielregeln mitbringen.

Nun, wie gefällt Ihnen das? Lieb und brav bis zum letzten Atemzug? Ein lieber Junge, ein umsichtiger, rücksichtsvoller Junge, ein wohlerzogener jüdischer Junge, dessen niemand sich je wird schämen müssen? Sag danke schön, Liebling. Sag bitte schön, Liebling. Sag, dass es dir Leid tut, Alex! *Entschuldige dich!* Wofür eigentlich? Was habe ich jetzt schon wieder getan? Ich hab mich unter mein Bett verkrochen, mit dem Rücken zur Wand, weigere mich zu sagen, dass es mir Leid tut, weigere mich herauszukommen und die Folgen zu tragen. *Ich weigere mich!* Und sie ist mit einem Besen hinter mir her und versucht, meinen Kadaver unter dem Bett hervorzukehren. Ein anderer Gregor Samsa! (Hallo, Alex, gute Nacht, Franz!) «Du, ich rate dir, um Verzeihung zu bitten, sonst kannst du was erleben! Und nicht vielleicht, sondern ganz bestimmt!» Ich bin fünf, höchstens sechs, und sie droht und macht mir die Hölle heiß, als ob das Exekutionskommando bereits vor der Haustür steht und die Straße mit Zeitungspapier auslegt, bevor ich erschossen werde.

Und nun kommt der Vater: nach einem erfreulichen Tag, den er mit dem Versuch verbrachte, Lebensversicherungen an Schwarze loszuwerden, die nicht einmal genau wissen, *ob* sie wirklich leben, kommt er nach Hause, zu einer hysterischen Frau und einem verwandelten Kind – aber was habe ich denn getan, ich, das Muster an Bravheit? Unglaublich, unvorstellbar – entweder habe ich sie ans Schienbein getreten oder sie gebissen. Ich möchte nicht, dass es klingt, als ob ich mich dessen rühme, aber ich glaube, *beides*.

«Warum?», fragt sie kategorisch, kniet dabei auf dem Boden und leuchtet mir mit einer Taschenlampe ins Gesicht. «Warum tust du so etwas?» Oh, du Törin, warum gab Ronald Nimkin seinen Geist und das Klavierspiel auf? WEIL WIR DIE NASE VOLL HABEN! WEIL IHR VERDAMMTEN JÜDISCHEN MÜTTER EINFACH NICHT ZU ERTRAGEN SEID! Ich habe gelesen, was Freud über Leonardo geschrieben hat, Doktor, und, verzeihen Sie die Hybris: genau das ist mein Albdruck – dieser gewaltige große Vogel, dessen Schwingen mir so heftig um Gesicht und Mund schlagen, *dass ich kaum atmen kann*. Wonach verlangt es uns denn so sehr, mich und Ronald und Leonardo? *In Ruhe gelassen zu werden!* Wenn auch nur jeweils für eine halbe Stunde! Hört endlich auf, uns damit zu löchern, *artig* zu sein! *Lieb* zu sein! Lasst uns in Frieden, verdammtnochmal, damit wir ungestört an unseren kleinen Schwänzen rumspielen und unseren kleinen, eigennützigen Gedanken nachhängen können – hört auf, immerzu von Anstand und Sitte zu reden, besonders wenn es um unsere Hände, unsere *tuschis* und unsere Münder geht! Zum Teufel mit Vitaminen und Lebertran! Wenn ihr uns bloß unser täglich Fleisch gebt! Und vergebt uns unsere Sünden – die gar keine Sünden sind, damit fängt's mal an!

«– du willst also ein kleiner Junge sein, der seine Mutter ans Schienbein tritt –?» Jetzt redet mein Vater … und sehen Sie sich bloß seine Arme an! Ich habe bis jetzt den Umfang seiner Unterarme noch nie so recht zur Kenntnis genommen. Er mag keine Weißwandreifen und keine höhere Schulbildung haben, aber Arme hat der Mann! Und, mein Gott, ist er wütend. Aber warum? Zum Teil, du *schmuck*, hab ich sie *deinetwegen* getreten!

«– der Biss eines Menschen ist schlimmer als ein Hundebiss, weißt du das, du? Komm sofort da raus! Hast du verstanden? Du hast dich deiner Mutter gegenüber schlimmer wie ein Hund benommen!» Sein Gebrüll ist so laut und überzeugend, dass meine sonst so gelassene Schwester grunzend vor Schreck in die Küche läuft und sich zwischen Kühlschrank und Wand zusammenkauert, in einer Stellung, die wir heute die Fetalposition nennen. So hab ich es in Erinnerung – obwohl zu fragen ist, fürchte ich, woher ich weiß, was in der Küche vor sich geht, wenn ich mich immer noch unter meinem Bett verstecke.

«Den Biss werd ich überleben, den Tritt auch –» der Besen versucht immer noch umbarmherzig, mich aus meiner Höhle hervorzustochern –, «aber was ich mit einem Kind anfangen soll, das nicht einmal um Verzeihung bitten will? Das seine eigene Mutter nicht einmal um Verzeihung bittet und verspricht, so etwas nie, nie wieder zu tun, *nie im Leben!* Daddy, einen solchen kleinen Jungen können wir hier überhaupt nicht mehr brauchen!»

Scherzt sie? Ist es ihr Ernst? Warum holt sie nicht die Bullen und lässt mich ins Kindergefängnis schaffen, wenn ich wirklich so unverbesserlich bin? «Alexander Portnoy, fünf Jahre alt, du wirst hiermit zum Tod durch den Strang verurteilt, weil du dich geweigert hast, deine Mutter um Verzeihung zu bitten.» Man könnte glauben, das Kind, das seine Milch in sich hineinschlürft und mit seinem Entchen und seinen Schiffchen in der Badewanne seiner Eltern badet, sei der meistgesuchte Verbrecher Amerikas. Dabei ist das, was wir in diesem Haus spielen, eine Art Parodie von ‹König Lear›, mit mir als Cordelia! Am Telefon erzählt sie jedem, der ihr nicht zuhört, ihr größter Fehler bestehe darin, dass sie zu gut sei. Denn sie hören ihr ganz bestimmt *nicht* zu – ganz bestimmt sitzen sie nicht da und nicken mit dem Kopf und notieren sich auf einem Block diesen durchsichtigen, selbstgefälligen, idiotischen Scheißdreck, den sogar ein noch nicht schulpflichtiges Kind mühelos durchschauen kann. «Weißt du, was mein größter Fehler ist, Rose? Ich sag das nicht gern von mir selbst, aber ich bin zu gut.» Das ist wortwörtlich ihre Rede, Doktor, die Worte stecken seit damals, all diese Jahre, wie eine Tonbandaufnahme in meinem Kopf. Und hauen mich heute noch um! Das sind die Botschaften, die all diese Rosies und Sophies und Goldies und Pearls einander zukommen lassen, und zwar *täglich*! «Ich bin nur für andere da», sagt sie und seufzt, «und statt Dank ernte ich Stank, aber sooft ich auch einen Schlag ins Gesicht bekomme – ich kann nicht anders, ich bin eben zu gut, und das ist *mein* Fehler.»

Alles Kacke, Sophie, du brauchst es bloß mal zu *versuchen*! Warum versuchen wir es nicht *alle* mal! Denn das ist der wahre Kampf, Mutter: *schlecht* zu sein und es zu genießen! Das macht Männer aus uns Knaben, Mutter. Was hingegen mein Gewissen meiner Sexualität, meiner Spontaneität, meinem Selbstbewusstsein angetan hat! Die paar Dinge, mit denen fertig zu werden ich mich so sehr bemühe, zählen nicht – denn letzten Endes werde ich *nicht* damit fertig. Ich bin von Kopf bis Fuß von meinen Verdrängungen gezeichnet – wie eine Geländekarte. Sie können mich kreuz und quer befahren – auf den Schnellstraßen der Scham und der Hemmungen und der Furcht! Siehst du, Mutter, auch ich bin zu gut, auch ich bin moralisch bis zum Exzess – genau wie du! Hast du mich je beobachtet, wenn ich versuche, eine Zigarette zu rauchen? Ich seh dabei aus wie Bette Davis. Heute lutschen Jungs und Mädchen von zwölf, dreizehn Jahren an Marihuanazigaretten, als wären es Pfefferminzbonbons, und ich habe immer noch zwei linke Hände, wenn ich mir eine Lucky Strike anstecken will. Jawohl, so anständig und wohlerzogen bin *ich*, Momma. Ich kann nicht rauchen, kaum trinken, Rauschgift fällt flach, ich pumpe niemanden an und spiele nicht Karten, kann keine Unwahrheit sagen, ohne dass mir der Schweiß ausbricht, als passierte ich soeben den Äquator. Jaja, ich sage so und so oft *Scheiße* und *ficken*, aber sei versichert, das ist auch so ziemlich der einzige Erfolg meiner Bemühungen in dieser Richtung. Wie war's zum Beispiel mit dem Äffchen? Ich hab mich von ihr getrennt, bin voll Angst davongerannt – weg von der Frau, die ich am liebsten mein ganzes Leben lang geleckt hätte. Warum überfordert die kleinste Komplikation so sehr meine Möglichkeiten? Warum muss die kleinste Abweichung von den konventionellen Anstandsregeln mir solche Höllenqualen bereiten? Wo ich diese Scheiß-Konventionen doch *hasse*! Und nur zu genau weiß, was von all diesen Tabus zu halten ist! Doktor, lieber Doktor, was meinen Sie, GEBEN WIR DEM JIDD SEIN ID WIEDER!? Befreien Sie die Libido Ihres sympathischen jüdischen Patienten aus ihren Fesseln, ich bitte Sie! Erhöhen Sie Ihr Honorar, wenn es sein muss! Ich zahle Ihnen, was Sie wollen! Bloß, dass das aufhört – dieses Sich-Ducken und -Verkriechen vor den geheimen, dunklen Lüsten! Ma, Ma, was wolltest du bloß aus mir machen, einen lebenden Leichnam wie Ronald Nimkin? Wo hast du bloß die Vorstellung her, dass es für mich das Erstrebenswerteste im Leben bedeuten müsste, *gehorsam* zu sein? Ein kleiner *Gentleman*? Ausgerechnet das – für ein Geschöpf, das aus lauter Wünschen und Begierden zusammengesetzt ist? «Alex», sagst du, während wir ein Restaurant in Weequahic verlassen – und dass Sie mich nicht falsch verstehen: ich schlucke es: Lob ist Lob, und wie's kommt, wird's gefressen – «Alex», sagst du zu mir, der ich auf «fein» herausgeputzt bin, mit meinem «gelöteten» Schlips und meinem zweifarbigen Jäckchen, «wie du dein Fleisch schneidest! Wie du das Gemüse gegessen hast, ohne zu kleckern! Ich möcht dir einen Kuss geben, so ein kleiner Gentleman mit seiner kleinen Serviette im Schoß ist mir noch *nie* begegnet!» Ein *Schwuler*, Mutter. So ein kleiner *Schwuler* ist dir noch nie begegnet – und genau darauf war das Trainingsprogramm abgestellt. O ja! O ja! Das eigentliche Rätsel ist weniger, dass ich nicht tot bin wie Ronald Nimkin, sondern dass ich nicht so bin wie all die reizenden jungen Männer, die ich jeden Sonnabendvormittag Hand in Hand in den Verkaufshallen von Bloomingdale herumgehen sehe. Mutter, der Strand von Fire Island ist besät mit den Körpern reizender, sympathischer, jüdischer junger Männer, in winzigen Dreieckshöschen und mit teurem Sonnenöl gesalbt, im Restaurant sicher auch alles kleine Gentlemen, die sicher auch alle für ihre Mommies die Mah-Jongg-Steine aufgebaut haben, wenn sich die Damen am Montagabend zu einem Spielchen einfanden. Gott du Allmächtiger! Nach all den Jahren Spielsteine-Aufbauen – ein Ping! zwei Pong! Mah-Jongg! … wie ich's danach überhaupt noch geschafft habe mit den Weibern, *das* ist das Rätsel. Ich schließe die Augen, und es fällt gar nicht mal so schwer – ich lebe in einem Haus in Ocean Beach zusammen mit jemandem, der getuschte Wimpern hat und Sheldon heißt. «Ach, Shelly, hab mich doch gern, schließlich sind es *deine* Freunde, also machst *du* den Knoblauchkuchen.» Mutter, deine kleinen Gentlemen sind jetzt alle erwachsen, und dort liegen sie, auf lavendelblauen Badetüchern, so narzisstisch, wie es nur eben geht. Und, o Gott, einer von ihnen ruft mir zu – mir! «Alex? Alexander der Große? Baby, weißt du, wo ich den Estragon hingetan habe?» Da hast du deinen kleinen Gentleman, Ma, wie er jemanden namens Sheldon auf den Mund küsst! Wegen seiner Kräutersauce! «Weißt du, was ich im ‹Cosmopolitan› gelesen habe?», sagt meine Mutter zu meinem Vater. «Dass es Frauen gibt, die homosexuell veranlagt sind.» – «Ach, hör doch auf», brummt Poppa, der Bär, «was für 'n Quatsch, was für 'n Mist ist denn das schon wieder –?» – «Jack, *bitte*, ich hab mir das ja nicht ausgedacht. Ich hab es *gelesen*, im ‹Cos*mopolitan*›! Ich kann dir den Artikel *zeigen*!» – «Ach, komm, das drucken die doch bloß rein, um die Auflage zu steigern –» Momma! Poppa! Es gibt sogar noch Schlimmeres – es gibt Leute, die Hühner ficken! Es gibt Männer, die Leichen vögeln! Ihr ahnt ja nicht, was unter Umständen aus Leuten wird, die ihre fünfzehn oder zwanzig Jahre abgesessen haben, weil irgendein verrückter Hund das für richtig und gut hielt. Und dass ich dich gegen das Schienbein trat, Ma-má, dass ich meine Zähne in dein Handgelenk schlug bis auf den Knochen – du darfst dich glücklich schätzen! Denn wenn ich *alles* runtergeschluckt hätte … glaube mir, auch du hättest beim Heimkommen leicht auf einen verpickelten Jüngling stoßen können, der tot über der Badewanne baumelt, am Gürtel seines Vaters. Schlimmer noch, du hättest dich im vergangenen Sommer, statt *schiwa* für einen Sohn zu sitzen, der ins ferne Europa entschwunden ist, auf dem Dach meines Hauses in Fire Island wiederfinden können, beim Essen – ihr beide, ich und Sheldon. Und wenn du daran denkst, was der *gojische* Hummer deinen *kischkas* angetan hat, kannst du dir vielleicht unschwer vorstellen, was es für dich bedeutet hätte, Shellys *sauce béarnaise bei dir zu behalten.*

Also –

War das eine Pantomime, bis ich meine Nylon-Windjacke ausgezogen und auf meinem Schoß hatte, um meinen Piepel zu bedecken – an jenem Abend, als ich ihn den Mächten dieser Welt preisgab –, womit ich mich dem Fahrer, einem Polacken, auslieferte, der nur das Oberlicht einzuschalten brauchte, um in einem einzigen Augenblick fünfzehn Jahre auszulöschen, fünfzehn Jahre ordentlich geführter Schulhefte, guter Noten und zweimal täglichen Zähneputzens, vom sorgfältigen Waschen des Obstes vor dem Verzehr ganz zu schweigen … O Gott, ist es heiß hier drin! Puh, ist es heiß! Jungejunge, ich glaube, ich zieh mir lieber die Jacke aus

und lege sie, ordentlich zusammengefaltet, auf meinen Schoß …
Aber was *tue* ich denn eigentlich? Ein Polacke, so mein Vater, ist
abends nicht zufrieden, wenn er im Laufe des Tages nicht mindestens *einem* Juden die Knochen im Leibe zerbrochen hat. Warum
gehe ich angesichts meines ärgsten Feindes dieses Risiko ein? Was
wird, wenn ich erwischt werde?

Es nimmt die halbe Länge des Tunnels in Anspruch, den Reißverschluss unhörbar zu öffnen – und schon schnellt er heraus, an-
geschwollen und fordernd wie immer – wie irgend so ein idioti-
scher Wasserkopf, der seinen Eltern mit seinen unersättlichen
Bedürfnissen das Leben zur Hölle macht.

«Mach mich fertig», sagt das seidige Monstrum. – «*Hier?*
Jetzt?» – «Natürlich hier und jetzt. Was glaubst du wohl, wann bietet sich dir eine Gelegenheit wie diese ein zweites Mal? Weißt du
denn nicht, was das für ein Mädchen ist, das neben dir schläft? Sieh
dir doch ihre Nase an.» – «Welche Nase?» – «Das ist es ja eben – sie
ist fast nicht vorhanden. Sieh dir doch ihr Haar an – wie gesponn-
en. Du hast doch in der Schule was von Flachs gehört? Das ist
menschlicher Flachs! Das ist die wahre Wucht, du *schmuck.* Eine
schickse! Und sie schläft! Oder vielleicht tut sie nur so, das ist
durchaus möglich. Tut nur so und sagt im Stillen: ‹Los, Big Boy,
mach all die Schweinereien mit mir, die du schon immer machen
wolltest.›» – «Wäre das wirklich möglich?» – «Freundchen», gurrt
mein Schwanz, «jetzt will ich dir mal aufzählen, worauf sie wartet:
erstens will sie, dass du ihre kleinen, harten *schicksen*-Titten in die
Hand nimmst.» – «Wirklich?» – «Sie will, dass du in ihrer kleinen
schicksen-Möse rumfingerst, bis sie ohnmächtig wird.» – «O Gott,
bis sie ohnmächtig wird!» – «Diese Gelegenheit kommt höchstwahrscheinlich nie wieder, so lange du lebst.» – «Ah, aber das ist ja
eben der springende Punkt: wie lange habe ich noch zu leben? Der
Name des Fahrers besteht aus lauter W und Z – wenn es stimmt,
was mein Vater sagt, so stammen diese Polen geradewegs von den
Warzenschweinen ab.»

Aber wer kann schon mit einem Ständer erfolgreich streiten? *Wem der Putz steht, dem liegt der Grips im Dreck.* Kennen Sie das berühmte Sprichwort? Und so ist es! Wie ein Hund durch den Reifen, so springt er schnurstracks in den Ring aus Daumen, Mittel- und Zeigefinger, den ich für ihn vorbereitet habe. Die Drei-Finger-Technik mit kurzen Rucken von der Wurzel her – das wird sich am besten für einen Bus eignen, das wird (hoffentlich) die Jacke auf meinem Schoß am wenigsten herumhüpfen lassen. Leider heißt das auf die reizempfindliche Eichel verzichten, doch dass ein großer Teil des Lebens aus Opfern und Selbstbeherrschung besteht – davor darf sogar ein Sexbesessener die Augen nicht verschließen.

Die Drei-Finger-Technik habe ich erfunden, um in der Öffentlichkeit zu wichsen – und habe sie bereits im *Empire*-Varieté in Newark angewandt. Eines Sonntagmorgens – ich folgte dem Beispiel Smolkas, meines Tom Sawyers – verlasse ich pfeifend, einen Baseballhandschuh in der Hand, das Haus und springe, als ich mich unbeobachtet glaube (offensichtlich eine Situation, die ich mir kaum vorstellen kann), auf den 14er Bus und sitze während der ganzen Fahrt zusammengekauert da. Sie können sich vielleicht vorstellen, was für ein Andrang an einem Sonntagmorgen vor einem Varieté herrscht. Die Innenstadt von Newark ist um die Zeit so menschenleer und still wie die Sahara, abgesehen von den paar Leuten vor dem *Empire*, die aussehen wie eine von Skorbut befallene Schiffsbesatzung auf Landurlaub. Bin ich meschugge, dass ich da reinwill? Nur Gott weiß, was für Krankheiten ich mir auf diesen Sitzen holen kann! «Scheiß auf die Krankheiten, geh trotzdem rein», sagt der Verrückte, der in meiner Unterhose ins Mikrofon spricht, «weißt du denn nicht, was du da drin zu sehen kriegen wirst? Die Möse einer Frau.» – «Eine *Möse?*» – «Richtig! Das ganze Ding, heiß und tropfnass und kurz vorm Start.» – «Aber ich werd mir 'n Siff holen, schon wenn ich die Eintrittskarte anfasse. Ich werde ihn mit den Sohlen meiner Turnschuhe in unsere Wohnung einschleppen. Irgendein Irrer wird Amok laufen und mich wegen des Parisers in meiner Brieftasche erstechen. Und was ist, wenn die Bullen kommen? Sie fuchteln mit ihren Revolvern herum – irgendjemand rennt davon –, und versehentlich werde *ich* erschossen! Weil ich minderjährig bin. Was ist, wenn ich getötet werde – oder, noch schlimmer, verhaftet! Was ist dann mit meinen Eltern!» – «Hör zu: willst du jetzt eine Möse sehen oder nicht?» – «Ich will! Ich will!» – «Da drin gibt's eine Hure, die den Bühnenvorhang mit ihrer nackten Möse zuzieht.» – «Okay, ich werde den Siff riskieren! Ich werd riskieren, dass mein Gehirn gerinnt und ich den Rest meiner Tage im Irrenhaus verbringe und Handball mit meiner eigenen Scheiße spiele – nur, was ist mit meinem Bild in den ‹*Evening News*›? Wenn die Bullen das Licht einschalten und brüllen ‹Okay, ihr Säue, RAZZIA!› – was ist, wenn die Blitzlichter aufflammen!? Und ich aufs Foto komme – ich, der ich bereits im zweiten High-School-Jahr Präsident des Internationalen Briefclubs bin! ich, der zwei Klassen der Grundschule übersprungen hat! Weil sie 1946 Marian Anderson nicht in der Convention Hall singen lassen wollten, habe ich meine ganze Klasse veranlasst, nicht am alljährlich stattfindenden Wettbewerb des Frauenvereins ‹Töchter der Amerikanischen Revolution› um den besten patriotischen Aufsatz teilzunehmen. Ich war (und bin es noch) der zwölfjährige Knabe, der, in Anerkennung seiner aufrechten Haltung gegen Fanatismus und Rassenhass, ins Essex House in Newark eingeladen wurde, um der Tagung des Politischen Aktionskomitees der C. I. O. beizuwohnen – das Podium zu besteigen und Dr. Frank Kingdon, dem namhaften Kolumnisten, den ich täglich in der Mittagszeitung lese, die Hand zu schütteln. Wie kann ich daran denken, mit all diesen Lustmolchen zusammen in ein Tingeltangel zu gehen, um zu sehen, wie irgendein sechzigjähriges Weib so tut, als treibe sie es mit einem feuersicheren Vorhang, wenn im Essex House, auf der Bühne des Ballsaals, Dr. Frank Kingdon höchstpersönlich meine Hand ergriff und, während das ganze Politische Aktionskomitee sich erhob und meinem Widerstand gegen die Revolutionstöchter Beifall spendete, zu mir sagte: ‹Junger Mann, Sie werden heute hier praktizierte Demokratie erleben.› Und zusammen mit meinem zukünftigen Schwager, Morty Feibish, war ich bereits auf Meetings des Komitees Amerikanischer Kriegsteilnehmer, ich habe Morty (er ist Vorsitzender des Aufnahmeausschusses) geholfen, die Klappstühle für die Generalversammlung aufzustellen. Ich habe ‹Citizen Tom Paine› von Howard Fast gelesen, ebenso Bellamys ‹Looking Backward› und ‹Finnley Wren› von Philip Wylie. Zusammen mit meiner Schwester und Morty habe ich mir eine Platte mit Marschliedern des Chors der tapferen Roten Armee angehört. Rankin und Bilbo und Martin Dies, Gerald L. K. Smith und Pater Coughlin, all diese faschistischen Schweinehunde sind meine Todfeinde. Also wie in Gottes Namen komme ich dazu, auf einem billigen Platz im Tingeltangel in meinen Baseballhandschuh hineinzuwichsen? Was ist, wenn ein Tumult ausbricht! Was ist, wenn ich mich infiziere!»

Ja, aber wenn nachher, nach der Vorstellung, die dort, die mit den riesigen Brüsten, *wenn die* … in sechzig Sekunden habe ich im Geiste ein herrliches Leben von äußerster Verworfenheit vorweggenommen, das wir auf einer Chenille-Decke in einem schäbigen Hotelzimmer führen, ich, der Feind von *America First*, diesen Nazis, und Patricia Perfect – diesen Namen gebe ich der am nuttigsten aussehenden Nutte unter den Choristinnen. Und das ist vielleicht ein Leben, unter unserer nackten Birne (H + O + T + E + L flackert es immer wieder unter unserem Fenster). Sie stülpt einen Schokoladenriegel mit weißer Cremefüllung auf meinen Schwanz und isst die Schokolade dann Stück für Stück von mir herunter. Sie gießt Ahornsirup aus einer Dose über mich und leckt ihn von meinen zarten Eiern, bis sie wieder so sauber sind wie die eines Babys. Ihr Lieblingssatz, hohe Literatur, lautet: «Fick mich, fick mich, bis ich sterbe.» Wenn ich in der Badewanne einen

Furz lasse, kniet sie sich nackt auf den Kachelboden, beugt sich weit vor und küsst die aufsteigenden Blasen. Sie hockt auf meinem Schwanz, während ich scheiße, und stößt mir eine Brustwarze von der Größe einer Birne ins Maul, wobei sie mir die ganze Zeit voll Verderbtheit die unanständigsten Worte, die ihr einfallen, ins Ohr flüstert. Sie nimmt Eiswürfel in den Mund, bis ihre Zunge und die Lippen eiskalt sind, dann bläst sie mich – dann geht sie zu heißem Tee über! An alles, wirklich alles, woran ich je gedacht habe, hat auch sie gedacht, *und tut es*. Die größte Hure, die es je gab. Und sie gehört mir! «O Patricia, es kommt, es kommt, du geile Hure», und somit bin ich der einzige Mensch, der je im *Empire*-Varieté in Newark in einen Baseballhandschuh ejakulierte. Vielleicht.

Die Masche im *Empire* sind Hüte. Nicht weit von mir schießt ein fünfzig Jahre älterer Kollege seine Ladung in seinen Hut. In seinen *Hut*, Doktor! *Oi*, mir wird schlecht. Ich möcht am liebsten weinen. Doch nicht in deinen Hut, du *schwantz*, du musst dir das Ding doch wieder auf den Kopf stülpen! Jetzt gleich musst du ihn wieder aufsetzen und hinausgehen und durch Newark latschen, während dir das Schmadderzeug von der Stirn tropft. Wie willst du mit diesem Hut auf dem Kopf deinen Lunch zu dir nehmen!

Welches Elend mich überkommt, als der letzte Tropfen in meinen Handschuh fällt, welch tiefe, abgrundtiefe Depression! Sogar mein Schwanz schämt sich und gibt mir keine einzige schnodderige Antwort auf die schonungslosen Selbstvorwürfe, mit denen ich mich überhäufe, während ich das *Empire* verlasse und laut vor mich hin stöhne: «Oh, nein, *nein*» – wie jemand, der soeben in einen Hundehaufen getreten ist, mit der Sohle darauf ausrutscht, und wenn man zwei Buchstaben ändert, wird die *Sohle* zur *Seele* … Wortspiele haben's in sich, das kann man wohl sagen … o Gott, wie widerlich! In seinen Hut, Doktor! *Wem der Putz steht!* *Wem der Putz steht!* In den Hut, den er auf seinem *Kopf* trägt!

Plötzlich fällt mir ein, wie meine Mutter mir beibrachte, im Stehen zu pissen! Passen Sie auf, diese Episode könnte unter Umständen das Detail sein, worauf wir gewartet haben, der Schlüssel zu dem, was mein Wesen bestimmte, der Anlass zu meiner gegenwärtigen Zwangslage: hin und her gerissen zwischen Begierden, die mein Gewissen verurteilt, und einem Gewissen, das meinen Begierden im Wege steht. Und jetzt kommt, wie ich lernte, in die Klosettschüssel zu pinkeln – wie ein Erwachsener. Hören Sie sich das mal an!

Ich stehe mit meinem vorwitzigen kleinen Piepel breitbeinig über dem kleinen Wasserrund, während meine Momma auf dem Wannenrand daneben sitzt, die eine Hand am Wasserhahn (aus dem ein dünner Strahl rinnt, dem ich es gleichtun soll), die Finger der anderen Hand kitzeln die Unterseite meines Schwänzchens. Ich wiederhole: *sie kitzelt mich am Schwanz!* Ich nehme an, sie glaubt, auf diese Weise zu erreichen, dass aus dem Ding vorn was rauskommt, und was soll ich Ihnen sagen, der Erfolg gibt der Dame Recht. «Mach ein schönes Strulli, *bubala*, mach ein schönes kleines Strulli für Mommy», sagt Mommy in singendem Ton, während sich in Wirklichkeit hier höchstwahrscheinlich meine Zukunft entscheidet. Stellen Sie sich das mal vor! Was für eine Farce! So wird der Charakter eines Menschen gebildet, so ein Schicksal vorgeformt … aber vielleicht irre ich mich … Jedenfalls, ob Ihnen das nun etwas sagt oder nicht: ich kann in Gegenwart eines anderen Menschen kein Wasser lassen. Bis zum heutigen Tage nicht. Meine Blase kann bereits einer Wassermelone gleichen, doch wenn jemand dazukommt, bevor es zu strömen begonnen hat – (Sie wollen alles hören, okay, ich erzähle Ihnen alles) nämlich, Doktor, dass wir, Äffchen und ich, in Rom eine ganz gewöhnliche Hure von der Straße auflasen und in unserem Hotel mit ihr ins Bett gingen. – Jetzt ist es raus. Es scheint, dass ich einige Zeit dazu gebraucht habe.

Der Bus, der Bus – was hielt mich im Bus davor zurück, den

ganzen Salat auf den Arm der schlafenden *schickse* zu verspritzen – *ich* weiß es nicht. Mein gesunder Menschenverstand? Mein Anstand? Was glauben Sie? Mein besseres Ich, wie man das wohl nennt, das die Oberhand gewann? Na schön, aber wo war dieses bessere Ich an jenem Nachmittag, als ich aus der Schule nach Hause kam und feststellte, dass meine Mutter ausgegangen war, dafür aber im Kühlschrank ein großes Stück tiefgefrorener Leber lag? Ich glaube, dass ich *ein* Stück Leber bereits gebeichtet habe, nämlich das aus dem Fleischerladen, das ich hinter einer Reklametafel knallte – auf dem Weg zur Bar-Mizwa-Stunde. Nun, ich möchte jetzt reinen Tisch machen, Eure Heiligkeit. Das war nicht meine erste Nummer dieser Art. Die fand in der privaten Sphäre unserer Wohnung statt, als ich meinen Schwanz in dem Stück Leber aus dem Kühlschrank vergrub, im Badezimmer, um halb vier Uhr nachmittags – um es dann um halb sechs gemeinsam mit meinen armen, nichts ahnenden Angehörigen zu verspeisen.

So. Jetzt wissen Sie auch das Schlimmste, was ich je getan habe. Ich habe das Abendessen meiner eigenen Familie gefickt.

Es sei denn, Sie teilten die Ansicht des Äffchens, das behauptet, mein verruchtestes Verbrechen sei, sie in Griechenland verlassen zu haben. Und die zweite, zumindest ebenso abscheuliche Untat: dass ich sie in Rom zu jenem Dreigespann verleitete. Ihrer Ansicht nach – auch eine Ansicht! – bin ich ganz allein für diese *ménage* verantwortlich, da ich moralisch hoch stehender bin und den stärkeren Charakter habe. «Der große Humanitätsapostel!», brüllt sie. «Dessen *Beruf* es ist, die armen, armen Leute vor ihren Hauswirten zu schützen! Du, der mir dieses ‹U.S.A.› zu lesen gab! *Deinetwegen* hab ich mir dieses Anmeldeformular für Hunter geholt! *Deinetwegen* reiß ich mir den Arsch auf, um nicht bloß so 'n dummes, saublödes Stück zu sein, mit dem man sich bestenfalls ins Bett haut. Und jetzt behandelst du mich wie irgend so 'ne Nutte, die man *benutzt* – mit der du jede ekelhafte Sauerei machen kannst, die dir gerade einfällt –, und spielst dich dabei auch noch als der große, überlegene Intellektuelle auf! Der sich mit großen Worten in diesem Scheiß-Fernsehen produziert!»

Sie verstehen, so, wie das Äffchen die Sache sah, war es meine Aufgabe, sie eben jenen Abgründen der Leichtfertigkeit und Selbstvergeudung, der Perversität und Zügellosigkeit und Wollust zu entreißen, in die zu versinken ich mich mein ganzes Leben lang vergebens bemühte – von mir erwartete sie, dass ich sie vor eben den Versuchungen schützte, denen *nachzugeben* ich mir all die Jahre über angelegen sein ließ. Und sie macht sich weniger als nichts daraus, dass sie selbst im Bett immerzu von dieser Möglichkeit phantasiert hat, nicht weniger fieberhaft als ich. Doktor, ich frage Sie: Wer hat als Erster den Vorschlag gemacht? Seit dem Abend, als wir uns kennen lernten – wer hat wem ausgemalt, wie das wohl wäre, noch eine andere Frau bei uns im Bett zu haben? Glauben Sie mir, ich versuche nicht, mich aus dem Schlamm zu befreien – ich versuche mich hineinzuwühlen! –, aber es muss Ihnen und mir, wenn schon nicht ihr, völlig klar werden, dass diese hoffnungslose Neurotikerin, diese bemitleidenswerte, meschuggene, hinterwäldlerische Fotze wirklich kaum *mein* Opfer genannt werden kann. Ich will von diesem Scheiß-Opfer-Gerede einfach nichts hören! Jetzt ist sie dreißig, möchte verheiratet und Mutter sein, möchte Haus und Mann haben und ein «anständiges» Leben führen (umso mehr, als ihre hoch bezahlten Jahre als Unterwäsche-Star wohl so gut wie vorbei sind), aber daraus, dass sie sich vergewaltigt und verraten und verkauft vorkommt (und es vielleicht sogar ist, wenn man ihr Leben als Ganzes betrachtet), folgt nicht, dass ich nun den Sündenbock spielen muss. *Ich* kann nichts dafür, dass sie dreißig und unverheiratet ist. *Ich* hab sie nicht aus dem Kohlenpott von West-Virginia rausgeholt und sie unter meine Fittiche genommen – und ich hab ihr auch nicht jenes Straßenmädchen ins Bett gelegt! Es war nämlich das Äffchen höchstpersönlich, das sich aus unserem gemieteten Wagen herausbeugte und in ihrem *alta moda*-Italienisch der Hure klar machte, was wir wollten und wie viel wir zu zahlen bereit seien. Ich saß bloß da, hinterm Steuer, einen Fuß auf dem Gaspedal, bereit davonzuflitzen – wie immer … Und, glauben Sie mir, als die Hure in den Fond kletterte, dachte ich nein, und im Hotel, wo es uns gelang, sie, auf dem Umweg über die Bar, in unser Zimmer zu schleusen, dachte ich wiederum nein. Nein! Nein! Nein!

Sie sah nicht einmal so übel aus, diese Hure, zwar ein wenig untersetzt und rundlich, aber erst Anfang zwanzig und mit einem großflächigen, sympathischen, offenen Gesicht – und geradezu umwerfenden Titten. Derentwegen fiel unsere Wahl auf sie, nachdem wir langsam die Via Veneto auf und ab gefahren waren und das vorbeiflanierende käufliche Angebot begutachtet hatten. Die Hure, die Lina hieß, stand mitten im Zimmer und zog ihr Kleid aus, darunter trug sie ein «Lustige Witwe»-Korsett, aus dem oben die Brüste herauswogten und unten die mehr als üppigen Schenkel. Dieses pompöse Kleidungsstück setzte mich in Erstaunen – aber das tat alles Übrige auch, vor allem, dass wir, nach dem monatelangen Gerede darüber, nun tatsächlich so weit waren.

Das Äffchen kam in ihrem kurzen Hemdröckchen aus dem Badezimmer (für gewöhnlich ein Anblick, der mich sehr scharf machte – dieses cremefarbene Seidenhemd mit einem wunderschönen Äffchen drin), und ich hatte mich unterdessen aller Kleider entledigt und saß nackt am Fußende des Bettes. Dass Lina kein Wort Englisch sprach, trug nur dazu bei, den Sog der Erregung, der nun zwischen dem Äffchen und mir einsetzte, zu verstärken; dieses Gefühl hatte einen Anflug von Sadismus: wir konnten uns, ohne dass die Hure uns verstand, miteinander unterhalten, konnten über die intimsten Dinge reden und darüber, wie es nun weitergehen sollte – und das Äffchen und sie flüsterten auf Italienisch miteinander, ohne dass ich verstand, worum es ging oder was sie im Schilde führten … Lina sprach als Erste, und das Äffchen fing an zu übersetzen. «Sie sagt, du hast ’n großen.» – «Ich fress ’n Besen, wenn sie das nicht allen Kerlen sagt.» Dann standen sie da, in ihrer Unterwäsche, sahen mich an – *und warteten*. Aber auch ich wartete. Und wie mein Herz klopfte! Jetzt war es so weit, zwei Frauen und ich … also was soll nun geschehen? Denn, Sie verstehen, im Stillen sage ich immer noch *Nein*!

«Sie will die Wünsche des *signore* wissen», übersetzte das Äffchen, nachdem Lina wieder etwas gesagt hatte, «womit sie anfangen soll.» – «Der *signore*», sagte ich, «wünscht, dass sie damit anfängt, womit man anfängt …» Oh, sehr witzig, diese Antwort, höchst ungezwungen und lässig, bloß sitzen wir nach wie vor unbeweglich da, ich und mein Ständer, nackt, und wissen nicht, wohin mit uns. Zum Schluss ist es das Äffchen, das unsere Lust in Gang bringt. Sie geht auf Lina, die einen Kopf kleiner ist, zu (o Gott, habe ich denn an ihr nicht genug? Kann sie allein denn wirklich meine Bedürfnisse nicht befriedigen? Wie viele Schwänze hab ich denn?) und steckt ihre Hand der Hure zwischen die Beine. Wir hatten es uns bereits in allen Einzelheiten ausgemalt, hatten, nun schon viele, viele Monate lang, von allen Möglichkeiten laut vor uns hin geträumt, und doch mach ich ein Gesicht wie 'ne Katze, wenn es donnert, als der Mittelfinger des Äffchens in Linas Möse verschwindet.

Ich kann den Zustand, in den ich jetzt geriet, am besten mit dem Ausdruck «rastlose Geschäftigkeit» umschreiben. Jungejunge, war ich geschäftig! Es gab aber auch so viel zu tun. Du hier und ich dort – okay, jetzt *du* dort und *ich* hier – prima; jetzt rutscht sie nach unten, während ich mich nach oben durchwühle, und du drehst dich halb rum, ja, genau … und so immer weiter, Doktor, bis ich zum dritten und letzten Mal fertig wurde. Das Äffchen war mittlerweile diejenige, die auf dem Rücken lag, und ich streckte dem Kronleuchter meinen Arsch entgegen (und den Fernsehkameras, dachte ich flüchtig) – und zwischen uns unsere Hure, die meinem Äffchen die Brust gab. In wessen Loch, in welche Art Loch ich meine Ladung loswurde, kann ich nur mutmaßen. Es ist durchaus möglich, dass ich zu guter Letzt ein feuchtes, scharf riechendes Quodlibet aus tropfnassem italienischem Schamhaar, glitschigen amerikanischen Hinterbacken und völlig versauten Bettlaken fickte. Dann stand ich auf, ging ins Badezimmer und – das wird jedermann erfreuen – gab mein Abendessen von mir. Meine *kischkas*, Mutter – ich erbrach sie in die Klosettschüssel. Ist das nicht brav?

Als ich wiederkam, hielten das Äffchen und Lina sich eng umschlungen und schliefen.

Kaum war Lina fort, begann das Äffchen jämmerlich zu schluchzen, begannen die Beschuldigungen und Anklagen. Ich hätte sie ins Unglück gestürzt. «*Ich? Du* hast ihr den Finger in die Möse gesteckt und das Ganze erst ins Rollen gebracht! *Du* hast sie auf den Mund geküsst –!» – «Wenn ich etwas tue», schreit sie, «dann tu ich's auch richtig! Aber das heißt nicht, dass ich's *gern* tue!» Und dann, Doktor, fing sie an, mich wegen Linas Titten auszuzanken, dass ich nicht genügend mit ihnen herumgespielt hätte. «Du denkst an nichts anderes und redest von nichts anderem als Titten! *Titten von anderen Frauen!* Meine sind dir zu klein, und die von allen anderen sind natürlich besonders groß – jetzt kriegst du endlich ein Paar Riesentitten, und was fängst du damit an? *Nichts!*» – «Nichts ist leicht übertrieben, Äffchen – aber du hast sie so mit Beschlag belegt, dass ich kaum drankonnte –» – «Ich bin nicht lesbisch! Wage nicht zu behaupten, ich wäre lesbisch! *Wenn* ich es bin, *hast du mich dazu gemacht.*» – «O Gott, nein –» – «Ich hab's nur deinetwegen getan, *jawohl* – und jetzt hasst du mich deswegen!» – «Dann werden wir's nicht wieder tun, auch nicht *meinetwegen*, nicht wahr? Wenn so 'ne Scheiße dabei rauskommt!»

Bloß, dass wir uns am nächsten Abend während des Essens bei *Ranieri* ziemlich anheizten – wie am Anfang unserer Beziehung verschwand das Äffchen irgendwann in der Damentoilette und kehrte mit einem nach Möse duftenden Finger wieder, den ich mir unter die Nase hielt, um daran zu schnuppern und ihn zu küssen, bis das Hauptgericht kam – und nach einigen Schnäpsen im *Doney* fuhren wir wieder an Linas Standplatz vorbei und nahmen sie mit ins Hotel – für die zweite Runde. Nur dass ich dieses Mal Lina die Unterwäsche auszog und sie schon bestieg, bevor das Äffchen aus dem Klo zurückgekommen war. Wenn schon, denn schon, dachte ich, nichts wie ran, und jetzt wird alles abgezogen, was es so gibt! Und kein Gekotze nachher! Du bist kein Schuljunge mehr! New Jersey ist sehr weit weg!

Als das Äffchen aus dem Badezimmer kam und sah, dass der Ringelpiez bereits im schönsten Gange war, schien sie nicht gerade entzückt. Sie setzte sich auf die Bettkante, und ihr kleines Gesicht erschien jetzt noch viel kleiner; sie lehnte die Aufforderung zur Teilnahme ab und sah uns schweigend zu, bis ich meinen Orgasmus hinter mir und Lina die Simulation des ihren beendet hatte. Zuvorkommend – eigentlich rührend! – wollte Lina sich nun zwischen den langen Beinen meiner Freundin zu schaffen machen, doch das Äffchen stieß sie von sich, stand auf, setzte sich in einen Sessel am Fenster und schmollte. Also legte sich Lina – nicht allzu sensibel, was das Seelenleben anderer Leute anging – wieder neben mich und begann, uns alles über sich zu erzählen. Der Ruin ihres Lebens waren die Abtreibungen. Sie hatte ein Kind, einen Jungen, mit dem sie in Monte Mario wohnte («in einem schönen, neuen Haus», übersetzte das Äffchen). Leider konnte sie sich, in ihrer Lage, nicht mehr als ein Kind leisten – «obwohl sie Kinder sehr gern hat» – und ging infolgedessen beim Abtreiber ein und aus. Ihre einzige Vorsichtsmaßnahme war offenbar eine recht unzuverlässige empfängnisverhütende Spülung.

Ich konnte es kaum glauben, dass sie noch nie etwas von einem Pessar oder der Pille gehört hatte, und sagte dem Äffchen, sie solle sie über die modernen Verhütungsmittel aufklären, die ihr bei einiger Geschicklichkeit sicher von Nutzen sein könnten. Meine Freundin bedachte mich dafür mit einem sehr scheelen Blick. Die

Hure hörte zu, blieb aber skeptisch. Es bedrückte mich einigermaßen, dass sie (die da neben mir lag und ihre Finger in meinen feuchten Schamhaaren spielen ließ) auf einem Gebiet, das ihr eigenes Wohl betraf, so wenig Bescheid wusste. Dieser Scheiß-Katholizismus, dachte ich …

So hatte sie, als sie uns diese Nacht verließ, nicht bloß 15 000 meiner Lire in ihrer Handtasche, sondern auch eine Monatsration der Enovid-Pillen vom Äffchen – die ich ihr schenkte.

«Der Menschenfreund, wie er im Buch steht!», rief das Äffchen, nachdem Lina gegangen war.

«Findest du es besser, dass sie alle zwei Wochen den Bauch voll hat? Was hat denn das für einen Sinn?»

«Was gehen mich *ihre* Sorgen an», sagte das Äffchen; es klang roh und gemein. «*Sie* ist die Hure! Und das Einzige, was *dich* interessierte, war *sie* zu ficken! Du konntest es ja nicht mal abwarten, bis ich aus dem Klo rauskam! Und dann gibst du ihr *meine* Pillen!»

«Na und? Was willst du damit sagen? Mit der Logik ist's manchmal nicht weit her bei dir, Äffchen. Offenheit ja – aber Logik entschieden weniger!»

«Dann hau doch ab! Du hast ja gehabt, was du wolltest! Geh!»

«Vielleicht tu ich das!»

«Für dich bin ich ja doch bloß so etwas wie *die*! *Du*, mit *all* deinen großen Worten und deinen Scheiß-Idealen – und dabei bin ich in deinen Augen nichts anderes als eine zweibeinige Möse – eine Lesbierin und Hure!»

Lassen wir diesen Streit. Ist ja langweilig. Sonntag: wir steigen aus dem Fahrstuhl, und wer kommt uns durch den Hoteleingang entgegen? Unsere Lina, mit einem sieben- bis achtjährigen Kind, einem dicken kleinen Jungen, ein Alabasterputto, ganz in Samt, mit Spitzen, Rüschen und Lackschuhen. Lina trägt das Haar heute offen. Sie kommt wohl gerade aus der Kirche, und ihre dunklen Augen zeigen den vertrauten italienischen, trauervollen Ausdruck.

Wirklich eine reizend aussehende Person. Eine rührende Person (darüber komm ich gar nicht hinweg!), die uns, wie's scheint, ihren *bambino* vorführen will!

Auf den kleinen Jungen zeigend, flüstert sie dem Äffchen zu: «*Molto elegante, no?*» Dann folgt sie uns hinaus, zu unserem Wagen, und während das Kind den Hotelportier in seiner Uniform anstaunt, fragt sie uns, ob wie nicht Lust hätten, heute Nachmittag nach Monte Mario zu kommen und es dort in ihrer Wohnung zu viert zu treiben, mit einem Freund von ihr. Ihr Freund, sagt sie – Sie dürfen nicht vergessen, das alles wird mir von meiner Dolmetscherin beigebracht – ihr Freund würde sicher gern die *signorina* ficken. Ich sehe die Tränen des Äffchens unter der dunklen Brille hervorquellen, während sie mich fragt: «Also, was soll ich ihr sagen – ja oder nein?» – «Nein, natürlich. Auf keinen Fall.» Das Äffchen wechselt einige Worte mit Lina und wendet sich dann wieder an mich: «Sie sagt, es wäre dieses Mal nicht für Geld, sondern –»

«Nein! Nein!»

Den ganzen Weg zur Villa Adriana hinauf weint sie. «Ich will auch ein Kind haben! Und ein Zuhause! Und einen Mann! Ich bin nicht lesbisch! Ich bin keine Hure.» Sie erinnert mich an den Abend im vergangenen Frühjahr, als ich sie mit in die Bronx nahm, zu einer Veranstaltung, die bei uns in der Kommission die «Nacht der Gleichberechtigung» heißt. «All diese armen Puertoricaner, die im Supermarkt übervorteilt werden! Du hieltest deine Rede auf Spanisch, und ich war tief beeindruckt! Erzählt mir vom Zustand eurer sanitären Einrichtungen, euren Ratten und eurem Ungeziefer, erzählt mir, was die Polizei an Schmiergeldern verlangt, damit sie euch beschützt! Denn Diskriminierung verstößt gegen das Gesetz! Ein Jahr Gefängnis oder 500 Dollar Strafe! Und dann stand dieser arme Puertoricaner auf und rief: ‹Beides!› O Alex, du Talmiheld! Du scheinheiliger Heuchler! Der große Max für einen Haufen blöder Puertoricaner, aber ich weiß die Wahrheit über dich, Alex! *Du zwingst Frauen dazu, mit Huren zu schla-fen!*»

«Ich zwinge niemand zu nichts. Wenn einer etwas nicht tun will, soll er's lassen.»

«Soziale Gerechtigkeit! Menschlichkeit! Dein Lieblingswort! Als ob du wüsstest, was das heißt, du widerlicher Zuhälter! Ich werd dich schon *lehren*, was das heißt! Halt an, Alex!»

«Nein.»

«Doch! Doch! Weil ich rauswill! Zu einem Telefon! Ich werd John Lindsay in New York anrufen und ihm sagen, wozu du mich gezwungen hast.»

«Du wirst den Teufel tun.»

«Ich stell dich bloß, Alex – ich ruf Jimmy Breslin an!»

Und dann, in Athen, droht sie damit, vom Balkon zu springen, wenn ich sie nicht heirate. Und ich reise ab.

Schicksen! Im Winter, wenn die Polio-Viren ihren Winterschlaf halten und ich damit rechnen darf, bis zum Ende des Schuljahres ohne eiserne Lunge zu überleben, laufe ich auf dem See im Ir-vington-Park Schlittschuh. Im letzten Licht der Werktagsnach-mittage und die ganzen knisternden, leuchtenden Sonnabende und Sonntage lang ziehe ich unermüdlich meine Kreise, hinter den *schicksen* her, die in Irvington leben, dem Stadtteil, der an die Straßen und Häuser meines sicheren, anheimelnden jüdischen Viertels grenzt. An den Gardinen, die ihre Mütter vor die Fenster hängen, erkenne ich, wo die *schicksen* wohnen. Auch hängen die *gojim* ein kleines weißes Tuch mit einem Stern zwischen die Doppelfenster, sich selbst und ihren eingezogenen Söhnen zu Ehren – mit einem blauen Stern, wenn der Sohn lebt, einem gol-denen, wenn er tot ist. «Eine Goldstern-Mammy», damit stellt Ralph Edwards den Fernsehzuschauern mit ernster Stimme eine Teilnehmerin an der Quizsendung «Die Wahrheit und ihre Fol-gen» vor, eine Teilnehmerin, auf deren Möse sie zwei Minuten später einen Selterssiphon richten werden. Diesem Scherz folgt dann ein funkelnagelneuer Kühlschrank für ihre Küche … auch Tante Clara über uns ist eine Goldstern-Mammy, bloß mit dem Unterschied, dass sie keinen goldenen Stern im Fenster hat, da sie auf einen toten Sohn weder stolz noch sonst was sein kann. Auch die innere Erhebung fällt flach – wie überhaupt alles. Sie scheint vielmehr ein «Nerven-Fall fürs Leben» geworden zu sein, wie mein Vater sich ausdrückt. Seit Heschie bei der Invasion in der Normandie ist, ist kein Tag vergangen, den Tante Clara nicht größtenteils im Bett verbracht hätte, so heftig schluchzend, dass Doktor Izzie manchmal kommen und ihr eine Beruhigungsspritze geben muss … Aber die Gardinen – die Gardinen sind mit Spitzen oder sonst wie «individuell» verziert, was meine Mutter verächtlich als *«gojischen Geschmack»* bezeichnet. In der Weihnachtszeit, wenn ich Ferien habe und abends zum Eislauf unter den Bogenlampen gehe, sehe ich hinter den nichtjüdischen Gardinen die Bäume an- und ausgehen. Nicht in unserem Block – Gott soll schützen! – oder in der Leslie Street oder Schley Street oder gar auf dem Fabian Place, doch sobald ich mich Irvington nähere, gibt's hier einen *goj* und dort einen *goj*, und dort noch einen – und dann bin ich in Irvington, und es ist einfach grässlich: Nicht bloß, dass sich in jedem Wohnzimmer ein grell brennender Baum breit macht, auch die Häuser selbst sind von farbigen Birnen eingerahmt, die Reklame fürs Christentum schieben, und Plattenspieler pumpen ‹Stille Nacht› in die Straßen hinaus, als sei das – als sei das? – die Nationalhymne, und auf den beschneiten Rasenflächen stehen Krippen – also wirklich, man könnte kotzen. Wie können sie diesen Scheißdreck bloß *glauben*? Nicht nur Kinder, nein, auch Erwachsene stehen im Schnee herum und lächeln auf fünfzehn Zentimeter hohe Holzstücke hinunter, die Maria und Joseph und Christkindlein heißen – und die geschnitzten Kühe und Pferde lächeln ebenfalls! O Gott! Die Idiotie der Juden das ganze Jahr über, dazu die Idiotie der *gojim* in diesen Festtagen! Was für ein Land! Ist es ein Wunder, dass wir alle halb verrückt sind?

Aber die *schicksen*, ah, die *schicksen* – das ist wieder etwas anderes. Im überheizten, nach feuchtem Sägemehl und nasser Wolle riechenden Bootshaus bin ich, beim Anblick ihrer frisch gewaschenen, kühlen blonden Haare, die ihnen unter den Kopftüchern und Kappen hervorquellen, völlig verzückt. Mitten unter diesen rotwangigen und kichernden Mädchen schnalle ich mir meine Schlittschuhe mit schwachen, zitternden Fingern an, und dann hinaus in die Kälte und hinter ihnen her, den Brettersteg auf Zehenspitzen hinunter und aufs Eis und hinter dem quirlenden Schwarm her – ein Blütenstrauß von *schicksen*, ein Blumenkranz von nichtjüdischen Mädchen. Ich bin so überwältigt, dass meine Begierde *den Ständer hinter sich lässt*. Mein beschnittener kleiner Piephahn schrumpft vor lauter Verehrung zusammen. Vielleicht auch vor Angst. Wie werden sie bloß so wunderbar, so gesund, so *blond*? Meine Verachtung dessen, woran sie glauben, wird mehr als ausgeglichen durch die Bewunderung ihres Aussehens, ihrer Art, sich zu bewegen, zu lachen, zu sprechen – was für ein Leben die wohl hinter jenen *gojischen* Gardinen führen! Die älteren Brüder dieser Mädchen sind die gutmütigen, selbstsicheren, gepflegten, schnellen und kräftigen Läufer der College-*football*-Teams, die *Northwestern*, *Texas Christian* und *Ucla* heißen. Ihre Väter sind Männer mit weißen Haaren und tiefen Stimmen, die niemals eine doppelte Verneinung benutzen, und ihre Mütter Damen mit freundlichem Lächeln und wunderbaren Manieren, die Dinge sagen wie «Es sieht fast so aus, Mary, als hätten wir auf dem Wohltätigkeitsbasar fünfunddreißig Torten veräußert». «Komm nicht allzu spät, Liebes», flöten sie mit süßer Stimme ihren kleinen Maiglöckchen zu, wenn sie in bauschigen Taftkleidern zum College-Ball davonstürmen, mit Jungen, deren Namen wie aus der Schulfibel klingen, nicht Aaron und Arnold und Marvin, sondern Johnny und Billy und Ted. Nicht Portnoy oder Pincus, sondern Smith und Jones und Brown.

Diese Leute sind *die Amerikaner*, Doktor – wie Henry Aldrich, wie der große Gildersleeve und sein Neffe LeRoy, wie Corliss und Veronica, wie «Oogie Pringle», der in ‹*Rendezvous mit Judy*› unter Jane Powells Fenster singt – das sind die Leute, für die Nat «King» Cole jedes Jahr zu Weihnachten singt: «Kastanien brutzeln in eurem Kamin, der Frost beißt euch in die Nasen …» Ein Kamin, in *unserem* Haus? Nein, nein, er spricht von *ihren* Nasen. Nicht von seiner platten schwarzen oder von meiner langen, höckerigen Nase, sondern von jenen winzig kleinen Wundern, deren Nüstern wie selbstverständlich von Geburt an nordwärts zeigen. Und das ein ganzes Leben lang! Das sind die zum Leben erwachten Kinder aus den Malbüchern, die Kinder, von denen auf den Schildern die Rede ist, die wir in Union, New Jersey, im Vorbeifahren sehen: SPIELENDE KINDER und FAHRT VORSICHTIG, WIR LIEBEN UNSERE KINDER – das sind die Mädchen und Knaben, die «nebenan» wohnen, die Kinder, die im Fernsehen ihre Eltern immer um die «Karre» bitten und dann in die grässlichsten Schwierigkeiten damit geraten. Doch das Happyend kommt, sobald es Zeit wird für die letzte Werbesendung – die Kinder, deren Nachbarn nicht die Silversteins und die Landaus sind, sondern Fibber McGee und Molly und Ozzie und Harriet und Ethel und Albert und Lorenzo Jones und seine Frau Belle und Jack Armstrong! Jack Armstrong, der amerikanische Über-*goj*! – und zwar heißt dieser Jack eigentlich John, und nicht Jake, wie mein Vater … Schauen Sie, das Radio plärrt pausenlos während unserer Mahlzeiten, bis zum Nachtisch, das Gelb der Senderskala ist der letzte Lichtschimmer, den ich jeden Abend sehe, bevor ich einschlafe – also erzählen Sie mir nicht, dass wir genau solche Amerikaner wie die sind. Nein, nein, die goldhaarigen Christen sind die legitimen Besitzer und Bewohner dieses Landes, sie können jedes Lied, das ihnen passt, in die Straßen pumpen, und keiner wird sie daran hindern. O Amerika! Amerika! Für meine Großeltern magst du Gold auf der Straße gewesen sein, für meine Eltern ein Huhn in jedem Topf, aber für mich, ein Kind, dessen früheste Erinnerungen Ann Rutherford und Alice Faye sind, ist Amerika eine *schickse,* die sich an einen kuschelt und Liebe Liebe Liebe Liebe Liebe flüstert!

Also: Abenddämmerung über dem zugefrorenen See eines Stadtparks und Jagd auf Schlittschuhen hinter den roten, flauschigen Ohrenschützern und flatternden gelben Löckchen einer unbekannten *schickse* her lehren mich die Bedeutung der Worte *sehnsüchtiges Verlangen.* Es ist fast mehr, als ein zorniges dreizehnjähriges Muttersöhnchen ertragen kann. Sehen Sie mir die großen Worte nach, aber ich spreche wahrscheinlich von den allerbittersten Stunden meines Daseins – ich lerne die Bedeutung des Wortes Verlangen kennen, das Wort Qual gewinnt Leben. Dort klettern die süßen Dinger die Böschung hinauf, poltern den freigeschaufelten Weg zwischen den Tannen entlang – also muss ich hinterher (falls ich es wage!). Die Sonne ist fast verschwunden, und alles ist blutrot (wie meine Worte, Doktor). Ich folge ihnen in sicherer Entfernung, bis sie auf Schlittschuhen die Straße überqueren und kichernd den kleinen Süßwarenladen betreten. Während ich meinen ganzen Mut zusammengenommen und die Tür geöffnet habe – bestimmt werden sie mich alle anstarren! –, haben sie bereits ihre Schals gelockert, ihre Jacken aufgeknöpft und führen, mit brennenden Wangen, Tassen mit heißer Schokolade an den Mund – und diese Nasen! Sie sind und bleiben ein Mysterium! Jede verschwindet völlig in einer Tasse voll Schokolade, um makellos sauber wieder aufzutauchen! Und, mein Gott, wie sie in aller Unschuld zwischen den Mahlzeiten naschen! Was für Mädchen! Tollkühn und wild entschlossen verlange auch ich eine Tasse Schokolade – und werde mir damit den Appetit fürs Abendessen verderben, das meine übereifrige Mutter Punkt halb sechs auf den Tisch bringt, wenn mein Vater «ausgehungert» das Haus betritt. Dann folge ich ihnen zum See zurück. Dann folge ich ihnen rund um den See – und dann ist Schluss mit meiner Verzückung: Sie gehen nach Hause, zu ihren korrekt redenden Vätern und gelassenen Müttern und selbstsicheren Brüdern, mit denen sie in eitel Eintracht und Wonne hinter den *gojischen* Gardinen leben, und ich mache mich auf den Weg nach Newark, zurück zu meinem chaotischen Familienleben, das sich neuerdings hinter «Venezianern» abspielt, die meine Mutter sich/uns in Jahren vom Wirtschaftsgeld abgespart hat.

Wie diese Aluminiumjalousien unseren sozialen Status gehoben haben! Meine Mutter scheint zu glauben, wir hätten uns damit Hals über Kopf in die erste Gesellschaft hinaufkatapultiert. Ein großer Teil ihres Lebens besteht nun aus dem Abstauben und Polieren der Jalousieleisten; morgens, mittags und abends wischt sie an ihnen herum, und wenn sie in der Dämmerung durch die Spalten in die im Licht der Straßenlaterne tanzenden Schneeflocken hinaussieht, wird die Sorgenwalze aufgelegt. Gewöhnlich dauert es nur Minuten, bis sie sich in den entsprechenden Zustand hineingesteigert hat. «Wo *bleibt* er denn bloß?», stöhnt sie, jedes Mal, wenn zwei Scheinwerfer sich nähern, und es sind nicht die seinen. Wo, o wo, unser Odysseus! Onkel Hymie über uns ist zu Hause, Landau gegenüber ist zu Hause, Silverstein nebenan ist zu Hause – alle sind um Viertel vor sechs zu Hause, außer meinem Vater, und das Radio meldet, dass ein Blizzard vom Nordpol direkt auf Newark zuhalte. Da gibt's gar nichts mehr zu überlegen – wir könnten ebenso gut gleich Tuckerman & Farber wegen der Beisetzung anrufen und die Trauergäste einladen. Ja, es genügt, dass die Straßen im Frost auch nur ein wenig glitzern, um als gegeben anzunehmen, dass mein Vater, der sich eine Viertelstunde verspätet hat, tot und zermalmt irgendwo am Fuße eines Telegraphenmastes in einer Blutlache liegt. Meine Mutter kommt in die Küche, und ihr Gesicht gleicht inzwischen einem El Greco. «Meine beiden verhungerten Armenier», sagt sie mit brechender Stimme, «esst, fangt an, meine Lieblinge – fangt an, es hat keinen Sinn, länger zu warten –» Und wer wäre nicht vor Kummer vernichtet? Man braucht ja bloß an die Zukunft zu denken – zwei Babys ohne Vater, sie selbst ohne Mann und Ernährer, und das alles nur, weil es ausgerechnet dann beginnen musste zu schneien, als der Arme sich auf den Heimweg machte.

Ich frage mich inzwischen, ob ich, wenn mein Vater tot ist, wohl nach der Schule und sonnabends zur Arbeit gehen und infolgedessen das Eislaufen im Irvington-Park aufgeben muss – das Eislaufen mit meinen *schicksen* aufgeben muss, bevor ich auch nur ein einziges Wort mit einer einzigen von ihnen gewechselt habe. Ich habe Angst, den Mund zu öffnen, weil ich mich davor fürchte, dass ich keine Worte finde – oder die *falschen.* «Portnoy, ja, ein alter französischer Name, eine Verstümmelung von *porte noir,* das bedeutet schwarze Tür oder schwarzes Tor. Offenbar wurde im Mittelalter das Tor unseres Herrenhauses in Frankreich schwarz gestrichen …» Und so weiter und so fort. Nein, nein, sie werden die Endung *oy* hören, und damit ist der Fall erledigt. Also dann Al port oder Al Parsons! «Wie geht es Ihnen, Miss Perfect, darf ich neben Ihnen laufen, ich heiße Al Parsons –» Aber ist Alan nicht ebenso jüdisch und fremdländisch wie Alexander? Natürlich gibt es Alan Ladd, aber es gibt auch meinen Freund Alan Rubin, den *shortstop* unseres *softball*-Teams. Und wenn sie erst hört, dass ich Weequahic-Schüler bin. Aber darauf kommt es schon gar nicht mehr an, ich kann ja lügen, lügen, was meinen Namen und meine Schule angeht, aber wie will ich diese Scheiß-Nase weglügen? «Sie scheinen ein angenehmer Mensch zu sein, Mister Porte-Noir, aber warum halten Sie sich immerzu die Hand vors Gesicht?» Weil sich plötzlich mitten in meinem Gesicht etwas tut! Weil das Knopfnäschen meiner Kinderjahre verschwunden ist, das niedliche kleine Näschen, das sich die Leute betrachteten, wenn ich in meinem Wagen lag, und jetzt – siehe da! streckt sich stattdessen mitten in meinem Gesicht etwas Gott entgegen! Porte-Noir und Parsons, eins geschissen, mein Lieber, auf deinem Gesicht steht J-U-D-E geschrieben – sieh dir doch seinen *schnotz* an, um Gottes willen! Das ist keine Nase, das ist ein Rüssel! Verdufte, du Judenbengel! Mach, dass du vom Eis runterkommst, und lass diese Mädchen in Ruhe!

Es stimmt. Ich beuge meinen Kopf über den Küchentisch und zeichne mein Profil auf einen Geschäftsbogen meines Vaters. Das Ergebnis ist *furchtbar*. Wie konnte mir das geschehen, Mutter, mir, der in seinem Kinderwagen so niedlich aussah! Die Nasenwurzel bäumt sich himmelwärts, während das Nasenbein sich auf halbem Wege meinem Mund zu nähern beginnt. Noch ein paar Jahre, und ich werde nicht mehr *essen* können, weil das Ding der Nahrungsaufnahme im Wege steht! Nein! Nein! Das kann nicht sein! Ich gehe ins Badezimmer und stehe vor dem Spiegel, ich drücke meine Nasenflügel mit zwei Fingern nach oben. Von der Seite gesehen ist's nicht mal so übel, aber vorn, dort, wo meine Oberlippe sich befand, gibt's jetzt nichts anderes als Zahnfleisch und Zähne. Kein *goj*, ein Kaninchen! Ich raffe meine Nasenflügel mit Klebestreifen und stelle auf diese Weise im Profil die hübsche, sich aufwärts schwingende, auf Nimmerwiedersehen entschwundene Linie wieder her, die ich während meiner ganzen Kindheit zur Schau stellte … Es scheint tatsächlich, dass mein Rüssel genau zu der Zeit zu sprießen begann, als ich die Eis laufenden *schicksen* im Irvington-Park entdeckte – als hätte meine Nase sich zum Anwalt meiner Eltern gemacht! Eis laufen mit *schicksen*? Versuchen kannst du es ja, du kluges Kind. Aber weißt du noch, Pinocchio? Nun, das ist nichts gegen das, was du erleben wirst. Sie werden sich ausschütten vor Lachen, heulen und brüllen – und, was schlimmer ist, dich obendrein Goldberg nennen und dich, der du vor Wut und Hass kochst, nach Hause schicken. Was glaubst du wohl, über wen sie andauernd kichern? Über dich! Der spindeldürre Jidd mit seinem *schnotz*, der jeden geschlagenen Nachmittag hinter ihnen herläuft – und den Mund nicht aufkriegt! «Bitte, würdest du aufhören, an deiner Nase herumzuspielen?», sagt meine Mutter. «Es interessiert mich nicht, was du da drin hast, Alex, nicht beim Essen.» – «Aber sie ist zu *groß*!» – «Was? Was ist zu

147

groß?», fragt mein Vater. – «Meine *Nase*!» – «Bitte, sie trägt zu deiner Persönlichkeit bei», sagt meine Mutter, «also lass sie in Ruh!»

Aber wer will schon Persönlichkeit. Ich will Patricia Perfect! Im blauen Anorak mit roten Ohrenschützern und dicken weißen Fausthandschuhen – Miss Amerika auf Kufen! Mit Mistelzweig und Plumpudding (was immer das auch sein mag) und Einfamilienhaus, mit einem Treppengeländer und einer Treppe drin, und Eltern, die gelassen und nachsichtig und *würdevoll* sind und einem Bruder Billy, der einen Motor reparieren kann und «sehr verbunden» sagt und keine physische Angst kennt und, oh, wie sie sich in ihrem Angorapullover auf dem Sofa an mich kuscheln wird, die Beine im Schottenrock unter sich gezogen, und wie sie sich in der Tür noch einmal umdrehen und sagen wird «und vielen herzlichen Dank für den herrlichen, herrlichen Abend», und dann wird dieses erstaunliche Wesen, zu dem nie jemand «*schah!*» oder «ich hoffe bloß, dass deine Kinder dir einmal das Gleiche antun!» sagt – dieses vollkommene Geschöpf, diese gänzlich Fremde, so glatt und weich und kühl wie ein Eierpudding – dann wird sie mich küssen – wobei sie eines ihrer wohlgeformten Beine anhebt –, und meine Nase und mein Name werden ein Nichts mehr sein.

Sehen Sie, ich verlange ja nicht die Welt – ich seh bloß nicht ein, warum ich weniger vom Leben haben soll als irgendein *schmuck* wie Oogie Pringle oder Henry Aldrich. Auch ich will Jane Powell haben, verdammtnochmal! Und Corliss und Veronica. Auch ich möchte der Freund von Debbie Reynolds sein – das ist der Eddie Fisher in mir, sonst gar nichts, die Sehnsucht, die wir schwärzlichen, jüdischen jungen Männer nach jenen sanften blonden Exotinnen, *schicksen* genannt, in uns tragen … Was ich allerdings in jenen fiebrigen Jahren noch nicht weiß, ist, dass es für jeden Eddie, der sich nach einer Debbie sehnt, eine Debbie gibt, die sich nach einem Eddie sehnt – eine Marilyn Monroe, die sich nach ihrem Arthur Miller sehnt – sogar eine Alice Faye voll

Sehnsucht nach einem Phil Harris. Selbst Jayne Mansfield war gerade dabei, einen zu heiraten – Sie erinnern sich? –, als sie plötzlich bei einem Autounfall ums Leben kam. Wer wusste schon, damals, als wir ‹National Velvet› sahen, dass diese herrliche junge Frau mit den veilchenfarbenen Augen, die die überragendste aller *gojischen* Gaben besaß, nämlich den Mut und die nötige Sachkenntnis, ein Pferd zu besteigen und auf ihm herumzureiten (statt es vor einen Karren zu spannen wie der Altwarenhändler, nach dem ich genannt bin) – wer hätte geglaubt, dass es dieses Mädchen auf dem Pferd, in Reithosen, mit ihrer perfekten Aussprache, nach unsereinem gelüstete, nicht weniger, als uns nach ihresgleichen? Denn Mike Todd war nichts anderes als ein billiger Abklatsch von meinem Onkel Hymie über uns! Und wer, der seine fünf Sinne beisammenhat, hätte je angenommen, dass Elizabeth Taylor scharf auf Onkel Hymie ist? Wer wusste, dass es für den Zugang zum Herzen (und der Büchse) einer *schickse* eines Geheimschlüssels bedarf, nämlich: nicht so zu tun, als sei man eine hakennasige Abart eines *goj*, ebenso langweilig und nichts sagend wie der eigene Bruder, sondern das zu sein, was der eigene Onkel, der eigene Vater war, das zu sein, was man *ist*, statt sich um eine klägliche jüdische Nachahmung eines jener halb toten, eiskalten, unbeschnittenen Scheißkerle, Jimmy oder Johnny oder Todd, zu bemühen, die denken, fühlen und reden wie Jagdbomberpiloten!

Nehmen wir doch bloß das Äffchen, meine verflossene Partnerin und Komplizin in der Sünde. Doktor, ich brauche bloß ihren Namen auszusprechen, ich brauche nur an sie zu denken, und schon steht er mir! Aber ich weiß, ich sollte sie nie wieder anrufen oder sehen. Weil das Weib verrückt ist! Dieses sexbesessene Weib hat nicht alle Tassen im Schrank! Nichts als Schwierigkeiten!

Aber – was war ich in ihren Augen wohl anderes als *ihr* jüdischer Erlöser? Der Ritter auf dem weißen Ross, der Bursche in der glänzenden Rüstung, von dem die kleinen Mädchen träumen, der kommen und sie aus dem Schloss, in dem sie sich gefangen wähnen, befreien würde. Nun, soweit es um eine bestimmte Art von *schicksen* geht (für die das Äffchen ein prächtiges Beispiel bietet), stellt dieser Ritter sich als aufgeweckter, langnasiger Jude heraus, mit Stirnglatze, einem ausgeprägten sozialen Gewissen und schwarzen Haaren am Sack, der weder trinkt noch spielt, noch heimlich Revuegirls aushält, ein Mann, der ihnen Kinder macht, die sie großziehen können, und ihnen Kafka zu lesen gibt – der richtige häusliche Messias! Sicher, er mag zu Hause, als eine Art, Tribut an seine rebellische Jugend, unnötig oft *Scheiße* und *Arschloch* sagen – sogar in Gegenwart der Kinder –, aber unbestreitbare und herzerwärmende Tatsache bleibt, *dass* er sich so viel wie möglich zu Hause aufhält. Keine Bars, keine Bordelle, keine Pferderennen, keine nächtelangen verbotenen Glücksspiele im *Racquet Club* (den sie aus ihrer Große-Welt-Vergangenheit kennt) oder immerzu Bier im Frontkämpferverband (an den sie sich aus ihrer ärmlichen, verwahrlosten Jugend erinnert). Nein, nein, es ist schon so – was wir hier vor uns sehen, meine Damen und Herren, nach langer, alle Rekorde brechenden Verbundenheit mit seiner Familie, ist ein jüdischer junger Mann, der es kaum erwarten kann, seiner selbst gegründeten Familie ein guter, hingebungsvoller und verantwortungsbewusster Beschützer zu sein. Die gleichen Leute, die Ihnen Harry Goldens *Für ganze 2 Cents* lieferten, liefern Ihnen jetzt – die Alexander-Portnoy-Show! Wenn Ihnen Arthur Miller als *schicksen*-Retter zusagte, wird Ihnen Alex noch um Grade besser gefallen. Verstehen Sie, mein Leben war in allem, was dem Äffchen lebenswichtig schien, das genaue Gegenteil dessen, was sie, vierundzwanzig Kilometer südlich von Wheeling, im Kohlendistrikt Moundsville, zu erdulden hatte – während ich, oben in New Jersey, in «Schmalz» ertrank (mich in jüdischer «Wärme» badete, wie das Äffchen es sah), fror sie, unten in West-Virginia, buchstäblich fast zu Tode, sozusagen als Leibeigene eines Vaters, der, wie sie ihn schildert, selbst nicht viel mehr als ein Packesel war, mit einer Mutter, für die sie ein unverständliches Bündel von Bedürfnissen und Sehnsüchten darstellte, die es aber allerdings gut mit ihr meinte, soweit das einer Hinterwäldlerin aus den Bergen, wo sie am wildesten sind, möglich ist – einer Frau, die weder lesen noch schreiben, noch viel weiter als bis drei zählen konnte und, um das Maß voll zu machen, nicht einen einzigen Backenzahn im Munde trug.

Eine Geschichte des Äffchens, die mir großen Eindruck machte (obwohl alle ihre Geschichten, die Grausamkeit, stumpfe Unwissenheit und Ausbeutung zum Thema hatten, mir diese gewisse neurotische Aufmerksamkeit abzwangen): Einmal, als sie elf war und sich eines Sonnabends gegen den Willen ihres Vaters zum Ballettunterricht davongeschlichen hatte, den ein einheimischer «Künstler» (Mr. Maurice genannt) abhielt, kam ihr Alter mit einem Ledergürtel hinter ihr her, schlug sie den ganzen Nachhauseweg damit über die Knöchel und sperrte sie dann für den Rest des Tages in den Wandschrank ein – obendrein mit zusammengebundenen Füßen. «Wenn ich dich noch einmal bei diesem Schwulen erwische, du, werden sie nicht bloß zusammengebunden, da passiert ganz was anderes, darauf kannst du dich verlassen!»

Als sie nach New York kam, war sie achtzehn und hatte ebenfalls kaum Backenzähne. Sie waren ihr alle von dem in Moundsville ansässigen Fachmann gezogen worden (warum, hat sie bis heute nicht ergründen können), einem ebenso gottbegnadeten Zahnarzt, wie Mr. Maurice es, ihrer Erinnerung nach, als Tänzer gewesen zu sein scheint. Als wir uns, nun fast vor einem Jahr, kennen lernten, hatte das Äffchen ihre Ehe (und Scheidung) bereits hinter sich. Ihr Mann war Franzose gewesen, ein fünfzigjähriger Industrieller, der sie in Florenz, wo sie auf einer Modenschau im Palazzo Pitti Kleider vorführte, umworben und innerhalb einer Woche geheiratet hatte. Anschließend bestand sein Geschlechtsleben darin, sich mit seiner jungen, schönen Frau ins Bett zu legen und in ein Exemplar der Zeitschrift ‹Die Corsage› zu ejakulieren, die er sich per Luftpost aus der 42nd Street schicken ließ. Dem Äffchen steht eine dümmliche, ordinäre, näselnde Art zu reden zur Verfügung, deren sie sich zuweilen bedient, und sie verfiel unweigerlich in diesen Ton, wenn sie die Exzesse beschrieb, denen sie als Gattin des Industriebonzen beizuwohnen hatte. Sie konnte sehr komisch sein, wenn sie sich über diese vierzehn Monate mit ihm ausließ, ungeachtet der Tatsache, dass das Ganze ihr höchstwahrscheinlich eine böse, wenn nicht entsetzliche Erfahrung bedeutete. Aber immerhin war er nach der Hochzeit mit ihr nach London geflogen, hatte 5000 Dollar für einen Zahnarzt ausgegeben und ihr, wieder in Paris, darüber hinaus mehrere hunderttausend Dollar in Juwelen um den Hals gehängt, was sie, so das Äffchen, dazu bewog, sich ihm gegenüber die längste Zeit loyal zu verhalten. Wie sie sich ausdrückte (bevor ich ihr verbot, je wieder *so 'ne Art* und *Mann!* und *'n tolles Ding* und *irrsinnig* und *irgendwie* und *phantastisch* zu sagen): «Es war wohl so 'ne Art Ethos.»

Was sie schließlich bewog, davonzulaufen, als ginge es um ihr Leben, waren die kleinen Orgien, die er nun aufzog, nachdem die *Corsage*-Tour (oder war es *Der Bleistiftabsatz*?) beide anödete. Eine Frau, vorzugsweise schwarz, wurde für viel Geld dazu angeheuert, nackt auf der gläsernen Platte eines Couchtischs zu hocken und sich zu erleichtern, wobei der Magnat unter dem Tisch lag und sich einen von der Palme wedelte. Während die Scheiße, fünfzehn Zentimeter über der Nase ihres verehrten Gatten, aufs Glas platschte, musste das Äffchen, unser armes Äffchen, korrekt angezogen auf dem roten Damastsofa sitzen, Cognac schlürfen und zusehen.

Ein paar Jahre nach ihrer Rückkehr nach New York – ich nehme an, sie war inzwischen vier- oder fünfundzwanzig – unternahm das Äffchen einen kleinen Selbstmordversuch, indem sie mit einer Rasierklinge an ihren Handgelenken herumkratzte, alles wegen der Behandlung, die ihr derzeitiger Liebhaber, der eine oder andere der hundert bestangezogenen Männer der Welt, ihr im *Le Club* oder *El Morocco* oder vielleicht im *L'Interdit* hatte angedeihen lassen. Auf diesem Umweg kam sie zu dem berühmten Dr. Morris Frankel, der in diesen Konfessionen hinfort Harpo genannt werden wird. Während der vergangenen fünf Jahre hat das Äffchen sich immer wieder auf Harpos Couch rumgesielt und auf seinen Rat gewartet, was sie tun müsse, um Ehefrau und Mutter zu werden. Warum, ruft das Äffchen Harpo zu, warum muss ich immer mit solchen grässlichen und kaltschnäuzigen Scheißkerlen zu tun haben, statt mit *Männern*! Warum? Harpo, sprechen Sie! Sagen Sie etwas! Irgendwas! «Oh, ich weiß, dass er *lebt*», sagte das Äffchen dann, und ihr kleines Gesicht verzog sich in Qual, «ich weiß es genau. Ich meine, wer hat schon von einem Toten gehört, dass sein Apparat auf Auftragsdienst gestellt ist?» Also rennt das Äffchen immer wieder zur Behandlung (wenn es eine ist) und hört auch immer wieder damit auf. Sie rennt hin, wenn irgendein neuer Scheißkerl ihr das Herz gebrochen hat, und lässt es, sobald der nächste präsumtive Ritter in Erscheinung tritt.

Ich war «ein Volltreffer» für sie. Harpo sagte natürlich nicht ja, aber er sagte auch nicht nein, als sie ihm das andeutete, allerdings hüstelte er, was das Äffchen als Zustimmung auslegte. Manchmal hüstelt er, manchmal grunzt er, manchmal rülpst er, gelegentlich furzt er – ob vorsätzlich oder nicht, *qui sait*, obwohl ich annehme, dass ein Furz als Umschreibung einer negativen Reaktion zu deuten ist. «Treffi» – dies abgeleitet von «Volltreffer» – «du bist *einmalig*!» – «Treffi», wenn sie mein Sexmäuschen ist – und wenn es um ihr Leben geht? «Du verdammter jüdischer Scheißkerl! Ich will verheiratet sein, und ein *Mensch*!»

Ich war also ihr Volltreffer … aber war sie nicht auch der meine? War mir bis jetzt je eine wie das Äffchen über den Weg gelaufen – oder werde ich das je wieder erleben? Nicht, dass ich nicht darum gebetet hätte, natürlich. Aber man betet und betet und betet, man lässt seine inbrünstigen (um nicht zu sagen brünstigen) Gebete zu Gott aufsteigen, vom Altar des Klosettsitzes aus; der Heranwachsende tut nichts anderes, als Ihm das lebende Opfer seiner Spermatozoen darzubringen, *gallonenweise* – und dann, eines Abends spät, um Mitternacht, Ecke Lexington und Fifty-second, wenn man bereits jeden Glauben an die Existenz eines solchen Geschöpfes, wie man es sich erträumte, bis zum zweiunddreißigsten Lebensjahr erträumte, verloren hat, steht sie da, in einem bräunlichen Hosenanzug, und bemüht sich, ein Taxi heranzuwinken – langgliedrig und schlaksig, mit einer verschwenderischen Fülle dunklen Haares und einem schmollenden Zug um den Mund, der ihrem Gesicht einen leicht verdrießlichen Ausdruck verleiht, und einem geradezu unwahrscheinlichen Hintern.

Warum nicht? Was ist verloren, was gewonnen – je nachdem? Los, du verhemmter, verkrampfter Lahmarsch, *sprich sie an.* Sie trägt einen Hintern mit sich herum, der mit seiner Rundung und seinem Spalt dem allervollkommensten Pfirsich der Erde gleicht. *Sprich sie an!*

«Hallo» – leise und ein wenig erstaunt, als sei ich ihr schon mal irgendwo begegnet …

«Was wollen *Sie* denn?»

«Sie zu einem Drink einladen», sagte ich.

«Der große Draufgänger», sagte sie spöttisch.

Spöttisch! In zwei Sekunden zwei Beleidigungen! Und das dem Stellvertretenden Vorsitzenden der Kommission für Soziale Gerechtigkeit für ganz New York! «Dich lecken, Baby; wie wär's?» Mein Gott! Sie wird nach einem Polizisten schreien! Der mich beim Oberbürgermeister anzeigen wird.

«Schon besser», antwortete sie.

Ein Taxi hielt, und wir fuhren zu ihrem Apartment, wo sie sich auszog und sagte: «Also los.»

Meine Ungläubigkeit! Dass ich so etwas erlebte! Und wie ich mich dranhielt! Es war, als spiele sich mein Leben plötzlich innerhalb eines feuchten Traums ab. Hier kniete ich, meinen Mund endlich zwischen den Beinen des Stars aller jener pornographischen Filme, die in meinem Kopf abgerollt waren, seit ich zum ersten Mal Hand an mich legte … «Jetzt ich dich», sagte sie, «– eine Aufmerksamkeit ist der anderen wert», und dann, Doktor, hat diese Fremde mir einen geblasen, mit einem Mund, der eine Spezialausbildung genossen haben musste, um all die herrlichen Dinge, die er konnte, zu lernen. Welch ein Glücksfall, dachte ich, sie kriegt ihn bis zur Wurzel rein! Auf welch einen Mund bin ich gestoßen! Was es alles so gibt! Und gleichzeitig: *Raus hier! Hau ab! Wer und was kann diese Person schon sein!*

Später führten wir eine lange, ernsthafte, anregende Unterhaltung über Perversionen. Sie fing damit an, indem sie mich fragte, ob ich es schon je mit einem Mann getrieben habe. Ich sagte nein. Ich fragte (da ich annahm, dass sie darauf wartete), ob sie es schon je mit einer Frau getrieben hatte.

«Nix.»

«Hättest du Lust dazu?»

«Würde dir das Spaß machen?»

«Warum nicht, klar.»

«Würdest du gern zusehen?»

«Ich glaub schon.»

«Dann könnte man das ja vielleicht hinkriegen.»

«Ja?»

«Ja.»

«Ich glaub, das wär was für mich.»

«Oh», sagte sie mit leicht sarkastischem Unterton, «das glaub ich fast auch.»

Dann erzählte sie mir, dass vor etwa einem Monat, als sie mit einer Grippe zu Bett lag, ein ihr bekanntes Paar vorbeigekommen sei, um ihr etwas zu essen zu machen. Nach dem Essen sagten sie, sie wollten, dass sie ihnen beim Ficken zusähe. Was sie tat. Sie saß mit 39 Grad Fieber aufrecht im Bett, und die beiden zogen sich aus und legten los – auf dem Teppich des Schlafzimmers – «Und weißt du, was ich tun sollte, während sie es trieben?»

«Nein.»

«Ich hatte ein paar Bananen in der Küche, und sie wollten, dass ich eine davon esse. Während ich zusah.»

«Wegen des geheimen Symbolgehalts, ohne Zweifel.»

«Wegen *was*?»

«Warum wollten sie, dass du eine Banane isst?»

«Mann, was weiß denn ich. Ich nehme an, sie wollten spüren, dass ich wirklich *da* bin. Sie wollten mich irgendwie *hören*. Mich kauen hören. Sag mal, kannst du eigentlich bloß lecken, oder kannst du auch ficken?» Die wahre Patricia Perfect, wie sie leibt und lebt! Meine Nutte aus dem *Empire* – ohne deren Titten, aber *so* schön!

«Auch ficken.»

«Na also, ich auch.»

«Welcher Zufall», sagte ich. «Und dass wir uns auch noch kennen gelernt haben.»

Sie lachte zum ersten Mal, aber statt dass mich das endlich von jedem Druck befreit hätte, *wusste* ich plötzlich: gleich springt ein riesiger Neger aus dem Wandschrank, sein Messer auf mein Herz gerichtet – oder sie selbst dreht durch, ihr Lachen schlägt in wilde Hysterie um –, und nur Gott weiß, welche Katastrophe dann folgt.

Ist sie ein Callgirl? Eine Verrückte? Steckt sie unter einer Decke mit irgendeinem puertoricanischen Rauschgiftschieber, der gleich in mein Leben tritt? In mein Leben tritt – und es beendet, wegen der 40 Dollar in meiner Brieftasche und einer Korvette-Uhr?

«Sag mal», sagte ich, clever, wie ich bin, «treibst du das, mehr oder weniger, die ganze Zeit …?»

«Was soll denn diese Frage? Was willst du mit dieser Scheiß-Bemerkung eigentlich sagen? Bist du auch so 'n herzloses Schwein? Gefühle traust du mir wohl nicht zu!»

«Entschuldige bitte.»

Aber plötzlich gab es statt Wut und Empörung nur noch Tränen. Brauchte ich weitere Beweise dafür, dass dieses Mädchen, milde ausgedrückt, zumindest ein wenig sonderbar und exzentrisch war? Jeder normale Mann im Vollbesitz seiner geistigen Kräfte wäre jetzt aufgestanden, hätte sich angezogen, und nichts wie raus, so schnell wie möglich. Und hätte sich glücklich gepriesen, noch einmal davongekommen zu sein. Aber, verstehen Sie – mein «normaler Zustand» ist bloß eine andere Bezeichnung für meine Ängste! Mein normaler Zustand ist schlicht gesagt jenes Erbe von Furcht, das meine absurde Vergangenheit mir aufgebürdet hat! Und das ich nun mit mir herumschleppe! Dieser Tyrann, mein Überich, sollte aufgeknüpft werden, der Hund, sollte an seinen SA-Stiefeln aufgehängt werden, bis er verreckt! Wer hatte auf der Straße gezittert, ich oder das Mädchen? Ich! Wer war der Draufgänger, wer hatte den Mumm, ich oder das Mädchen? Das Mädchen! Das verfluchte *Mädchen*!

«Pass auf», sagte sie und wischte sich die Tränen am Kopfkissen ab, «pass auf, ich hab dich vorhin angelogen, falls es dich interessiert, falls du das hier aufschreibst oder was.»

«So? Und zwar?» Jetzt kommt er, dachte ich, mein *schwartze,* dort aus dem Wandschrank – Augen, Zähne und Rasiermesser blitzen! Und dann die Schlagzeile: STELLVERTRETENDER VORSITZENDER DER GLEICHBERECHTIGUNGSKOMMISSION IN APARTMENT VON CALLGIRL OHNE KOPF AUFGEFUNDEN!

«Ich meine, warum zum Kuckuck hab ich gelogen, *dich* angelogen.»

«Ich weiß nicht, wovon du redest. Deshalb kann ich dir nicht darauf antworten.»

«*Sie* wollten ja gar nicht, dass ich die Banane esse. Meine Bekannten hatten überhaupt nichts mit Bananen im Sinn. *Ich* wollte es.» So das Äffchen.

Und warum sie log, *mich* anlog? Was das angeht, so glaube ich, sie machte sich damit, auf ihre Art, selbst von vornherein klar – halb unbewusst, nehme ich an –, dass sie hier an jemand geraten war, den sie über sich zu stellen hatte, ungeachtet der Form des

Sich-Kennen-Lernens auf der Straße, ungeachtet ihrer Aktivität im eigenen Bett, die mit einem herzbewegenden Schlucken abschloss – dem die Unterhaltung über Perversionen folgte … trotz allem: sie wollte nicht, dass ich von ihr glaubte, sie sei ausschließlich auf sexuelle Abenteuer und Exzesse aus … Ein flüchtiger Blick auf mich hatte offenbar genügt, sie im Geiste bereits das Leben führen zu lassen, das sie sich erträumte … Schluss mit den narzisstischen Playboys in Cardin-Anzügen, Schluss mit den verheirateten, hektischen besseren Angestellten aus der Werbebranche, die für eine Nacht aus Connecticut herüberkommen. Schluss mit den Schwulen in Tweeds – im *Serendipity* zum Lunch – und den ältlichen Lüstlingen aus der Kosmetikindustrie, denen im *Pavillon* der Sabber ins Hundert-Dollar-Menü tropft. Endlich der Mann, der (wie es sich herausstellte) im Mittelpunkt *ihrer* Träume stand, ein Mann, der gut zu Frau und Kindern sein würde … ein Jude. Und was für ein Jude! Erst leckt er sie, und gleich darauf legt er sich neben sie und fängt an zu reden und ihr Dinge klar zu machen, fällt Urteile nach allen Seiten, rät ihr, was sie lesen und wen sie wählen und wie das Leben gelebt und wie es nicht gelebt werden soll. «Woher weißt du das?», fragte sie dann wachsam. «Ich meine, das ist doch bloß *deine* Ansicht.» – «Was heißt hier *meine* Ansicht – das ist nicht meine Ansicht, Kind, das ist die Wahrheit.» – «Ich meine, ist das etwas, was jeder weiß … oder bloß du?» Ein Jude, der sich für das Wohlergehen der Armen von New York einsetzt, hat sie geleckt! Jemand, der auf dem Bildschirm zu sehen war, hat in ihrem Mund abgeschossen! Doktor, sie muss in Sekundenschnelle im Geiste alles bereits vor sich gesehen haben – ist das möglich? Sind Frauen *so* berechnend? Bin ich tatsächlich ein Ignorant, sobald es um Fotzen geht? Alles vor sich gesehen, richtig erkannt und vorausgeplant, wie? Gleich dort, an Ort und Stelle, auf der Lexington Avenue? … Das anheimelnde Kaminfeuer im büchergefüllten Wohnzimmer unseres Landhauses, die irische *nanny*, die die Kinder badet, bevor Mutter, das gertenschlanke, graziöse Ex-Mannequin, sie zu Bett bringt, die *jet-set*-Sex-Expertin, Tochter der Kohlengruben West-Virginias, die sich selbst als Opfer von zwölf ausgemachten Schweinehunden sieht und sich nun, im Saint-Laurent-Pyjama und handschuhweichen Haussteifelchen, nachdenklich in einen Roman von Samuel Beckett vertieft ... oder mit ihrem Mann auf einer Pelzdecke liegt, einem Mann, *der im Mund der Leute ist,* dem selbstlosesten, aufopferndsten Beamten von ganz New York ... den wir uns mit einer Pfeife und sich lichtendem schwarzem Judenhaar vorzustellen haben, mit all seinem jüdisch-messianischen Eifer und Charme ...

Was schließlich im Irvington-Park geschah: Eines Sonnabends, spätnachmittags, befand ich mich auf dem zugefrorenen See praktisch allein mit einer reizenden vierzehnjährigen *schickseleh,* die ich schon seit dem Mittagessen beobachtet hatte, wie sie ihre Achter übte, ein Mädchen, das in meinen Augen den gutbürgerlichen Liebreiz von Margaret O'Brien – dieses Aufgeweckte und Niedliche um die blinzenden Augen und die sommersprossige Nase herum – besaß, dazu das Ungekünstelte, die Schlichtheit, die ein wenig proletarische Zugänglichkeit und das glatte blonde Haar von Peggy Ann Garner. Verstehen Sie, was für alle anderen Filmstars waren, waren für mich bloß verschiedene Arten von *schicksen.* Oft, wenn ich aus dem Kino kam, überlegte ich mir, welche Schule in Newark Jeanne Crain (samt dem Spalt zwischen ihren Brüsten) oder Kathryn Grayson (samt dem Spalt zwischen ihren Brüsten) wohl besuchen würden, wenn sie in meinem Alter wären. Und wo würde ich eine *schickse* wie Gene Tierney finden, die, wie ich mir dachte, eigentlich auch Jüdin sein könnte, wenn sie nicht sogar Halbchinesin war. Inzwischen hat Peggy Ann O'Brien ihre letzte Acht hinter sich und schlendert lässig aufs Bootshaus zu, und ich habe nichts unternommen, weder bei ihr noch bei irgendeiner anderen, nichts, den ganzen Winter lang,

159

und der März steht vor der Tür – die blaue Eislauffahne wird eingeholt, und die Kinderlähmungszeit beginnt wieder einmal. Vielleicht erlebe ich den nächsten Winter gar nicht mehr, *also worauf warte ich?* «Jetzt oder nie!» Ich auf Schlittschuhen hinter ihr her – sobald sie glücklich aus meinem Blickfeld entschwunden ist –, wie verrückt. «Entschuldigen Sie», werde ich sagen, «hätten Sie etwas dagegen, wenn ich Sie nach Hause begleite?» Wenn ich Sie *begleite* oder wenn ich Sie *begleitete* – was ist korrekter? Denn ich muss mich wirklich einwandfrei ausdrücken – nichts Jüdisches darf dabei anklingen. «Hätten Sie vielleicht Lust auf ein bisschen Schokolade? Dürfte ich Ihre Telefonnummer haben und vielleicht einen Abend vorbeikommen? Mein Name? Ich heiße Alton Peterson» – ein Name, den ich aus dem Telefonbuch, Bezirk Essex, Vorort Montclair, für mich herausgesucht habe –, gänzlich *gojisch,* wie ich fest glaube, und klingt noch dazu wie Hans Christian Andersen. Welch ein Coup! Im Geheimen habe ich mich den ganzen Winter lang darin geübt, «Alton Peterson» zu schreiben, auf leeren Seiten meiner Kladde, die ich nach der Schule herausreiße und verbrenne, damit ich zu Hause niemandem irgendwelche Erklärungen abzugeben habe. Ich heiße Alton Peterson, ich heiße Alton Peterson – Alton Christian Peterson? Oder gehe ich damit etwas zu weit? Alton C. Peterson? Und ich bin so beschäftigt damit, nicht zu vergessen, wer ich nun gern wäre, so sehr bemüht, das Bootshaus zu erreichen, während sie noch dabei ist, ihre Schlittschuhe abzuschnallen – und frage mich noch dazu, was ich wohl sagen werde, wenn sie mich über meine Nase ausfragt und was mit ihr passiert sei (eine Hockey-Verletzung? Bin vom Pferd gefallen, als ich eines Sonntags nach der Kirche Polo spielte – zu viele Würstchen zum Frühstück, hahaha!) –, dass die Spitze des einen Schlittschuhs sich in die Böschung bohrt und ich kopfüber auf dem froststarren Boden lande, ein Stück eines Vorderzahns einbüße und mir die Epiphyse der Tibia zertrümmere.

Mein rechtes Bein ist in Gips, vom Knöchel bis zur Hüfte, sechs

Wochen lang. Ich habe etwas, das der Doktor die Osgood Shlatte-rersche Krankheit nennt. Als der Gips runter ist, ziehe ich das Bein hinter mir her wie ein Kriegsverletzter – während mein Vater ruft: «Bieg das Knie ab! Willst du so durchs Leben gehen? Bieg das Knie! Geh wie ein Mensch! Hör auf, dies Oskar-Schlotter-Bein zu hätscheln, Alex, oder du bleibst für den Rest deiner Tage ein Krüppel!»

Dafür, dass ich auf dem Eis *schicksen* nachgelaufen bin, unter falschem Namen, werde ich für den Rest meiner Tage ein Krüppel sein.

Mit einem Leben wie dem meinen, Doktor – wer braucht da noch Träume?

Bubbles Girardi, ein achtzehnjähriges Mädchen, das aus der Hillside-Schule rausgeschmissen worden war und anschließend von meinem sexbesessenen Klassenkameraden Smolka, dem Sohn des Schneiders, im Swimmingpool des Olympia-Parks angetroffen wurde …

Was mich angeht, so würde ich mich diesem Schwimmbad nicht einmal nähern, wenn ich dafür bezahlt bekäme – dieser Brutstätte der Kinderlähmung und der Meningitis, von sonstigen Krankheiten der Haut, des Kopfes und des Arschlochs ganz zu schweigen –, es heißt sogar, dass irgendein Kind aus Weequahic einmal in die Laufrinne zwischen Umkleideraum und Schwimm-becken stieg und ohne einen einzigen Zehennagel auf der ande-ren Seite wieder herauskam. Und doch sind dort die Mädchen zu finden, die sich ficken lassen. Konnte man sich ja denken. Das ist der Ort, wo man die Art *schicksen* findet, *die zu allem bereit sind!* Man braucht bloß das Risiko auf sich zu nehmen, Kinderlähmung aus dem Schwimmbecken zu erwischen, ein Gangrän aus der Laufrinne, Leichengift von den warmen Würstchen und Elephan-tiasis von der Seife und den Handtüchern, und es besteht die Möglichkeit, zu einem Fick zu kommen.

Wir sitzen in der Küche, wo Bubbles übers Bügelbrett gebeugt gestanden hatte, als wir kamen – im Unterrock! Mandel und ich blättern in alten Zeitschriften, während Smolka im Wohnzimmer Bubbles zu beschwatzen versucht, ihm zuliebe seine beiden Freunde zu verarzten. Wegen Bubbles' Bruder, der in einem früheren Leben Fallschirmjäger war, brauchen wir uns keine Sorgen zu machen, versichert uns Smolka, da er in Hoboken an einem Boxkampf teilnimmt, unter dem Namen Johnny «Geronimo» Girardi. Ihr Vater ist tagsüber Taxifahrer und nachts Maffia-Chauffeur – er ist weg, fährt irgendwo Gangster durch die Gegend und kommt nicht vor dem frühen Morgen nach Hause, und wegen der Mutter brauchen wir uns keine Sorgen zu machen, weil sie tot ist. Prima, Smolka, prima, ich könnte mich nicht sicherer fühlen. Jetzt brauche ich mir um nichts mehr Sorgen zu machen, außer um meinen Pariser, den ich nun schon so lange in der Brieftasche mit mir rumtrage, dass er in seiner Stanniolverpackung schon halb verschimmelt ist. Ein Stoß und das ganze Ding fliegt in Fetzen, und das in Bubbles Girardis Dose – und was tu ich *dann*?

Um sicherzugehen, dass diese Pariser auch wirklich was aushalten, habe ich die ganze Woche in unserem Keller verbracht und literweise Wasser in sie hineingegossen – obwohl es ein teurer Spaß ist, hab ich sie übergezogen und reingewichst, um festzustellen, ob sie einer simulierten Ficksituation standhalten. So weit, so gut. Bloß – was ist mit meinem Heiligtum, dem Präservativ (der Spezialausführung mit Gleitmittel), das inzwischen einen untilgbaren kreisrunden Abdruck auf meiner Brieftasche hinterlassen hat und das ich für meine erste Nummer reserviert habe? Wie kann ich wohl erwarten, dass es noch in Ordnung ist – nachdem ich in der Schule fast sechs Monate lang auf meiner Brieftasche – und somit auf ihm – gesessen habe? Und wer sagt mir, dass Geronimo die ganze Nacht in Hoboken verbringt? Und was ist, wenn derjenige, dem die Gangster nach dem Leben trachten, in der Zwischenzeit bereits vor Angst tot umgefallen ist und Mr. Girardi früh nach Hause geschickt wird, damit er sich mal ausschlafen kann? Was ist, wenn das Mädchen den Siff hat! Aber dann müsste Smolka ihn auch haben! – Smolka, der immerzu aus jedermanns Limonadenflasche trinkt und einen an den Schwanz fasst! Das fehlt mir gerade noch – bei meiner Mutter! Bis zur Bahre würde ich mir das anhören müssen! «Alex, was versteckst du da unter deinem Fuß?» – «Nichts.» – «Alex, bitte, ich hörte etwas fallen, ganz genau. Was ist dir da aus der Hose gefallen – jetzt hast du deinen Fuß darauf? Aus deiner guten Hose! Was hast du da unter deinem Fuß?» – «Nichts! Die Schuhsohle! Lass mich in Ruh!» – «Junger Mann, was fällt dir – o mein Gott! Jack! Komm schnell! Sieh – sieh doch, da auf dem Boden, neben seinem Fuß!» Mit heruntergelassener Hose, die Hand um die bei der Seite mit den Todesanzeigen aufgeschlagene ‹Newark News› gekrampft, stürzt er aus dem Badezimmer in die Küche – «Was *ist* denn?» Sie schreit auf (das ist ihre Antwort) und deutet unter meinen Stuhl. «Was ist das, Mister – irgend so 'n witziger Schulscherz?», fragte mein Vater wütend. «Was tut das schwarze Plastikding da auf dem Küchenboden?» – «Es ist nicht aus Plastik», sage ich und breche in Schluchzen aus. «Es ist mein eigener. Ich habe mir von einer achtzehnjährigen Italienerin in Hillside die Syphilis geholt, und jetzt, jetzt hab ich keinen P-p-penis mehr!» – «Sein kleines Ding», schreit meine Mutter, «das ich so oft gekitzelt habe, damit er ein Strulli macht –» – «NICHT ANFASSEN, KEINER RÜHRT SICH VOM FLECK», schreit mein Vater, denn meine Mutter scheint sich draufstürzen zu wollen, wie eine Frau, die ihrem Mann ins Grab nachspringt, «ruf die Feuerwehr an –» – «Wie für einen tollwütigen *Hund*?», stößt sie unter Tränen hervor. «Sophie, was willst du denn sonst tun? Es in einer Schublade aufheben? Um es seinen Kindern zu zeigen? Er wird nie welche haben!» Sie beginnt jämmerlich zu schluchzen, mit heulenden Tönen wie ein leidendes Tier, während mein Vater … doch die Szene verdunkelt sich rasch, da ich in Sekundenschnelle blind bin, und innerhalb einer Stunde hat mein Gehirn die Konsistenz von heißem Kartoffelbrei.

Über dem Spülbecken der Girardis ist ein Bild von Jesus Christus an die Wand gepinnt, wie er in einem rosa Nachthemd gen Himmel fährt. Wie abstoßend menschliche Wesen doch sein können! Die Juden verabscheue ich ihrer Engstirnigkeit, ihrer pharisäischen Selbstgerechtigkeit, der so unwahrscheinlich bizarren Ansichten wegen, die das Überlegenheitsgefühl diesen Höhlenmenschen – meinen Eltern und Verwandten – vermittelt hat; sobald es jedoch um billige Geschmacklosigkeiten geht, um einen Glauben, der selbst einen Gorilla beschämen würde, sind die *gojim* einfach nicht zu schlagen. Was für tief stehende, hirnlose *schmucks* müssen diese Leute sein, um jemanden anzubeten, den es, erstens, nie gab und der, zweitens, wenn es ihn doch gab und er so aussah wie auf diesem Bild, zweifellos *die* Tante von Palästina war. Mit einem Pagenkopf, einem Palmolive-Teint – und in einem Fummel, wie ihn heute Fredericks in Hollywood liefern würde. Genug von Gott und diesem ganzen Krempel! Nieder mit der Religion und der menschlichen Kriecherei. Es lebe der Sozialismus und die menschliche Würde! Im Grunde suche ich die Girardis weniger deswegen auf, um ihre Tochter umzulegen – wenn's nur so wäre! –, als die Familie zu Henry Wallace und Glen Taylor zu bekehren. Ist doch klar! Denn wer sind die Girardis? Leute aus *dem Volk*, über deren Würde und Rechte und Privilegien ich und mein zukünftiger Schwager jeden Sonnabendnachmittag mit den hoffnungslos ignoranten Alten, meinem Vater und meinem Onkel, diskutieren (die demokratisch wählen und wie Neandertaler denken). Wenn es uns hier nicht gefällt, sagen sie, dann sollten wir doch gleich nach Russland gehen, wo alles so edelprima ist. «Du wirst noch einen Kommunisten aus diesem Kind machen», sagt mein Vater vorwurfsvoll zu Morty, worauf ich ausrufe: «Das verstehst du nicht! Alle Menschen sind Brüder!» Jesus, ich könnte ihn auf der Stelle erwürgen, weil er der menschlichen Brüderlichkeit gegenüber so blind ist.

Nun, da er meine Schwester bald heiratet, fährt Morty den Laster und arbeitet im Lagerhaus für meinen Onkel, was gewissermaßen auch ich tue: Drei Sonnabende hintereinander bin ich nun schon vor Tagesgrauen aufgestanden, um mit ihm gemeinsam die Supermärkte des Hinterlandes, wo die Füchse sich gute Nacht sagen und New Jersey in den Poconos-Bergen endet, mit Squeeze zu beliefern. Ich habe ein Hörspiel geschrieben, inspiriert von meinem Idol, Norman Corwin, und dessen Verherrlichung des alliierten Sieges in Europa: ‹Triumphgesang› (wovon Morty mir ein Exemplar zum Geburtstag gekauft hat). *Der Feind ist nun tot, der Feind in der Wilhelmstraße; bravo, G. I., bravo* … Schon allein der Rhythmus macht mir eine Gänsehaut, wie der Takt des Marschliedes der siegreichen Roten Armee und des Liedes, das wir in der Grundschule während des Krieges lernten, von unserem Lehrer die «Chinesische Nationalhymne» genannt. «Steht auf, die ihr euch weigert, Sklaven zu sein, mit unseren Leibern und unserem Blut –» oh, dieser trotzige, herausfordernde Marschrhythmus! Ich entsinne mich jedes einzigen heldenmütigen Wortes! – «werden wir eine neue große Mauer bauen!» Und dann meine Lieblingszeile, die auch noch mit meinem Lieblingswort beginnt: «*Em-pö-rung* füllt die Herzen, unser aller Herzen! Steht auf! Steht auf! Steht AUF!»

Ich schlage die erste Seite meines Stückes auf und beginne Morty daraus vorzulesen, während wir mit dem Laster losfahren, in westlicher Richtung, durch Irvington und Orange – Illinois! Indiana! Iowa! O mein Amerika der weiten Ebenen, der Berge, Täler, Flüsse und Canyons … Mit dergleichen patriotischen Beschwörungen summe ich mich neuerdings in den Schlaf, nachdem ich in meine Socken gewichst habe. Mein Hörspiel hat den Titel ‹Der Glockenklang der Freiheit›! Es ist eine so genannte Moralität (wie ich heute weiß), geschrieben in «freien Rhythmen», deren Hauptfiguren Vorurteil und Toleranz heißen. Wir halten vor einem Esslokal in Dover, New Jersey, als die Toleranz gerade die Neger ihres Körpergeruchs wegen verteidigt. Der Klang meiner eigenen, humanen, mitfühlenden, an Latein geschulten, alliterierenden Sprache, über die Maßen schwülstig als Folge der Lektüre von Rogets ‹*Thesaurus*› (einem Geburtstagsgeschenk meiner Schwester) – dazu die Morgendämmerung um mich her – dazu zum ersten Mal in meinem Leben Bratkartoffeln zum Frühstück – dazu der tätowierte Mann hinter der Theke, den Morty «Chef» nennt – dazu das Sich-wieder-Hinaufschwingen ins Fahrerhaus des Lasters in Jeans, Lumberjack und Mokassins (die hier auf der Landstraße nicht mehr als Verkleidung wirken wie in den Schulgängen) – dazu die Sonne, die eben beginnt, die hügeligen Fluren von New Jersey, meinem Staat! zu bescheinen – ich bin wie neugeboren! Keine schmachvollen Geheimnisse mehr!, denke ich. Wie sauber ich mich fühle, wie stark, wie rechtschaffen – wie amerikanisch! Morty biegt in die Landstraße ein, und hier, an Ort und Stelle, lege ich mein Gelübde ab! Ich schwöre, mich für die Benachteiligten und Getretenen einzusetzen, mein Leben dem Kampf gegen das Unrecht zu weihen, der Befreiung der widerrechtlich im Gefängnis Schmachtenden. Mit Morty als Zeugen – meinem mannhaften, linksorientierten, neu gefundenen älteren Bruder, dem lebenden Beweis dafür, dass es möglich ist, sowohl die Menschheit als auch Baseball zu lieben; der dazu meine ältere Schwester liebt, die ich nun ebenfalls bereit bin zu lieben, des Hintertürchens zum Entwischen wegen, das sie für uns beide offen hält; der für mich das Bindeglied zwischen dem Bund Amerikanischer Kriegsteilnehmer und Bill Mauldin darstellt, auch ein Idol wie Corwin oder Howard Fast – ihm, Morty, gelobe ich, Tränen der Liebe (Liebe zu ihm, Liebe zu mir) in den Augen, die «Macht der Feder» dafür einzusetzen, die Menschen von Unrecht und Ausbeutung, von Erniedrigung und Armut und Unwissenheit zu erlösen, die Menschen, die nun für mich (und wiederum bekomme ich eine Gänsehaut dabei) *Das Volk* sind.

Ich bin wie erstarrt vor Angst. Vor dem Mädchen mit ihrer Syphilis! Vor ihrem Vater und seinen Gangstern! Vor ihrem Bruder und seinen Fäusten! (Obwohl Smolka mich glauben machen will, was mir völlig unglaublich erscheint, selbst für *gojim*: dass sowohl Bruder wie Vater davon wissen und sich nichts daraus machen, dass Bubbles eine «Hure» ist.) Angst auch, weil sich unter dem Küchenfenster, aus dem ich vorhabe hinauszuspringen, sobald ich auch nur einen Schritt auf der Treppe höre, ein eisernes Staket befindet, das mich aufspießen wird. Zwar umsäumt das Staket, an das ich denke, das Katholische Waisenhaus auf der Lyons Avenue, aber ich bin mittlerweile in einem Zustand zwischen Halluzination und Koma und einigermaßen wirr im Kopf, als hätte ich tagelang nichts gegessen. Ich sehe das Bild in den ‹Newark News›: den Zaun und die dunkle Blutlache auf dem Bürgersteig und die Überschrift, von der meine Familie sich nie wieder erholen wird: SOHN EINES VERSICHERUNGSVERTRETERS SPRINGT IN DEN TOD.

Während ich frierend in meinem Iglu langsam vereise, schmort Mandel in seinem eigenen Schweiß – und genauso riecht er auch. Der Körpergeruch von Negern erfüllt mich mit Mitgefühl, mit «freien Rhythmen» – bei Mandel bin ich weniger nachsichtig: «er macht mir übel» (wie meine Mutter sich hinsichtlich seiner Person ausdrückt), was nicht heißen soll, dass er mich weniger fasziniert als Smolka. Sechzehn und Jude wie ich, doch damit hat alle Ähnlichkeit ein Ende: Er trägt eine Entenschwanzfrisur und Koteletten bis zur Kinnlade, auf einen Knopf gearbeitete Sportanzüge, spitze schwarze Schuhe und Billy-Eckstein-Kragen, höher als die von Billy Eckstein! Aber er ist Jude. Unglaublich! Ein moralisierender Lehrer hat uns gegenüber durchsickern lassen, Arnold Mandel habe zwar den Intelligenzquotienten eines Genies, zöge es aber vor, in gestohlenen Autos rumzukutschieren, Zigaretten zu rauchen und Bier zu trinken, bis ihm schlecht würde. Ist das zu glauben? Ein jüdischer Junge? Er beteiligt sich auch am Gemeinschaftswichsen nach der Schule, bei heruntergelassenen Jalousien in Smolkas Wohnzimmer, während die beiden alten Smolkas im Schneiderladen schuften. Ich habe davon gehört, und doch (trotz Onanie, Exhibitionismus und Voyeurtum – von Fetischismus ganz zu schweigen) kann und will ich es nicht glauben: Vier oder fünf Burschen sitzen im Kreis auf dem Boden und beginnen auf ein Zeichen Smolkas zu wichsen – und wer zuerst fertig wird, kriegt den Jackpot, ein Dollar pro Nase.

Was für Schweine.

Meine einzige Erklärung für Mandels Verhalten ist die, dass sein Vater starb, als Mandel erst zehn Jahre alt war. Und das fasziniert mich natürlich am allermeisten: *Ein Junge ohne Vater.*

Wie deute ich mir Smolka und dessen *chuzpe*? Er hat *eine Mutter, die arbeitet.* Die meine, wie gesagt, streift durch die sechs Zimmer unserer Wohnung wie ein Guerilla-Spähtrupp durch sein Gebiet – kein Schrankfach, keine Schublade in meinem Zimmer, die sie nicht fotografisch getreu im Kopf hätte. Smolkas Mutter hingegen sitzt den ganzen Tag bei schlechter Beleuchtung auf einem niedrigen Stuhl in der Ecke eines Schneiderladens und lässt Säume aus oder macht Röcke kürzer und hat, wenn sie abends nach Hause kommt, nicht mehr die Kraft, ihren Geigerzähler rauszuholen und die haarsträubende Sammlung von Noppen-Zacken- und Rauputzpräservativen ihres Kindes aufzuspüren. Die Smolkas, müssen Sie wissen, haben weniger Geld als wir – und letzten Endes ist das der grundlegende Unterschied. Eine Mutter, die arbeitet und keine Aluminium-Jalousien … jawohl, das erklärt für mich einfach alles – dass er im Olympia-Park schwimmen geht und dass er jeden an den Schwanz fasst. Er lebt von Napfkuchen und seiner eigenen Findigkeit. Mir wird mein warmer Lunch vorgesetzt – mit all den dazugehörigen Verboten. Aber missverstehen

Sie mich nicht (als ob das möglich wäre): Was ist bei Schneesturm, während man sich auf der Hintertreppe den Matsch von den Stiefeln stampft, anheimelnder, als aus dem Küchenradio «Tante Jenny» zu hören und die Tomatensuppe auf dem Herd zu riechen? Was geht über frisch gewaschene und gebügelte Pyjamas das ganze Jahr über und ein Schlafzimmer, das nach Möbelpolitur duftet? Wie würde es mir gefallen, wenn meine Unterwäsche grau, unansehnlich und kunterbunt durcheinander in meiner Schublade läge wie bei Smolka? Es würde mir nicht gefallen. Wie würde es mir zusagen, wenn meine Socken große Löcher hätten und niemand mir heiße Zitronenlimonade und Honig brächte, wenn ich Halsschmerzen habe?

Andererseits, wie gefiele es mir, wenn Bubbles Girardi nachmittags zu mir in die Wohnung käme und mir einen blasen würde, wie sie es bei Smolka getan hat, auf seinem eigenen Bett?

Eine kleine Begebenheit, nicht ohne Ironie. Was glauben Sie wohl, wer mir im vergangenen Frühjahr, als wenn nichts wäre, auf der Worth Street begegnet? Der alte Kreiswichser in eigener Person, Mr. Mandel, mit einem Musterkoffer voller Bruchbänder, Stützgürtel und Suspensorien. Und wissen Sie was? Dass er noch lebte und atmete, setzte mich höchlichst in Erstaunen. Ich komme gar nicht darüber hinweg – bis heute nicht. Dazu verheiratet, domestiziert, mit einer Frau und zwei kleinen Kindern – und einem «Ranch»-Haus in Maplewood, New Jersey. Mandel lebt, besitzt einen Gartenschlauch, wie er mir erzählt, und einen Außengrill mit den dazugehörigen Holzkohlen! Mandel, der aus lauter Verehrung für Pupi Campo und Tito Valdez, kaum dass er mit der Schule fertig war, ins Rathaus ging und seinen Vornamen amtlich ändern ließ – aus Arnold wurde Ba-ba-lu. Mandel, der sechs Bierdosen hintereinander leer trank! Das reine Wunder! Unmöglich! Wie, um alles in der Welt, ist er seiner Strafe entgangen? Da stand er rum, Ecke Chandellor und Leslie Street, stumpf und träge, jahrein, jahraus, über seine Bongotrommeln gebeugt wie irgend so ein schmuddeliger Mexikaner, seinen Entenschwanz den Himmeln darbietend – und nichts und niemand fällte ihn! Und jetzt ist er dreiunddreißig wie ich und arbeitet als Vertreter für seinen Schwiegervater, der in Newark einen Medizinal-Fachhandel in der Market Street betreibt. Und was ist mit mir, fragt er, wovon lebe ich? Also so was! Weiß er es wirklich nicht? Steht er nicht auf der Adressenliste meiner Eltern? Weiß denn nicht jeder, dass ich inzwischen der moralischste Mensch von ganz New York bin? Mit nichts als edlen Motiven und humanen, menschheitsbeglückenden Idealen? Weiß er nicht, dass ich davon lebe, *gut* zu sein? «Stadtverwaltung», antworte ich und deute, schräg über die Straße, aufs Rathaus. Mister Bescheidenheit.

«Siehst du noch welche von den Jungs?», fragt Ba-ba-lu. «Bist du verheiratet?»

«Nein, nein.»

In dieser Neuausgabe von Mandel erwacht der alte, verschlagene Lustmolch wieder zum Leben. «Und was ist mit Schnecken?»

«Ich habe Affären, Arn, und ich wichse.»

Ein Fehler, denke ich im gleichen Augenblick. Ein Fehler! Was ist, wenn er das der ‹Daily News› weiterquatscht? STELLVERTRETENDER VORSITZENDER DER GLEICHBERECHTIGUNGSKOMMISSION ONANIERT. *Außerdem ständig wechselnde Sex-Partnerinnen*, berichtet ehemaliger Schulfreund.

Die Schlagzeilen! Immer die Schlagzeilen, die meine schmutzigen Geheimnisse einer schockierten und missbilligenden Welt enthüllen.

«He», sagte Ba-ba-lu, «erinnerst du dich an Rita Girardi? Bubbles? Die uns alle immer abgeblasen hat?»

«… Was ist mit ihr?» Schrei doch nicht so, Ba-ba-lu! «Was ist mit ihr?»

«Hast du's denn nicht in den ‹News› gelesen?»

«In welchen ‹News›?»

«In den ‹Newark News›.»

«Ich lese die Lokalzeitungen kaum noch. Was ist mit ihr?»

«Sie ist umgebracht worden. In einer Bar auf der Hawthorne Avenue. Sie war mit irgend 'nem Nigger zusammen, und dann kam ein anderer Nigger rein und hat sie beide in den Kopf geschossen. Wie find'ste das? Mit Niggern zu ficken!»

«Das ist 'n Ding», sagte ich und meinte es auch so. Dann plötzlich: «Sag mal, Ba-ba-lu, was ist eigentlich aus Smolka geworden?»

«Weiß nicht», sagt Ba-ba-lu. «Ist er nicht Professor? Ich glaub, ich hab gehört, er ist Professor.»

«Professor? *Smolka?*»

«Ich glaub, er ist irgendwas an einem College.»

«Ach, das ist unmöglich», sage ich mit meinem überlegenen schiefen Lächeln.

«Doch. Das hat mir jemand erzählt. In Princeton.»

«*Princeton?*»

Das kann nicht sein! Ohne heiße Tomatensuppe an eiskalten Wintertagen zum Lunch? Smolka, der in diesen schmierigen, stinkenden Pyjamas schlief? Der Besitzer all dieser roten Eichelpräservative mit den bösartigen kleinen Spitzen, die, wie er uns sagte, die Weiber in Paris die Wände hochgehen lassen? Smolka, der im Olympia-Park schwimmen ging, lebt *auch* noch? Und ist dazu Professor in Princeton? Welches Fach, klassische Sprachen oder Astrophysik? Ba-ba-lu, mir ist, als hörte ich meine Mutter reden. Du meinst sicher Installateur oder Elektriker. Denn das kann und werde ich nicht glauben! Ich meine, ganz tief innen, in meinen *kischkas*, dort, wo meine geheimsten Gefühle und früheren Überzeugungen begraben liegen, tiefer als das Ich, das sehr wohl weiß, dass Smolka und Mandel sich natürlich weiterhin der «Ranch»-Häuser und der beruflichen Möglichkeiten erfreuen werden, die dem Menschen auf diesem Planeten zugänglich sind, kann ich an das Überleben, geschweige denn an das bürgerliche Fortkommen dieser beiden verdorbenen Burschen einfach nicht glauben. Wo sie doch entweder im Gefängnis sitzen oder in der Gosse liegen müssten. Sie haben ihre Hausaufgaben nicht gemacht, verdammtnochmal! Smolka hat immer in Spanisch von mir abgespickt, und Mandel war alles so scheißegal, dass ihn selbst das zu sehr anstrengte, und was das Händewaschen vor dem Essen angeht … Verstehen Sie denn nicht, diese beiden Jungs müssten tot sein! Wie Bubbles! Da haben wir wenigstens einen Lebenslauf, der in etwa einen Sinn ergibt. Einen Fall von Ursache und Wirkung, der meinen Vorstellungen von irdischer Gerechtigkeit entspricht: Verdorben, verkommen, und dein Lutschkopf wird dir von Niggern durchlöchert. Zumindest in diesem Fall war die Welt in Ordnung.

Smolka kommt in die Küche zurück und sagt uns, dass sie nicht will.

«Aber du sagtest, wir könnten sie umlegen!», ruft Mandel. «Du sagtest, sie würde uns blasen! Vor uns rumrutschen und uns lutschen, hast du *gesagt*!»

«Scheiß drauf», sage ich, «wenn sie nicht will, soll sie uns gern haben, lass uns abhauen –»

«Aber ich hab jetzt schon eine Woche lang beim Wichsen an nichts anderes gedacht! Ich denk gar nicht dran, wegzugehen! Was für ein Scheißspiel wird hier eigentlich gespielt, Smolka? Wird sie mir nicht mal einen *runterholen*?»

Ich, mit meinem Kehrreim: «Hör zu, wenn sie nicht will, lass uns gehen –»

Mandel: «Was bildet die sich eigentlich ein, dass sie einem nicht mal einen runterholen will? Das ist doch weiß Gott nicht zu viel verlangt. Ich geh nicht, bevor sie mir einen geblasen oder mich abgewichst hat – eines von beiden! Was dem Scheißweib lieber ist!»

Also geht Smolka wieder hinein, zu einer zweiten Beratung, und kommt nach fast einer halben Stunde mit der Neuigkeit wieder, dass das Mädchen sich's überlegt hat: Sie will einen von uns fertig machen, aber nur, wenn er die Hose anbehält, und damit hat sich's. Wir werfen eine Münze in die Luft – und das Recht auf einen Siff fällt mir zu! Mandel behauptet, die Münze hätte die Decke gestreift, und würde mich am liebsten umbringen – er brüllt immer noch «Schiebung!», während ich das Wohnzimmer betrete, um meine Belohnung in Empfang zu nehmen.

Sie sitzt mit ihren hundertundsiebzig Pfund Lebendgewicht im Unterrock auf dem Sofa, an der gegenüberliegenden Wand des mit Linoleum ausgelegten Zimmers, und lässt sich offenbar einen Schnurrbart stehen. Anthony Peruta, so heiße ich, falls sie mich danach fragt. Aber sie fragt nicht. «Pass auf», sagte Bubbles, «damit du Bescheid weißt: ich mach's nur bei dir. Dann ist Schluss. Feierabend.»

«Das liegt ganz bei Ihnen», sage ich höflich.

«Na schön. Also hol ihn raus, *aber die Hose behältst du an*. Verstanden? Ich hab ihm gesagt, mit 'nem Sack will ich nichts zu tun haben.»

«Gut. In Ordnung. Ganz wie Sie wollen.»

«Und versuch auch nicht, mich anzutatschen.»

«Hören Sie, wenn es Ihnen lieber ist, dass ich gehe, dann geh ich.»

«Hol ihn schon raus.»

«Natürlich, wenn Sie es wünschen, gleich … Sofort …», sage ich, jedoch zu voreilig. «Ich-muss-ihn-nur-erst –» Wo *ist* das Ding bloß? In der Klasse zwinge ich mich manchmal bewusst dazu, an TOD und KRANKENHAUS und ENTSETZLICHE AUTOMOBILUNGLÜCKE zu denken, in der Hoffnung, dass so trübe Bilder mir den Ständer vertreiben, bevor die Glocke ertönt und ich mich erheben muss. Ich kann weder zur Tafel gehen noch aus einem Bus aussteigen, ohne dass er hochschnellt und jedem in der Nähe Befindlichen zuruft: «Hoppla! Da bin ich! Sieh mich an!» – und jetzt ist er nirgends zu finden.

«Hier!», stoße ich endlich hervor.

«Ist das alles?»

«Nun ja …», antworte ich und werde rot, «wenn er steif wird, ist er größer …»

«Ich kann mich nämlich nicht die ganze Nacht hier mit dir …»

Artig: «Oh, ich glaube nicht, dass es die *ganze Nacht* dauern wird –»

«Leg dich hin!»

Bubbles, nicht ganz zufrieden gestellt, lässt sich auf einem harten Stuhl nieder, während ich mich neben ihr auf dem Sofa ausstrecke – und plötzlich hat sie ihn gepackt, und mir ist, als wäre mein armer Schwanz in irgendeine Maschine geraten. Mit Macht (gelinde ausgedrückt) nimmt meine Prüfung ihren Anfang. Aber sie könnte genauso gut an einem Aal rumwichsen.

«Was ist los?», sagt sie nach einer Weile. «Wann kommt's dir denn endlich?»

«Meist ziemlich rasch.»

«Dann halt es gefälligst nicht zurück.»

«Das tu ich doch gar nicht, Bubbles, ich geb mir Mühe –»

«Also ich zähl jetzt bis fünfzig. Wenn du's bis dahin nicht losgeworden bist, liegt's nicht an mir.»

Fünfzig? Ich kann von Glück sagen, wenn sie ihn mir bei fünfzig noch nicht abgerissen hat. *Nicht so doll,* möchte ich rufen. *Nicht so fest an der Eichel, bitte!* – «Elf, zwölf, dreizehn» – *halte durch, nur noch vierzig Sekunden –,* doch meine Erleichterung paart sich mit herber Enttäuschung: Das hier ist also das, wovon ich Tag und Nacht geträumt habe, seit ich dreizehn bin. Endlich, endlich nicht ein ausgehöhlter Apfel, keine leere Milchflasche mit eingefetteter Öffnung, sondern ein Mädchen im Unterrock, mit zwei Titten und einer Möse – und einem Schnurrbart. Aber steht es mir zu, wählerisch zu sein? Genau das hier habe ich mir doch immer erträumt …

Und da fällt mir der Ausweg ein! Ich werde nicht dran denken, dass die Faust, die an mir rumzerrt, Bubbles gehört – ich werde mir einreden, es ist meine eigene! Also starre ich an die dunkle Decke, und statt mir vorzustellen, dass ich ficke, was ich beim Wichsen gewöhnlich tue, stelle ich mir vor, dass ich wichse.

Das wirkt augenblicklich. Als ich schon fast so weit bin, ist allerdings unglücklicherweise Bubbles' Arbeitstag zu Ende.

«Fünfzig», sagt sie. «Okay, das wär's.» *Und nimmt ihre Hand fort.*

«Nicht!», rufe ich. «Weiter!»

«Also pass auf, ich hab schließlich schon zwei Stunden gebügelt, bevor ihr überhaupt aufgekreuzt seid –»

«NUR NOCH EIN BISSCHEN! ICH BITTE SIE! NOCH EIN PAAR SEKUNDEN! BITTE!!»

«NEIN!»

Worauf ich, unfähig (wie immer), Frustration, getäuschte Erwartungen und Fehlschläge zu ertragen, hinuntergreife, ihn packe, und WUMM!

Nur – mir selbst genau ins Auge. Eine einzige ruckhafte Bewegung der Hand des Meisters genügt, die Schleuse zu öffnen. Wer holt mir so gut einen runter wie ich selbst?, frage ich Sie. Da ich auf dem Rücken liege, schießt der Strahl horizontal über Bauch und Brust hinweg und landet als dicker, feuchter, ätzender Schleimklumpen in meinem Auge.

«Du beschissener Knoblauchfresser!», brüllt Bubbles. «Jetzt hast du mir mit deinen kalten Bauern die ganze Couch versaut! Und die Wand! Und die Lampe!»

«Ich hab's ins Auge gekriegt! Und sag nicht Knoblauchfresser zu mir, du!»

«Du *bist* einer, du Knoblauchfresser! Alles hast du mir voll gespritzt, du mieser jüdischer Scheißkerl! Sieh dir doch bloß die Spitzendecke an!»

Es ist genauso, wie meine Eltern es mir mahnend vorgehalten haben – kaum ist die erste Meinungsverschiedenheit da, wie belanglos auch immer, und das Einzige, was einer *schickse* einfällt, ist «du dreckiger Jude». Was für eine schreckliche Entdeckung: Meine Eltern, die immer Unrecht haben ... haben Recht. Und mein Auge, es brennt, als hätte ich eine glühende Kohle drin – und ich weiß jetzt auch wieso. Auf der Teufelsinsel, hat Smolka uns erzählt, leisten die Aufseher sich den Spaß, den Gefangenen Sperma in die Augen zu reiben und *machen sie damit blind.* Ich werde blind! Eine *schickse* hat mit der Hand meinen Schwanz berührt, und jetzt werde ich für immer erblinden! Doktor, meine Psyche ist ungefähr so schwer zu verstehen wie eine Schulfibel! Wer braucht Träume, frage ich Sie? Wer braucht *Freud*? Selbst Rose Franzblau von der ‹New York Post› hat genug auf dem Kasten, um jemand wie mich zu analysieren!

«Itzig!», brüllt sie. «Krummnäsiger Itzig! Du kannst nicht mal spritzen, wenn du nicht selber an deinem miesen Pimmel rumwichst, du mieser, dreckiger, räudiger Jude!»

He, jetzt langt's aber, wo bleibt ihr Mitgefühl? «Aber mein Auge!» – ich stürze in die Küche, wo Smolka und Mandel sich vor Vergnügen auf dem Boden wälzen. «... genau ins ...», bricht es aus Mandel heraus; er beugt sich bis auf den Boden hinunter und trommelt mit den Fäusten aufs Linoleum – «– direkt in sein ...»

«Wasser, ihr Tiere, ich werde blind! Es brennt wie Feuer!» Ein Hechtsprung über Mandel hinweg, und mein Kopf ist unter dem Wasserhahn. Über dem Spülbecken fährt Jesus nach wie vor in einem rosa Nachthemd gen Himmel. Dieser unnütze Stinker! Ich denk, seine Aufgabe war, den Christen Mitgefühl und Güte beizubringen. Ich denk, er hätte sie gelehrt, sich der Leiden ihrer Mitmenschen zu *erbarmen.* Aber eins geschissen! Wenn ich blind werde, ist er schuld. Ja, irgendwie ist er plötzlich der entscheidende Anlass zu dieser ganzen Verwirrung und meinen Schmerzen. Und, mein Gott, während das kalte Wasser mir übers Gesicht läuft: wie werde ich meinen Eltern meine Blindheit erklären!? Meine Mutter verbringt ohnehin praktisch ihr halbes Leben damit, mir in den Hintern zu gucken und die Beschaffenheit meines Stuhls zu überwachen – wie sollte ich ihr wohl die Tatsache verbergen, dass ich nicht mehr sehen kann? «Tapp, tapp, tapp, ich bin's, Mutter – dieser liebe große Hund hat mich nach Hause gebracht, und mein Stock.»

«Ein *Hund*? In meinem Haus? Raus mit ihm, bevor er alles dreckig macht! Jack! In unserer Wohnung ist ein Hund, und ich hab gerade den Küchenboden geschrubbt!» – «Aber Momma, er wird bei uns bleiben, er muss bleiben – das ist ein Blindenhund. Ich bin blind.» – «O mein Gott! Jack!», ruft sie ins Badezimmer. «Jack, Alex ist da, mit einem Hund – er ist blind geworden!» – «Der und blind?», antwortet mein Vater. «Der war schon immer blind, der macht ja nicht mal das Licht hinter sich aus.» – «Wie kam das?», schreit meine Mutter. «*Wie? Sag uns, wie so etwas –*»

Mutter, wie das kam? Wie sonst? Verkehr mit christlichen Mädchen.

Am nächsten Tag erzählt mir Mandel, dass Bubbles, kaum eine halbe Stunde nach meinem hektischen Aufbruch, auf ihren Katzelmacherknien vor ihm lag und ihm einen ablutschte.

Ich denk, ich werde wahnsinnig. «Nein, *wirklich*?»

«Auf ihren Knien», sagt Mandel. «Warum bist du denn weggerannt, du *schmuck*?»

«Die hat mich Knoblauchfresser genannt!», antworte ich pharisäisch. «Ich dachte, ich wäre blind. Sie ist eine Antisemitin, Baba-lu.»

«Na und? Da scheiß ich drauf», sagt Mandel. Ich glaube nicht, dass er überhaupt weiß, was antisemitisch bedeutet. «Was mich interessiert, ist, dass ich fertig geworden bin. *Zwei*mal.»

«Du hast sie *gefickt*? Mit einem *Gummi*?»

«Ach Scheiße. Ohne was.»

«Aber sie wird schwanger werden!», rufe ich wie in Angst, als könnte ich dafür zur Verantwortung gezogen werden.

«Was geht das mich an?», antwortet Mandel.

Warum mache *ich* mir dann Sorgen! Warum verbringe nur ich

Stunden damit, im Keller Pariser zu testen? Warum lebe nur ich in Todesangst vor der Syphilis? Warum renne ich mit meinem blutunterlaufenen Auge nach Hause und glaube, dass ich für immer blind bin, wenn eine halbe Stunde später Bubbles auf den Knien liegt, mit einem Schwanz im Mund! Nach Hause – zu meiner Mommy! Zu meinen Schokoladenküchlein und meinem Glas Milch, nach Hause zu meinem schönen, sauberen Bett! *Oi*, die Zivilisation und das Unbehagen, das sie mit sich bringt! Ba-ba-lu, sprich, rede, erzähl mir, wie es war, als sie's tat! Ich muss es wissen, mit Einzelheiten – genauen Einzelheiten! Was war mit ihren Titten, mit ihren Brustwarzen, mit ihren Schenkeln? Was macht sie mit ihren Schenkeln, Ba-ba-lu, schlägt sie sie einem über dem Arsch zusammen, wie auf den Wichsvorlagen, oder klemmt sie einem den Schwanz damit ein, bis man schreien möchte – wie in meinen Träumen? Und was ist mit ihren Haaren, dort unten? Erzähl mir alles, was es zu erzählen gibt, über Schamhaare und wie sie riechen, es macht nichts, wenn ich das alles schon mal gehört habe. Und hat sie wirklich vor dir gekniet, oder scheißt du mich an? Hat sie tatsächlich gekniet, auf ihren *Knien*? Und was tat sie mit den Zähnen, hat sie dich gebissen, und wenn, wo? Und bläst sie drauf oder lutscht sie daran oder vielleicht irgendwie beides zugleich? O Gott, Ba-ba-lu, hast du ihr in den Mund gespritzt? O mein Gott! Und hat sie's runtergeschluckt oder ausgespuckt, oder ist sie wütend geworden – erzähl es mir! Wo hat sie das Zeug gelassen? Hast du ihr gesagt, dass du jetzt abschießt, oder hast du einfach gespritzt und es *ihr* überlassen, was sie damit tut? Und wer hat ihn ihr reingesteckt, hat sie ihn sich selbst reingesteckt oder hast du ihn ihr reingesteckt oder geht das irgendwie *von selbst*? Und wo lagen deine Kleider? Auf der Couch? Auf dem Boden? Wo genau? Ich will Einzelheiten! Einzelheiten! Genaue Einzelheiten! Wer hat ihr den BH ausgezogen, wer ihren Schlüpfer – ihren *Schlüpfer – du?* Sie selbst? Als sie dich lutschte, auf den Knien, Ba-ba-lu – hatte sie da noch irgendetwas an? Und was war mit dem

Kissen unterm Arsch, hast du ihr ein Kissen untern Arsch gelegt, wie das Ehe-Handbuch meiner Eltern empfiehlt? Was geschah, als du in ihr fertig wurdest? Ist es ihr auch gekommen? Mandel, erklär mir etwas, das ich wissen *muss – kommt* es ihnen? Ich meine, so wie uns? Oder stöhnen sie bloß herum – *oder was?* Wie ist das, wenn es ihr kommt! Wie ist das, genau! Bevor ich meschugge werde, muss ich wissen, wie das ist!

Über die allgemeinste
Erniedrigung des Liebeslebens

Ich glaube, ich habe noch nicht davon gesprochen, wie unverhältnismäßig nachhaltig sich die Handschrift des Äffchens auf mein seelisches Gleichgewicht auswirkte. Welch hoffnungslose Kaligraphie! Wie die Schrift einer Achtjährigen – es trieb mich fast in den Irrsinn! Keine Versalien, keine Interpunktion – bloß diese übergroßen Buchstaben schräg abwärts übers Papier, bis sie sich im Nichts verlieren. Und zwar *Druckbuchstaben*, wie unter den Zeichnungen, die wir anderen als Erstklässler in unseren kleinen Händen nach Hause trugen! Und diese Orthographie. Ein kurzes Wort wie «viel» erscheint in drei verschiedenen Fassungen auf dem gleichen Bogen! Zweimal beginnt es mit *f*. F! Wie *Freud*. Von «Lieber» als Anrede ganz zu schweigen: L-I-B-E-R. Oder L-I-H-B-E-R. An dem Abend, als wir eine Einladung zum Dinner ins Gracie Mansion hatten – L-I-E-H-B-E-R!! Ich muss mich wirklich selber fragen – wieso habe ich eigentlich ein Verhältnis mit einer fast dreißigjährigen Frau, die annimmt, dass man «Lieber» mit *h* schreibt!

Zwei Monate waren seit unserer Begegnung auf der Lexington Avenue bereits vergangen, und immer noch trug mich der gleiche Strom zwiespältiger Gefühle dahin: einerseits Begierde, *rasende* Begierde (ich hatte noch niemals eine so rückhaltlose Hingabe bei einer Frau erlebt!), und andererseits etwas, das an Verachtung grenzte. Berichtigung. Vor wenigen Tagen hatten wir unsere kleine Reise nach Vermont unternommen, an jenem Wochenende, da es schien, als ob mein Auf-der-Hut-Sein – die bösen Vorahnungen, die ihre Reklameschönheit mit all dem dazugehörigen Flitter, ihre niedere Herkunft, und vor allem ihre sexuelle Hemmungslosigkeit in mir erweckten –, als ob an Stelle all dieser Ängste und des Misstrauens eine hoch aufbrandende Woge der Zärtlichkeit und Zuneigung getreten sei.

Zur Zeit stehe ich unter dem Einfluss eines Essays mit dem Titel ‹Über die allgemeinste Erniedrigung des Liebeslebens›; wie Sie sich vielleicht schon dachten, habe ich mir die ‹Gesammelten Schriften› gekauft und habe mich, seit meiner Rückkehr aus Europa, jeden Abend, wie in Einzelhaft, einen Band Freud in der Hand, in meinem freudlosen Bett in den Schlaf gelesen. Manchmal Freud in der Hand, manchmal Alex in der Hand, oft beides. Ja, dort liege ich, ganz allein, in meinem offenen Pyjama, spiele träumerisch an meinem Glied herum wie ein kleiner Junge, zerre daran, verdrehe, reibe und knete es und lese mich dabei durch ‹Beiträge zur Psychologie des Liebeslebens› hindurch, immer auf der Lauer nach dem Satz, dem Wortgefüge, dem Wort, das mich erlöst, davon erlöst, was hier «Vorstellungen und Fixationen» genannt wird.

Im erwähnten Essay gibt es den Ausdruck «Gefühlsströmung». Für «ein völlig normales Liebesverhalten» (es verdiente eine eingehende semantische Überprüfung, dieses «völlig normale Liebesverhalten», aber weiter –), für ein völlig normales Liebesverhalten, sagt er, sei es unerlässlich, dass zwei Gefühlsströmungen sich vereinigten: das zärtliche Gefühl und das sinnliche Gefühl. Und in vielen Fällen trete das leider Gottes nicht ein. «Wo solche Männer lieben, begehren sie nicht, und wo sie begehren, können sie nicht lieben.»

Frage: Habe ich mich selbst als einen aus der Menge dieser Krüppel zu betrachten? In schlichten Worten: sind Alexander Portnoys sinnliche Gefühle an seine inzestuösen Vorstellungen fixiert? Was glauben Sie, Doktor? Ist meiner Objektwahl eine so klägliche Beschränkung auferlegt? Ist es so, dass meine Sinnlichkeit nur dann grünes Licht hat, wenn das Sexualobjekt die Voraussetzung erfüllt, mich zu erniedrigen? Hören Sie, erklärt das meine Bindung an *schicksen*?

Nun ja, aber wenn es so ist, wenn, wie erklärt sich dann jenes Wochenende in Vermont? Denn die Inzestschranke fiel – jedenfalls sah es so aus. Und die Begierde mischte sich im Augenblick mit dem reinsten, innigsten Gefühl der Zärtlichkeit, das ich je empfunden habe! Diese Konfluenz dieser beiden Strömungen war einfach umwerfend, sag ich Ihnen! Und sie empfand das Gleiche! Sie hat es sogar ausgesprochen!

Oder war es nur das bunt gefärbte Laub, was glauben Sie?, das offene Feuer im Speiseraum des ländlichen Wirtshauses in Woodstock, was uns beide so weich stimmte? War es wirklich wechselseitige Zärtlichkeit und Zuneigung, die wir erlebten, oder war es bloß der Herbst, der sein Werk tat, den Kürbis schwellen ließ (John Keats) und die Touristenzunft in einen wahren Rausch wehmütiger Sehnsucht nach dem «einfachen Leben» versetzte? Waren wir bloß zwei weitere wurzellose Erotomanen aus dem Dschungel der Großstadt, die sich vor lauter Begeisterung über das historische Neu-England in die Hosen machen (sprich in unsere künstlich gebleichten Bluejeans) und in einem gemieteten Kabriolett den alten Traum vom Landleben träumen, oder war es tatsächlich ein normales Liebesverhalten – wie es mir während der wenigen sonnigen Tage schien, die ich mit dem Äffchen in Vermont verbrachte?

Was geschah denn nun eigentlich? Nun, die meiste Zeit fuhren wir, mit offenen Augen. Und sahen: die Täler, die Berge, das Licht auf den Feldern und natürlich das Laub – mit vielen Ahs und Ohs. Einmal hielten wir, um jemand in der Ferne zuzuschauen, der hoch oben auf einer Leiter stand und an einer Scheunenwand herumhämmerte – und auch das machte Spaß. Oh, und dann der gemietete Wagen. Wir flogen nach Rutland und mieteten dort ein Kabriolett. Ein Kabriolett, können Sie sich das vorstellen? Ein drittel Jahrhundert als amerikanischer Junge verbracht, und dies war das erste Kabriolett, das ich je selbst gefahren habe. Und wissen Sie warum? Weil der Sohn eines Versicherungsvertreters besser als andere weiß, worauf man sich einlässt, wenn man in so 'nem Ding rumkutschiert. Er kennt die grässlichen statistischen Einzelheiten. Ein Buckel auf der Straße genügt, sobald ein Kabriolett im Spiel ist: Sie fliegen in hohem Bogen raus, mit dem Kopf voran, und (die Details will ich Ihnen ersparen) wenn Sie *Glück* haben, heißt das ein Rollstuhl fürs Leben. Und wenn man sich in einem Kabriolett überschlägt – na, gute Nacht, dann ist man alle Sorgen los. Das sei statistisch erwiesen (sagt mir mein Vater) und nicht irgend so 'ne Räuberpistole, die er sich bloß so zum Spaß ausdenke. Versicherungsgesellschaften wollen verdienen, sie können es sich nicht leisten, Geld zu verlieren – wenn die etwas sagen, Alex, dann stimmt's! Und nun, in den Fußstapfen meines klugen Vaters, meine kluge Mutter: «Bitte, damit ich die nächsten vier Jahre nachts schlafen kann, versprich mir eines, erfülle deiner Mutter diesen einen Wunsch, und dann wird sie dich nie wieder um etwas bitten: Versprich mir, nicht in einem offenen Kabriolett zu fahren, wenn du nach Ohio kommst. Damit ich nachts nicht mit offenen Augen daliegen muss. Alex, versprich, dass du nicht leichtsinnig mit deinem Leben spielen wirst.» Und mein Vater: «Weil du ein Apfel bist, Alex. Unser Augapfel!», sagt er, verwirrt und in Tränen meiner unmittelbar bevorstehenden Abreise wegen. «Und wir wollen doch nicht, dass ein Apfel vom Baum fällt, bevor er reif ist.»

1. Versprich, Augapfel, dass du nie in einem Kabriolett fahren wirst. So eine Kleinigkeit, es kann dir doch nicht schwer fallen, uns das zu versprechen?

2. Du wirst Howard Sugerman aufsuchen, Sylvias Neffen. Ein sehr lieber Mensch – und Präsident des *Hillel.* Er wird dir alles zeigen. *Bitte* besuche ihn.

3. Augapfel, Liebling, Licht der Welt, du erinnerst dich an deinen Vetter Heschie, und an die Qualen, die er sich und seiner Familie mit diesem Mädchen bereitete. Was Onkel Hymie durchgemacht hat, um den Jungen vor dieser Verrücktheit zu bewahren.

Weißt du noch? Müssen wir noch mehr sagen? Du verstehst mich, Alex? Wirf dich nicht weg. Setz eine glänzende Zukunft nicht wegen einem Nichts aufs Spiel. Ich glaub, wir brauchen nicht mehr zu sagen. *Oder?* Du bist noch ein Kind, sechzehn Jahre alt. Alex, mit sechzehn Jahren, und gerade die Schule hinter sich, ist man noch ein Kind. Du weißt nicht, wie viel Hass in der Welt ist. Also ich glaube, wir brauchen nichts mehr zu sagen, nicht einem so hellen Kopf wie dir. Nur so viel noch: Geh sorgsam mit deinem Leben um! DU DARFST NICHT IN EINE SELBSTVER-SCHULDETE HÖLLE HINEINSTOLPERN! DU MUSST DARAUF HÖREN, WAS WIR DIR SAGEN, OHNE DIE STIRN ZU RUNZELN, BITTE, UND OHNE GEISTREI-CHE WIDERWORTE! WIR WISSEN BESCHEID! WIR HA-BEN GELEBT UND VIEL GESEHEN! ES KOMMT NICHTS DABEI HERAUS, MEIN SOHN! SIE SIND EINE GÄNZLICH ANDERE ART VON MENSCHLICHEN WE-SEN! DU WIRST DRAUFGEHEN DABEI! SETZ DICH MIT HOWARD IN VERBINDUNG. ER WIRD DICH IM *HILLEL* EINFÜHREN! RENN NICHT ALS ERSTES ZU SO 'NER BLONDEN, *BITTE*! SIE WIRD DICH AUSNEHMEN BIS ZUM WEISSBLUTEN UND DICH DANN IN DER GOSSE LIEGEN LASSEN! SIE WIRD EIN HOFFNUNGS-VOLLES UNSCHULDIGES HALBES KIND WIE DICH BEI LEBENDIGEM LEIBE FRESSEN!

Sie wird mich bei lebendigem Leibe fressen?

Ah, aber wir haben unsere Rache, wir hoffnungsvollen halben Kinder, wir Augäpfelchen. Sie kennen den Witz, natürlich – Milty, der G. I. Milty, ruft aus Japan an. «Momma», sagt er, «hier ist Milton, ich hab eine gute Nachricht! Ich bin einem wunderbaren japanischen Mädchen begegnet, und wir haben heute geheiratet. Sobald ich entlassen werde, möcht ich sie zu dir nach Hause bringen, damit ihr euch kennen lernt.»

«Das tu du nur», sagt die Mutter.

«Ach, herrlich, Momma», sagt Milty, «herrlich – bloß, ich frage mich, wo werden Ming Toy und ich schlafen – in deiner kleinen Wohnung?»

«Wo ihr schlafen werdet?», sagt die Mutter. «Aber natürlich im Bett. Wo solltest du denn sonst mit deiner jungen Frau schlafen?»

«Aber wo willst *du* dann schlafen, wenn wir im Bett schlafen? Momma, ist auch wirklich Platz für sie da?»

«Milty-Darling, bitte», sagt die Mutter, «alles ist bestens, mach dir keine Sorgen, ihr werdet so viel Platz haben, wie ihr wollt: sobald ich aufgelegt habe, bringe ich mich um.»

Was für ein Unschuldslamm, unser Milty! Wie bestürzt er wohl dasteht, dort drüben in Yokohama, nachdem seine Mutter ihm diese Mitteilung gemacht hat! Du braver, gutmütiger Milton, du würdest keiner Fliege was zuleide tun, nicht wahr, Söhnchen? Du hasst das Blutvergießen, du würdest nicht einmal im Traum daran denken, einen anderen Menschen zu *schlagen*, geschweige denn ihn umzubringen. *Also lässt du die Geisha das für dich besorgen!* Pfiffig, Milty, sehr pfiffig! Davon erholt sich das Mütterlein nicht so rasch. Die Geisha wird ihr den Rest geben! Haha! Du hast's geschafft, Miltylein, und ohne selbst einen Finger zu rühren! Klar! Soll die *schickse* doch den Mord für dich ausführen! Du, du bist ja bloß ein unschuldiger Zuschauer, der versehentlich in die Schusslinie geraten ist! Sozusagen ein Opfer, nicht wahr, Milt?

Entzückend, wie – das Bett, und alles, was damit zusammenhängt?

Als wir das Gasthaus in Dorset erreicht hatten, bitte ich sie, einen von ihrem halben Dutzend Ringen an den richtigen Finger zu stecken. «Man soll den Leuten nichts zu reden geben», sage ich und teile ihr mit, dass ich ein Zimmer für Mr. und Mrs. Arnold Mandel bestellt habe. «Ein großer Mann aus Newarks Vergangenheit», kläre ich sie auf.

Während ich uns eintrage, schlendert das Äffchen (das hier in Neu England supererotisch wirkt) in der Halle umher und nimmt die kleinen Vermont-Souvenirs, die zum Verkauf ausliegen, in Augenschein. «Arnold», ruft sie. Ich drehe mich um: «Ja, Liebling?» – «Wir *müssen* ein Glas Ahornsirup für Mutter Mandel mitnehmen. Den hat sie doch so gern», und sie beglückt den misstrauischen Geschäftsführer mit ihrem unergründlich-bestrickenden ‹Sunday Times›-Unterwäsche-Inserat-Lächeln.

Welch eine Nacht! Ich will damit nicht sagen, dass das Äffchen sich wilder als sonst herumwarf, mit wehendem Haar und leidenschaftliche Laute ausstoßend – nein, das Drama spielte sich in den üblichen Wagner'schen Dimensionen ab, an die ich mich langsam zu gewöhnen begann; neu und überwältigend daran war das strömende Gefühl. «Oh, ich kann nicht *genug* von dir kriegen!», rief sie aus. «Bin ich eine Nymphomanin, oder ist es der Ehering?» – «Ich dachte, es liegt vielleicht an der Illegalität eines Gasthauses.» – «Irgendetwas ist es. Mir ist … mir ist so sonderbar … o Baby … und du bist mir so nah, so nah wie noch nie. Mir ist dauernd, als müsste ich weinen – ich bin ja so glücklich!»

Am Sonnabend fuhren wir nordwärts, an den Champlain-See, und hielten unterwegs öfters an, damit das Äffchen Aufnahmen mit ihrer Minox machen konnte, und am Spätnachmittag quer rüber nach Woodstock. Wir gafften, seufzten und begeisterten uns an der Landschaft – das Äffchen an mich gekuschelt. Einmal, morgens, hatten wir Sexualverkehr auf einer von Unkraut überwachsenen Lichtung in der Nähe des Seeufers, und am Nachmittag des gleichen Tages, auf einem Feldweg irgendwo in den Bergen, sagte sie: «O Alex, halt an, jetzt gleich – ich will, dass du kommst – in meinen Mund», also blies sie mich, und das im offenen Wagen!

Was will ich mit alldem sagen? Bloß so viel, dass wir begannen, etwas zu empfinden. *Gefühl* zu empfinden! Und ohne dass die Begierde nachgelassen hätte!

«Ich weiß ein Gedicht», sagte ich, und es klang fast, als sei ich betrunken, als sei ich imstande, jeden zu verprügeln, der mir dumm käme, «das werd ich jetzt aufsagen.»

Sie lag da, den Kopf mit immer noch geschlossenen Augen in meinen Schoß geschmiegt, die Wange an meinem langsam erschlaffenden Glied. «Ach, komm», murrte sie, «nicht jetzt. Von Gedichten versteh ich nichts.»

«Dieses wirst du verstehen. Es handelt vom Ficken. Ein Schwan fickt ein schönes Mädchen.»

Sie sah zu mir hoch und klimperte mit ihren künstlichen Wimpern. «Au, fein.»

«Aber es ist ein ernstes Gedicht.»

«Soso», sagte sie und leckte an meinem Schwanz, «… und ein Skandal dazu.»

«O ihr unwiderstehlichen, geistreichen südlichen Schönen – besonders, wenn sie so lange Beine haben wie du.»

«Verarsch mich nicht, Portnoy. Los, sag das unanständige Gedicht auf.»

«Porte-noir», sagte ich und begann:

> «Ein jäher Stoß: die Schwinge, bebend, packt
> die Taumelnde; der Schwimmhaut schwarze Lust
> greift um das Schenkelpaar; der Schnabel hackt
> sich ins Genick, und Brust presst sich auf Brust.»

«Wo», fragte sie, «hast du so etwas gelernt?»

«Schsch. Es geht weiter:

> Wie könnte jene angstverwirrte Hand
> so weiße Pracht von willigen Schenkeln wehren?»

«He!», rief sie. «Schenkel!»

«Und wie der Leib, vom Fittich übermannt,
so fremden Herzens Klopfen überhören?
Ein blindes Schaudern in den Lenden schaut
der Mauer Sturz, Glut im Gebälk entfacht,
und Agamemnons Tod. Die's also graut
vorm Blut der Luft, das wild herniederstieß:
gehörte ihr das Wissen seiner Macht,
eh sie der Schnabel lässig fallen lieg?

Das wär's», sagte ich.

Pause. «Von wem ist das?» Angeber. «Von dir?»

«Von William Butler Yeats», sagte ich und begriff, wie taktlos ich gewesen war, mit welchem Mangel an Sensibilität ich auf die Kluft hingewiesen hatte: Ich bin klug, und du bist doof; das und nichts anderes hatte ich damit zum Ausdruck gebracht, als ich dieser Frau eines der *nebbich* drei Gedichte hersagte, die ich mit meinen dreiunddreißig Jahren auswendig kann. «Ein irischer Dichter», fügte ich lahm hinzu.

«Ach?», sagte sie. «Und wo hast du es gelernt, auf seinen Knien? Ich wusste ja gar nicht, dass du Ire bist.»

«Im College, Baby.» Von einem Mädchen, das ich im College kannte. Die mir auch ‹*Die Kraft, die durch die grüne Zündschnur treibt die Blüte*› beibrachte. Aber genug – warum sie mit einer anderen vergleichen? *Warum sie nicht das sein lassen, was sie ist?* Welch eine Vorstellung! *Sie lieben, wie sie ist! Mit all ihrer Unvollkommenheit – die ja schließlich vielleicht bloß menschlich ist!*

«Na ja», sagte das Äffchen, das immer noch mit dem Kopf in meinem Schoß lag, «ich war nie auf'm College.» Dann südlichguttural: «Und zu Hause, in Moundsville, kannten wir nur ein Gedicht: ‹Ich seh Nelken, ich seh Rosen, ich seh Marys Unterhosen.› Bloß, dass ich keine Unterhosen trug … Weißt du, was ich mit fünfzehn getan habe? Mir unten 'ne Locke Krollhaar abgeschnitten und in einem Umschlag an Marlon Brando geschickt.

Der Knilch war nicht mal so höflich, den Empfang zu bestätigen.»

Schweigen. Beide grübelten wir darüber nach, was zwei so verschiedene Menschen wohl miteinander zu schaffen haben – noch dazu in Vermont.

Dann sagt sie: «Okay, was ist Agamemnon?»

Ich fange an zu erklären, so gut ich kann. Zeus, Agamemnon, Klytämnestra, Helena, Paris, Troja … Und komm mir vor wie der letzte Dreck – und wie ein Betrüger und Angeber dazu. Ich *weiß* es, dass ich manches durcheinanderbringe und dass mindestens die Hälfte nicht stimmt.

Aber *sie* ist ganz wunderbar. «Okay – jetzt nochmal das Ganze von vorn.»

«Ist das dein Ernst?»

«Es ist mein Ernst! Nochmal! Aber bitte *langsam*.»

Also fang ich von vorn an, mit nach wie vor heruntergelassener Hose, und auf dem schmalen Weg, wo ich, abseits von der Landstraße, unter dramatisch gefärbtem Laubwerk geparkt habe, wird es langsam dunkler. Welke Blätter fallen in unseren Wagen. Das Äffchen sieht aus wie ein Kind, das sich bemüht, eine Rechenaufgabe zu lösen, aber nicht wie ein törichtes Kind – nein, wie ein aufgewecktes, gescheites kleines Mädchen. Kein bisschen dumm! *Dieses Mädchen ist wirklich etwas ganz Besonderes. Selbst wenn ich sie auf der Straße aufgelesen habe!*

Wissen Sie, was sie tut, als ich geendet habe? Sie nimmt meine Hand und führt sie zwischen ihre Beine – eine Mary Jane, die immer noch keine Unterhosen trägt. «Fühl mal. Ganz nass.»

«Liebling! Du hast das Gedicht verstanden!»

«'s scheint so!», ruft Scarlett O'Hara. Dann: «He, ich hab's verstanden. Ich hab ein Gedicht verstanden!»

«Noch dazu mit der Muschi.»

«Mein Treffi-Baby! Du wirst aus deiner Muschi noch ein Genie machen! Oh, Treffi, Darling, leck mich», ruft sie, steckt mir eine

Hand voll Finger in den Mund und zieht mich am Unterkiefer zu sich herunter, «oh, schleck meine gebildete Muschi!»

Idyllisch, wie? So unter roten und gelben Blättern?

In unserem Zimmer in Woodstock aalt sie sich im heißen Wasser (mit Badesalz), während ich mich zum Essen rasiere. Wie viel Kraft in diesem fragilen Körper steckt – die einmaligen akrobatischen Verrenkungen, die sie ausführt, während sie wie aufgespießt an meiner Schwanzspitze baumelt! Man sollte glauben, sie müsste sich einen Wirbel brechen, wenn sie sich mit dem ganzen Oberkörper rücklings zum Bett hinaushängt – in Ekstase! Joj! Gott sei für ihren Gymnastikunterricht gedankt! Wie ich bedient werde! Das ist vielleicht 'ne Sache! Und jetzt stellt sich heraus, dass sie dazu auch noch ein menschliches Wesen ist – ja, alle Anzeichen sprechen dafür, dass dem so sein könnte! *Ein menschliches Wesen! Das geliebt werden kann!*

Aber von *mir*?

Warum nicht?

Wirklich?

Warum nicht!

«Weißt du», sagt sie aus der Wanne, «mein kleines Loch ist so wund, kann kaum atmen.»

«Armes Loch.»

«He, wir wollen ein Riesendinner essen, mit viel Wein und Schokoladencreme, und dann heraufkommen und uns in unsere zweihundert Jahre alten Betten legen – ohne zu ficken.»

«Wie ist dir so, Arn?», fragte sie später, als das Licht gelöscht war. «Macht Spaß, nicht? Als ob man achtzig wäre.»

«Oder acht», sagte ich. «Ich muss dir was zeigen.»

«Nein! Arnold, *nein*.»

In der Nacht erwachte ich und zog sie an mich.

«Bitte», stöhnte sie, «ich muss mich für meinen Ehemann aufsparen.»

«Da scheißt ein Schwan drauf, meine Dame.»

«Oh, bitte, bitte, hau ab –»

«Fühl mal, meine Schwanzfeder.»

«Ahhh», seufzte sie, als ich ihn ihr in die Hand drückte. «Ein *Juden*schwan! He!», rief sie und packte mich mit der anderen Hand an der Nase. «Schwarze Lust! Ich habe gerade noch ein bisschen mehr vom Gedicht verstanden. Nicht wahr?»

«Mein Gott, bist *du* wunderbar!»

Das verschlug ihr fast den Atem. «Ehrlich?»

«Ja!»

«Wirklich ehrlich?»

«Ja! Ja! Ja! Darf ich dich *jetzt* ficken?»

«O Schatz, mein Liebling», rief das Äffchen, «such dir 'n Loch, welches du willst, ich bin dein!»

Nach dem Frühstück schlenderten wir durch Woodstock, wobei das Äffchen die ganze Zeit ihre geschminkte Wange an meinen Jackenärmel schmiegte. «Weißt du was», sagte sie, «ich glaube, ich hasse dich nicht mehr.»

Gegen Abend machten wir uns auf den Heimweg – im Wagen, damit die Fahrt nach New York länger dauerte. Wir waren kaum eine Stunde unterwegs, da fand das Äffchen einen Jazz-Sender und begann sich auf ihrem Sitz im Takt zur Musik hin und her zu bewegen. Dann sagte sie plötzlich: «Ach, scheiß drauf – macht ja so 'n Krach», und stellte das Radio ab.

Wär es nicht schön, sagte sie, wenn wir nicht zurückmüssten?

Wär es nicht schön, auf dem Lande zu leben – mit jemand, den man wirklich gern hat?

Wär es nicht schön, voll Tatendrang mit den Hühnern aufzustehen und hundemüde ins Bett zu sinken, wenn es dunkel wird?

Wär es nicht schön, eine Menge Pflichten zu haben, den Tag mit Arbeit zu verbringen, und diese Pflichten gar nicht als solche zu empfinden?

Wär es nicht schön, mal nicht an sich selbst zu denken – ganze

Tage, Wochen und Monate? Alte Kleider zu tragen und kein Make-up und sich nicht immerzu in Szene setzen zu müssen?

Die Zeit verging. Sie pfiff. «Wär das nichts?»

«Was meinst du?»

«Erwachsen zu sein. Du weißt schon …»

«Erstaunlich», sagte ich.

«Was?»

«Fast drei Tage lang hab ich die Hillbilly-Maschine nicht mehr gehört, die Betty-Boop-Fotzentour, das Muschimäuschen-Getue –»

Es war als Kompliment gemeint gewesen; sie war beleidigt. «Das ist keine ‹Masche› und kein ‹Getue›, Mann – das bin *ich*! Und wenn ich dir nicht fein genug bin, dann hat's geklingelt, Herr Vorsitzender. Fang gefälligst nicht an, an mir herumzunörgeln, bloß weil wir uns dieser Scheißstadt nähern, wo du so 'ne *Große Nummer* bist.»

«Ich wollte damit bloß sagen, dass mehr an dir dran ist, als man glauben sollte, wenn du dich wie 'ne Nutte benimmst und daherredest.»

«Ach, Scheiße. Du hältst mich für so saudumm, wie auf der ganzen Welt einfach niemand sein *kann*!» Sie beugte sich vor und stellte ‹The Good Guys› an. Und das Wochenende war wie nicht gewesen. Sie kannte die Worte von allen Songs und ließ mich das auch unmissverständlich wissen. «*Yeah yeah yeah, yeah yeah yeah.*» Eine bemerkenswerte Darbietung, eine Huldigung ans Kleinhirn.

Bei Dunkelheit hielt ich vor einem Howard-Johnson-Restaurant. «Essen, Mann», sagte ich. «Futtern, spachteln, mampfen, Mann.»

«Hör zu», sagte sie, «vielleicht weiß ich nicht, was ich bin, aber du weißt nicht, wie du mich nun eigentlich willst! Vergiss das nicht!»

«Ganz groß, Mann.»

«Idiot! Was hab ich denn für ein Leben? Glaubst du, es *gefällt* mir, ein Niemand zu sein? Glaubst du, dass ich ganz verrückt bin nach meinem leeren Leben? Ich hasse es! Ich hasse es! Ich hasse *New York*! Ich möchte am liebsten nie wieder in dieses Stinkloch zurück! Ich möchte in Vermont leben, Herr Vorsitzender! Ich möchte mit dir in Vermont leben – und erwachsen sein, was immer man sich darunter vorzustellen hat! Ich möchte die Frau von jemand sein, zu dem ich aufsehen kann. Den ich bewundern kann! Auf den ich hören kann!» Sie weinte. «Jemand, der mir nicht dauernd ins Gehirn scheißt. Oh, ich glaube, ich liebe dich, Alex, ich glaube es wirklich. Aber was ich davon schon habe.»

Mit anderen Worten: glaubte ich vielleicht, sie zu lieben? Antwort: nein. Ich fragte mich nicht (dies wird Sie amüsieren): liebe ich sie? Auch nicht etwa: könnte ich sie lieben? Ich fragte mich vielmehr: sollte ich sie lieben?

Im Restaurant war das Beste, was ich tun konnte, ihr zu sagen, es würde mir Spaß machen, wenn sie mich zu einem offiziellen Essen beim Bürgermeister begleite.

«Arnold, lass uns ein richtiges Verhältnis miteinander haben, okay?»

«… und das heißt?»

«Ach, sei doch nicht immer so *vorsichtig*. Was soll es schon groß heißen? Ein *Verhältnis*. Du schläfst nur mit mir und ich nur mit dir.»

«Und damit hat sich's?»

«Na ja, in der Hauptsache jedenfalls. Und dann werde ich dich sehr oft anrufen im Laufe des Tages. Das ist 'n Tick – darf ich ‹Tick› auch nicht sagen? Also gut – es ist irgendwie wie 'n Zwang. Ich meine, ich werd dich immerzu in deinem Büro anrufen. Weil ich will, dass jeder weiß, dass ich zu jemand gehöre. So viel hab ich für meine 50 000 Dollar wenigstens von diesem Seelenpopler gelernt. Ich meine, immer, wenn ich irgendwo zu Aufnahmen bin, werde ich dich von dort aus anrufen – und dir sagen, daß ich dich liebe. Ist das verständlich ausgedrückt?»

«Klar.»

«Weil ich das so gern sein möchte: wirklich verständlich. O Treffi, ich bete dich an. Na ja, schon gut. He», raunte sie mir zu, «möchtest du was riechen – was Umwerfendes?» Sie sah sich um, ob die Kellnerin in der Nähe war; dann beugte sie sich vor, als wolle sie sich den Strumpf hochziehen. Einen Augenblick später streckte sie mir ihre Fingerspitzen entgegen. Ich presste sie an meinen Mund. «Echt ‹Shocking›», sagte das Äffchen, «frisch aus'm Gurkenfaß … für dich! Nur für dich!»

Also los, liebe sie! Sei mutig! Mach den Wachtraum wahr! Sie ist so erotisch! So wollüstig! So wunderbar! Ein wenig billig, vielleicht – aber nichtsdestoweniger eine Schönheit. Wo wir zusammen erscheinen, starren die Leute; die Männer verschlingen sie mit den Blicken, die Frauen tuscheln. In einem Restaurant höre ich eines Abends jemanden sagen: «Ist das nicht die Dingsda? Aus ‹La Dolce Vita›?» Und als ich mich umdrehe – nach wem, Anouk Aimée –, stelle ich fest, dass sie uns ansehen, sie, die sich in meiner Begleitung befindet! Eitelkeit? Warum nicht! Lass das Erröten, fort mit der Scham, du bist nicht mehr Mutters schlimmer kleiner Junge! Wenn es um den Trieb geht, ist ein Mann in den Dreißigern niemand anderem Rechenschaft schuldig als sich selbst! Das ist es ja, was das Erwachsensein so reizvoll macht! Du willst etwas haben? Nimm es dir! Sei ein wenig ausschweifend, in Gottes Namen! SCHLUSS MIT DER SELBSTVERLEUGNUNG! DER WAHRHEIT EINE GASSE!

Ah, aber da gibt es noch etwas zu berücksichtigen (lassen Sie uns unser Haupt neigen), nämlich meine so genannte Würde, meinen guten Ruf. Was die Leute denken. Was *ich* denke. Doktor, dieses Mädchen tat es einmal *für Geld*. Geld! Jawohl! Ich glaub, man nennt das Prostitution! Um ihr ein Kompliment zu machen (zumindest glaubte ich, dass das der Grund sei), sagte ich eines Nachts zu ihr: «Du solltest Geld daraus schlagen, es ist einfach zu viel für einen allein», ich wollte bloß galant sein, verstehen Sie …

oder war es Intuition? Na, jedenfalls antwortete sie: «Ist schon geschehen.» Ich ließ ihr keine Ruhe, bis sie sich genauer ausdrückte; zunächst behauptete sie, sie hätte das nur so hingesagt, doch auf mein Kreuzverhör hin rückte sie schließlich mit dem Folgenden heraus, das mir als die Wahrheit erschien, oder zumindest als ein Teil derselben. Gleich nach Paris und ihrer Scheidung wurde sie per Flugzeug nach Hollywood geholt (sagt sie), zu Probeaufnahmen für eine Filmrolle (die sie nicht bekam. Ich bohrte, was denn das für ein Film gewesen sei, aber sie behauptete, sie hätte es vergessen, außerdem sei er nie gedreht worden). Auf der Fahrt von Kalifornien nach New York hatten sie und das andere Mädchen («Wer war dieses Mädchen? Warum reistest du mit einem anderen Mädchen?» – «Ich reiste eben mit ihr!») die Reise unterbrochen, um sich Las Vegas anzusehen. Dort ging sie mit irgendeinem Burschen, den sie kennen gelernt hatte, ins Bett. In aller Unschuld, wie sie sagt, doch zu ihrer größten Überraschung fragte er sie am Morgen: «Wie viel?» Sie sagt, es kam ihr einfach so über die Lippen: «Was es dir wert war, Sportsfreund.» Also überreichte er ihr drei Hundert-Dollar-Scheine. «Und du hast sie genommen?», fragte ich. «Ich war zwanzig Jahre alt. Klar hab ich sie genommen. Um mal zu sehen, wie das ist. Sonst gar nichts.» – «Und wie war's, Mary Jane?» – «Ich weiß nicht mehr. Überhaupt nicht. Gar nichts Besonderes.»

Nun gut. Was glauben *Sie*? Sie behauptet, es sei nur jenes eine Mal geschehen, vor zehn Jahren, und auch damals sei es nur durch ein «zufälliges» Zusammentreffen eines Missverständnisses mit ihrer momentanen Stimmung dazu gekommen. Aber nehmen Sie ihr das ab? Sollte ich das tun? Ist es denn wirklich unmöglich, dass dieses Mädchen einige Zeit als hoch bezahltes Callgirl verbracht hat? O Jesus! Nimm sie dir, denke ich, und du stehst auf keiner höheren Entwicklungsstufe als die Gangster und Millionäre, die sich ihre Partnerinnen unter den Choristinnen des *Copa Cabana* suchen. Diese Art Mädchen sieht man gewöhnlich am Arm eines

Maffia-Bosses oder eines Filmstars, nicht an dem eines Weequahic-Schülers, der 1950 bei der Abschlussfeier die Abschiedsrede hielt, nicht am Arm des Herausgebers der ‹Columbia Law Review›, des hochsinnigen Vorkämpfers der Bürgerfreiheit! Wir wollen uns nichts vormachen: Hure oder nicht Hure, das hier ist eindeutig eine Bettbiene, stimmt's? Wer uns beide zusammen sieht, weiß genau, worauf ich in diesem Leben aus bin. Genau das, was mein Vater ein «Flittchen» nennt. So ist es! Und kann ich ihnen ein Flittchen nach Hause bringen, Doktor? «Momma, Poppa, dies ist meine Frau, das Flittchen. Ist das nicht ein tolles Weib?» Ich brauche mich nur zu ihr zu bekennen, und der ganzen Nachbarschaft werden endlich die Augen für mein schmutziges Innenleben geöffnet. Das so genannte Genie steht plötzlich nackt da – mit all seinen unflätigen Neigungen und dreckigen Begierden. Die (unverschlossene!) Badezimmertür springt auf, und siehe, dort sitzt der Erretter der Menschheit, der Sabber rinnt ihm am Kinn herunter, völlig gaga in den Augen, und sein Schwanz schießt Salven zur Deckenbirne hoch! Ein Gespött der Menschheit, zu guter Letzt. Ein verkommener Junge! Eine ewige Schande für seine Familie! Ja, ja, ich sehe alles genau vor mir: Ich erwache eines Morgens und finde mich, zur Strafe für meine Gräuel, an ein Klosett gekettet in der Hölle wieder, mich und alle anderen Flittchenstecher der ganzen Welt – «Schtarkes», wird der Teufel sagen, während uns Krawatten und blütenweiße Hemden zugeteilt und schicke, neue seidene Anzüge angepasst werden, «gantze knockers, ihr großen Tiere mit euren langbeinigen Weibern! Willkommen! Ihr Burschen habt wirklich jede Menge im Leben erreicht. Ihr habt euch wirklich ausgezeichnet, das muss man euch lassen. Und du ganz besonders», sagt er, sieht mich an und hebt sardonisch eine Braue, «du, der mit zwölf bereits in die High School kam, der unsere Jüdische Gemeinde von Newark so ehrenvoll in der Welt vertrat –» Aha, ich wusste es ja. Es ist nicht eigentlich der Teufel, es ist der dicke Warschau, der Rebbe. Mein beleibter, salbungsvoller, geistlicher Führer! Der mit der verschwenderischen Aussprache und dem Pall-Mall-Atem! Rabbi Ver-eh-rungs-wür-dig! Es ist während meiner Bar-Mizwa-Feier. Ich stehe schüchtern an seiner Seite und schlürfe es in mich hinein wie Bratensauce; es verschafft mir eine ziemliche Sensation, will ich Ihnen gestehen, «geweiht» zu werden. Alexander Portnoy dies und Alexander Portnoy das, und um Ihnen die ganze Wahrheit zu sagen: Dass er in Silben redet und es schafft, dass kleine Worte zu großen und große, wie von selbst, zu ganzen Sätzen werden – um ganz ehrlich zu sein, es scheint mich weit weniger zu stören als sonst. Der sonnige Samstagvormittag schleicht langsam dahin, während er den versammelten Verwandten und Freunden meine Tugenden und Talente und Leistungen aufzählt, Silbe für Silbe. Immer schön dick auftragen, Warschau, stoß in mein Horn, beeile dich nicht meinetwegen, bitte. Ich bin jung, ich kann den ganzen Tag hier stehen, wenn es sein muss. «... ergebener Sohn, liebevoller Bruder, hervorragender Schüler, eifriger, interessierter Zeitungsleser (immer umfassend informiert, kennt den vollen Namen jedes einzelnen Mitglieds des Obersten Bundesgerichts und des Kabinetts sowie die der Fraktionsführer der Mehrheit und der Minderheit in beiden Häusern des Kongresses sowie der Vorsitzenden der wichtigen Kongressausschüsse), kam mit *zwölf* Jahren in die High School, mit einem Intelligenzquotienten von 158, *einn-hunderte-achtutnte-fünnef-zi-che*, und nunmehr ...»

Ich spüre förmlich, wie die andächtige Bewunderung der ihm gebannt und voll Stolz lauschenden Menge wellengleich zu mir emporsteigt und mich dort oben, vor dem heiligen Schrein, gänzlich einhüllt – ich wäre nicht weiter überrascht, wenn sie mich nach Beendigung seiner Laudatio aufheben und mich wie die Thora in feierlichem Umzug durch die Synagoge trügen, wobei die Gläubigen sich bemühen, ihren Mund an irgendeine Stelle meines neuen blauen Ohrbach-Anzugs zu drücken, während die alten Männer sich vordrängen, um ihre Gebetsmäntel mit meinen neuen spiegelnden Lackschuhen in Berührung zu bringen. «Lasst mich durch! Lasst mich ihn berühren!», und wenn ich weltberühmt bin, werden sie zu ihren Enkelkindern sagen: «Ja, ich war dabei, ich habe an der Bar-Mizwa-Feier von Portnoy, dem Präsidenten des Obersten Bundesgerichts, teilgenommen –»

«Nunmehr unser Botschafter», sagt Rabbi Warschau, «unser Sonderbotschafter …» Bloß … es klingt so anders! Und wie! «… inzwischen allerdings», sagt er zu mir, «mit der Mentalität eines Zuhälters! Mit den menschlichen Werten eines Renn-Jockeys! Was ist für ihn der Höhepunkt menschlicher Erfahrung? Mit einer langbeinigen *kurweh* am Arm ein Lokal zu betreten! Einem Flittchen in hautengem Kleid!» – «Ach bitte, Ver-eh-rungs-wür-di-ger, ich bin inzwischen erwachsen – Sie können also getrost Ihre rabbinische Rechtschaffenheit an den Nagel hängen. Sie wirkt, wie die Dinge jetzt liegen, ein wenig lächerlich. Ich habe Frauen, die schön und sexy sind, hässlichen und frigiden vorgezogen – was ist daran tragisch? Warum also aus mir einen Las-Vegas-Gangster machen? Warum werde ich auf ewig an ein Klosett gekettet? Weil ich ein kesses Mädchen liebe?» – «Liebe? *Du*? Pfui über dich! Dich selbst liebst du, Jungchen, sonst nichts und niemand! Und ‹Selbst› großgeschrieben! Dein Herz ist ein leerer Kühlschrank! Statt warmem Blut hast du Eiswürfel in den Adern! Es wundert mich, dass es nicht klirrt, wenn du dich bewegst! Das kesse Mädchen – äußerst kess, wie ich mir vorstellen kann – war deine prächtigste Schwanzfeder, *etwas anderes hat sie dir nie bedeutet, Alexander Portnoy*! Wie *du* deine Möglichkeiten vertan hast! Es ist widerlich! Liebe? Bei dir schreibt sich das Wort L-u-s-t! Selbstsüchtige L-u-s-t!» – «Aber ich habe etwas gefühlt – in Vermont …» – «Im Schwanz! Klar!» – «Nein!» – «Jawohl! Das ist die einzige Stelle, an der du *jemals* etwas gefühlt hast! Du Jammerlappen! Du klägliches Bündel aus Ressentiments! Seit der ersten Schulklasse hast du an nichts anderes als an dich gedacht, Herrgottnochmal!» – «Das stimmt nicht!» – «Doch! Doch! Das ist die

Wahrheit, Freund, die ganze Wahrheit! Die leidende Menschheit bedeutet dir einen Scheißdreck! So viel steht bombenfest, mein Lieber, mach dir da bloß nichts vor! Sieh her, rufst du deinem Nächsten zu, sieh her, wo ich mein Ding reinstecke – sieh doch, wen *ich* ficke: ein langbeiniges Mannequin! Ich hab das umsonst, wofür andere 300 Dollar und mehr bezahlen! Jungejunge, wenn *das* kein Triumph ist, wie? Glaub doch nicht, dass dreihundert Eier dich nicht ganz schön kitzeln – weil sie das tun! Bloß: Seht her, wen ich *liebe* – wie steht's damit, Portnoy?» – «Aber lesen Sie denn die ‹New York Times› nicht? Ich habe mein ganzes Leben als Erwachsener damit verbracht, für die Rechte der Schutzlosen einzutreten! Fünf Jahre war ich bei der Bürgerrechts-Vereinigung und habe den guten Kampf gekämpft – praktisch ohne jede Entlohnung. Und davor war's der Kongressausschuss! Ich könnte mit einer eigenen Praxis zwei-, *drei*mal so viel Geld machen, aber ich tue es nicht! Ich tue es nicht! Jetzt bin ich – lesen Sie denn keine Zeitung! – Stellvertretender Vorsitzender für Gleichberechtigung! Und bin dabei, einen Bericht über die Schiebungen im Bauwesen vorzubereiten –» – «Ach, Scheiße! Ein Fotzen-Vorsitzender bist du, sonst gar nichts! Oh, du Wichs-Künstler! Du Paradebeispiel der Entwicklungshemmung! Alles ist eitel, Portnoy, aber du schießt wirklich den Vogel ab! Ein IQ von 158, und alles schnurstracks in den Eimer! Wie äußerst sinnvoll das war, dass du damals die beiden Klassen der Grundschule übersprungen hast, du Dummkopf!» – «*Was?*» – «… und noch dazu das Geld verplempertest, das dein Vater dir ins College schickte – was dem armen Mann schwer genug fiel! Alles Schlechte kommt von den Eltern, nicht wahr, Alex? Was schief geht, daran sind sie schuld – was gelingt, hast du alles aus eigener Kraft geschafft! Du Ignorant mit dem Herzen wie ein Kühlschrank! Warum du an ein Klosett gekettet bist? Ich will es dir sagen: poetische Gerechtigkeit! Damit du bis ans Ende aller Zeiten an deinem Pimmel rumspielen kannst! Wichsen bis in alle Ewigkeit! Los, fang schon an, Vorsitzender, das ist ja doch das Einzige, woran du dein Herz je gehängt hast – dein widerlicher Schwanz!»

Ich komme im Smoking zu ihr, während sie noch unter der Brause ist, die Tür war nicht verschlossen, offenbar damit ich eintreten kann, ohne sie zu stören. Sie wohnt im obersten Stockwerk eines großen, modernen Gebäudes in den East Eighties, und der Gedanke irritiert mich, dass jeder andere, der gerade den Flur entlangging, genauso gut hätte eintreten können. Ich sage ihr das durch den Duschvorhang. Sie legt ihr nasses kleines Gesicht an meine Wange. «Warum sollte das wohl jemand tun?», sagt sie. «All mein Geld ist auf der Bank.»

«Das ist keine befriedigende Antwort», erwidere ich, ziehe mich ins Wohnzimmer zurück und bin bemüht, keinen Ärger in mir aufsteigen zu lassen. Ich bemerke den Zettel auf dem Couchtisch. Welches Kind kann hier gewesen sein? Aber nein, ich bekomme bloß die erste Schriftprobe des Äffchens zu Gesicht. Einen Zettel für die Putzfrau. Obwohl ich auf den ersten Blick annehme, es müsste ein Zettel *von* der Putzfrau sein.

Müsste? Warum müsste? Weil sie mir «gehört»?

Libe Mrs. Brown bitte den Bohden in Bad aufwischen & fergeßen sie nich die Fensteramen mary jane r

Dreimal überlese ich den Satz, und wie es zuweilen mit gewissen Texten geht – jede Durchsicht enthüllt neue Feinheiten, löst neue Assoziationen aus, verheißt Trübsal und Unannehmlichkeiten aller Art, die mir noch bevorstehen. Warum zulassen, dass dieses «Verhältnis» noch mehr Gewicht bekommt? Was hab ich mir denn in Vermont bloß gedacht! Oh, dieses *h* in «Boden» – hier haben wir ein Gemüt von der Tiefe eines Suppentellers! Und «in Bad»! Genau wie eine Prostituierte sich schriftlich fixieren würde! Am hoffnungslosesten jedoch erscheint mir das verstümmelte

«Libe», dieses zärtliche Wort der Zuneigung, das nun aussieht wie die Hälfte von «Libelle». Wie unnatürlich eine Beziehung sein kann! Diese Frau ist unerziehbar und jenseits von gut und böse. Im Vergleich zu ihr spielte meine Kindheit sich dort in Boston ab, wo es am intellektuellsten zugeht. Was haben wir beide miteinander zu schaffen? Nichts!

Die Anrufe, zum Beispiel, ich kann diese Anrufe nicht ertragen! Wie reizend und kindlich hatte es geklungen, als sie mich darauf vorbereitete, sie würde mich immerzu anrufen – aber, welche Überraschung!, es war ihr Ernst! Ich bin in meinem Büro; die mittellosen Eltern eines geistig zurückgebliebenen Kindes berichten mir, dass man ihren Sprössling in einem städtischen Krankenhaus systematisch verhungern lässt. Sie sind zu uns gekommen, statt sich mit ihrer Beschwerde an das Gesundheitsamt zu wenden, da ein erstklassiger Anwalt in der Bronx ihnen gesagt hat, dass ihr Kind offensichtlich ein Opfer der Diskriminierung sei. Ein Anruf beim Chefpsychiater des Krankenhauses ergibt, dass das Kind sich weigert, Nahrung aufzunehmen – es lässt sich das Essen in den Mund schieben, behält es stundenlang drin, weigert sich jedoch zu schlucken. Ich muss diesen Leuten nun sagen, dass weder ihr Kind noch sie selbst das Opfer irgendwelcher Schikanen seien, weder aus dem von ihnen angenommenen Grunde noch überhaupt. Meine Antwort erscheint ihnen doppelzüngig. Sie erscheint *mir* doppelzüngig. Während ich meinem Mitgefühl für ihre missliche Lage Ausdruck verleihe, denke ich, «er würde sein Essen runterschlucken, wenn er *meine* Mutter hätte». Doch nun weigern sie sich, mein Büro zu verlassen, bevor sie «den Bürgermeister» gesprochen haben, wie sie sich zunächst geweigert hatten, das Sozialamt zu verlassen, ehe sie «dem Vorsitzenden» persönlich ihren Fall vortragen konnten. Der Vater sagt, er würde dafür sorgen, dass ich entlassen werde, zusammen mit all den anderen, die Schuld daran tragen, dass ein hilfloses Kind dem Hungertod preisgegeben wird, bloß weil es puertoricanische Eltern hat! «*Es contrario a la ley discriminar contra cualquier persona –*», liest er mir aus dem zweisprachigen Handbuch vor – das *ich* verfasst habe! Und nun schellt das Telefon. Der Puertoricaner brüllt mich auf Spanisch an, meine Mutter bedroht mich im Geist mit einem Messer, und meine Sekretärin lässt mich wissen, dass Miss Reed mich am Telefon zu sprechen wünsche. Zum dritten Mal an diesem Tag.

«Ich hab Sehnsucht nach dir, Arnold», flüstert das Äffchen.

«Ich fürchte, ich bin im Augenblick sehr beschäftigt.»

«Ich liebe dich sehr.»

«Fein, aber könnten wir uns darüber vielleicht später unterhalten?»

«Wie gern ich jetzt deinen schönen langen Schwanz drin hätte –»

«Bye, bye – bis später!»

Was wäre sonst noch an ihr auszusetzen – da wir gerade dabei sind? Sie bewegt die Lippen beim Lesen. Kleinlich? Meinen Sie? Schon mal beim Essen einer Frau gegenübergesessen, mit der Sie angenommenerweise ein Verhältnis haben – einem neunundzwanzig Jahre alten Menschen –, und gesehen, wie ihre Lippen sich bewegen, während sie in der Zeitung die Kinoanzeigen von oben nach unten nach einem Film abgrast, den Sie sich zusammen anschauen könnten? Ich weiß schon, welcher Film wo läuft, bevor sie es mir sagt – vom Lippenlesen! Und die Bücher, die ich ihr bringe, schleppt sie in ihrer Einkaufstasche mit sich rum, von einem Fotoatelier ins andere – um sie zu *lesen*? O nein. Um irgendeinem schwulen Fotografen zu imponieren, um Passanten auf der Straße zu imponieren, *Fremden* – mit ihrer Vielseitigkeit! Sieh dir das Mädchen mit dem prima Arsch an – sie hat 'n *Buch* bei sich! Mit richtigen Wörtern drin! Am Tag nach unserer Rückkehr aus Vermont kaufte ich ihr ein Exemplar von ‹*Lob berühmter Männer*›, schrieb auf eine Karte «Für das umwerfende Mädchen» und ließ es hübsch verpacken, um es ihr am gleichen Abend zu überreichen. «Sag mir, was ich lesen soll, okay?» – dies ihre rührende Bitte an dem Abend, als wir in die Stadt zurückkamen: «… denn warum soll ich doof bleiben, wenn ich, wie du sagst, gar nicht so doof bin?» Das war nun also Agee für den Anfang mit den Fotos von Walker Evans zum leichteren Verständnis; ein Buch, das geeignet schien, ihr ihre eigene frühe Jugend nahe zu bringen, ihre Sicht bezüglich ihrer Herkunft zu erweitern (einer Herkunft, die für den sympathischen, linksgerichteten jungen Juden natürlich weitaus faszinierender war als für das proletarische Mädchen selbst). Wie ernst ich es mit der Zusammenstellung dieser Bücherliste nahm! Junge, würde ich ihren Geist veredeln! Nach dem Agee Adamics ‹Dynamit!›, mein eigenes, vergilbtes College-Exemplar; ich stellte mir vor, wie sie von den von mir unterstrichenen Stellen profitieren würde, lernen würde, Wichtiges von Banalem zu trennen, Verallgemeinerungen und exakte Beispiele entsprechend zu würdigen und so weiter. Darüber hinaus war das Buch so leicht fasslich geschrieben, dass sie sich vielleicht ohne mein Drängen ermutigt fühlen würde, nicht bloß die Abschnitte, auf die ich sie hingewiesen hatte, zu lesen, nicht nur die Stellen, die sich unmittelbar auf ihre eigene Vergangenheit bezogen (wie ich es sah) – Gewalttätigkeit in den Kohledistrikten, beginnend mit den *Molly Maguires;* das Kapitel über die *Wobblies* – sondern die ganze Geschichte der Brutalität und des Terrors, der von der amerikanischen Arbeiterklasse, der sie entstammte, ausgeübt und erlitten wurde. Hat sie nie ein Buch mit dem Titel ‹U. S. A.› gelesen? Also kaufte ich für sie den Dos Passos, die gebundene Ausgabe. Schlicht und verständlich, dachte ich, es muss schlicht und verständlich sein, aber bildend und erzieherisch. Ah, Sie verstehen sicher, was mir da so vorschwebte! Was noch? ‹*Die Seele des Farbigen*› von W. E. B. du Bois. ‹*Die Früchte des Zorns*›. ‹*Eine amerikanische Tragödie*›. Ein Buch von Sherwood Anderson, das ich gern habe, es heißt ‹*Der arme Weiße*› (ich dachte, der Titel könnte ihr Interesse erregen). Baldwins ‹*Schwarz und Weiß oder Was es heißt, ein Amerika-*

ner zu sein». Wie der Kursus hieß? Ach, ich weiß es nicht – Professor Portnoys «Erniedrigte Minderheiten, eine Einführung». Oder: «Zur Geschichte des Hasses in Amerika und seine Auswirkungen». Der Sinn? Die dumme *schickse* zu retten, sie von der Ignoranz ihrer Rasse zu befreien, aus dieser Tochter der hartherzigen Unterdrücker einen Menschen zu machen, der sich bemüht, die tieferen Ursachen der Leiden und der Tyrannei zu ergründen, sie Mitgefühl zu lehren, auf dass auch sie um das Leid dieser Welt ein wenig Herzblut vergieße. Kapiert? Das vollkommene Paar: Sie gibt dem Jidd sein Id wieder, ich dem *goj* sein *oi*.

Wo war ich stehen geblieben? Im Smoking. Hoch zivilisiert im Abendanzug, und «Libe Mrs. Brown» brennt mir immer noch in den Fingern, als das Äffchen erscheint, in dem Kleid, das sie eigens für diesen Anlass gekauft hat. *Welchen* Anlass? Was stellt sie sich vor – dass wir irgendwohin gehen, um einen pornographischen Film (mit ihr in der Hauptrolle) zu drehen? Doktor, der Fummel bedeckt kaum ihren Hintern! Er ist aus einer Art Goldfaden geknüpft, und darunter trägt sie nichts anderes als einen fleischfarbenen Body stocking! Und um diese züchtige Aufmachung zu vervollständigen, hat sie sich eine Perücke à la *Annie, die kleine Waise* aufgestülpt, ein ausladendes Gebilde aus schwarzen Korkenzieherlocken, aus dem ihr törichtes, angemaltes Gesicht hervorlugt. Wie gemein ihr kleiner Mund dadurch wird! Sie stammt *wirklich* aus West-Virginia! Die Tochter des Grubenarbeiters im Neonlicht der Großstadt! «Und in dieser Adjustierung», denke ich, «hat sie vor, mich zum Bürgermeister zu begleiten? Als Nackttänzerin, sozusagen? ‹Liebe›, und *sie* schreibt das mit vier Buchstaben! Und hat in einer ganzen Woche keine zwei Seiten im Agee gelesen! Hat sie sich wenigstens die Bilder angesehen? Ich bezweifle es! Oh, wie verkehrt», denke ich und stopfe mir den Zettel in die Tasche, als Andenken – ich kann ihn morgen für 25 Cent in Kunstharz einbetten lassen – «wie gänzlich verkehrt! Das ist je-

mand, den ich auf der Straße aufgelesen habe! Die mich abgeblasen hat, bevor sie wusste, wie ich heiße! Die einmal in Las Vegas
ihren Hintern verhökert hat, wenn nicht dazu noch sonst wo! Sieh
sie dir bloß an – eine Nutte! Die Nutte des Vorsitzenden der Stellvertretenden Gleichberechtigung! In was für einem Traum lebe
ich? Mit einer solchen Person zusammen zu sein, ist für mich
gänzlich verkehrt! Sinnlos! Kraft- und Charakter-Vergeudung!»

«Okay, Max», sagt das Äffchen im Taxi, «was ist los? Was hast
du?»

«Nichts.»

«Du findest, dass ich grässlich aussehe.»

«Lächerlich.»

«Fahrer – zum nächsten Konfektionsgeschäft!»

«Halt den Mund. Zum Gracie Mansion, bitte.»

«Ich krieg noch eine Strahlenvergiftung – von dem, was von dir
ausgeht.»

«Ein Scheiß geht von mir aus! Ich hab *kein* Wort gesagt.»

«Wenn du diese schwarzen Judenaugen hast, Mann, die sprechen für dich. *Tutti!*»

«Reg dich wieder ab, Äffchen.»

«Das würde ich *dir* raten!»

«Ich bin ganz ruhig!» Doch mein männlicher Vorsatz ist nur
von kürzester Dauer. «Ich bitte dich bloß um eines», sage ich, «sag
nicht Fotze zu Mary Lindsay!»

«*Was?*»

«Du hast richtig gehört. Wenn wir da sind, fang nicht gleich an,
von deiner feuchten Muschi zu reden. Und warte zumindest eine
halbe Stunde, bevor du Big John an den Schwanz fasst, okay?»

Der Fahrer lässt ein Geräusch wie von angezogenen Luftbrem-
sen hören – und das Äffchen wirft sich in einem Wutanfall gegen
die Taxitür. «Ich werde genau das tragen und sagen und tun, was
ich will! Wir leben in einem freien Land, du arroganter jüdischer
Stinker!»

Sie hätten den Blick sehen sollen, den Mr. Manny Schapiro, unser Fahrer, uns zuwarf, als wir ausstiegen. «Reiche Arschlöcher!», brüllt er hinter uns her. «Nazi-Hure!» und fährt los, dass die Reifen rauchen.

Von der Bank aus, auf der wir im Carl-Schurz-Park sitzen, können wir die erleuchteten Fenster des Gracie Mansion sehen; auch die Ankunft der anderen Mitglieder der neuen Stadtverwaltung entgeht mir nicht, während ich ihren Arm streichle, ihre Stirn küsse, ihr sage, sie soll aufhören zu weinen, *ich* bin schuld, ja, ja, ich bin ein arroganter jüdischer Stinker, verzeih, verzeih, verzeih.

«– immer hackst du auf mir rum, immerzu – schon wenn du mich bloß *ansiehst*, Alex! Ich öffne dir abends die Tür, ich *sterbe* vor Sehnsucht nach dir, ich hab den ganzen Tag *nur* an dich gedacht, und schon sind da diese Augen, die danach suchen, was sie an mir aussetzen könnten! Als ob ich nicht gerade schon unsicher genug bin, als ob nicht mein ganzes Leben aus Unsicherheit besteht, und sobald ich den Mund öffne, machst du dieses Gesicht – ich kann dir nicht mal sagen, wie spät es ist, ohne diesen Blick von dir: o Gott, jetzt kommt wieder irgend so 'n Scheiß von dieser hirnlosen Fotze. Ich sage ‹Es ist fünf vor sieben› und du denkst ‹Wie entsetzlich dämlich sie doch ist!›. Aber ich bin nicht hirnlos und auch keine Fotze, bloß weil ich nicht in dem Scheiß-Harvard war! Und erzähl mir nicht noch mehr so 'n Mist, wie ich mich in Gegenwart *der Lindsays zu* benehmen habe. Wer sind denn schon diese Scheiß-*Lindsays*? Ein Bürgermeister und seine Frau! Ein beschissener *Bürgermeister*! Falls du es vergessen hast: *ich war schon mit achtzehn* mit einem der reichsten Männer Frankreichs verheiratet – ich war bei Ali Khan zum Essen eingeladen, als du noch in Newark, New Jersey, hocktest und deinen kleinen Judenmädchen mit dem Finger in der Möse rumbohrtest!»

Hab ich mir *so* eine Liebesaffäre vorgestellt, schluchzte sie verzweifelt. Eine Frau wie eine Aussätzige zu behandeln?

Ich wollte sagen: «Vielleicht ist es keine ‹Liebesaffäre›. Vielleicht ist das Ganze das, was man einen Irrtum nennt. Vielleicht sollten wir uns trennen, ohne einander etwas nachzutragen.» Aber ich tat es nicht! Aus Angst, dass sie sich umbringt! Hatte sie nicht erst vor fünf Minuten versucht, sich aus dem Taxi zu werfen? Also angenommen, ich hätte gesagt: «Pass auf, Äffchen, jetzt ist Schluss mit uns» – was hätte sie davon zurückgehalten, quer durch den Park zu laufen und in den East River zu springen? Doktor, Sie müssen mir glauben: diese Möglichkeit bestand durchaus – deshalb sagte ich nichts. Aber dann lagen ihre Arme um meinen Hals, und sie sagte jede Menge! «Ich liebe dich, Alex! Ich bewundere dich und bete dich an! Du darfst mich nicht schlecht behandeln, ich ertrage es nicht! Weil du der beste Mensch bist, den ich je gekannt habe, ob Mann, ob Frau, ob Kind! Im ganzen Tierreich! O Treffi, du hast ein großes Gehirn und einen großen Schwanz, und ich liebe dich!»

Und dann, auf einer Bank, kaum siebzig Meter von der Residenz der Lindsays entfernt, vergrub sie ihren Perückenkopf in meinem Schoß und fing an, mich zu blasen. «Äffchen, *nicht*», «*nicht*», ich, «*nicht*», während sie hastig den Reißverschluss meiner schwarzen Hose öffnete, «hier sind überall Kriminaler!» – ich meinte die polizeiliche Überwachung vom Gracie Mansion und Umgebung. «Sie werden uns einlochen, wegen Erregung öffentlichen Ärgernisses – Äffchen, die Bullen –», doch sie ließ für einen Augenblick meinen offenen Hosenschlitz sein, wandte mir ihre hungrigen Lippen zu und flüsterte: «Nur in deiner Einbildung» (eine recht spitzfindige Antwort, wenn auch ironisch gemeint), und dann ging's weiter – wie ein pelziges kleines Tier, das eine Zuflucht sucht. Und machte sich zum Herrn über mich, mit ihrem Mund.

Beim Essen hörte ich, wie sie dem Bürgermeister erzählte, dass sie tagsüber als Fotomodell arbeite und bei Hunter Abendkurse besuche. Kein Wort von ihrer Möse, soweit ich feststellen konnte.

Am nächsten Tag ging sie wirklich zu Hunter, und am Abend, als Überraschung, zeigte sie mir das Anmeldeformular, das man ihr im Büro gegeben hatte. Wofür ich sie sehr lobte. Und das sie nie ausfüllte, natürlich – bis auf die Rubrik «Alter»: 29.

Ein Wunschtraum des Äffchens, aus ihrer «Jungmädchenzeit» in Moundsville. Womit ihre Phantasie sich beschäftigte, während andere Lesen und Schreiben lernten: um einen großen, runden Tisch sitzen kerzengerade alle die jungen Männer von West-Virginia, die sich um Aufnahme in West-Point bewerben. Unter dem Tisch kriecht auf allen vieren, nackt, unsere einfältige jugendliche Analphabetin, Mary Jane Reed. Ein West-Point-Colonel, der sich ununterbrochen mit seinem Renommierstöckchen auf die Rückseite klopft, umrundet unermüdlich den Tisch, wobei er die Gesichter der jungen Leute aufmerksam und prüfend betrachtet, während, dem Blick entzogen, Mary Jane ihnen die Hosen öffnet und, der Reihe nach, jeden Kandidaten abbläst. Zur Militärakademie wird derjenige junge Mann zugelassen werden, dem es am besten gelingt, stramme soldatische Haltung zu bewahren, während er abschießt – in Mary Janes gierigen, wissenden kleinen Mund.

Zehn Monate. Nicht zu glauben. Denn in dieser Zeit verging kein Tag (wahrscheinlich keine Stunde), an dem ich mich nicht gefragt hätte: «Warum mit dieser Person weitermachen? Mit dieser missbrauchten Frau, dieser vulgären, zerquälten, sich selbst verabscheuenden, konfusen, sich im Leben nicht zurechtfindenden –» usw. Die Liste war unerschöpflich, und ich repetierte sie unaufhörlich. Und die Erinnerung daran, wie mühelos sie mir, noch dazu auf der Straße, zugefallen war (*der* sexuelle Triumph meines Lebens!), ließ mich vor Widerwillen aufstöhnen. Wieso gebe ich mich bloß immer weiter mit jemand ab, dessen geistiges Niveau, Urteil und Benehmen ich unmöglich respektieren kann? Der täglich Explosionen der Missbilligung in mir provoziert, stündliche Entladungen von Ermahnungen und Verweisen!? Diese ewigen Predigten! Oh, was für ein Schulmeister aus mir wurde. Als sie mir die italienischen Sandalen zum Geburtstag kaufte, zum Beispiel – was für einen Vortrag ich ihr daraufhin hielt!

«Pass auf», sagte ich, nachdem wir glücklich aus dem Laden raus waren, «ein kleiner Rat, deine Einkäufe betreffend: wenn du dich aufmachst, um etwas so Simples zu unternehmen, wie Geld in Ware umzusetzen, ist es nicht unbedingt erforderlich, jedem Mann im Umkreis von fünfhundert Metern mit deiner Möse ins Gesicht zu springen. *Okay?*»

«Mit *was* zu springen? Wer ist wem wohin gesprungen?»

«Du, Mary Jane! Mit deinen so genannten Schamteilen!»

«Ich habe nichts dergleichen getan!»

«Bitte, jedes Mal, wenn du aufstandst, jedes Mal, wenn du dich hinsetztest, wartete ich darauf, dass du mit deiner Möse an der Nase des Verkäufers hängen bleibst.»

«M-ei-n G-ott! Ich werd ja schließlich noch aufstehn und mich hinsetzen dürfen, oder?»

«Aber nicht so, als ob du auf ein Pferd steigst und wieder runter!»

«Also ich weiß nicht, was du schon wieder hast – der war außerdem schwul.»

«Was ich ‹habe›, ist, dass inzwischen mehr Leute die Stelle zwischen deinen Beinen gesehen haben, als allabendlich vorm Fernsehen sitzen! Ich würde das allmählich lassen – du bist ja schließlich auch kein Kind mehr, nicht wahr?» Aber während ich ihr Vorhaltungen mache, sag ich mir: «Ach, hör doch auf, du kleiner Romantiker – wenn du eine Dame willst, statt eines Weibsstücks, dann sieh zu, dass du eine kriegst. Wer hindert dich daran?» Denn in dieser Stadt, wie wir wissen, wimmelt es von Mädchen, die ganz anders sind als Miss Mary Jane Reed: positive, ungebrochene, unverdorbene junge Frauen – an Geist und Körper gesund wie

Milchmädchen. *Ich* muss es wissen, denn das waren ihre Vorgängerinnen – bloß: zu wünschen ließen auch die übrig. Auch *die* waren für mich verkehrt. Spielvogel, glauben Sie mir, ich hab's versucht: ich hab ihre Aufläufe gegessen und mich in ihren Klos rasiert, ich bekam einen zweiten Schlüssel zu ihren Sicherheitsschlössern und ein eigenes Fach im Medizinschränkchen, ich hab sogar mit ihren Katzen Freundschaft geschlossen – die Spinoza und Klytämnestra, Candide und *cat* hießen – ja, ja, gescheite und belesene junge Mädchen, die gerade ihre ersten erfolgreichen geistigen und körperlichen Abenteuer in wohlanständigen Colleges hinter sich hatten, intelligente, sich selbst achtende, selbstsichere junge Frauen mit anständigem Benehmen – Jugendleiterinnen und wissenschaftliche Assistentinnen, Lehrerinnen und Lektorinnen, Mädchen, in deren Gesellschaft ich mich weder schämte noch mir verworfen vorkam, die ich weder zu bemuttern noch zu bevatern, noch zu erziehen, noch zu erlösen hatte. Und auch mit denen hat's nicht geklappt.

Kay Campbell, meine Freundin auf dem Antiochia-College – ist ein vorbildlicherer Mensch denkbar? Ungekünstelt und offen, gutartig, ohne eine Spur von Morbidität oder Egoismus – ein durch und durch anerkennenswertes und wertvolles menschliches Wesen. Was wohl aus diesem Juwel geworden ist? Hallo, Kürbis! Bist du irgendeinem glücklichen Unbeschnittenen eine wunderbare Ehefrau, irgendwo im tiefsten Pennsylvanien? Was denn sonst? Sie gab das ‹Literarische Magazin› heraus, errang sämtliche Auszeichnungen in Englischer Literatur, lief mit mir und meinen empörten Freunden mit Transparenten vor jenem Friseurladen in Yellow Springs auf und ab, in dem sie keine Negerhaare schneiden wollten – ein kräftiges, freundliches, großmütiges, großärschiges Mädchen mit einem lieben Kindergesicht, gelbem Haar, ohne nennenswerte Titten, leider (übrigens scheinen im großen Ganzen flachbrüstige Frauen mein Schicksal zu sein – warum *ist* das so?

Gibt es irgendeine Abhandlung darüber, die ich lesen könnte? Ist das von Wichtigkeit? Oder soll ich fortfahren?). Ah, und dann diese bäuerischen Beine! Und die Bluse, die ihr immer hinten aus'm Rock raushing! Wie dieses lustige Detail mich rührte! Ebenso rührte wie die Tatsache, dass sie mit hohen Absätzen aussah wie eine Katze auf'm Baum, wenn sie nicht runterkann, irgendwie verloren, nicht mehr in ihrem Element, völlig verkehrt. Im Frühjahr immer die erste von den jungen Schönen, die barfuß zur Vorlesung kamen. «Kürbis» nannte ich sie – ihres Teints und ihres ausladenden Hinterteils wegen. Dazu ihre innere Festigkeit: hart wie ein getrockneter Zierkürbis, wenn es um moralische Prinzipien ging, herrlich stur, auf eine Weise, um die ich sie beneidete und die ich nicht umhin konnte zu bewundern.

Sie wurde bei Auseinandersetzungen nie laut. Können Sie sich vorstellen, welchen Eindruck das auf mich als Siebzehnjährigen machte, der gerade aus dem Jack-und-Sophie-Portnoy-Debattierclub ausgetreten war? Wer hatte je von einem solchen Verhalten bei Meinungsverschiedenheiten gehört? Nie setzte sie ihren Widersacher der Lächerlichkeit aus oder verabscheute ihn seiner Ansichten wegen! Aha, *das* also heißt es, ein *gojim*-Kind zu sein, bei der Schulabschlussfeier die Abschiedsrede in Iowa statt in New Jersey gehalten zu haben; ja, das haben die *gojim* für sich, wenn überhaupt etwas! Autorität ohne Gereiztheit. Rechtschaffenheit ohne Eigenlob. Selbstsicherheit ohne Großtuerei oder Herablassung. Doktor, wir wollen fair sein und den *gojim* Gerechtigkeit widerfahren lassen: wenn sie beeindruckend sind, sind sie sehr beeindruckend. So *intakt*! Ja, das war das Faszinierende an ihr – die Festigkeit, die Kernigkeit, mit einem Wort: ihre «Kürbishaftigkeit». Meine unverbogene, ungeschminkte, breithintrige, barfüßige *schickse*, wo steckst du jetzt, Kay-Kay? Mutter von wie vielen? Bist du so richtig rundherum dick geworden? Und wenn schon! Angenommen, du bist inzwischen ein Mehlfass – du *brauchst* einen Schaukasten für deine Persönlichkeit! Eine der Besten im

Mittleren Westen, *warum bloß hielt ich dich nicht fest*? Oh, dazu komme ich noch, keine Sorge, die Selbstzerfleischung ist nie weiter entfernt als ein Gedankensprung. So viel wissen wir mittlerweile. Lassen Sie mich inzwischen ihre gediegene Wesenhaftigkeit ein wenig vermissen. Diese sahnige Haut! dieses unfrisierte, fliegende Haar! und das Anfang der fünfziger Jahre, bevor fließendes Haar Mode wurde! Es war einfach naturhaft, Doktor. Rundliche, stattliche, sonnenbraune Kay! Ich wette, dass ein halbes Dutzend Bälger sich an diese voluminöse Kruppe schmiegt (die so anders war, als die Hand voll harter Mannequin-Hintern des Äffchens!). Ich wette, du bäckst euch euer Brot selbst, nicht wahr? (So wie damals in meinem Apartment in Yellow Springs, an jenem warmen Frühlingsabend, in Halbrock und Büstenhalter, mit Mehl in den Ohren und feuchtem Haaransatz – weißt du noch? Um mir, trotz der Hitze, zu zeigen, wie richtiges Brot schmecken soll? Du hättest mein Herz mit hineinkneten können – so weich war es vor Rührung!) Ich wette, du lebst, wo die Luft noch nicht vergiftet ist und niemand seine Tür verschließt – und machst dir nach wie vor einen Scheißdreck aus Geld oder Besitz. He, ich auch nicht, Kürbis. Bis jetzt hab ich mich mit diesen und ähnlichen Mittelstandsambitionen nicht besudelt. O wunderbar unproportioniertes Mädchen! Weit davon entfernt, ein langbeiniges, gertenschlankes Mannequin zu sein! Sie hatte also keine Titten – na und? Fragil wie ein Schmetterling, was Hals und Oberkörper anging, aber wie ein Bär auf dieser Erde stehend. *Verwurzelt*, das Wort fällt mir dabei ein! Mit ihren Fußballerbeinen fest in der amerikanischen Erde verwurzelt!

Sie hätten Kay Campbell hören sollen, wenn wir, in unserem zweiten Collegejahr, durch Greene County zogen und für Stevenson an den Haustüren schellten. Angesichts der furchteinflößendsten republikanischen Borniertheit, einer Öde und Kargheit des Geistes, die einen um den Verstand bringen konnte, blieb der Kürbis immer ganz Dame. Ich war ein Barbar. Wie leidenschaftslos (oder herablassend, so wirkte es wohl) auch immer ich ansetzte – es endete mit Schwitzen und Wut; ich höhnte und verdammte, drohte diesen grässlich beschränkten Leuten, nannte ihren geliebten Ike einen Analphabeten, einen Vollidioten, politisch und moralisch gesehen – wahrscheinlich habe ich daran, dass Adlai in Ohio so schlecht abschnitt, genauso viel Schuld wie jeder andere. Der Kürbis hingegen schenkte dem Standpunkt der Gegenseite eine so ungeteilte, liebenswürdige Aufmerksamkeit, dass ich manchmal geradezu erwartete, sie würde sich an mich wenden und sagen: «Alex, ich glaube fast, Mr. Yokel hat Recht – es könnte wirklich sein, dass er den Kommunisten zu viel durchgehen lässt.» Aber nein, sobald die letzte Idiotie über die «sozialistischen» und/oder «rot angehauchten» Ideen unseres Kandidaten geäußert, das endgültige Verdammungsurteil über das, was er unter Humor verstand, ausgesprochen worden war, machte der Kürbis sich in aller Form daran, und zwar (ein Ehrfurcht gebietendes Bravourstück) ohne die leiseste Andeutung von Sarkasmus – sie hätte der Schiedsrichter in einem Back-Wettbewerb sein können, so unparteiisch, besonnen und gut gelaunt gab sie sich –, begann der Kürbis, Mr. Yokels faktische und logische Irrtümer richtig zu stellen, ja, sogar die Aufmerksamkeit auf seine schäbige sittlich-moralische Einstellung zu lenken. Unbehindert von der verworrenen Syntax der Apokalypse oder dem ungesitteten Vokabular der Verzweiflung, ohne die schweißfeuchte Oberlippe, die gepresste, nach Luft schnappende Kehle, ohne die Röte des Abscheus auf der Stirn, hätte sie noch ein weiteres halbes Dutzend Leute des Bezirks zu ihren Ansichten bekehren können. Jesus, ja, sie war eine der großen *schicksen*. Von dieser Person hätte ich was lernen können – wenn ich den Rest meines Lebens mit ihr verbracht hätte. Ja, ich hätte – wenn ich belehrbar wäre! Wenn ich aus dieser Besessenheit ausbrechen könnte, aus dieser Besessenheit von Fellatio und Hurerei, von Romantik und Hirngespinsten und Rachegelüsten – heraus aus diesem Teufelskreis, dem Nachjagen von Träumen, heraus aus dieser hoffnungslosen, sinnlosen Treue zu längst Vergangenem.

1950, eben siebzehn und Newark zweieinhalb Monate hinter mir (nun, nicht ganz hinter mir: morgens erwache ich im Schlafsaal, bestürzt über die ungewohnte Decke unter meiner Hand sowie darüber, dass eines «meiner» Fenster verschwunden ist; minutenlang bin ich bedrückt und verwirrt von der unerwarteten Verwandlung, die meine Mutter mit meinem Schlafzimmer vorgenommen hat), unternehme ich die unverhüllt-aufsässigste Tat meines Lebens: statt in meinen ersten College-Ferien nach Hause zu fahren, reise ich mit dem Zug nach Iowa, um Thanksgiving mit dem Kürbis und ihren Eltern zu verbringen. Bis zu diesem September war ich nie weiter westlich gewesen als am Hopatcong-See in New Jersey – jetzt brause ich nach Iowa! Und zwar mit einer Blondine! Einer Christin! Wer ist verblüffter über diese Abtrünnigkeit, meine Familie oder ich selbst? Welcher Wagemut! Oder glich meine Kühnheit bloß der eines Schlafwandlers?

Das weiße Haus mit dem Schindeldach, in dem der Kürbis aufgewachsen war, hätte, den Gefühlen nach, die es in mir erweckte, das Tadsch Mahal sein können. Vielleicht weiß Balboa, was ich empfand, als mein Blick das erste Mal auf die hochgebundene Schaukelbank in der Veranda fiel. *In diesem Hause wurde sie großgezogen. Das Mädchen, das mich ihren Büstenhalter aufknöpfen und sich am Tor ihres Wohnheims von mir abknutschen ließ, ist in diesem weißen Haus aufgewachsen. Hinter diesen* gojischen *Gardinen! Sieh doch, Fensterläden!*

«Daddy, Mutter», sagt der Kürbis, als wir in Davenport aussteigen, «dies ist der Wochenendgast, mein College-Freund, von dem ich euch schrieb –»

«Wochenendgast», «College-Freund» – bin *ich* das? Welcher Zunge bedient sie sich? Ich bin der *bonditt*, der *wantz*, ich bin der Sohn des Versicherungsvertreters. Ich bin Rabbi Warschaus Sendbote! «Wie geht's, Alex?» Worauf ich natürlich antworte: «Vielen Dank.» Wer auch immer während der ersten vierundzwanzig Stunden in Iowa was auch immer zu mir sagt, ich antworte: «Vielen Dank.» Ich sage das auch zu unbelebten Gegenständen. Ich stoße an einen Stuhl, prompt sage ich: «Entschuldigung, vielen Dank.» Ich lasse meine Serviette zu Boden fallen, bücke mich errötend, um sie aufzuheben: «Vielen Dank», höre ich mich zu der Serviette sagen – oder rede ich den Fußboden an? Wie stolz wäre meine Mutter auf ihren kleinen Gentleman! Höflich sogar zum Mobiliar!

Ferner gibt es den Ausdruck «Guten Morgen». Davon hatte ich schon mal gehört, aber diese Redewendung war für mich nie so recht anwendbar gewesen. Wieso auch? Beim Frühstück, zu Hause, bin ich für die anderen Kostgänger «Mister Sauertopf» und «Der Muffel». Doch plötzlich, hier in Iowa, passe ich mich den Einheimischen an und bin zu einem wahren Guten-Morgen-Springquell geworden. Das und nichts anderes bricht in diesem Haus morgens aus jedem heraus – sie spüren die Sonne auf ihren Gesichtern, was offenbar eine Art chemische Reaktion auslöst: Guten Morgen! *Guten* Morgen! Guten *Morgen*!, in einem halben Dutzend verschiedener Klangschattierungen. Als Nächstes beginnen sie, einander zu fragen, ob sie eine «angenehme Nachtruhe» gehabt haben, und *mich* danach zu fragen! Hab ich eine angenehme Nachtruhe gehabt? Ich weiß es gar nicht so recht, ich muss erst nachdenken – die Frage kommt so überraschend. *Habe ich eine angenehme Nachtruhe gehabt?* Aber ja! Ich glaub schon! Und Sie? «Ich hab geschlafen wie ein Klotz», erwidert Mr. Campbell. Und zum ersten Mal in meinem Leben geht mir die volle Bedeutung eines Vergleichs auf. Dieser Mann, Immobilienmakler seines Zeichens und Stadtrat von Davenport, sagt, er habe wie ein Klotz geschlafen, und ich *sehe* einen Klotz vor mir! *Ich* hab's verstanden! Bewegungslos, schwer, *wie ein Klotz*! «Guten *Morgen*», sagt er, und ich verstehe plötzlich, dass das Wort «Morgen», wie er es gebraucht, sich ausschließlich auf die Stunden zwischen acht und zwölf Uhr vormittags bezieht. Ich hatte das noch nie auf diese Weise gesehen. Er möchte gern, dass diese vier Stunden *gut* sind, das heißt erfreulich, zuträglich, mit einem Wort: angenehm! Wir alle wünschen uns gegenseitig vier angenehme, vergnügliche Stunden. Aber das ist ja ganz prima! He, das ist wirklich nett! Guten Morgen! Und das gleiche gilt für «Guten Tag»! Und «Guten Abend»! Und «Gute Nacht»! Mein Gott! Die Sprache ermöglicht also eine *Verständigung*! Ein Gespräch ist nicht bloß ein Kreuzfeuer, in dem man schießt und beschossen wird! Bei dem man sich ducken muss, um sein Leben zu retten, und scharf zielt, um zu töten! Worte sind nicht bloß Kugeln und Granaten – nein, sie sind kleine Geschenke, die einen *Sinn* enthalten!

Moment mal, ich bin noch nicht zu Ende damit – als ob das Erlebnis, dass ich mich innerhalb statt außerhalb dieser *gojischen* Gardinen befinde, nicht überwältigend genug wäre, als ob das unglaubwürdige Abenteuer, dass ich soundso vielen *gojim* immerzu vergnügliche Stunden wünsche, nicht genügend Grund zu Verwirrung böte: um meinen rauschhaften Zustand noch komplexer zu gestalten, gibt es den Namen der Straße, an der das Haus der Campbells steht, der Straße, an der *meine* Freundin aufwuchs! Auf der sie Seil hüpfte! Schlittschuh lief! «Himmel und Hölle» spielte! Rodelte! Während ich, etwa zweitausend Kilometer entfernt, von ihrer Existenz träumte – im gleichen Land, wie es heißt. Der Name der Straße? Nicht Xanadu-Straße, nein, noch eins besser, oh, weitaus absurder: *Ulmenstraße*. Ulmenstraße! Mir ist, verstehen Sie, als habe ich die orangefarbene Senderskala unseres alten Radioapparats durchstoßen und befände mich auf einmal mitten im Hörspiel ‹Familie Smith›. Ulmenstraße. An der Bäume wachsen – und zwar zweifellos Ulmen!

Um ehrlich zu sein, muss ich zugeben, dass ich zunächst nicht imstande war, diese Schlussfolgerungen zu ziehen, als ich am Mittwochabend aus dem Campbell'schen Wagen ausstieg: schließlich habe ich siebzehn Jahre gebraucht, um eine Eiche erkennen zu können, und wenn keine Eicheln darunter liegen, bin ich auch heute noch verloren. Was ich in einer Landschaft als Erstes aufnehme, ist nicht die Flora, glauben Sie mir – es ist die Fauna, die menschliche Antithese – wer fickt und wer gefickt wird. Grünes überlasse ich den Vögeln und Bienen, die haben ihre Sorgen und ich die meinen. Wer weiß bei uns, was da vor unserem Haus aus dem Pflaster herauswächst? Es ist ein Baum – das genügt. Was für ein Baum, ist völlig gleichgültig; wen interessiert das schon, solange er einem nicht auf den Kopf fällt. Im Herbst (oder im Frühling? Kennen Sie sich da aus? Ich bin ziemlich sicher, dass es nicht im Winter ist) fallen länglich-sichelförmige Schoten voller kleiner Kügelchen von seinen Ästen. Okay. Und jetzt kommt ein wissenschaftliches Faktum über unseren Baum, aus dem Mund meiner Mutter, Sophie Linné: Wenn man ein solches Kügelchen durch einen Strohhalm bläst, kann man einem Menschen das Auge damit ausschießen und ihn fürs Leben blind machen. (ALSO TU DAS NIE! NICHT MAL IM SCHERZ! UND WENN IRGENDJEMAND DAS MIT DIR VORHAT, SAGST DU ES MIR SOFORT!) Das waren, im großen Ganzen, meine botanischen Kenntnisse – bis zu jenem Sonntagnachmittag, an dem die Campbells mich zur Bahn bringen und ich meine archimedische Erleuchtung habe: Ulmenstraße … also … *Ulmen*! Wie einfach! Ich meine, man *braucht* keinen IQ von 158, man *muss* kein Genie sein, um einen Sinn in dieser Welt zu entdecken. Es ist wirklich alles so einfach!

Ein denkwürdiges Wochenende in meinem Leben, das sich entwicklungsmäßig dem an die Seite stellen lässt, was die Steinzeit für die Evolution der Menschheit bedeutete. Jedes Mal, wenn Mr. Campbell seine Frau «Mary» nannte, wurde mir siedend heiß. Da saß ich nun und aß von Tellern, die von der Hand einer Frau namens *Mary* berührt worden waren. (Ist das vielleicht ein Anhaltspunkt, warum ich mich so sehr dagegen sträubte, das Äffchen bei ihrem Namen zu nennen – außer, um sie zu züchtigen? Nein?) Bitte, flehe ich im Zug, der gen Westen fährt, es sollen bloß keine Bilder von Jesus Christus bei den Campbells herumhängen! Lass mich dieses Wochenende überstehen, ohne sein klägliches *ponim* sehen oder mich mit jemandem abgeben zu müssen, der ein Kreuz trägt! Wenn die Tanten und Onkel zum Thanksgiving-Essen erscheinen – lass keinen Antisemiten darunter sein! Denn wenn einer von den «aufdringlichen Juden» anfängt oder «Knoblauchfresser» oder «Schacherjude» sagt – der kriegt's mit einem Juden zu tun, dem schlag ich seine Zähne in den Hals! Nein, keine Gewalt (als stecke etwas dergleichen überhaupt in mir), *sie* sollen gewalttätig sein, das ist *ihre* Art. Nein, ich werde mich erheben – und eine Ansprache halten! Ich werde sie demütigen, bis sie sich ihrer vorurteilsbeladenen Herzen schämen! Ich werde über ihren kandierten süßen Kartoffeln die Unabhängigkeitserklärung zitieren! Wer zum Teufel seid ihr, werde ich sie fragen, dass ihr glaubt, ihr hättet Thanksgiving gepachtet!

Dann fragt mich ihr Vater auf dem Bahnsteig: «Wie geht's, junger Mann?», und ich antworte natürlich: «Vielen Dank.» Warum ist *er so* liebenswürdig zu mir? Weil man ihn aufgeklärt hat (wenn ja: soll ich das als Beleidigung oder als Glücksfall betrachten?) oder weil er es noch nicht weiß? Soll ich's ihm also sagen, noch bevor wir uns in den Wagen setzen? Ja, ich muss es tun! Ich kann nicht weiter mit der Lüge leben! «Es ist wirklich reizend, mal bei Ihnen in Davenport zu sein, Mr. und Mrs. Campbell, ich als Jude und überhaupt …» Vielleicht nicht deutlich genug. «Mr. und Mrs. Campbell, ich möchte Ihnen als Freund von Kay und als Jude für Ihre Einladung danken –» Schluss mit der Leisetreterei! Also was dann? Soll ich jiddisch reden? Aber wie? Wo ich doch höchstens fünfundzwanzig Wörter kenne – die Hälfte davon unanständige und der Rest falsch ausgesprochen! Ach, Scheiße, halt's Maul und setz dich in den Wagen. «Vielen Dank, vielen Dank», sage ich, bücke mich nach meinem Koffer, und wir gehen auf den Kombiwagen zu.

Kay und ich setzen uns in den Fond, *mit dem Hund.* Kays Hund! Mit dem sie redet, als sei er ein Mensch! Wau-wau, wie *gojisch!* Wie blöd, mit einem Hund zu reden – bloß: Kay ist nicht blöd! Im Grunde glaube ich nämlich, dass sie klüger ist als ich. Und spricht trotzdem mit einem Hund? «Was Hunde angeht, Mr. und Mrs. Campbell, so sind wir Juden im allgemeinen –» Ach, lass das. Überflüssig. Du vergisst (oder bemühst dich verzweifelt, es zu tun) diesen sprechenden Auswuchs, deine Nase. Von deiner afrojüdischen Kopfzier ganz zu schweigen. Natürlich wissen sie es. Man entrinnt seinem Schicksal nicht, *bubi,* leider, eines Mannes Nasenknorpel ist sein Schicksal. *Aber ich will ihm ja gar nicht entrinnen!* Hübsch gesagt – weil du es gar nicht kannst. *Aber natürlich kann ich – wenn ich wollte!* Du sagtest doch, dass du es nicht willst. *Aber wenn ich wollte!*

Kaum habe ich das Haus betreten, beginne ich (heimlich und ein wenig zu meiner eigenen Überraschung) zu schnuppern: wonach wird es hier riechen? Nach Kartoffelbrei? Nach alten Damen? Nach feuchtem Zement? Ich schnuppere und schnuppere und versuche die Witterung einzufangen. Da! Ist *das* der Christengeruch oder bloß der Hund? Bei allem, was ich sehe, schmecke, berühre, denke ich «*gojisch*»! Am ersten Morgen drücke ich vorsichtshalber einen längeren Strang Pepsodent in den Abfluss des Waschbeckens, statt meine Zahnbürste unter Umständen an die Stelle zu halten, welche Kays Vater oder Mutter mit den Borsten berührt haben, die zur Säuberung ihrer eigenen *gojischen* Kauwerkzeuge dienen. Bei Gott! Die Seife ist noch schaumig von irgendwelchen Händen. Wessen Händen? *Marys?* Soll ich sie einfach nehmen und anfangen, mich zu waschen, oder sollte ich, um ganz sicherzugehen, vielleicht erst ein wenig Wasser drüber laufen lassen? Wieso *sicher?* Du *schmuck,* willst du dir womöglich ein Stück Seife verschaffen, um die Seife damit zu waschen! Ich gehe auf Zehenspitzen zum Klosett und werfe einen Blick in die Schüssel: «Junge, jetzt siehst du zum ersten Mal eine richtige *gojische* Klosettschüssel! Authentisch. Wo hinein der Vater deiner Freundin seine *gojischen* Haufen fallen lässt. Wie gefällt dir das, hm? Ziemlich beeindruckend.» Besessen? Fasziniert!

Als Nächstes habe ich mich zu entscheiden, ob ich Toilettenpapier auf die Brille lege oder nicht. Mit Hygiene hat das nichts zu tun; ich bin sicher, dass hier alles sauber ist, makellos sauber auf diese ganz bestimmte, antiseptische *gojische* Weise. Bloß, was ist, wenn die Brille noch warm ist, von einem Campbell-Hintern – von ihrer Mutter! *Mary!* Auch die Mutter Jesu Christi! Wenn auch nur meiner Familie wegen … vielleicht sollte ich doch ein wenig Papier drauf legen, es kostet nichts, und wer wird es je wissen?

Ich! Ich werde es wissen! Also lasse ich mich nieder – und sie *ist* warm! Ho, siebzehn Jahre alt und schon ärschlings mit dem Feind verbandelt! Weit ist es mit mir gekommen seit September! *An den Wassern von Babel, wehe, saßen wir und weineten, wenn wir an Zion gedachten.* Und *wehe* stimmt! Hier, auf dem Klo, bestürmen mich Zweifel und Reue, ich sehne mich plötzlich von ganzem Herzen nach Hause … Wenn mein Vater hinausfährt, um «richtigen Apfelwein» auf dem Bauernmarkt an der Landstraße nach Union zu kaufen, werde ich ihn nicht begleiten! Und wie können Hannah und Morty am Thanksgiving-Morgen zum Weequahic-Hillside-Baseballmatch gehen, ohne dass ich dabei bin und sie zum Lachen bringe? Jesus, ich hoffe, wir gewinnen (soll heißen, weniger als 21 Punkte verlieren). Zeigt's ihnen, ihr Helden! W-E-E-QUA-QUA-HIC! Bernie, Sidney, Leo, Mick, dreht ihn orntlich einen Strick!

> Ai-ai-ai wir Jidden,
> Keiner kann uns lidden.
> Uns, die Jungs von Weequahic,
> *Kischt uns doch im tuchis,*
> Uns, die Jungs von Weequahic.

Vorwärts – halt die Stellung, *den* für uns, gib ihn'n Saures, los und ran!

Verstehen Sie, ich verpasse die Gelegenheit, auf der Tribüne witzig und schlagfertig zu sein! Mit meiner spitzen, sarkastischen Zunge anzugeben! Und nach dem Spiel versäume ich das traditionelle Thanksgiving-Mahl, zubereitet von meiner Mutter, dem sommersprossigen rothaarigen Abkömmling polnischer Juden! Oh, wie blutleer werden ihre Gesichter sein, welch eine tödliche Stille wird herrschen, wenn meine Mutter den riesigen Schlegel hochhält und ruft: «Hier! Für wen wohl?», und es sich herausstellt, dass der Betreffende fahnenflüchtig ist. Warum habe ich meine Familie im Stich gelassen? Vielleicht sehen wir, wenn wir so um den Tisch sitzen, nicht gerade aus wie ein Gemälde von Norman Rockwell, aber auch wir haben es schön, das können Sie mir ruhig glauben. Unsere Vorfahren sind nicht mit der *Mayflower* ins Land gekommen, kein Indianer hat, soweit wir wissen, je einem Mitglied unserer Familie Maiskorn zu Füßen gelegt – aber riechen Sie mal an dieser Füllung! Und Gläser mit eingemachten Preiselbeeren an *beiden* Enden des Tisches! Und es handelt sich um einen Trut*hahn* – keine Pute! Warum kann ich also nicht glauben, dass Amerika dort ist, wo ich *bin*, statt irgendwo anders, wohin ich eines Tages fahren werde, so wie mein Vater und ich jeden November zu diesem Ackerbürger und seiner Frau in Union, New Jersey, fahren müssen (die *beide* in Overalls stecken), um den «richtigen» Apfelwein für Thanksgiving zu holen.

«Ich fahre nach Iowa», sage ich ihnen in der Telefonzelle auf meiner Etage. – «*Wohin?*» – «Nach Davenport, Iowa.» – «In deinen ersten Ferien?!» – «– ich weiß, aber es ist eine so günstige Gelegenheit, die ich nicht ausschlagen kann –» – «Ge*le*genheit? Wozu?» – «Nun ja, um Thanksgiving mit Bill Campbells Familie zu verbringen –» – «*Wessen* Familie?» – «Campbell. Wie die Suppe. Wir wohnen im gleichen Wohnheim –» Aber sie erwarten mich doch. Alle erwarten sie mich. Morty hat Karten für das Baseballmatch besorgt, und ich rede da von *Gelegenheit*? «Und wer ist das überhaupt – so plötzlich – Campbell?» – «Ein Freund! Bill!» – «Aber», sagt mein Vater, «der *Apfelwein*.» O mein Gott, es ist passiert, und ich hatte mir doch geschworen, es nicht so weit kommen zu lassen! – ich zerfließe in Tränen, das Wort «Apfelwein» hat's geschafft. Der Mann ist ein Naturgenie – er könnte als Groucho Marx gehen und in der Fernsehsendung ‹Das Geheimwort› ein Vermögen machen. Das meine errät er jedenfalls immer wieder! Und gewinnt damit den Jackpot – meine Zerknirschung! «Ich kann jetzt nicht mehr zurück, es tut mir Leid, ich habe zugesagt – wir *fahren*!» – «Fahren? Wie denn, Alex – ich verstehe von all dem kein Wort», schaltet meine Mutter sich ein – «*Womit* fährst du, wenn ich fragen darf, und *wohin*? Sicher in einem Kabriolett – das *auch* noch –» – «NEIN!» – «Und wenn die Straßen vereist sind, Alex –» – «Mutter, wir fahren in einem *Sherman-Panzer*! Okay? *Okay?*» – «Alex», sagt sie streng, «ich hör es dir an, ich weiß, dass du mir nicht die ganze Wahrheit sagst, du wirst per Anhalter im offenen Wagen fahren oder sonst was Verrücktes – siebzehn Jahre, gerade zwei Monate von zu Hause fort, und schon ist er nicht mehr zu bändigen!»

Sechzehn Jahre sind seit diesem Anruf vergangen. Jetzt bin ich mehr als doppelt so alt. Hier, die Tätowierung auf meinem Handgelenk: November 1950, der Monat meiner Unabhängigkeitserklärung. Kinder, die noch nicht geboren waren, als ich aus dem College meine Eltern das erste Mal anrief und ihnen sagte, dass ich nicht nach Hause käme, sind nun in ihrem ersten Collegejahr, nehme ich an – bloß, dass ich meine Eltern immer noch anrufe, um ihnen zu sagen, ich käme nicht! Immer noch muss ich mich meiner Familie erwehren! Was hab ich davon gehabt, diese beiden Klassen der Grundschule zu überspringen und die anderen Schüler zu überflügeln, wenn dies das Resultat ist? Meine so viel versprechende Jugend ist legendär: in allen Schulaufführungen die Hauptrolle! Mit zwölf es mit einem ganzen Frauenverein aufgenommen! Warum also bin ich allein geblieben und habe keine Kinder? Diese Frage ist kein Trugschluss! Beruflich mache ich meinen Weg, das steht fest, aber *privat* – was hab ich da vorzuweisen? Auf dieser Erde sollten Kinder spielen, die mir ähnlich sehen! *Warum nicht?* Warum hat jeder Stinker mit Spiegelglasfenstern und einer eigenen Garage Nachkommenschaft und ich nicht? Das ist absurd! Wenn ich daran denke: das halbe Rennen ist gemacht, und ich stehe immer noch am Start – ich, der ich als Erster die Windeln mit dem Sportdress vertauschte! Ein IQ von 158, und immer noch streite ich mich mit dem Schiedsrichter über die Auslegung der Regeln herum! Diskutiere den Verlauf der Rennstrecke! Stelle die Kompetenz der Rennleitung infrage! Jawohl, «Muffel» stimmt, Mutter! «Sauertopf» trifft's genau, *aufs Haar*! «Mister Hysterikus mit seinen Kollern» – *c'est moi!*

Noch eines dieser Worte, die ich während meiner ganzen Kindheit als typisch «jüdisch» empfand. Koller. «Los, hab du nur deinen Koller», sagte meine Mutter. «Du wirst ja sehen, ob das irgendwas ändert, mein neunmalkluger Sohn.» Und wie ich ihren Rat befolgte! Wie ich mich gegen die Wände ihrer Küche warf! Mister Brausekopf! Mister Heißsporn! Mister Hitzig! Die Namen, die ich mir verdiene! Gott soll schützen, dass jemand dich schief ansieht, Alex, sein Leben ist keine zwei Cent mehr wert! Mister Rechthaber! Griesgram von den sieben Zwergen ist bei uns zu Besuch, Daddy. Ah, Hannah, dein Bruder Stachelfisch beehrt uns heute Abend mit seiner Gegenwart. Wirklich ein Vergnügen, Sie bei uns zu sehen, Mister Stachelfisch. «Gott steh uns bei», seufzt sie, während ich in mein Schlafzimmer stürze, mich aufs Bett werfe und meine Finger in die Zierdecke kralle, «… der Koller ist wieder ausgebrochen.»

Gegen Ende unseres dritten Collegejahres blieb bei Kay eine Periode aus, und wir begannen, und das sogar mit gewissem Eifer und Vergnügen – ohne jede Panik, interessanterweise –, Heiratspläne zu schmieden. Wir würden uns einem jungen Lehrer-Ehepaar, das uns gern mochte, als stets verfügbare Babysitter anbieten; dafür würden sie uns ihre geräumige Mansarde und ein Fach in ihrem Küchenschrank überlassen. Wir würden unsere alten Sachen auftragen und täglich Spaghetti essen. Kay würde Gedichte übers Kinderkriegen schreiben und, wie sie sagte, Semesterarbeiten abtippen, um etwas dazuzuverdienen. Wir hatten unser Stipendium, was brauchten wir mehr? (Außer einer Matratze, ein paar Ziegelsteinen und Brettern für Bücherregale, Kays Dylan-Thomas-Platte und, wenn es so weit war, ein Kinderbettchen.) Wir empfanden uns als verwegene Abenteurer.

Ich sagte: «Und dann wirst du konvertieren, nicht wahr?»

Die Frage war ironisch gemeint, zumindest bildete ich mir das ein. Aber Kay nahm sie ernst. Ganz ohne Feierlichkeit, wohlgemerkt, aber ernst.

Kay Campbell, Davenport, Iowa: «Warum sollte ich so etwas wohl tun?»

Herrliches Mädchen! Wunderbares, freimütiges, aufrichtiges Mädchen! In sich ruhend und zufrieden mit ihrem Leben! Wonach man sich so schmerzlich bei einer Frau sehnt – jetzt weiß ich es. «*Warum sollte ich so etwas wohl tun?*» Und das ohne jede Barschheit oder Abwehr oder Koketterie oder Überlegenheit. Gesunder Menschenverstand, offen und ehrlich.

Bloß, dass in unserem Portnoy die Wut hochschoss, der Koller aus dem Schlaf geweckt wurde. Was soll das heißen, *warum* du so etwas wohl tun solltest? Warum wohl, du blöde *schickse*! Geh, rede mit deinem Hund, frag *ihn*. Frag Spot, was *er* denkt, dieses vierbeinige Genie. «Willst du, dass Kay-Kay Jüdin wird, Spottie – hm, Dicker, hm?» Ich möcht schon wissen, was dich so selbstzufrieden macht, wie? Dass du lange Unterhaltungen mit Hunden führst? Dass du weißt, wie eine Ulme aussieht? Dass dein Vater einen Kombiwagen mit Edelholzverkleidung fährt? Was hast du denn schon groß zu bieten im Leben, Baby – außer deiner Doris-Day-Schnute?

Meine Empörung setzte mich glücklicherweise selbst in einem Maße in Erstaunen, dass ich mich außerstande sah, ihr Ausdruck zu verleihen. Wie konnte ich dort Schmerz verspüren, wo ich überhaupt nicht verletzbar war? Was bedeutete Kay und mir weniger, als erstens Geld und zweitens die Religion? Unser Lieblingsphilosoph war Bertrand Russell. Unsere Religion war die von Dylan Thomas: Wahrheit und Glück! Unsere Kinder würden Atheisten sein. Ich hatte nur einen Scherz gemacht!

Trotzdem sah es so aus, als hätte ich ihr nie verziehen: in den Worten, die dem blinden Alarm folgten, erschien sie mir in unseren Gesprächen höchst langweilig – als wüsste ich immer schon im Voraus, was sie als Nächstes sagen würde – und im Bett etwa so begehrenswert wie eine Speckseite. Und es überraschte mich, wie schwer sie es nahm, als ich ihr endlich sagen musste, dass ich sie wohl nicht mehr gern hätte. Ich war sehr ehrlich, verstehen Sie, so, wie Bertrand Russell das von einem verlangt. «Es tut mir sehr Leid, Kay, aber ich kann mich nicht verstellen – ich möchte dich nicht mehr sehen.» Sie weinte herzzerreißend, sie lief mit dick verschwollenen, geröteten blauen Augen im Campus herum, sie erschien nicht zu den Mahlzeiten und versäumte die Vorlesungen … Und ich war ehrlich erstaunt. Denn die ganze Zeit hatte ich gedacht, ich sei es, der sie liebte. Welche Überraschung, festzustellen, dass es sich genau umgekehrt verhielt.

Ah, zwanzig und seiner Geliebten einen Fußtritt versetzen – diese erste ungetrübte sadistische Sensation! Dazu der Traum von all den Frauen, die noch auf mich warteten. Im Juni kehrte ich nach New Jersey zurück, voller Auftrieb über meine «Stärke», und fragte mich verwundert, wie in aller Welt mich jemand so lange hatte fesseln können, der so landläufig und so dick war.

Ein weiteres *schicksen*-Herz, das ich brach, gehörte dem Pilgrim, Sarah Abbott Maulsby – ihre Stationen: die Internate New Canaan, Foxcroft und anschließend Vassar (wo sie sich als Gefährten, im Stall in Poughkeepsie, jenes andere flachshaarige Prachtexemplar, einen hochbeinigen Falben, hielt). Eine langbeinige, sanfte, liebenswürdige, wohlerzogene Zweiundzwanzigjährige, die das College gerade hinter sich hatte und als Empfangsdame im Amtssitz des Senators von Connecticut beschäftigt war, als wir uns im Herbst 1959 begegneten und zusammentaten.

Ich gehörte zum Untersuchungsausschuss des Kongresses, der sich mit den Quiz-Skandalen im Fernsehen befasste. Das gefundene Fressen für einen heimlichen Sozialisten wie mich: finanzieller Betrug auf nationaler Ebene, Missbrauch des öffentlichen Vertrauens, wohl durchdachte kollektive Rechtsverdrehungen – kurz, die gute alte kapitalistische Habgier. Und dann natürlich, als willkommene Zugabe, Herrn Scharlatan Van Doren. So viel Persönlichkeit, so viel Köpfchen und Lebensart, so viel Freimütigkeit und jungenhafter Charme – das Urbild der *Mayflower*-Mischpoche, meinen Sie nicht auch? Und entpuppt sich als trügerisches Windei. Na, was weißt du *da*von, christliches Amerika? Super *goj* gleich *ganiff*! Stiehlt Geld. Giert nach Geld. Muss Geld haben – um jeden Preis. Ja, um Gottes willen – fast so schlimm wie ein Jude, ihr scheinheiligen Edelmenschen!

O ja, ich war ein recht zufriedenes Jiddelchen, dort in Washington, hatte meine eigene rigorose kleine Kampfgruppe, mit der ich endlich Charlies Ansehen und Unbescholtenheit untergrub, während ich gleichzeitig der Geliebte jener Yankee-Schönheit wurde, deren Vorfahren im 17. Jahrhundert an diesen Gestaden landeten. Ein typisches Beispiel von Hassliebe.

Warum hab ich dieses reizende und schöne junge Mädchen nicht geheiratet? Ich sehe sie noch auf der Besuchergalerie, berückend zart und bleich in einem marineblauen Kleid mit goldenen Knöpfen, wie sie mich mit so viel Stolz, mit solcher Liebe ansah, als ich eines Nachmittags, einen aalglatten Public-Relations-Mann vom Rundfunk in die Zange nahm ... ich machte aber auch gute Figur bei diesem meinem ersten «Auftritt»: kühl, geistesgegenwärtig, beharrlich, nur ganz wenig Herzklopfen – und erst sechsundzwanzig Jahre alt. O ja, wenn ich alle moralischen Trümpfe in der Hand halte, dann seht euch vor, ihr Gauner! Mit mir kann man nicht Schlitten fahren, wenn ich weiß, dass ich vierhundertprozentig im Recht bin.

Warum habe ich das Mädchen nicht geheiratet? Nun, da war zunächst ihr kindlich-alberner Pensionatsjargon. Ich konnte es nicht ertragen. «Kötzeln» für Erbrechen, «angedooft» für dumm, «zum Schreien» für komisch, «plemplem» für verrückt, «klitzeklein» für winzig. Oh, und dann «himmlisch». (Was Mary Jane Reed mit «phantastisch» ausdrücken will – immer sag ich diesen Weibern, wie sie reden sollen, ich, mit meinem fünfhundert Wörter umfassenden New-Jersey-Vokabular.) Dann gab es die Spitznamen ihrer Freundinnen und die Freundinnen als solche! Poody und Pip und Pebble, Shrimp und Brute und Tug, Squeek, Bumpo, Baba – es klingt, sagte ich zu ihr, als ob du mit Donald Duck und seinen Neffen in Vassar gewesen bist … Aber auch meine Ausdrucksweise bereitete ihr einige Leiden. Als ich das erste Mal in ihrer Gegenwart (und in Gegenwart ihrer Freundin Pebble, angetan mit Peter-Pan-Kragen, wollener Strickjacke mit Zopfmuster und rotbraun wie ein Indianer von lauter Tennis im *Chevy Chase Club*) *ficken* sagte, ging ein solcher Ausdruck von Qual über das Gesicht des Pilgrims, als hätte ich ihr dieses Wort soeben ins Fleisch gebrannt. Warum, fragte sie klagend, als wir allein waren, hätte ich denn bloß so «unmanierlich» daherreden müssen? Was für ein Vergnügen könnte ich denn bloß daran haben, so schlechte «Umgangsformen» zu zeigen? Was, um Gottes willen, hätte ich damit «beweisen» wollen? «Warum musstest du so *eklig* sein? Es war wirklich *so* deplatziert.» *Eklig*: der Jungmädchen-Ausdruck für unangenehm.

Im Bett? Keinerlei Eingebungen, keinerlei Akrobatik oder gewagte, gekonnte Bravourstücke; so, wie wir unsere erste Nummer schoben, so machten wir weiter – ich ging zum Angriff über, und sie ergab sich, und die in ihrem Mahagoni-Himmelbett (einem Familienerbstück) erzeugte Hitze war beträchtlich. Das Einzige, was ein wenig aus dem Rahmen fiel, war der bis zum Boden reichende Spiegel an der Badezimmertür. Dort standen wir, Schenkel an Schenkel, und ich flüsterte: «Schau hin, Sarah, schau.» Zunächst war sie befangen und überließ das Hinsehen mir, zunächst war sie sittsam und gab nur nach, weil mir daran lag, aber mit der Zeit entwickelte auch sie eine Art Leidenschaft für den Spiegel, worin sie unsere Vereinigung mit einer gewissen verwunderten Intensität im Blick verfolgte. Sah sie das Gleiche, was ich sah? *Im schwarzen Schamhaar, meine Damen und Herren, hundertsiebzig Pfund schwer, wovon mindestens die Hälfte aus noch unverdautem Halwa und dito geräuchertem Rindfleisch besteht, de*r schnotz *Alexander Portnoy aus Newark, New York! Und seine Kontrahentin, mit blonder Putzwolle, fein gebildeten, glatten Gliedmaßen und dem sanften Gesicht eines Botticelli-Engels, die allgemein beliebte Vertreterin gesellschaftlicher Vorzüge hier im Madison Square Garden – einhundertvierzehn Pfund republikanische Kultiviertheit, mit den kecksten Brustwarzen von ganz Neu-England: Sarah Abbott Maulsby aus New Canaan, Connecticu*t!

Ich will damit sagen, Doktor, dass es meinem Riemen weniger um diese Mädchen geht als um ihren *background*, um ihre Herkunft und ihr Milieu – als könnte ich durch Ficken Amerika entdecken. Amerika *erober*n – vielleicht trifft's das eher. Kolumbus, Captain Smith, Gouverneur Winthrop, General Washington – und nun Portnoy, als sei es mir eindeutig vorherbestimmt, je ein Mädchen aus jedem der achtundvierzig Staaten zu verführen. Was die Frauen aus Alaska und Hawaii betrifft, so gehen mich die weder so noch so etwas an; keine alten Rechnungen zu begleichen, keine Schulden einzutreiben, keine Träume, die beschwichtigt werden müssen – die sind für mich nichts weiter als ein Haufen Eskimoweiber und Orientalinnen. Nein, ich bin ein Kind der vierziger Jahre, ein Kind des Rundfunks und des Zweiten Weltkriegs, für mich bilden acht Teams eine Liga und achtundvierzig Staaten ein Land. Ich kenne die Worte der Marinehymne und die von ‹Caissons Go Rolling Along› – und vom ‹Air Corps Song›. Ich kann den ‹Navy Air Corps Song› mitsingen: «Die Anker hoch …» usw. – Ich könnte Ihnen sogar das Lied der Seabees vorsingen. Los, nennen Sie mir Ihre Waffengattung, Spielvogel, dann sing ich Ihnen *Ihr* Lied vor! Bitte – ist ja für mein Geld. Wir saßen auf unseren Mänteln in den Gängen des Schulkellers auf dem Zementboden, lehnten uns gegen die dicken Mauern und sangen im Chor, um unsere Kampfmoral aufrechtzuerhalten, bis die Entwarnung ertönte – ‹Johnny Zero›. ‹*Lobe Gott und reich mir die Granate*›. ‹*Denn dem Sohne der Kanone sind Kanonen lieb und wert!*› Nennen Sie Ihr Lied, und wenn es das Sternenbanner verherrlicht, kann ich es Wort für Wort auswendig! Ja, ich bin ein Kind der Luftschutzübungen, Doktor, ich erinnere mich an Corregidor und an ‹The Cavalcade of America› und an die herzergreifende Aufrichtung der flatternden Fahne auf dem blutgetränkten Eiland Iwo Jima. Colin Kelly stürzte als lebende Fackel ab, da war ich acht, und Hiroshima und Nagasaki gingen in Sekundenschnelle in Rauch auf, da war ich zwölf, und dies war der eigentliche Inhalt meiner Knabenjahre: vier Jahre Hass auf Tojo, Hitler und Mussolini, und vier Jahre Liebe zu dieser tapferen, zu allem entschlossenen Republik! Verleugnung meines kleinen jüdischen Herzens für unsere Große Amerikanische Demokratie! Nun, wir haben gesiegt, und der Feind ist tot, der Feind in der Wilhelmstraße, und zwar tot darum, weil ich ihn tot*gebetet* habe – und nun will ich dafür das, was mir zusteht. Mein Anspruch als Mitkämpfer: echtes amerikanisches Weiberfleisch! Ich gelobe unverbrüchliche Treue der Möse der Vereinigten Staaten von Amerika und den Städten und Ländern der Republik, die sie repräsentiert: Davenport, Iowa! Dayton, Ohio! Schenectady, New York, dazu das benachbarte Troy! Fort Myers, Florida! New Canaan, Connecticut! Chicago, Illinois! Albert Lea, Minnesota! Portland,

Maine! Moundsville, West Virginia! Süßes Land der *schicksen*-Mösen, dir singe ich!

> Von den Bergen und Prärien
> Zu den Meeren, weiß von (meinem) Schaum
> Gott segne A-me-ri-koohhh
> My home, SWEET HOOOHHH-M!

Stellen Sie sich mal vor, was es für mich bedeutete, zu erfahren, dass Generationen von Maulbys auf dem Friedhof von Newburyport, Massachusetts, begraben lagen, und Generationen von Abbotts in Salem. *Land where my fathers died, land of the Pilgrims' pride …* Genau. Und noch mehr. Hier war ein Mädchen, dessen Mutter es beim Klang des Namens «Eleanor Roosevelt» *schüttelte*. Ein Mädchen, das Wendell Willkie im Jahre 1942 in Hobe Sound, Florida, auf den Knien geschaukelt hatte (während mein Vater an den Hohen Feiertagen für Franklin Delano Roosevelt betete und meine Mutter beim Licht der Schabbes-Kerzen ihren Segen über ihn sprach). Der Senator von Connecticut war in Harvard ein Stubengenosse ihres Vaters gewesen, und ihr Bruder «Paunch», Yale-Absolvent, war an der New Yorker Börse zugelassen und (durfte ich mehr verlangen?) spielte sonntagnachmittags irgendwo in Westchester County Polo (jawohl, ein Spiel, hoch zu Ross!), genau wie während seiner ganzen Collegezeit. Sie hätte eine Lindabury sein können, verstehen Sie? Eine Tochter von meines Vaters Boss! Sie war ein Mädchen, das mit einem Segelboot umzugehen wusste und sich ihren Nachtisch mithilfe eines Silberbestecks einverleibte (ein Stück Kuchen, das man auch in die Hand nehmen konnte … und Sie hätten sie mit Gabel und Löffel hantieren sehen sollen – wie ein Chinese mit seinen Essstäbchen! Was für Fertigkeiten sie sich im fernen Connecticut angeeignet hatte!). Handlungen, die das Exotische, ja, selbst das Verbotene streiften, führte sie mit einer Selbstverständlichkeit aus, als müsste das so sein, und ich war genauso perplex und überwältigt (dazu gäbe es allerdings noch mehr zu sagen) wie Desdemona, als ihr von den Menschenfressern berichtet wurde. Ich stieß in Sarahs Album auf einen Zeitungsausschnitt, eine Spalte mit der Überschrift «Debütantin des Tages», die wie folgt begann: «SARAH ABBOTT MAULSBY – Enten, Wachteln und Fasanen sollten in diesem Herbst lieber einen Bogen um New Canaan schlagen, da Sally, Tochter von Mr. und Mrs. Edward H. Maulsby in Greenley Road, sich auf die Jagdsaison vorbereitet. Die Jagd –» mit einem Gewehr, Doktor –, «die Jagd ist eines ihrer vielen Hobbys. Dazu reitet sie leidenschaftlich gern und will ihr Glück diesen Sommer zum ersten Mal auch mit Wurm und Fliege versuchen –» und jetzt passen Sie auf, diese Mär würde sogar meinen Sohn beeindrucken –, «will ihr Glück mit Wurm und Fliege an einigen Forellen versuchen, die an ‹Windview›, dem Sommersitz der Familie, vorbeischwimmen.»

Aber etwas konnte Sally nicht: mich blasen. Auf eine kleine, quakende Ente schießen – mit einem Gewehr – ist prima, meinen Schwanz in den Mund nehmen, ist nicht drin. Es tue ihr Leid, sagte sie, wenn mich das so treffe, aber es sei etwas, worauf sie keinen Wert lege. Ich solle das nicht als persönliche Beleidigung auffassen, denn es hätte überhaupt nichts mit mir als Mensch zu tun … Ach, wirklich nicht? Alles Scheiße, Kleine! Ja, was mich so in Wut versetzte, war das Gefühl, diskriminiert zu sein. Mein Vater konnte aus genau dem gleichen Grund bei der Boston & Northeastern nicht aufsteigen, aus dem Sally Maulsby sich nicht herabließ, mich zu blasen! Wo blieb in dieser Welt die Gerechtigkeit? Wo blieb die B'nai B'rith, die jüdische Liga gegen Diffamierung! «Ich mach's bei dir», sagte ich. Der Pilgrim zuckte die Achseln; dann sagte sie freundlich: «Aber du musst nicht. Das weißt du doch. Wenn du nicht willst …» – «Ah, aber ich *will* – von ‹müssen› ist gar keine Rede. Ich *will*.» – «Na schön», antwortete sie, «ich nicht.» – «*Aber warum nicht?*» – «Darum nicht.» – Ach, Scheiße, Sarah – so antwortet ein Kind – ‹Warum-Darum›. Nenn mir einen Grund!» – «Ich – ich mach das eben nicht. Sonst gar nichts.» – «Damit sind wir wieder dort, wo wir angefangen haben. *Warum nicht?*» – «Alex, ich kann nicht. Ich kann einfach nicht.» – «Nenne mir doch einen einzigen vernünftigen Grund!» – «Bitte», erwiderte sie, im Bewusstsein ihrer Rechte, «ich glaube nicht, dass ich dazu verpflichtet bin.»

Nein, sie war nicht dazu verpflichtet – außerdem erübrigte es sich, da ich die Antwort ohnehin wusste: *Weil du nicht weißt, wie man gegen den Wind kreuzt oder was ein Stagsegel ist, weil du nie einen Abendanzug besessen hast und nie zu einem Kotillon gewesen bist* ... O ja, wenn ich irgend so’n großer blonder *goj* wäre, in einem roten Reitdress, mit Hundert-Dollar-Reitstiefeln ... keine Sorge, sie *würde* mich blasen, da bin ich ganz sicher!

Ich irrte mich. Drei Monate verbrachte ich damit, ihren Hinterkopf unter Druck zu setzen (was einen überraschend kräftigen Gegendruck zur Folge hatte; eine imponierende, ja sogar rührende Demonstration von Starrsinn bei einer so sanften, umgänglichen Person), drei Monate lang bestürmte ich sie mit Argumenten aller Art und zog sie jede Nacht an den Ohren. Dann lud sie mich eines Abends zu einem Konzert ein – das Budapester Streichquartett spielte Mozart in der Kongress-Bibliothek; während des letzten Satzes des Klarinetten-Quintetts nahm sie meine Hand, und ihr Gesicht leuchtete. Als wir, wieder in ihrem Apartment, ins Bett gingen, sagte Sally: «Alex ... ich tu’s.» – «Was tust du?» Aber sie war bereits verschwunden, unter der Decke verschwunden – und blies mich! Das heißt: sie nahm meinen Schwanz in den Mund und behielt ihn etwa eine Minute drin, hielt mein verblüfftes kleines Ding im Mund, Doktor, wie ein Fieberthermometer. Ich warf die Decke zurück – das musste ich sehen! Zu spüren gab’s nicht allzu viel, aber der Anblick! Bloß, das Unternehmen schien bereits abgeschlossen. Sie hatte ihn inzwischen zur Seite geschoben – als sei er der Schalthebel ihres Hill-

man-Minx –, und er lag nun an ihrer Wange, auf denen ich Tränen sah.

«Ich hab's getan», verkündete sie.

«Sally … Sarah … weine nicht.»

«Aber ich hab's getan, Alex.»

«… ja, aber …», sagte ich, «war das alles?»

«Du meinst … noch mehr?», fragte sie, schwer atmend.

«Also … ehrlich gesagt: ein bisschen mehr – um ganz offen zu
sein … ich hätte nichts dagegen, wenn –»

«Aber er wird immer dicker. Ich werd dran ersticken.»
JUDE ERSTICKT DEBÜTANTIN MIT SEINEM
SCHWANZ, Opfer Vassar-Absolventin; jüdischer Rechtsanwalt
festgenommen.

«Wenn du durchatmest, nicht.»

«Doch, ich werd ersticken –»

«Sarah, das beste Mittel gegen Sauerstoffmangel ist Atmen. Du
musst durchatmen, damit hat sich's. Mehr oder weniger.»

Gott segne sie – sie gab sich alle Mühe. Tauchte jedoch bald
wieder auf und würgte. «Ich hab's ja gesagt», stöhnte sie.

«Aber du hast nicht durchgeatmet.»

«*Da*mit im Mund kann ich nicht atmen.»

«Durch die Nase. Stell dir vor, dass du schwimmst.»

«Aber ich *schwimme* doch nicht.»

«STELL ES DIR VOR!» Jedoch, obwohl sie es tapfer noch einmal versuchte – Sekunden später war sie wieder oben, in einem
Paroxysmus von Husten und Tränen. Ich nahm sie in die Arme
(dieses reizende, willfährige Mädchen! Von Wolfgang Amadeus
dazu gebracht, Alex zu blasen! Oh, süß wie Natascha in ‹*Krieg und
Frieden*›! Eine zärtliche junge Komtesse!). Ich wiegte sie in meinen Armen, ich neckte sie, ich brachte sie zum Lachen, zum ersten
Mal sagte ich: «Ich liebe dich auch, mein Baby», aber natürlich
war es mir völlig klar, dass trotz ihrer vielen Qualitäten und Reize
– ihrer Ergebenheit, ihrer Schönheit, ihrer rehhaften Grazie, trotz

234

des Platzes, den sie in der Geschichte Amerikas einnahm – bei mir in diesem Falle von «Liebe» nie die Rede sein konnte. Intolerant gegen ihre Schwächen, eifersüchtig auf ihren gesellschaftlichen Status, ressentimentgeladen gegen ihre Familie. Es blieb nicht allzu viel Platz für Liebe übrig.

Nein, Sally Maulsby war letzten Endes nichts anderes als eine kleine Aufmerksamkeit, die ein Sohn seinem Vater erwies. Eine kleine Rache an Mr. Lindabury, für alle jene Abende und Sonntage, die Jack Portnoy mit Geldeintreiben im Negerviertel verbrachte. Ein kleiner Bonus, der Boston & Northeastern abgerungen – für all die Jahre harten Dienstes und der Ausbeutung.

Im Exil

Sonntagmorgens, wenn es warm genug ist, spielen zwanzig Männer aus der Nachbarschaft *softball*, und zwar sieben *innings*; sie fangen um neun Uhr an und hören etwa um ein Uhr mittags auf, und der Einsatz für jedes Spiel beträgt einen Dollar pro Nase. Den Schiedsrichter macht unser Zahnarzt, der alte Dr. Wolfenberg, unser College-Absolvent – er hat zwar nur Abendkurse in der High Street besucht, aber für uns ist das so gut wie Oxford. Unter den Spielern ist unser Fleischer, sein Zwillingsbruder, der Installateur, der Kolonialwarenhändler, der Besitzer der Tankstelle, wo mein Vater sein Benzin tankt – alle im Alter zwischen dreißig und fünfzig, aber für mich sind sie nicht die verschiedenen Vertreter ihres Alters, sondern bloß «die Männer». Während sie sich zum Schlagen bereitmachen, ja sogar in der endgültigen Schlägerposition, kauen sie auf durchweichten Zigarrenstummeln herum. Keine Knaben, verstehen Sie, sondern Männer. Bäuche! Muskeln! Unterarme, schwarz von Haaren! Kahle Schädel! Und dann die Stimmen, die sie an sich haben – wahre Böllerschüsse, die noch auf den Eingangsstufen unseres Hauses zu hören sind, einen Block weit entfernt. Ich stelle mir vor, dass sie Stimmbänder haben, so dick wie Wäscheleinen! Lungen wie Zeppeline! Niemand braucht ihnen zu sagen, sie sollen aufhören zu murmeln und laut und deutlich reden, das nie! Und was für unglaubliche Dinge sie von sich geben! Das Gerede im Innenfeld ist kein gewöhnliches Gerede, es ist *kibbitzing*, ein Durcheinander von Witzen und gut oder weniger gut gemeinten Ratschlägen und (für den kleinen Jungen, der gerade erst anfängt, die Kunst des Lächerlichmachens zu erlernen) höchst vergnüglich, besonders die Schimpfkanonaden, die der Mann von sich gibt, den mein Vater den «verrückten

Russen» getauft hat, Biderman, Besitzer des Süßwarenladens (und Wettbüros) an der Ecke, der eine merkwürdig zögernde Art hat, den Ball mit verdrehtem Oberkörper zu werfen, die nicht nur sehr komisch, sondern dazu auch höchst erfolgreich ist. «Abrakadabra», sagt er und macht seinen halsbrecherischen Wurf. Und immer gibt er's dem Dr. Wolfenberg. «Ein blinder Schiedsrichter, okay, aber ein blinder Zahnarzt?» Die Vorstellung veranlasst ihn, sich mit seinem Handschuh an die Stirn zu schlagen. «Spiel schon, du Komiker», ruft Dr. Wolfenberg, ganz Connie Mack in seinen zweifarbigen, perforierten Schuhen, den Panama auf dem Kopf, «halten Sie das Spiel nicht auf, Biderman, oder Sie werden wegen Beleidigung rausgeschmissen –!» – «Aber wie lernen Sie denn bloß was in Ihrer Zahnarztschule, Doc – in Blindenschrift?»

Unterdessen kommen vom Außenfeld die Scherze eines Mannes herübergeflogen, der eher einer Zementmischtrommel gleicht als einem Homo sapiens, des Königs der Lebensmittelhändler, Allie Sokolow. *Der* hat vielleicht eine Schnauze! (Wie meine Mutter sich ausdrücken würde.) Ein halbes *inning* lang sind seine Schmähungen am Schlagmal zu hören, und dann, wenn sein Team dran ist, pflanzt er sich in der Trainerbox beim ersten Mal auf, und das Gleiche wiederholt sich ohne Punkt und Komma in umgekehrter Richtung – und nichts davon hat auch nur das Geringste mit irgendwelchen Zwischenfällen auf dem Spielfeld zu tun. Ganz im Gegenteil. Wenn mein Vater am Sonntagmorgen nicht geschäftlich unterwegs ist, kommt er vorbei, um mit mir zusammen ein paar *innings* zuzusehen; er kennt Allie Sokolow, wie auch viele der anderen Spieler, da sie alle im gleichen Stadtteil aufwuchsen, bevor er meiner Mutter begegnete und nach Jersey City zog. Er sagt, dass Allie schon immer so war, «ein richtiger Clown». Wenn Allie mit Volldampf aufs zweite Mal zustürmt, und dabei all das unsinnige Zeug in Richtung Schlagmal aus sich herausbrüllt (wo bis jetzt nicht einmal ein *hitter zu* sehen ist, bloß Dr. Wolfenberg, der den Platz mit einem kleinen Besen, den er immer eigens dazu mitbringt, sauber fegt), könnten die Leute auf den Tribünen nicht entzückter sein: sie lachen, sie applaudieren, sie rufen ihm zu: «Gib's ihm, Allie! Zeig ihm, was 'ne Harke ist, Sokow!» Und unweigerlich hält Dr. Wolfenberg, der sich selbst ein wenig ernster nimmt als Amateure sonst (und obendrein *deutscher* Jude ist), die Hand hoch, stoppt das Spiel, das ohnehin dank Sokolow bereits im Eimer ist, und sagt zu Biderman: «Würden Sie dafür sorgen, dass dieser Meschuggene wieder ins Außenfeld kommt, wo er hingehört?»

Das ist tatsächlich eine richtig liebenswerte Bande, kann ich Ihnen sagen! Ich sitze auf der hölzernen Tribüne in der Nähe des ersten Schlagmals, atme, die Nase an meinem Baseballhandschuh, den säuerlichen Frühlingsgeruch ein – Schweiß, Leder, Vaseline – und lach mich halb tot. Ich kann mir nicht vorstellen, mein Leben woanders zu verbringen als hier. Warum weggehen, warum diesen Ort verlassen, wenn ich hier alles habe, was ich je vom Leben verlangen werde? Das Sich-gegenseitig-auf-die-Schippe-Nehmen, das Witzereißen, das So-tun-als-ob – alles, was man sich nur wünschen kann, wenn man gern lacht! Wie gut mir das gefällt! Dabei ist es ihnen im Grunde *todernst damit*. Sie sollten sie nach Spielende sehen, wenn der erwähnte Dollar seinen Besitzer wechselt. Keiner soll *mir* erzählen, dass es ihnen nicht todernst damit ist! Verlieren und gewinnen ist kein Spaß – und doch ist es einer! Und das besticht mich am allermeisten daran. Wie verbissen sie auch um den Sieg gerungen haben, sie können es nicht lassen, sich dabei wie Clowns aufzuführen. Eine Schau abzuziehen. Wie ich mich darauf freue, zum jüdischen Mann heranzuwachsen! Für immer in Weequahic zu leben und auf der Chancellor Avenue sonntagmorgens von neun bis eins *softball zu* spielen – als perfekte Mischung von Clown und ehrgeizigem Spieler, von schwadronierendem Klugschwätzer und gefürchtetem *hitter* von Steilpässen.

Wo fällt mir all das ein – und wann? Über dem Flughafen von Tel Aviv – während Flugkapitän Meyerson zur Landung ansetzt.

Ich drücke die Nase ans Fenster. *Ja, ich könnte untertauchen, glaube ich, meinen Namen ändern, und keiner würde je wieder etwas von mir hören* – dann zieht Meyerson die Maschine in eine Kurve, der linke Flügel neigt sich, und ich sehe zum ersten Mal auf den asiatischen Kontinent hinunter, sehe aus sechstausend Meter Höhe auf das Land der Verheißung, Israel, hinunter, aus dessen Schoß das jüdische Volk hervorging – und mich lässt die Erinnerung an die sonntäglichen *softball*-Spiele in Newark nicht los.

Das ältere, neben mir sitzende Paar (die Solomons, Edna und Felix), das mir während einer Stunde Flugzeit alles über seine Kinder und Großkinder in Cincinnati erzählt hat (natürlich unter Zuhilfenahme einer ganzen Brieftasche voller Fotos), sieht sich nun viel sagend an und nickt in schweigender Befriedigung, ja, sie geben sogar zwei weiteren Leuten auf der anderen Seite des Ganges ein Zeichen, den Perls, Sylvia und Bernie, aus Mount Vernon, die sie gerade kennen gelernt haben, und auch diese beiden gehen auf wie Hefeklöße beim Anblick eines hoch gewachsenen, gut aussehenden jungen jüdischen Rechtsanwalts (dazu unverheiratet! Eine Partie für irgendjemandes Tochter!), der plötzlich, kurz vor dem Aufsetzen auf einer israelischen Landepiste, zu weinen beginnt. Doch der Grund meiner Tränen ist nicht, wie die Solomons und Perls es gern sähen, der erste flüchtige Anblick der «Heimat» – Eindrücke, die den Mann aus dem Exil bedrängen –, sondern die Stimme eines neunjährigen Knaben in meinem Ohr – *meine Stimme.* Ich mit neun Jahren. Ganz sicher ein übelnehmerischer Miesepeter, ein Widerspruchsgeist und *kwetsch*, dessen Fistelstimme nie jenes gewissen enervierenden, weinerlichen Untertons ständiger Unzufriedenheit und Verbitterung entbehrt («Als ob», sagte meine Mutter, «die Welt ihm was schuldig wäre – mit neun Jahren»), aber auch, nicht zu vergessen, einer, der gern lacht und neckt (ein Enthusiast! Ein Romantiker! Dazu ein Talent, Leute zu imitieren)! Ein neunjähriger glühender Liebhaber des Lebens, von unschuldigen Wünschen und Sehnsüchten geschüttelt! «Ich geh auf den Spielplatz», rufe ich in die Küche, Fasern von rosafarbenem, geräuchertem Lachs zwischen den Zähnen, «ich geh auf den Spielplatz, Ma», wobei ich mit meiner kleinen, nach Fisch riechenden Faust auf meinen Baseballhandschuh schlage, «um eins rum bin ich wieder da –» – «*Warte* – wann? Wohin?» – «*Auf den Spielplatz*», brülle ich – ich brülle mit Vorliebe, um mich verständlich zu machen, es ist, als wäre man böse, ohne die damit verbundenen Konsequenzen –, «*den Männern zuzusehen!*»

Und das ist der Satz, der es schafft, während wir in *Eretz Yisroel* landen: den Männern zusehen.

Weil ich diese Männer liebe! Ich möchte einmal einer von diesen Männern sein! Um ein Uhr, nach einundzwanzig *softball innings*, zum Sonntagsmahl nach Hause gehen, mit feuchten, scharf riechenden Socken, entsprechend verschwitzter Unterwäsche, und einem leisen Pochen des Bizeps meines rechten Armes, von all den prächtigen Würfen, die ich, um den Gegner in Schach zu halten, den ganzen Vormittag über ausführte; ja: verwühlte Haare, Sand zwischen den Zähnen, schmerzende Füße vom Rennen und schmerzende *kischkas* vom Lachen, mit anderen Worten: ein kräftiger, nun wunderbar erschöpfter, ausgepumpter jüdischer Mann – ich beeile mich, nach Hause zu kommen, um wieder Mensch zu werden … und zu wem? Zu *meiner* Frau und *meinen* Kindern, zu meiner eigenen Familie, hier, in Weequahic! Ich rasiere mich und brause – Ströme von Wasser rinnen als schmutzig-bräunliche Brühe an mir herunter, ah, das tut gut, ah, ja, welche Wonne, hier zu stehen und mich mit heißem Wasser fast zu Tode zu bringen. Es kommt mir so *männlich* vor, was den Schmerz zum Vergnügen macht. Dann in ein paar knisternde *slacks* und ein «Gaucho»-Hemd, frisch aus der Reinigung – *perfecto!* Ich pfeife einen Schlager, bewundere meinen Bizeps, ich bearbeite mit beiden Händen meine Schuhe mit einem Lappen, dass es nur so knallt, während meine Kinder die Sonntagsblätter durcheinander bringen, darin lesen (mit Augen, deren Farbe aufs Haar meiner Augenfarbe gleicht) und sich vor Lachen auf dem Wohnzimmerteppich wälzen. Meine Frau, Mrs. Alexander Portnoy, deckt den Tisch im Esszimmer – wir erwarten meine Mutter und meinen Vater zum Essen; sie werden in den nächsten Minuten eintreffen wie jeden Sonntag. Eine Zukunft, verstehen Sie! Eine schlichte und befriedigende Zukunft. Erschöpfend-anregendes *softball*-Spiel am Vormittag, am Nachmittag die herzhafte Hausmannskost des Familienlebens und abends drei geschlagene Stunden der besten Rundfunk-Unterhaltung der Welt: Ja, wie mich, in Gesellschaft *meines* Vaters, die Ausflüge des Geizkragens Jack Benny in sein Schatzgewölbe entzückten und Fred Allens Unterhaltungen mit Mrs. Nußbaum und die von Phil Harris mit Frankie Remley, so sollen auch meine Kinder sie mit mir zusammen genießen, und immer so weiter bis ins hundertste Glied. Und dann, nach Kenny Baker, drehe ich den Schlüssel in der Vorder- und in der Hintertür zweimal herum, mache überall das Licht aus (und vergewissere mich – und zwar nicht einmal, sondern zweimal, wie mein Vater –, dass der Haupthahn am Gasherd geschlossen ist, damit uns über Nacht nicht unser Leben gestohlen wird). Ich gebe meiner hübschen, schläfrigen Tochter und meinem blitzgescheiten, schläfrigen Sohn einen Gutenachtkuss und stille in Mrs. Portnoys Armen, in den Armen dieser lieben und sanften Frau (die in meiner zwar rosaroten, jedoch nicht allzu anspruchsvollen Phantasie kein Gesicht hat) meine aufgestaute Glut. Am Morgen mache ich mich auf, in die Innenstadt von Newark, begebe mich ins Essex-County-Gerichtsgebäude, wo ich meinen Arbeitstag damit verbringe, Recht und Gerechtigkeit für die Armen und Unterdrückten zu erstreiten.

Die achte Klasse besichtigt das Gerichtsgebäude, der Architektur wegen. Zu Hause, in meinem Zimmer, schreibe ich an diesem Abend in mein neues Stammbuch, das ich zur Versetzung bekommen habe, unter DEIN WAHLSPRUCH? «Du darfst den Unterlegenen nicht auch noch treten», unter DEIN LIEBLINGS-

BERUF? «Rechtsanwalt», unter DEIN LIEBLINGSHELD? «Thomas Paine und Abraham Lincoln». Lincoln sitzt vor dem Gerichtsgebäude (ein Bronze, ein Werk von Gutzon Borglum) und sieht tragisch und väterlich aus: man weiß sofort, was für Sorgen er sich macht. Ein Denkmal von Washington, der aufrecht und autoritär vor seinem Pferd steht, überblickt die Broad Street; es ist eine Arbeit J. Massey Rhinds (diesen ausgefallenen Namen eines Bildhauers schreiben wir in unsere Notizbücher); unser Kunstgeschichtslehrer sagt, dass die beiden Standbilder «der Stolz der Stadt» seien, und wir streben paarweise den Gemälden im Newark-Museum zu. Washington, muss ich gestehen, lässt mich kalt. Vielleicht ist es das Pferd, dass er sich an ein Pferd lehnt. Auf jeden Fall ist er so offensichtlich ein *goj*. Aber Lincoln! Ich könnte weinen. Wie er dasitzt, so *oisgemitschet*. Wie er für die Unterdrückten geschuftet hat – was auch ich tun will!

Ein netter, anständiger kleiner jüdischer Junge? Bitte, ich bin der netteste, anständigste kleine jüdische Junge, den es je gab! Denken Sie doch bloß an die Ideale, die mir vorschweben – wie edel und selbstlos das alles ist! Dankbarkeit meinen Eltern gegenüber, Treue zu meinem Volk, Hingabe an die Sache der Gerechtigkeit!

Und? Was stimmte daran nicht? Harte Arbeit in einem idealistischen Beruf, Spiele, die ohne Fanatismus oder Gewalttätigkeit gespielt werden, lachend und mit gleich gesinnten Menschen, Versöhnlichkeit und Liebe innerhalb der Familie. An all das zu glauben – was war daran so falsch? Was ist aus dem so richtigen Gefühl für die Dinge geworden, das ich mit neun, zehn, elf Jahren hatte? Wie ist es dazu gekommen, dass ich in dieser Weise zu meinem eigenen Feind und Schinder geworden bin? Und so einsam! Oh, *so* einsam! Immer nur *ich*! Eingeschlossen in *mir*! Ja, ich muss mich fragen (während das Flugzeug mich – wie ich glaube – von meinem Peiniger davonträgt), was aus meinen Absichten, aus jenen ehrbaren und lohnenden Zielen, geworden ist? Ein Heim? Ich habe keines. Familie? Nein! Dinge, die ich ohne weiteres haben könnte – ich brauchte nur mit den Fingern zu schnippen … also warum tu ich's nicht und mache etwas aus meinem Leben? Nein, statt meine Kinder ins Bett zu packen und mich neben einer treuen Gattin (der auch ich treu bin) zur Ruhe zu legen, bin ich an zwei aufeinander folgenden Abenden mit einer dicken italienischen Hure und einem mehr oder weniger analphabetischen, halb verrückten amerikanischen Mannequin ins Bett gegangen – als «Doppeldecker», wie sie in den Bordellen sagen. Und das ist nicht mal das, was ich mir unter einem Vergnügen vorstelle, verdammtnochmal! Was dann? Ich sagte es schon! Und meinte es auch so: zu Hause, zusammen mit meinen Kindern, Jack Benny zuzuhören! Intelligente, mir zugetane, kräftige Kinder großzuziehen! Eine gute Frau zu beschützen! Würde! Gesundheit! Liebe! Fleiß! Erkenntnisvermögen! Vertrauen! Anstand! Frohsinn! Mitgefühl! Was zum Teufel mach ich mir aus «raffiniertem» Sex? Wieso komme ich von etwas so Alltäglichem, so *Albernem* wie Mösen nicht los? Wie absurd, dass ich mir nun auch noch eine Krankheit geholt habe! In meinem Alter! Denn ich bin ganz sicher: ich habe mir irgendwas bei dieser Lina geholt! Es kann sich nur um Tage handeln, bis der Schanker ausbricht. Aber ich werde es nicht abwarten, ich kann es nicht: das Erste in Tel Aviv ist ein Arzt, bevor der Schanker *oder* die Blindheit einsetzt!

Bloß, was ist mit dem toten Mädchen dort im Hotel? Denn mittlerweile wird sie es ausgeführt haben, ganz bestimmt. In Unterhosen vom Balkon gesprungen. Ins Wasser gegangen und sich ertränkt, im winzigsten Bikini der Welt. Nein, sie wird den Schierlingsbecher leeren, im mondgesprenkelten Schatten der Akropolis – in ihrem Abendkleid von Balenciaga –! Diese hohlköpfige, exhibitionistische, selbstmörderische Punze! Keine Sorge, wenn sie's tut, wird's fotogen sein – das Ganze wird aussehen wie eine Reklame für Damenwäsche! Wie immer wird sie in der Sonntagsbeilage erscheinen – bloß dieses Mal als Leiche. Ich muss umkehren, ehe ich diesen lächerlichen Selbstmord für immer auf dem Gewissen habe! Ich hätte Harpo anrufen sollen! Daran hab ich überhaupt nicht gedacht – ich rannte bloß um *mein* Leben. Sie an irgendein Telefon zerren sollen, damit sie mit ihrem Arzt redet. Aber hätte er mit ihr geredet? Ich bezweifle es! Dieser stumme Scheißkerl, er *muß* reden, bevor sie ihre nicht rückgängig zu machende Rache nimmt! FOTOMODELL SCHNEIDET SICH IM AMPHITHEATER DIE KEHLE DURCH; ‹*Medea*›-Aufführung durch Selbstmord unterbrochen ... Und sie werden veröffentlichen, was auf dem Zettel steht, den sie sich, in einem Fläschchen, vorher in die Möse gestopft hat. «Alexander Portnoy ist schuld. Er zwang mich, mit einer Hure zu schlafen, und wollte mich dann nicht mehr zum Altar führen. Mary Jane Reed.» Ein Segen, dass die Idiotin nicht orthographisch schreiben kann. Für all diese Griechen wird's Spanisch sein! *Hoffent*lich!

Ich laufe davon! Bin sozusagen im Fluge auf der Flucht – und wovor? Vor jemand, der mich wieder mal als Heiligen will! Der ich nicht bin! Und nicht sein und nicht werden will! Nein, mir irgendwelche Schuld zuzuschieben, ist einfach nur *komisch*! Ich will *nichts* davon hören! Wenn sie sich umbringt – aber das ist es nicht, was sie vorhat. Nein, es wird viel schlimmer kommen: sie wird den Bürgermeister anrufen! Und deshalb renne ich! Aber das würde sie nicht tun. Das *würde* sie tun. Sie *wird* es tun! Hat es höchstwahrscheinlich bereits getan. Was sagte sie? *Ich werde dich bloßstellen, Alex. Ich werde ein Ferngespräch mit John Lindsay führen. Ich ruf Jimmy Breslin an.* Sie ist verrückt genug, das zu tun! Breslin, diesen Polizeihund! Diesen Nachtwächter von einem Wachtmeister! O Jesus, dann lass sie lieber tot sein! Spring, du saudummes, destruktives Stück – besser du als ich! Klar, was mir jetzt gerade noch fehlt, ist, dass sie anfängt herumzutelefonieren, reihum die Nachrichtenagenturen anruft: ich sehe meinen Vater, wie er nach dem Essen bis zur Ecke geht, die ‹*Newark News*› in die Hand nimmt – und da! Zu guter Letzt! In Riesenlettern das Wort SKANDAL über einem Bild

245

seines geliebten Sohnes! Oder er schaltet die Abendnachrichten ein und sieht den Athener CBS-Korrespondenten das Äffchen in ihrem Krankenhausbett interviewen. «Portnoy, ja. Großes P. Dann O. Dann, glaub ich, R. Ach, die anderen Buchstaben weiß ich nicht mehr, aber ich schwöre Ihnen bei meiner feuchten Muschi, Mr. Rudd, er zwang mich, mit einer Hure zu schlafen!» Nein, nein, ich übertreibe *nicht*: denken Sie doch einen Augenblick an ihren Charakter oder ans Nichtvorhandensein eines solchen. Denken Sie an Las Vegas, an ihre Verzweiflung … und Sie werden verstehen, dass es nicht nur mein Gewissen war, das mich quälte; nein, jede Rache, die mir einfällt, könnte auch ihr einfallen. Und wird es noch tun! Glauben Sie mir, wir werden noch von Mary Jane Reed hören. Ich hätte ihr das Leben retten müssen – *und tat es nicht*. Stattdessen zwang ich sie, mit Huren zu schlafen! Also denken Sie ja nicht, wir hätten das letzte Wort von ihr gehört!

Und unter mir – damit ich mir selber noch mehr in den Arsch trete –, wie blau: das Ägäische Meer. Die dem Kürbis so teure Ägäis! Mein poetisches amerikanisches Mädchen! Sophokles! Wie weit das zurückliegt! O Kürbis – Baby, sag es nochmal, *warum sollte ich so etwas wohl tun?* Eine, die wusste, wer sie war! Psychisch so intakt, dass sie von mir weder befreit noch erlöst werden wollte! Die auch ohne meine herrliche Religion leben konnte! Die Gedichte, die sie mir vorlas, das Verständnis, das sie mir für Literatur beibrachte, die ganz neuen Perspektiven, die sie mir, was Kunst und künstlerisches Empfinden anging, eröffnete … oh, warum hab ich sie je von mir gehen lassen! Ich kann es nicht glauben – weil sie nicht *Jüdin* werden wollte? «Die Urtrauer –» – «Die Trübsal des Menschen, wie Ebbe und Flut …»

Nur … ist *das* menschliche Trübsal? Ich hab sie mir irgendwie erhabener vorgestellt! Mit *Würde* leiden! *Sinnvolles* Leiden – vielleicht so etwas à la Abraham Lincoln. Eine Tragödie, keine Farce! Ein klein wenig sophokleischer, das war es, was mir vorschwebte. «Der große Befreier» usw. – in der Art. Es wäre mir nie in den Sinn gekommen, dass ich letztlich nichts anderes aus der Knechtschaft zu befreien suchte als meinen Schwanz. GEBT MEINEN SCHWANZ FREI! Das ist es – das ist Portnoys Losung. Das ist die Geschichte meines Lebens – in vier miesen, heroischen Worten. Eine Travestie! All mein Planen, gänzlich auf den Schwanz gekommen! WICHSKÜNSTLER ALLER LÄNDER, VEREINIGT EUCH! IHR HABT NICHTS ZU VERLIEREN ALS EUREN VERSTAND! Ich *Monstrum*! Das nichts und niemand liebt! Ungeliebt und liebeleer! Und im Begriff, John Lindsays Profumo zu werden!

So sah es aus, eine Flugstunde von Athen entfernt.

Tel Aviv, Jaffa, Jerusalem, Beerscheba, das Tote Meer, Sodom. Dann nordwärts nach Caesarea, Haifa, Akko, Tiberias, Safed, ins obere Galiläa … und immer ist es mehr Traum als Wirklichkeit. Nicht, dass ich nach Sensationen suchte. Mit Unerwartetem und Unglaubwürdigem war ich bedient – von meiner Begleiterin in Rom und Griechenland. Nein, um irgendeinen *Sinn* in mein sinnloses Davonrennen und in die Flucht mit der El Al hineinzubringen, zunächst mal, um aus einem verstörten Flüchtling wieder einen Mann zu machen – der seinen Willen in der Hand hat, sich seiner Absichten bewusst ist und das tut, was ihm richtig erscheint, nicht das, was er muss –, machte ich mich daran, das Land zu bereisen, als sei das eine vorsätzliche, wohl erwogene, gewünschte Unternehmung aus lobenswerten, wenn auch herkömmlichen Gründen. Ja, ich würde das haben (nun, da ich merkwürdigerweise einmal hier war), was man ein Bildungserlebnis nennt. Ich würde mich vervollkommnen, wie es meine Art ist, letzten Endes. Oder war, stimmt's? Lese ich nicht deshalb immer noch mit einem Bleistift in der Hand? Um zu *lernen*? Um *besser* zu werden? (Als wer?) Also studierte ich Karten im Bett, kaufte mir historische und archäologische Bücher, in denen ich während meiner Mahlzeiten las, nahm mir Führer, mietete Wagen – hartnäckig und verbissen, bei sengender Hitze, suchte, fand und sah ich alles, was mir erreichbar war: Grabstätten, Synagogen, Festungen, Moscheen, Heiligtümer, Häfen, alte und neue Ruinen. Ich besichtigte die Carmel-Höhlen, die Chagall-Fenster (gemeinsam mit hundert Damen von der Detroiter Hadassah), die Hebräische Universität, die Ausgrabungen von Bet Shean – besuchte die grünen Kibbuzim, die verdorrten Ödländer, die Grenzposten in den wilden, zerklüfteten Bergen; ich kletterte sogar ein Stück nach Masada hinauf, unter dem Trommelfeuer der Sonne. Und stellte fest, dass ich alles, was ich sah, aufnahm und verstand. Hier hatte ich Geschichte, Natur und Kunst. Sogar die Negev, diesen Alpdruck, erfuhr ich als wirklich und von dieser Welt. Eine Wüste. Nein, was mir unglaubwürdig und seltsam erschien, überraschender als das Tote Meer oder selbst die dramatische Salzwüste Tsin, in der ich eine nicht geheure Stunde lang im Licht einer fressenden Sonne umherwanderte, zwischen weißen Felsen, durch die (wie ich meinem Reiseführer entnehme) die israelitischen Stämme einst zogen (und wo ich, als Andenken – das ich hier in meiner Tasche trage – einen ebensolchen Stein aufhob, mit dem, wieder laut Reiseführer, Zipporah die Beschneidung am Sohn des Moses vornahm) – was meinem ganzen Aufenthalt den Beigeschmack des Widersinnigen verlieh, war eine simple, doch (für mich) gänzlich unwahrscheinliche Tatsache: ich bin in einem jüdischen Land. In diesem Land ist jeder ein Jude.

Mein Traum beginnt, sobald ich das Flugzeug verlasse. *Ich befinde mich auf einem Flughafen, auf dem ich noch nie gewesen bin, und alle Menschen, die ich sehe – Passagiere, Hostessen, Schalterbeamte, Gepäckträger, Piloten, Taxifahrer sind Juden.* Gleicht das nicht in etwa den Träumen, die Ihre träumenden Patienten reproduzieren? Ist das nicht die Art Erlebnis, die man im Schlaf hat? Aber bei wachen Sinnen – wer hätte je so etwas erlebt? Die Kritzeleien an den Wänden sind jüdisch – jüdische *graffiti*! Die *Flagge* ist jüdisch. Die

Gesichter sind die Gesichter, die man auf der Chancellor Avenue sieht! Die Gesichter meiner Nachbarn, meiner Onkel, meiner Lehrer, der Eltern meiner Jugendfreunde. Gesichter wie mein eigenes! Nur vor einem Hintergrund aus weißen Wänden, gleißender Sonne und stachligem, tropischem Grün. Es ist aber auch nicht Miami Beach. Nein, Gesichter aus dem Osten Europas, aber Afrika ist nur einen Steinwurf weit entfernt! Die Männer in ihren Shorts erinnern mich an die Studienberater in den jüdischen Sommercamps, in denen ich während der College-Ferien arbeitete – bloß ist dies hier auch kein Sommercamp. Es ist die Heimat! Es sind nicht Schullehrer aus Newark, die mit einem Notizblock und einer Trillerpfeife zwei Monate in den Hopatcong-Bergen, New Jersey, Ferien machen. Es sind (es gibt kein anderes Wort!) die Eingeborenen. Wiedergekehrt! Hier war es, wo alles seinen Anfang nahm! Die Zwischenzeit war bloß ein langer Urlaub, sonst nichts. He, hier sind *wir* die Herrenmenschen! *Mein Taxi überquert einen großen Platz, der von Cafés und Restaurants umgeben ist, wie man sie auch in Paris oder Rom findet. Bloß, dass die Cafés hier voller Juden sind. Das Taxi überholt einen Bus. Ich sehe durch die Fenster hinein. Noch mehr Juden, den Fahrer eingeschlossen. Die Polizisten eingeschlossen, die an der Kreuzung den Verkehr regeln! Im Hotel verlange ich vom Portier ein Zimmer: er trägt einen dünnen Schnurrbart und spricht Englisch, als sei er Ronald Colman. Und doch ist auch er ein Jude.*

Und nun verdichtet sich das Drama.

Es ist nach Mitternacht. Vorhin, am frühen Abend, war die Seepromenade ein dichtes Gewühl von fröhlichen, lebhaften Juden – Juden, die Eis aßen, Juden, die Limonade tranken, Juden, die sich unterhielten, lachten und Arm in Arm umherschlenderten. Doch nun, da ich zu meinem Hotel zurückwill, stelle ich fest, dass ich praktisch allein bin. Am Ende der Promenade, wo ich vorbeimuss, um zu meinem Hotel zu gelangen, sehe ich fünf Burschen rauchend und redend beieinander stehen. Jüdische Burschen, natürlich. Beim Näherkom-

men wird mir klar, dass sie auf mich warten. Einer tritt vor und spricht mich auf Englisch an. «Wie spät ist es?» Ich werfe einen Blick auf meine Uhr und weiß plötzlich, dass sie mich nicht vorbeilassen werden. Sie werden mich überfallen! Aber wie ist das möglich? Wenn sie Juden sind wie ich – was für Gründe könnten sie haben, mir in irgendeiner Weise schaden zu wollen?

Ich muss ihnen sagen, dass sie sich irren. Sie haben doch sicher nicht im Ernst vor, mich zu behandeln, wie eine Horde von Antisemiten das täte. «Entschuldigung», sage ich und dränge mich zwischen ihnen hindurch, wobei mein bleiches Gesicht einen strengen Ausdruck annimmt. Einer ruft: «Mister, wie spät –?», worauf ich meinen Schritt beschleunige und rasch auf mein Hotel zugehe, unfähig, zu begreifen, warum sie mich in dieser Weise ängstigen wollten, wo wir doch alle Juden sind.

Bedarf kaum einer Erläuterung, wie?

In meinem Zimmer ziehe ich rasch Hose und Unterhose aus und untersuche im Licht einer Leselampe meinen Penis. Ich kann kein sichtbares Anzeichen einer Krankheit entdecken, und doch bin ich nicht erleichtert. Es ist möglich, dass sich in gewissen Fällen (die vielleicht die gravierendsten sind) keinerlei äußere Symptome einer Ansteckung zeigen. Die Zerstörung geht vielmehr langsam, im Verborgenen, vor sich, unbemerkt und unentdeckt, bis der Prozess schließlich so weit fortgeschritten ist, dass es für den Patienten keine Rettung mehr gibt.

Am Morgen werde ich vom Lärm unter meinem Fenster geweckt. Es ist erst sieben Uhr, doch als ich hinaussehe, wimmelt der Strand bereits von Menschen – zu dieser frühen Stunde ein bestürzender Anblick, umso mehr, als es sich um einen Samstag handelt und ich erwartet hatte, dass fromme, feierliche Sabbat-Ruhe über der Stadt liegen würde. Doch die Menge – Juden! – ist fröhlich, aufs Neue. Ich untersuche mein Glied im hellen Morgenlicht und bin – aufs Neue – voll böser Vorahnungen bei der Feststellung, dass es sich in durchaus gesundem Zustand zu befinden scheint.

Ich verlasse mein Zimmer, um mit den fröhlichen Juden im Meer zu planschen. Ich bade dort, wo das Gewühl am dichtesten ist. Ich vergnüge mich in einem Meer voller Juden! Voller ausgelassener, herumtobender Juden! Wie sie ihre jüdischen Gliedmaßen im jüdischen Wasser tummeln! Wie diese jüdischen Kinder lachen und so tun, als ob das alles ihnen gehört – was der Fall ist! Und der Rettungsschwimmer – auch ein Jude! Den ganzen Strand lang, so weit ich sehen kann, Juden – und weitere kommen an diesem herrlichen Morgen angeströmt, wie aus einem Füllhorn. Ich strecke mich im Sand aus, ich schließe die Augen. Über mir höre ich ein Flugzeug: keine Angst, ein jüdisches Flugzeug. Der Sand unter mir ist warm: jüdischer Sand. Ich kaufe mir bei einem jüdischen Verkäufer ein jüdisches Eis. «Ist das nicht ein tolles Ding?», sage ich zu mir selbst. «Ein jüdisches Land!» Doch das ist leichter gesagt als begriffen; ich kann es nicht wirklich fassen. Alex im Wunderland.

Am Nachmittag freunde ich mich mit einer jungen Frau an; sie hat grüne Augen und eine bräunliche Haut und ist Leutnant in der jüdischen Armee. Der Leutnant führt mich abends in eine Bar in der Hafengegend. Die Gäste seien in der Hauptsache Schauerleute, sagt sie. Jüdische Schauerleute? Ja. Ich lache, und sie fragt mich, was daran so komisch sei. Ihre kleine, wollüstige Figur, in der Taille von einem breiten Khakigürtel eingeschnürt, erregt mich. Aber was für ein dezidiert humorloses, von sich selbst überzeugtes kleines Ding! Ich weiß nicht, ob sie es zulassen würde, dass ich für sie bestelle, selbst wenn ich die Sprache beherrschte. «Was haben Sie lieber», fragt sie mich, nachdem wir jeder eine Flasche jüdisches Bier geleert haben, «Traktoren, Bulldozer oder Tanks?» Ich lache wieder.

Ich bitte sie, mit mir ins Hotel zu kommen. Auf dem Zimmer balgen wir uns herum, küssen uns, beginnen uns auszuziehen – und prompt verliere ich meine Erektion. «Siehst du», sagt der Leutnant, als finde sie ihren Verdacht bestätigt, «ich gefalle dir nicht. Kein bisschen.» – «O doch», antworte ich, «sogar sehr. Du gefielst mir gleich, als ich dich im Wasser sah – du bist so geschmeidig und glatt wie eine kleine Robbe —», doch dann, verstört und voll Scham, vernichtet durch mein Versagen, bricht es aus mir heraus – «Ich bin möglicherweise krank, verstehst du. Es wäre nicht fair.» – «Das finden Sie wohl auch komisch?», zischt sie, zieht wütend ihre Uniform wieder an und geht.

Träume? Wenn es nur welche wären! Aber ich brauche keine Träume, Doktor, deshalb träume ich auch fast nie – dafür habe ich mein Leben. Mit mir geschieht alles bei hellem Tageslicht! Verzerrung und Melodrama sind mein tägliches Brot! Was in Träumen alles so zusammenkommt: die Symbole, die so erschreckend lächerlichen Situationen, die seltsam bedrohlichen Banalitäten, die Demütigungen und Katastrophen, das auf so bizarre Weise adäquate Maß an Missgeschick und Glücksfällen, all das, was andere Leute geschlossenen Auges an sich erfahren – die meinen sind weit offen dabei! Kennen Sie sonst noch jemand, dessen Mutter ihn wahr und wahrhaftig mit dem gefürchteten Messer bedrohte? Wem sonst war es beschieden, den Kastrationskomplex so unverblümt von seiner eigenen Momma geliefert zu bekommen? Wer sonst hatte, zusätzlich zu dieser Mutter, einen Hoden, der sich versteckte? Ein Ei, das man hätscheln und tätscheln, mit Medikamenten und guten Worten dazu bewegen musste, herabzusteigen und im Skrotum zu leben, wie es sich gehört! Wen kennen Sie sonst noch, der sich auf der *schicksen*-Jagd ein Bein brach? Oder sich bei seinem ersten «Erlebnis» ins eigene Auge spritzte? Oder in den Straßen von New York auf ein wirkliches, lebendes Äffchen stieß, auf ein Mädchen mit der Leidenschaft für «die Banane»? Doktor, vielleicht träumen andere Patienten davon – bei mir *geschieht* alles. Mein Leben hat keine latenten Inhalte. Der Traum ist Realität. Doktor: *Ich kriegte ihn im Staate Israel nicht hoch!* Ganz schön schon, was die Symbolik angeht, wie? Das soll mir mal einer nachmachen – das in dieser Weise auszuspielen! Meine Erektion fiel flach, noch dazu im Land der Verheißung – fiel flach, als ich sie haben *wollte*, als mir etwas Begehrenswerteres zur Verfügung stand als meine eigene Faust, um ihn reinzüstecken. Wie sich herausstellte, kann man Tapiokapudding in nichts hineinstecken. Ich biete diesem Mädchen Tapiokapudding an. Feuchte Biskuittorte! Einen Fingerhut voll Aspik! Und die ganze Zeit wartete dieser selbstbewusste kleine Leutnant mit stolz vorgereckten israelischen Brüsten darauf, von einem Panzerkommandanten bestiegen zu werden!

Und dann noch einmal, bloß schlimmer. Erniedrigung und endgültiger Sturz – Naomi, der jüdische Kürbis, die Heroine, jener robuste, rothaarige, sommersprossige, ideologiebesessene Brocken von einem Mädchen! Sie stand auf der Straße, kam aus einem Kibbuz in der Nähe der libanesischen Grenze, wo sie ihre Eltern besucht hatte, wollte nach Haifa, und ich nahm sie mit. Sie war einundzwanzig Jahre alt, fast eins achtzig groß und sah aus, als wäre sie immer noch im Wachstum begriffen. Ihre Eltern, Zionisten aus Philadelphia, waren kurz vor Ausbruch des Zweiten Weltkriegs nach Palästina ausgewandert. Als sie ihren Militärdienst hinter sich hatte, beschloss Naomi, nicht in den Kibbuz, wo sie geboren und aufgewachsen war, zurückzukehren, sondern sich einer Kommune junger, im Lande geborener Israelis anzuschließen, die ein unfruchtbares, ödes Gebiet in den Bergen, von wo aus man die syrische Grenze überblicken konnte, von schwarzem, vulkanischem Gestein befreite. Die Arbeit war hart, die Lebensbedingungen primitiv, dazu kam die Gefahr, dass syrische Partisanen sich nachts ins Lager schleichen, mit Handgranaten und Tellerminen. Aber ihr gefiel das. Ein bewundernswertes, tapferes Mädchen. Ja, ein jüdischer Kürbis! *Mir wird die Chance noch einmal gegeben.*

Interessant. Ich bringe sie augenblicklich mit meinem verlorenen Kürbis in Verbindung, dabei ist sie, vom Typ her, natürlich meine Mutter. Ihre Erscheinung, ihre Größe, ja sogar ihr Wesen, wie sich herausstellte – Tadel und Kritik an meiner Person. Ihre Männer müssen vollkommen sein. Aber für all das bin ich blind:

die Ähnlichkeit zwischen diesem Mädchen und dem Foto meiner Mutter in ihrem Schul-Jahrbuch bemerke ich nicht einmal.

Wie durcheinander und hysterisch ich in Israel war, können Sie unschwer Folgendem entnehmen: sie saß noch keine drei Minuten in meinem Wagen, als ich mich bereits ernsthaft fragte: «Warum heirate ich sie nicht und bleibe hier? Warum gehe ich nicht mit ihr auf diesen Berg und fange ein neues Leben an?»

Wir stürzten uns sofort in eine seriöse Unterhaltung über die letzten Dinge. Ihre Äußerungen waren durchsetzt von feurigen Schlagworten, nicht unähnlich denen meiner eigenen Jugend. *Eine gerechte Gesellschaft. Der gemeinsame Kampf. Individuelle Freiheit. Ein Leben für die Gemeinschaft.* Aber wie natürlich dieser Idealismus bei ihr wirkt, dachte ich. Ja, dies hier war ein Mädchen für mich, jawohl – sauber und arglos, voll Saft und Kraft, unverbildet und nicht verhurt. So ist es! Ich will ja gar keine Filmstars und Mannequins und Huren, oder eine wie immer geartete Kombination aus alldem. Ich will keine sexuelle Ausstattungsrevue fürs Leben oder eine Fortsetzung dieser masochistischen Extravaganzen, in denen ich mich auslebte. Nein, ich will Schlichtheit und Unkompliziertheit, ich will Gesundheit, ich will *sie*!

Sie sprach ausgezeichnet Englisch, wenn auch ein wenig zu sehr aus dem Lehrbuch – mit einer winzigen Andeutung irgendeines europäischen Akzents. Ich sah sie immer wieder darauf hin an, was für ein amerikanisches Mädchen sie wohl geworden wäre, wenn ihre Eltern Philadelphia nie verlassen hätten. Sie hätte meine Schwester sein können, denke ich, auch ein großes, kräftiges Mädchen mit hohen Idealen. Ich kann mir sogar vorstellen, dass Hannah nach Israel ausgewandert wäre, wenn sie, zu ihrer Rettung, Morty nicht kennen gelernt hätte. Aber wen gab es zu meiner Rettung? Meine *schicksen*? Nein, nein, die errette ich. Nein, meine Befreiung liegt ganz eindeutig bei dieser Naomi! Sie trägt ihr Haar wie ein Kind, in zwei langen Zöpfen – eine Kriegslist, natürlich, eine Traum-Verfremdung, wenn es je eine gab, dazu bestimmt, mir jenes Schulfoto von Sophie Ginsky nicht ohne weiteres einfallen zu lassen, die die jungen «die Rote» nannten, die noch viel erreichen würde – mit ihren Augen und ihrem Verstand. Nachdem wir den Tag damit verbracht hatten, dass ich mir von Naomi die antike Araberstadt Akko zeigen ließ, steckte sie ihre Zöpfe zu einem doppelten Kranz auf: ich weiß noch, dass ich dachte, «wie eine *Groß*mutter». «Wie anders als mein Fotomodell», denke ich, «mit ihren Perücken und Haarteilen und stundenlangem Herumsitzen bei Kenneth. Wie mein Leben sich ändern würde! Ein neuer Mann – mit dieser Frau!»

Die Nacht wollte sie im Freien verbringen, in ihrem Schlafsack. Sie hatte ihren Wochenurlaub, durfte das Lager verlassen und bestritt ihre Reise mit den wenigen Pfunden, die ihre Mutter ihr hatte zum Geburtstag schenken können. Die fanatischeren ihrer Kameraden, erzählte sie mir, hätten ein solches Geschenk nie angenommen und würden ihr Verhalten höchstwahrscheinlich missbilligen. Sie berichtete mir von einer hitzigen Debatte, die im Kibbuz ihrer Eltern stattgefunden hatte, als sie noch ein kleines Mädchen war, wobei es darum ging, dass einige Leute Uhren besaßen und andere nicht. Nach mehreren erregten Zusammenkünften der Kibbuz-Mitglieder wurde der Streit mit dem Beschluss beigelegt, dass die Uhren reihum alle drei Monate von jemand anderem getragen würden.

Tagsüber, abends, beim Essen, und später, als wir die romantische Kaimauer von Akko entlangspazierten, erzählte ich ihr von meinem Leben. Ich fragte sie, ob sie mit mir zurückfahren und einen Drink in meinem Hotel in Haifa nehmen wolle. Sie sagte ja, sie hätte eine Menge zu meinem Bericht zu sagen. Ich wollte sie jetzt küssen, dachte aber: «Wenn ich nun aber *doch* irgendeine Krankheit habe?» Ich war immer noch nicht beim Arzt gewesen, teils, weil es mir widerstrebte, einem x-beliebigen Fremden sagen zu müssen, dass ich mich mit einer Hure abgegeben hatte, doch hauptsächlich deswegen, weil sich keinerlei Symptome an mir zeigten. Offenbar war alles in Ordnung, und ich *brauchte* keinen Arzt. Nichtsdestoweniger widerstand ich dem Impuls, meine Lippen auf ihren keuschen, sozialistischen Mund zu drücken.

«Die amerikanische Gesellschaft», sagte sie, ließ Ruck- und Schlafsack zu Boden fallen und fuhr in ihrem Vortrag fort, den sie begonnen hatte, als wir auf dem Weg nach Haifa die Bucht umrundeten, «billigt nicht bloß schändliche und ungerechte zwischenmenschliche Beziehungen – sie fördert sie. Ist das zu bestreiten? Nein. Rivalität, Konkurrenzkampf, Neid, Eifersucht, alles, was im menschlichen Charakter bösartig ist, wird vom System genährt. Eigentum, Besitz, Geld – an so korrupten Normen messt ihr Glück und Erfolg. Dabei», sagte sie und hockte sich mit untergeschlagenen Beinen aufs Bett, «werden weiten Teilen eurer Bevölkerung die primitivsten Voraussetzungen für ein menschenwürdiges Leben vorenthalten. Ist nicht auch das wahr? Weil eure Gesellschaftsordnung grundsätzlich auf Ausbeutung beruht und ihrem Wesen nach entwürdigend und ungerecht ist. Infolgedessen, Alex –», mein Name klang aus ihrem Mund wie aus dem eines strengen Lehrers, der einen ernsten Verweis erteilt –, «kann es in einer solchen Umwelt nie so etwas wie wirkliche Gleichheit geben. Das ist unbestreitbar, und Sie müssen mir zustimmen, wenn Sie ehrlich sind.

Was haben Sie, zum Beispiel, mit ihren *hearings* zum Quiz-Skandal erreicht? Überhaupt etwas? Nichts haben Sie erreicht, wenn ich mir gestatten darf, das zu sagen. Sie haben das korrupte Verhalten gewisser charakterschwacher Individuen aufgedeckt. Aber auf das System, das diese Leute zur Korruption erzog, übten Sie damit nicht den geringsten Einfluss aus. Das System wurde davon nicht erschüttert. Das System wurde davon nicht berührt. Und warum? Weil, Alex –», auweh, jetzt kommt's – «dieses System Sie genauso korrumpiert hat wie Mr. Charles Van Horn.» Heiliger Strohsack, unvollkommen wie immer! Peng! «Sie sind kein Feind des Systems. Sie fordern es nicht einmal heraus, wie

Sie zu glauben scheinen. Sie sind bloß einer seiner Ordnungshüter, ein bezahlter Angestellter, ein Mitschuldiger. Entschuldigen Sie, aber ich muss die Wahrheit sagen: Sie glauben, Sie dienten der Gerechtigkeit, dabei sind Sie bloß ein Lakai der Bourgeoisie. Eure Gesellschaftsordnung ist von Grund auf ausbeuterisch und ungerecht, von Grund auf grausam und unmenschlich; sie tritt die menschlichen Werte mit Füßen, und *Ihr* Job ist es, ein solches System berechtigt und moralisch erscheinen zu lassen, indem Sie eine Haltung einnehmen, als ob Gerechtigkeit, als ob Menschenrechte und Menschenwürde tatsächlich einen Platz in jener Gesellschaft innehätten – wo das doch ganz offensichtlich gar nicht möglich ist.

Wissen Sie, Alex –», was nun noch? – «wissen Sie, warum ich mir keine grauen Haare darüber wachsen lasse, wer eine Uhr trägt, oder darüber, 5 Pfund von meinen ‹wohlhabenden› Eltern als Geschenk anzunehmen? Wissen Sie, warum solche Auseinandersetzungen töricht sind und mir zuwider? Weil ich weiß, dass das System, dem ich verbunden bin (und zwar freiwillig, auch das ist entscheidend – freiwillig!), von Grund auf – verstehen Sie: von Grund auf –», ja, ich verstehe! Wir unterhalten uns hier zufällig in *meiner* Muttersprache! – «von Grund auf human und gerecht ist. Solange die Gemeinschaft die Produktionsmittel in der Hand hat, solange die Gemeinschaft für alle Bedürfnisse Sorge trägt, solange niemand Gelegenheit findet, Reichtümer anzusammeln oder von dem Mehrwert aus der Arbeit eines anderen zu leben, so lange bleibt das Wesentliche am Kibbuz gewahrt. Kein Mensch ist ohne Würde. Es besteht Gleichheit – im weitesten Sinne. Und das ist das Allerwichtigste.»

«Naomi, ich liebe dich.»

Ihre großen, idealistischen braunen Augen wurden schmal. «Wie können Sie mich ‹lieben›? Was reden Sie da?»

«Ich möchte dich heiraten.»

Sie sprang auf. Der syrische Terrorist, der versucht, sie zu überrumpeln, ist zu bedauern! «Was ist denn jetzt los? Soll das etwa komisch sein?»

«Werde meine Frau. Gebäre mir Kinder. Jeder Stinker mit Spiegelglasfenstern hat Kinder. *Warum ich nicht?* Ich bin der Letzte unseres Namens.»

«Sie haben zum Abendessen zu viel Bier getrunken. Ja, ich glaube, ich sollte jetzt gehen.»

«Nein!» Und wieder sagte ich diesem Mädchen, das ich kaum kannte, und das mir nicht einmal gefiel, wie sehr ich sie liebe. «Liebe» – oh, es schaudert mich! – «Li-i-i-ebe», als könnte ich mit dem Wort das Gefühl hervorrufen.

Als sie gehen wollte, verstellte ich ihr den Weg. Ich flehte sie an, nicht fortzugehen und sich irgendwo am feuchten Strand schlafen zu legen, wenn es hier dieses breite, bequeme Hilton-Bett gab, das wir teilen konnten. «Ich versuche nicht, aus dir einen Bourgeois zu machen, Naomi. Wenn das Bett zu luxuriös ist, können wir's auf dem Boden treiben.»

«Geschlechtsverkehr?», antwortete sie. «Mit *Ihnen*?»

«Ja! Mit mir! Dem Vertreter einer von Grund auf ungerechten Gesellschaftsordnung, dem Mitschuldigen! Ja! Mit dem unvollkommenen Portnoy!»

«Mr. Portnoy, entschuldigen Sie, aber wenn Sie mich zwischen Ihren, milde ausgedrückt, albernen Witzen auch mal zu Worte …»

Als ich versuchte, sie ans Bett zu drängen, gab es ein kleines Handgemenge. Ich griff nach ihrer Brust, sie ließ ihren Kopf blitzartig hochschnellen und traf mich am Unterkiefer – stahlhart.

«Wo zum Teufel hast du das gelernt», rief ich aus, «in der Armee?»

«Ja.»

Ich sank in einen Sessel. «Feine Sache, Mädchen so was beizubringen.»

«Wissen Sie», sagte sie ohne eine Spur von Mitgefühl, «bei Ihnen ist irgendwas völlig verkorkst.»

«Darum blutet jetzt auch meine Zunge!»

«Sie sind der unglücklichste Mensch, dem ich je begegnet bin. Sie sind wie ein kleines Kind.»

«Nein! Nicht so …» Aber sie wischte jede Erklärung, die ich anzubieten gehabt hätte, fort und begann, mir einen Vortrag über die Unzulänglichkeiten und Fehler zu halten, die ihr im Laufe des Tages an mir aufgefallen waren.

«Wie abwertend Sie über Ihr eigenes Leben reden! Warum tun Sie das? Es hat keinen Sinn, dass ein Mensch sein eigenes Leben in dieser Weise heruntermacht. Es scheint Ihnen ein gewisses Vergnügen zu bereiten, als wären Sie irgendwie stolz darauf, ihren höchst sonderbaren Humor an sich selbst auszulassen. Ich glaube nicht, dass Ihnen wirklich daran liegt, Ihr Leben zu vervollkommnen. Alles, was Sie sagen, ist irgendwie verbogen und verzerrt, so oder so, damit es wirkt. Den ganzen Tag dasselbe. Auf diese oder jene Weise kommt alles bei Ihnen ironisch als Selbsterniederung heraus. Selbsterniederung?»

«Selbsterniedrigung. Sich selbst erniedrigen.»

«Genau! Und Sie sind ein hochintelligenter Mensch – das macht die Sache noch unangenehmer. Was Sie alles für die Gemeinschaft leisten könnten! Wie abstoßend!»

«Ach, ich weiß nicht», sagte ich, «die Selbsterniedrigung ist schließlich eine klassische Form des jüdischen Humors.»

«Nicht des jüdischen Humors! Nein! Des *Ghetto*-Humors.»

Nicht sehr liebevoll, diese Bemerkung, muss ich Ihnen sagen. Als der Morgen dämmerte, war mir beigebracht worden, dass ich der Inbegriff dessen bin, was an der «Geisteshaltung der Diaspora» so schändlich ist. Die vielen Jahrhunderte der Heimatlosigkeit hatten so abstoßende Menschen wie mich hervorgebracht – furchtsam, immer in der Defensive, zur Selbsterniedrigung bereit und durch das Leben in einer fremden Umwelt verweichlicht und demoralisiert. Juden aus der Diaspora, wie ich, waren zu Millionen in die Gaskammern gegangen, ohne auch nur eine Hand gegen ihre Mörder zu erheben, Juden, die selbst *dazu* unfähig waren, ihr Leben mit ihrem Blut zu verteidigen. Die Diaspora! Schon das Wort allein machte sie wütend.

Als sie fertig war, sagte ich: «Großartig. Und jetzt ficken wir.»

«Sie sind *wirklich* widerwärtig!»

«Richtig! Du beginnst zu begreifen, kühne Sabra! Geh du mit deiner Rechtschaffenheit nur wieder in deine Berge! Als Vorbild für die Menschheit! Eine jüdische Heilige. Zum Kotzen!»

«Mr. Portnoy», sagte sie und hob ihren Rucksack vom Boden auf, «Sie sind nichts weiter als ein Jude, der sich selbst hasst.»

«Ach, Naomi, vielleicht sind das die besten.»

«Feigling!»

«Mannweib!»

«*Schlemihl!*»

Sie ging auf die Tür zu. Ich aber war mit einem Hechtsprung bei ihr, riss sie zurück und landete mit diesem großen, rothaarigen, schulmeisternden Stück Weib auf dem Fußboden. Ich werd ihr's zeigen, wer hier das kleine Kind und der *schlemihl* ist! Und wenn ich krank bin? Großartig! Edelprima! Umso besser! Soll sie's doch, ohne es zu wissen, an all diese aufrechten und tugendhaften jüdischen Jungen und Mädchen weitergeben! Ein Siff kann denen allen nichts schaden! So sieht's in der Diaspora aus, ihr kleinen Heiligen, so ist das Exil! Verführung und Schande! Verworfenheit und Selbstironie! Selbsterniedrigung, im eigenen Kot wühlen! Jammern und klagen, Zugeständnisse, Verwirrungen, Krankheit! Ja, Naomi, ich bin besudelt, oh, ich bin unrein – dazu hängt's mir ziemlich zum Hals raus, meine Liebe, dem Auserwählten Volk immerzu nicht zu genügen!

Und wie sie sich wehrte, diese robuste Bauernfotze! Dieser Ex-G. I.! Dieser Mutterersatz! Hören Sie – ist das möglich? Ich bitte Sie, so simpel kann es doch einfach nicht sein! Bei *mir* doch nicht! Oder kann es in einem Fall wie dem meinen gar nicht simpel genug sein? Genügte die Tatsache, dass sie rotes Haar und Sommersprossen hatte, meinem eingleisigen Unterbewusstsein, aus ihr meine Mutter zu machen? Bloß, weil sie und die Dame meines Kinderherzens von der gleichen hellhäutigen Spielart polnischer Juden herstammen? Dies wäre also der Höheunkt des Ödipusdramas, Doktor? Eher eine Posse, mein Freund! Ein zu dicker Brocken, fürchte ich! ‹Ödipus Rex› ist eine berühmte Tragödie, du *schmuck* – kein Satyrspiel! Du bist ein Sadist, ein Pfuscher, Schwindler und Schmierenkomödiant! Ich meine aber doch, dass es als Witz etwas zu weit geht, Doktor Spielvogel, Doktor Freud, Doktor Krankheit! Wie wär's mit ein wenig Ehrfurcht, ihr Hunde, vor der Würde des Menschen! ‹Ödipus Rex› ist das schaudervollste und *tragischste* Bühnenwerk der ganzen Literaturgeschichte – kein Sketch!

Zumindest sei Gott für Heschies Gewichte gedankt. Nach seinem Tod gehörten sie mir. Ich trug sie in den Hof, und dort draußen, im Sonnenschein, vierzehn, fünfzehn Jahre alt, stemmte und stemmte ich. «Du wirst dir mit diesen Dingern noch eine *tsura* anheben», rief meine Mutter mir aus dem Schlafzimmerfenster zu. «Du wirst dich in dem Badeanzug da draußen erkälten.» Ich ließ mir Broschüren von Charles Atlas und Joe Bonomo kommen. Ich lebte für das Bild meines sich kräftig entwickelnden Torsos, das mir der Schlafzimmerspiegel zeigte. Ich ließ in der Schule meine Muskeln unter den Kleidern spielen. An den Straßenecken betrachtete ich prüfend meinen angespannten Unterarm. Im Bus bewunderte ich meine hervortretenden Adern. Eines Tages würde jemand einen Angriff auf mich und meinen Bizeps starten, um es sein ganzes Leben zu bereuen! Aber das fiel niemand ein, Gott sei Dank!

Bis auf Naomi! So hatte ich mich also damals für sie abgemüht – mit Keuchen und Stöhnen, unter den missbilligenden Blicken meiner Mutter. Ich will damit nicht sagen, dass sie mir mit Waden und Schenkeln nicht überlegen gewesen wäre, doch was Schultern und Brust anging, war ich der Stärkere; ich zwang sie unter mich, steckte ihr meine Zunge ins Ohr und schmeckte den Staub und den Sand von unterwegs, die heilige Erde. «Oh, ich *werde* dich ficken, Judenmädchen», flüsterte ich bösartig.

«Sie sind verrückt!» Sie bäumte sich auf, mit ihrer ganzen beträchtlichen Kraft. «Knallverrückt! Ein entlaufener Irrer!»

«O nein», knurrte ich, «o nein, du musst noch manches dazulernen, Naomi», und presste sie fest an mich, um ihr meine Lektion zu erteilen: o du tugendhafte Hebräerin, das Blättchen hat sich gewendet, *tsatskeleh*! Jetzt bist du in der Defensive, Naomi – und darfst dem ganzen Kibbuz erklären, woher dein Ausfluss kommt! Du glaubst, dass sie sich über jene Uhren aufregten! Warte, bis sie Wind von dieser Sache bekommen! Was würde ich darum geben, dabei zu sein, wenn du angeschuldigt wirst, den Stolz und die Zukunft Zions verseucht zu haben! Vielleicht wirst du dann den nötigen Respekt vor uns gefallenen, neurotischen jüdischen Männern aufbringen! Den Sozialismus gibt es, aber es gibt auch Spirochäten. Jetzt lernst du die andere, die weniger erhabene Seite der Dinge kennen, Schätzchen. Runter, runter mit diesen patriotischen Khakishorts, spreiz deine Beine, Blut von meinem Blut, schleuß auf die verschlossenen Schenkel, öffne weit dein messianisches jüdisches Loch! Sei bereit, Naomi, ich bin im Begriff, deine Fortpflanzungsorgane zu vergiften! Ich bin im Begriff, die Zukunft der Rasse zu verändern!

Aber es ging natürlich nicht. Ich wühlte mit meiner Zunge in ihren Ohren, saugte mich an ihrem ungewaschenen Hals fest, schlug die Zähne in ihre aufgesteckten Zöpfe … und dann, als es tatsächlich so schien, als beginne ihr Widerstand unter meinem Ansturm nun endlich zu schwinden, ließ ich mich von ihr hinunterrollen, gegen die Wand, wo ich, geschlagen, auf dem Rücken liegen blieb. «Es geht nicht», sagte ich, «ich krieg ihn in diesem Land nicht hoch.»

Sie stand auf, stand über mir. Kam wieder zu Atem. Sah *herab*. Jetzt wird sie gleich die Sohle ihrer Sandale auf meine Brust setzen, dachte ich. Oder mir die Scheiße aus dem Leib treten. Mir fiel ein, wie ich als kleiner Schuljunge alle jene Verstärkungsringe in meine Kladde geklebt hatte. Wie ist es so weit gekommen?

«Im-po-tent in Is-ra-el, da-dada-dadaah, zur Melodie ‹*Lullaby in Birdland*›.»

«Noch ein Witz?», fragte sie.

«Und noch einer. Und noch einer. Wozu mein Leben verleugnen?»

Dann sagte sie etwas Nettes. Sie konnte es sich leisten, natürlich – dort oben. «Sie sollten nach Hause fahren.»

«Klar, genau das. Zurück ins Exil.»

Und sie, hoch dort oben, grinste. Diese kerngesunde, überlebensgroße Sabra! Diese arbeitsgestählten Beine, die praktischen Shorts, die vertragene, knopflose Jacke – das herablassend-gütige, sieghafte Lächeln! Und zu ihren verkrusteten, in Sandalen steckenden Füßen, dieser … ja, was denn eigentlich? Dieser *Sohn*! Dieser *Knabe*! Dieses *Kind*! Alexander Portnoise! Portnose! Portnoy-oi-oi-oi-oi-oi!

«Wenn man so an dir hochsieht», sagte ich, «… wie groß große Frauen sind! Und du – wie patriotisch! Du *liebst* den Sieg, nicht wahr, Schätzchen? Und betrachtest ihn als etwas dir Zustehendes. Brrr, bist *du* ohne Schuld! Kaum zu glauben – welche Ehre, dich kennen gelernt haben zu dürfen. Pass auf: nimm mich mit dir, Delilah!, in die Berge. Ich werde Felsblöcke wälzen, bis ich tot umfalle, wenn man das tun muss, um ein guter Mensch zu werden. Denn warum sollte man nicht gut sein, nicht wahr, rundherum gut? Ausschließlich nach Prinzipien leben – ohne Kompromisse! Die Rolle des Bösewichts andern überlassen, wie? Sollen doch die *gojim* ein Tohuwabohu aus ihrem Leben machen, ihrer sei die Schuld. Wenn du dazu geboren wurdest, dir selbst gegenüber Strenge walten zu lassen, so lebe danach! Ein strapaziöses, aber befriedigendes Leben, triefend von Selbstaufopferung und der Wollust selbst auferlegter Beschränkungen! Ah, das klingt gut. Ich rieche und schmecke förmlich diese Felsbrocken! Was meinst du dazu – nimm mich mit, in ein neues Leben, nach Portnovia!»

«Sie sollten nach Hause fahren.»

«Ganz im Gegenteil! Ich sollte hier bleiben. Ja, hier bleiben! Mir ein Paar solcher Khakishorts kaufen – und ein Mann werden!»

«Tun Sie, was Sie wollen», sagte sie. «Ich gehe jetzt.»

«Nein, Delilah, nein», rief ich – ich fing nämlich tatsächlich an, sie ein wenig gern zu haben. «Ach, ist das alles traurig.»

Das gefiel ihr. Sie sah mich höchst siegesbewusst an, als habe ich mich endlich zur Wahrheit über mich selbst bekannt. Soll mich am Arsch lecken. «Ich meine, nicht imstande zu sein, ein großes, kräftiges Mädchen wie dich so richtig durchzuficken.»

Sie schüttelte sich vor Widerwillen. «Sagen Sie mir doch bitte, warum bloß müssen Sie immerzu dieses Wort benutzen?»

«Sagen die Jungs in den Bergen nicht ‹ficken›?»

«Nein», antwortete sie herablassend, «jedenfalls nicht so wie Sie.»

«Nun», sagte ich, «ich nehme an, dass sie weniger Wut in sich tragen als ich. Weniger Verachtung.» Und ich packte sie am Bein. Nie genug. NIE! Ich muss HABEN.

Aber *was*?

«Nein!», schrie sie zu mir herunter.

«Ja!»

«Nein!»

«Dann», flehte ich, während sie mich, der ich mich an ihr kräftiges Bein klammerte, auf die Tür zuschleppte, «lass dich wenigstens lecken. Das kann ich immer noch.»

«Schwein!»

Sie trat nach mir. Und zwar mit Wucht! Ihr Pionierbein traf mich dicht unter dem Herzen. War es der Schlag, auf den ich es abgesehen hatte? Was dachte ich mir bei alldem? Vielleicht gar nichts. Vielleicht war ich bloß endlich ich selbst. Vielleicht bin ich wirklich nichts anderes als ein sklavischer Mund, ein Fotzenlecker! Lecken! Sei's drum! Vielleicht wäre es *die* Lösung für mich, mein Leben auf allen vieren zu verbringen. Durchs Leben zu kriechen, mich an Mösen zu delektieren und es den aufrecht gehenden Geschöpfen zu überlassen, Unrecht zu bekämpfen und Familienbetreuer zu sein. Wer braucht ein ihm zu Ehren errichtetes Denkmal, wenn ihm auf der Straße so fürstliche Bewirtung winkt?

Also: durchs Leben kriechen – wenn ich noch eines habe! Mein Kopf drehte sich, der Kaffee kam mir hoch. Au, mein Herz! Und das in Israel! Wo andere Juden Zuflucht, eine Freistatt und Frieden finden, geht Portnoy zugrunde! Wo andere Juden gedeihen, tue ich meinen letzten Atemzug! Dabei wollte ich nichts anderes als ein wenig Vergnügen bereiten – und selbst ein bisschen Spaß haben. Warum, warum bloß ist mir keinerlei Genuss vergönnt, ohne dass ihm die Strafe auf dem Fuße folgt! Schwein? Wer, *ich*? Und plötzlich ist es wieder so weit, wieder stürmt das längst Vergangene auf mich ein, das, was war, das, was nie sein wird! Die Tür fällt ins Schloss, sie ist fort – meine Rettung! Meine Artgenossin! – und ich liege wimmernd am Boden mit MEINEN ERINNERUNGEN! Meine endlose Kindheit! Von der ich mich nicht frei machen kann – oder die mich nicht freigibt! Eines von beiden! Ich denke an Rettiche – an die Rettiche, die ich so liebevoll in meinem Gärtchen zog. Auf dem Fleckchen Erde neben unserer Kellertür. *Mein* Kibbuz. Rettiche, Petersilie, Mohrrüben – jawohl, auch ich bin ein Patriot, du, bloß woanders (wo ich mich *auch* nicht hingehörig fühle!). Und das Silberpapier, das ich sammelte, was ist *damit*? Die alten Zeitungen, die ich in die Schule schleppte! Mein Heft mit den sorgfältig eingeklebten Sondermarken, mein Beitrag zur Zerschmetterung der Achsenmächte! Meine Modellflugzeuge – meine *Piper Cub*, meine *Hawker Hurricane*, meine *Spitfire*! Wie kann das hier dem braven Kinde zustoßen, mit meiner Liebe zur Royal Air Force und den Vier Freiheiten, meinen Hoffnungen, die ich auf Jalta und Dumbarton Oaks setzte, meinen Gebeten für die UNO! Sterben? *Warum?* Strafe? *Wofür?* Impotent? *Aus welchem vernünftigen Grund?* Die Rache des Äffchens. Natürlich.

«ALEXANDER PORTNOY, DAFÜR, DASS DU IN ROM DIE MENSCHENWÜRDE DER MARY JANE REED IN ZWEI AUFEINANDER FOLGENDEN NÄCHTEN MIT FÜSSEN TRATEST, UND FÜR ANDERE VERBRECHEN, DIE ZU ZAHLREICH SIND, UM SIE IM EINZELNEN AUFZUFÜHREN, DARUNTER DER RAUBBAU AN DER MÖSE DER BETROFFENEN, WIRST DU ZU UNHEILBA-RER IMPOTENZ VERURTEILT. VIEL VERGNÜGEN.» – «Aber, Euer Ehren, schließlich ist sie ja volljährig, ein erwachsener Mensch mit voller Entscheidungsfreiheit –» – «KOMM MIR NICHT MIT DEM BUCHSTABEN DES GESETZES, PORTNOY, DU WUSSTEST, WAS RECHT UND UN-RECHT IST, DU WUSSTEST, DASS DU EIN MENSCHLI-CHES WESEN ERNIEDRIGTEST. UND DAFÜR, WAS DU TATEST, UND IN WELCHER FORM DU ES TATEST, WIRST DU RECHTMÄSSIG ZU EINEM SCHLAPPEN SCHWANZ VERURTEILT. DU WIRST ANDERE WEGE FINDEN MÜSSEN, EINEM MENSCHEN WEHZUTUN.» – «Aber, wenn Sie gestatten, Euer Ehren, sie war wohl schon ein we-nig heruntergekommen, als ich ihr begegnete. Brauche ich mehr als ‹Las Vegas› zu sagen?» – «OH, EINE GROSSARTIGE VER-TEIDIGUNG, GANZ GROSSARTIG. WENN DIE DAS UR-TEIL DES GERICHTS NICHT MILDERT – VERHÄLT MAN SICH SO UNGLÜCKLICHEN GEGENÜBER, WIE, VORSITZENDER? GIBT MAN AUF DIESE WEISE EINEM MENSCHEN GELEGENHEIT, SICH MENSCHENWÜR-DIG ZU VERHALTEN, UM EINES DEINER LIEBLINGS-WORTE ZU GEBRAUCHEN? DU SCHWEINEHUND!» – «Euer Ehren, bitte, wenn ich vortreten darf – was hab ich denn schließlich getan, außer versucht, ein bisschen – ja, was denn? – ein bisschen Spaß zu haben. Weiter nichts.» – «OH, DU

SCHWEINEHUND!» Warum *darf* ich denn nicht ein bisschen Spaß haben, verdammtnochmal! Warum ist auch das Geringste, was ich in dieser Richtung unternehme, sofort unzulässig – während die ganze übrige Welt sich lachend im Dreck wälzt! *Schweinehund?* Sie sollte die Anschuldigungs- und Klagebriefe sehen, die an einem einzigen Morgen in meinem Büro einlaufen: was Menschen einander antun, aus Gier und Hass! Aus reiner Bosheit! Oder für Geld! Für Macht! Für *nichts*! Was sie einem *schwartze* zumuten, bevor er eine Hypothek auf sein Haus bekommt! Der Mensch braucht, was mein Vater einen Schirm für Regentage nannte – du solltest diese Schweine sehen, Mary Jane, wenn sie sich über die Farbigen hermachen! Und zwar rede ich jetzt von den richtigen Schweinen, den Profis! Was glaubst du, wer wohl hat die New Yorker Banken so weit gekriegt, dass sie langsam anfangen, Neger und Puertoricaner einzustellen, wer hat erreicht, dass städtische Beamte nach Harlem geschickt werden, um die verschiedenen Antragsteller zu befragen? Wer hat das fertig gebracht? Dieses *Schwein* hier, Gnädigste – Portnoy! Wenn du was über Schweine erfahren willst, dann komm in mein Büro und sieh und hör dir an, was so allmorgendlich fällig ist, da kannst du was erleben, was Schweine angeht! Die Dinge, die andere Leute sich leisten – und sie kommen damit durch. Und haben es auch sofort wieder vergessen. Einen schutzlosen Menschen zu verwunden nötigt ihnen höchstens ein *Lächeln* ab, du lieber Gott, gibt ihrem Tag ein wenig *Auftrieb*! Lügen, intrigieren, bestechen, stehlen – all das, Doktor, ohne auch nur mit der Wimper zu zucken. Welche Gleichgültigkeit! Welche umfassende moralische Indifferenz! Die Verbrechen, die sie begehen, bereiten ihnen nicht einmal Magendrücken! Aber ich, ich wage es, mir eine etwas ungewöhnliche Art des Fickens zu leisten, noch dazu in meinem *Urlaub* – und jetzt krieg ich ihn nicht hoch! Ich meine, Gott soll schützen, dass ich den Rasen betrete, vor dem zu lesen ist BETRETEN DES RASENS POLIZEILICH VERBOTEN – was würden sie mir *dafür* geben, den elektrischen Stuhl? Wenn ich an dieses lächerliche Missverhältnis der Schuld denke, möchte ich laut schreien! Darf ich? Oder würde es die da draußen im Wartezimmer zu sehr aufscheuchen? Vielleicht fehlt mir das am allermeisten – mal so richtig loszubrüllen. Nur brüllen – Gebrüll ohne Worte, sozusagen!

«Hier spricht die Polizei. Sie sind umstellt, Portnoy. Wir raten Ihnen, herauszutreten und Ihrer Pflicht gegenüber der Gesellschaft nachzukommen.»

«Die Gesellschaft soll mich am Arsch lecken, du Polyp!» – «Ich zähle bis drei. Sie kommen jetzt raus, und zwar mit erhobenen Händen, oder wir kommen rein und knallen Sie ab wie 'n tollen Hund. Eins.» – «Schieß doch, du Scheißbulle, ist mir scheißegal. Ich habe den Rasen betreten –» – «Zwei.» – «– so lange ich lebte, habe ich wenigstens *gelebt*!»

Aaaaaaaaaaaaaaaaaaaaaaaaaaaaaaaaaaaaaaaaaaaaaaaaaaaaaaaaaaaaaaaa
aaaaaaaaaaaaaaaaaaaaaaaaaaaaaaaaaaaaaaaaaaaaaaaaaaaaaaaaaaaaaaaaa
aaaaaaaaaaaaaaaaaaaaaaaaaaaaaaaaaaaaaaaaaaaaaaaaaaaaaaaaaaaaaaaaa
aaaaaaaaaaaaaaaaaaaaaaaaaaaaaaaaaaaaaaaaaaaaaaaaaaaaaaaaaaaaaaaaaa
aaaaaaaaaaaaaaaaaaaaaaaaaaaaaaaaaahhhh!!!!!

Die Pointe

So *(sagte der Arzt).* Dann wollen wir mal anfangen. Ja?

Foto: Nancy Crampton

Philip Roth

«Ein Erzähler, handfest und lebensnah.»
Martin Lüdke, Spiegel

Amerikanisches Idyll
Roman 3-499-22433-X

Der Ghost-Writer
Roman 3-499-12290-1

Die Brust Roman 3-499-22316-3

Die Prager Orgie
Ein Epilog 3-499-12312-6

Gegenleben
Roman 3-499-23177-8

Goodbye, Columbus!
Ein Kurzroman und fünf Stories
3-499-12210-3

Mein Leben als Mann
Roman 3-499-13046-7

Mein Mann, der Kommunist
Roman 3-499-22824-6

Portnoys Beschwerden
Roman 3-499-11731-2

Professor der Begierde
Roman 3-499-22285-X

Sabbaths Theater
Roman 3-499-22310-4

Tatsachen
Autobiographie eines Schrift-
stellers 3-499-22714-2

Täuschung
Roman 3-499-22927-7

Zuckermans Befreiung
Roman 3-499-12305-3

3-499-22311-2